Penny Birch

Stab und Spitzenhöschen

Passion Publishing

Impressum

Passion Publishing Ltd.
Postfach 11 28
D-53621 Königswinter

Published by Arrangement with VIRGIN BOOKS LTD., London, England

Dieses Werk wurde vermittelt durch die Literarische Agentur Thomas Schlück GmbH, 30827 Garbsen.

Satz: Hilga Pauli

Übersetzung: : Andrea Horner

Umschlagentwurf: Ralph Handmann

Titelbild: © Roman Kasperski www.RomanKasperski.de

Printed in Germany

Vertrieb: VSB, Georg-Westermann-Allee 66, 38104 Braunschweig

ISBN: 978-3-939907-22-0

VSB-Titelnummer: 3000231

Bestellhotline: 01805/708709

Bestellfax: 0531/795939

www.passion-publishing.de

Penny Birch

Stab und Spitzenhöschen

Eins

Gabrielle blickte zurück und sah mich an, während sie sich bückte, um ihr Höschen aufzuheben. Sie schmollte und blickte mürrisch, als sie es hochzog und ihren hübschen, kleinen Po bedeckte.

Ein Papiertaschentuch, um meinen Muschisaft von ihrer Oberlippe abzuwischen, ein Zurechtrücken ihrer Kleidung, ihr Haar zu einem adretten Knoten gebunden, die Brille aufgesetzt und sie hatte sich von einer Göre, der der Hintern versohlt wurde, in eine elegante junge Dame verwandelt. Ich konnte nicht anders – ich musste kichern, als sie zur Tür ging – so aufrecht, so unnahbar, cool und unantastbar. Noch vor ein paar Minuten lag sie über meinem Schoß, nackt vom Bauch an abwärts, der blanke Po in die Luft gereckt, mit ihren Fäusten auf den Teppich einschlagend und wie verrückt heulend, während ich sie bestrafte.

Ich musste es tun. Sie war in einer ihrer herrischen Launen, war ‚Little Miss Effizient', weil sie einen neuen Kunden hatte. Ich wollte, dass sie meine Muschi leckt, aber sie sagte, sie hätte nicht genug Zeit. Das war Grund genug für eine Tracht Prügel, und ich mag es, ihren Po nackt vor mir zu haben. Als ihr Hintern erst einmal heiß war, leckte sie mehr als willig und rieb sich dabei selbst. Sie schmollte jedoch immer noch.

„Ganz leise, bitte, Poppy", sagte sie, während sie die Tür zuzog, so herrisch wie immer. „Setz dich und lies oder tu sonst was, aber sei leise, und zieh dich an!"

„Stop! Wollen Sie noch eine Dosis, Miss Gabby?"

„Sch!"

Die Tür fiel ins Schloss, und ich realisierte, dass ich eingeschlossen war.

„Gabrielle!"

„Sch!"

Jetzt war ich es die schmollte, aber ich musste tatsächlich leise sein, während sie arbeitete. Denn immerhin, wenn ihr schon jemand ein unverschämt hohes Honorar zahlte, um ihr während der Therapie das Herz auszuschütten, wäre jemand, der sich im Hintergrund herumtreibt, das letzte, was sie gebrauchen konnte. Und außerdem wollte ich diesem – Mr. Stephen Stanbrook – zuhören.

Die meisten von Gabrielles Kunden sind junge Geschäftsleute und stinklangweilig. Die Hälfte von ihnen macht die Therapie nur, um sich über Freunde, Chefs und Kollegen zu beklagen und wie furchtbar hart es ist, sechzig Riesen im Jahr in der Hauptstadt eines der reichsten Länder der Welt zu verdienen. Die andere Hälfte geht nur, weil es ‚in' ist, und weil sie es sich leisten können und natürlich sollen alle wissen, dass sie es sich leisten konnten.

Stanbrook war anders. Er hörte von Gabrielle durch den dicken Jeff Bellbird, der genauso dick wie pervers war, sich in Mädchenschlüpfer zwängte, oder sich als Clown verkleidete, und in ihr Gesicht spritzte. Stanbrook arbeitete als Verkaufschef für die gleiche Firma, irgendwelche IT-Einrichtungen. Er wusste, dass Gabby gegenüber abartigem Verhalten tolerant war und ich bin sicher, das war der Grund, warum er sie aufsuchte.

Der Summer ging, während ich immer noch versuchte, mich anzuziehen. Gabrielles Sachen lagen alle ordentlich an ihrem Platz, gebügelt und gefaltet. Die meisten meiner Sachen lagen im Wäschekorb, auf dem Boden oder im Spielzimmer. Ich schaffte es auch nicht, mich in Gabbys Kleider zu zwängen, da sie so groß und dünn war – nicht einmal ihre Schlüpfer passten bequem über meinen Po. Und ihre Büstenhalter – keine Chance. Alles, was ich finden konnte, war ein pinkfarbener, Spitzenslip, der im Spielzimmer lag. Ich zog ihn mir rasch an und hatte gerade den Schrank geschlossen, als ich seine Stimme hörte.

Sie war tief, sehr souverän, geradezu gebieterisch, und als ich mein Ohr an das Schlüsselloch presste, war ich sicher, dass wir es mit einem Spanker oder einer anderen Art von Dominus oder Perversling zu tun hatten. Ich wollte dringend wissen, was er getan hatte; warum er Gabrielles Hilfe suchte; und ich betete, dass es sich nicht letzten Endes doch nur um etwas Langweiliges handeln würde.

Sie ging die Formalitäten durch – Couch, Kaffee und Komfort. Seine Antworten waren höflich aber bestimmt, seine Stimme niemals wankend. Ich konnte mir gut vorstellen, wie er einem Mädchen befiehlt, den Slip für eine Tracht Prügel auszuziehen. Nachdem alles geregelt war, kam er geradewegs zum Punkt.

„Ich habe von Jeff Bellbird gehört, dass du diskret und aufgeschlossen bist?“

„Sie können sich auf meine professionelle Diskretion verlassen, ja. Ich bin nicht hier um zu urteilen, Mr. Stanbrook.

„Nenn mich bitte Stephen. Ich wünschte, ich könnte über mich dasselbe sagen, was das Fällen von Urteilen betrifft.“

„Ja?“

„Ja. Ich war immer sicher, absolut überzeugt von dem, was ich wollte. Jetzt fühle ich mich gespalten, einerseits zu etwas getrieben, andererseits schuldig, wenn ich es tue.“

Er machte eine Pause, und ich korrigierte sorgfältig meine Position und lehnte mich bequem gegen die Wand. Gabby sprach als nächstes, emotionslos, ihr leichter Straßburger Akzent ließ sie so cool erscheinen, so sachlich, ganz anders als die wirkliche Gabrielle.

„Sprich weiter, Stephen.“

„Ich denke, ich fange von vorne an. Wie du weißt, bin ich der Leiter des Verkaufsteams in der Firma, für die Jeff arbeitet. Es ist ein guter Job, abwechslungsreich, anständiges Gehalt, gute Sozialleistungen. Meine Frau Kate und ich sind zusammen, seit wir uns auf der Universität getroffen haben. Sie ist leitende Angestellte bei GIC Yamoto und bringt ungefähr zweimal so viel nach Hause wie ich. Sie ist viel unterwegs und verbringt manchmal einen ganzen Monat am Stück im Fernen Osten.“

Ich unterdrückte ein Stöhnen beim Gedanken an einen weiteren Mann, der sich minderfertig fühlte, weil er weniger verdiente als seine Frau, aber ich behielt mein Ohr nah am Schlüsselloch, als er fortfuhr.

„Jetzt, wo unsere beiden Kinder aus dem Haus sind, habe ich eine Menge Freizeit. Ich bin ins Internet gegangen, oft.“

Das war schon besser. Er war besorgt darüber, dass er zu viele Pornos schaute und nicht mehr davon los kam; dicke Mädchen, Transsexuelle, …

„Vor allem Foren, Chatrooms.“

„Irgendwelche bestimmten Foren?“

„BDSM, also Bondage und Disziplin, Dominanz und Unterwerfung. Wobei der Mann der dominante Teil ist, verstehst du?“

„Ich verstehe, war das schon immer der vorherrschende Teil deiner

Sexualität?“

„Ja … nein. Ich mochte schon immer die Idee, dass ich die Führung übernehme, oder eine Frau habe, die meine Befehle befolgt. Ich nehme an, das ist bei allen Männern so.“

„Nicht bei allen, aber es ist absolut nicht unüblich. Weiß deine Frau davon?“

„Um Himmels willen, nein. Sie glaubt, dass Sex ein Akt der Liebe und Zeugung ist. Sie ist durchaus normal, was sie auch immer betont.“

„Und du meinst, du bist nicht normal?“

„Ja… nein…Ich weiß nicht. Ich war nie der Typ Neuer-Mann, auch wenn das heute ja oft erwartet wird, und ich habe meine dominanten Gefühle immer als Teil meiner Männlichkeit betrachtet, mehr nicht. Nun bin ich mir nicht mehr so sicher.“

Er machte wieder eine Pause und ich hörte, wie eine Kaffeetasse auf den Unterteller gestellt wurde. Er war also ein Dominus, genau wie ich vermutet hatte – clevere kleine Poppy. Gabby ließ ihm Zeit und als nächstes hörte ich wieder seine Stimme.

„Das Dumme am Chatten ist nur, dass ich gut darin bin, verdammt gut. Als ich damit anfing, war es einfach nur ein Spaß. All die Typen in den verschiedenen Foren gaben sich selbst Namen, wie Sklavenmeister oder Vollstrecker. Ich konnte natürlich schlecht meinen eigenen Namen angeben und habe mich daher als Meister eingetragen. Das nächste, was passierte, war, dass es Mädchen gab, die mich so nannten und, ehrlich gesagt, habe ich noch nie zuvor so eine Begeisterung erlebt. Sie wollten, dass ich dominant bin, beherrschend, etwas, was ich mit Kate niemals hatte ausleben können. Ich ließ mich darauf ein, und ich glaube, jeder Mann, der noch etwas Blut in den Adern hat, hätte das gleiche getan.“

„Eine ganz normale Reaktion“

„Tatsächlich? Das dachte ich auch, am Anfang zumindest. Sie wollten es, und so dachte ich, dass daran nichts Schlechtes sei. Ich habe mich nicht einmal dann schlecht gefühlt, als es begann, etwas ernster zu werden. Ich begann viel zu flüstern…. ich weiß nicht, ob du schon mal gechattet hast?“

„Ja, so in etwa weiß ich, wie das abläuft. Flüstern ist eine private Unterhaltung außerhalb des Forums, oder?"

„Ja. Wie ich schon sagte, ich begann viel zu flüstern, besonders mit diesem einen Mädchen, Nicola. Höschen nannte sie sich selbst im Netz. Sie fuhr richtig darauf ab, mich Meister zu nennen und stellte mir bald sehr intime Fragen, zum Beispiel, wie ich sie gerne bestrafen würde. Am Ende hatten wir virtuellen Sex."

„Einfach nur Sex?"

„Nicht nur. Ich tat so, als würde ich sie schlagen und sie zwingen, mich oral zu befriedigen."

„Ich verstehe, und während du dies tatest, masturbiertest du?"

„Ja."

Er war cool, er bekannte sich dazu, online mit einem Mädchen zu schlafen, ohne dass seine Stimme auch nur im geringsten schwankte.

Gabby fuhr fort.

„Und wer hatte die Idee zu diesem Sex?"

„Eigentlich keiner von beiden, es beruhte auf Gegenseitigkeit."

„Das Problem ist also nicht, dass du sie zu sexuellen Handlungen gedrängt hast?"

„Nein, nicht wirklich, zumindest nicht am Anfang. Ich habe mir auch keine großen Sorgen wegen Kate gemacht. Schließlich habe ich das Mädchen nie getroffen, geschweige denn, tatsächlich berührt."

„Aber die Situation hat sich weiterentwickelt?"

„Ja, Nicola und ich haben da tatsächlich etwas aufgebaut, zusammen mit einer Freundin von ihr, June, auch eine devote Frau, die sie online traf. Stiefel nannte sie sich, weil sie gerne kniehohe Stiefel trägt – und sonst nichts. Sie war diejenige, die den Vorschlag machte, dass wir uns treffen sollten."

„Und du warst einverstanden?"

„Zuerst nicht. Ich fühlte mich nicht gut dabei und, um ehrlich zu sein, ich wollte nicht das Fantasiebild zerstören, das ich von ihnen hatte. Ich glaube, ich war voreingenommen, aber ich vermutete, dass nicht viel mit ihnen los war, weil sie ihre Kicks online haben mussten."

„Aber das war nicht der Fall?"

„Ganz im Gegenteil. Als ich nicht sofort auf ihre Bitte, uns zu treffen, einging, schickten sie mir ein Foto, per E-Mail, von sich gemeinsam. Nicola ist klein, ich schätze, nicht größer als 1,60, sehr zierlich und gleichzeitig athletisch gebaut. Sie trug eines dieser orientalischen Gewänder, in die man sich selbst verknotet und dann stundenlang auf einem Bein steht. June ist größer und kräftiger. Sie ist nicht dick, ganz und gar nicht, aber neben Nicola wirkt sie ziemlich korpulent. Trotzdem aber knackig."

„Sie waren nackt auf diesem Foto?"

„So gut wie. Es wurde in einem Schlafzimmer aufgenommen, eines von ihnen, nehme ich an. Sie hatten beide nur ihren Slip an, June trug ihre Marken-Stiefel."

„Und nachdem du dies gesehen hattest, war es schwer für dich, ihre Bitte abzulehnen?"

„In der Tat! Nicht nur, dass beide so hübsch sind, auf dem Bild liegen sie auch zusammengekuschelt auf dem Bett. Diese Tatsache, und die Art, wie sie sich online verhalten haben, hatte mehr als einen lesbischen Touch. Es tut mir leid, aber das machte mich unglaublich an."

„Du musst dich nicht entschuldigen. Das ist wahrscheinlich die häufigste aller männlichen Fantasien. Also hast du sie getroffen?"

„Ja, auf neutralem Boden, das erste Mal, bei einem „Treff", das ist ein Date in einem Lokal, bei dem sich Leute, die sich bisher nur online getroffen haben, in einer geschützten und ungefährlichen Atmosphäre kennen lernen können."

„Ihr drei wart nicht allein?"

„Es waren mehr als zwanzig Leute dort, aber Nicola, June und ich redeten die ganze Zeit miteinander. Als es Zeit war zu gehen, baten sie mich um die Erlaubnis, mit mir hinter das Lokal zu gehen und mich oral zu befriedigen. Sie fragten mich um Erlaubnis! Zwei wunderschöne junge Mädchen und sie fragten mich um Erlaubnis, an mir zu saugen. Der Mann, der da nein sagen kann, ist noch nicht geboren.

„Also hast du's gemacht?"

„Ja, June tat es, während Nicola ihren Slip nach unten hielt, um mir ihren Hintern zu zeigen. Ich hab während der ganzen Heimfahrt im Auto laut gesungen. Ich habe mich noch nie so high gefühlt, so erregt. Es war, als wäre ich wieder ein Teenager, der das erste Mal Sex gehabt hatte. Später fühlte ich mich etwas schuldig wegen Kate, aber auch verwirrt, dass Nicola und June das gemacht hatten. Ich denke, es war einfach die Art, wie sie mich heiß gemacht haben. Ich habe immer gedacht, dass Frauen Sex eher als eine Pflichtübung betrachten, zumindest mehr als Männer. dass eine Frau also, je weniger attraktiv sie ist, um so abenteuerlustiger sie sexuell ist."

„Das ist häufig eine falsche Vorstellung von Männern deiner Generation. Kann ich dich fragen, wie alt du bist?"

„Achtundvierzig."

„Danke. Mach weiter"

„Ich dachte, es dabei zu belassen. Einfach ein grandioses Erlebnis, das nicht wiederholt wird. Das war aber nicht so einfach, weil die Mädchen mehr denn je darauf aus waren, online zu spielen und sich erneut zu treffen. Kate war in Südkorea, um irgendein Geschäft abzuschließen. Es war geplant, dass es über einen Monat dauern würde, bis ich sie wieder sehen würde, und ich hatte zwei junge Frauen, die mich buchstäblich anbettelten, Sex mit ihnen zu haben."

„Hast du Nicola und June erzählt, dass du verheiratet bist?"

„Nein, weißt du, ich habe mir online eine eigene Persönlichkeit aufgebaut und eine Menge davon war übertrieben, einfach gelogen. Ich sagte, dass ich Single bin, und finanziell wesentlich besser gestellt, als ich es in Wirklichkeit bin. Am Anfang habe ich einfach eine Rolle entworfen, ein ideales Ich, ich glaube so kann man es nennen. Ich hatte nie vor, irgendjemand zu treffen. Und jetzt kann ich nicht mehr zurück, ohne das Vertrauen, das wir aufgebaut haben, zu zerstören."

„Du hast es also zugelassen, dass die Beziehung sich weiterentwickelte."

„Ja. Kate ist nicht wirklich das Problem. Es ist ein Problem, ja. Aber ich sehe, dass es etwas ist, dem ich mich stellen muss. Der Grund, warum ich zu dir gekommen bin, hat mehrere Ursachen. Da gibt es eine andere Gruppe, seriöser als „UK Masters and Slaves", die Gruppe, in der ich die

Mädchen getroffen habe. Ich mache in dieser Gruppe mit, aber ich schleiche praktisch nur herum... das heißt Nachrichten lesen und so, ohne tatsächlich mitzuwirken. In mehr als einer Diskussion räumen devote Frauen ein, dass ihre submissiven Gefühle von einem niedrigen Selbstwertgefühl herrühren. Das scheint allgemein so zu sein, in Wirklichkeit der Hauptgrund. Und das ist auch der Grund für meine Bedenken."

„Du glaubst also, ihr niedriges Selbstwertgefühl ist der Grund dafür, dass in der Entwicklung ihrer Sexualität etwas falsch gelaufen ist, und dass es daher nicht gut ist, wenn du mit ihnen zusammen bist."

„Ja, ich habe das Gefühl, dass ich sie missbrauche. Und das ist das Letzte was ich will. Ich weiß, es ist nicht einfach zu verstehen, auch wenn es manchmal widersprüchlich ist. Aber ich möchte, dass sie es wollen, dass ich sie beherrsche, dass ich sie dominiere, dass sie zu mir aufsehen, dass sie mich als Beschützer sehen, als Ernährer, als Vaterfigur, denke ich. Aber ich möchte, dass sie sich gut dabei fühlen."

„Du möchtest also, dass sie dir gehorchen, von dir beherrscht werden wollen, dass sie aber deine Handlungen nicht als Missbrauch betrachten?"

„Ja, ich möchte, dass sie es genießen. Ich habe es immer gehasst, mir vorzustellen, dass eine Frau nicht aus freien Stücken mit mir Sex hat, geschweige denn, dass ich sie körperlich überwältige oder gar strafe."

„Und das, obwohl du gesagt hast, dass es genau das ist, was sie wollen."

„Ja, aber ich fühle mich nicht gut dabei."

„Du glaubst also, dass ihr niedriges Selbstwertgefühl ihre Fähigkeit, Verantwortung für ihr Tun zu übernehmen und ihr Einverständnis dafür zu geben, beeinträchtigt?"

„Genau!"

„Und du bist sicher, dass dieses niedrige Selbstwertgefühl ein Teil ihrer Sexualität ist? Hast du sie gefragt?"

„Nein, das konnte ich nicht. Das verstehst du nicht. Wir haben eine idealisierte Beziehung aufgebaut. Eine wundervolle Beziehung. Wenn ich so etwas fragen würde, würde ich nur riskieren, sie zu zerstören. Weil es offenbaren würde, dass ich selbst unsicher bin."

„Und das Gefühl sollen sie auf keinen Fall haben?"

„Nein, da bin ich sicher. Das ist ein Punkt, den die Frauen in dieser Gruppe immer wieder betonen."

„Mag sein, aber ich kann dir versichern, dass nicht alle Frauen mit devoter Sexualität an niedrigem Selbstwertgefühl leiden. Im Gegenteil. In manchen Fällen ist für eine Frau ein sehr starkes Selbstwertgefühl notwendig, um zuzulassen, sich in dieser Art ausdrücken zu können."

„Hm, das ist interessant. Sicher eine ganz andere Art, das zu betrachten. Nach dem was du sagst, stehen Nicola und June nicht unter dem Zwang, sich so zu verhalten, wie sie es tun."

„Nein, aber das macht keinen Unterschied."

„Der Ausdruck der menschlichen Sexualität ist eine komplizierte Angelegenheit, und weit entfernt davon, voll verstanden zu sein. Nicola und June haben sich entschieden, dir Macht über sie zu geben. Eine Entscheidung, wofür sie ihre eigenen, verflochtenen und zweifellos individuellen Gründe haben. Dies lediglich auf niedriges Selbstwertgefühl zurückzuführen, ist wahrscheinlich zu simpel und kann sogar falsch sein."

„Sicher, ich meine, dass sie wahrscheinlich ihre Kicks bekommen…" Er brach ab, und jetzt war in seiner Stimmer das erste Mal Zweifel zu hören. Das war typisch Gabby. Ihre Kunden kommen mit einem netten, klaren Problem, und wenn sie gehen, sind sie so durcheinander, dass sie nicht mehr wissen, was das Problem überhaupt war, oder ob es tatsächlich ein Problem gab.

Wenn ich in seiner Lage gewesen wäre, hätte ich überhaupt kein Problem mit den Mädchen. Ich hätte höchstens ein Problem mit der energischen Frau, die es herausfinden könnte. Egal, es hatte Spaß gemacht zuzuhören. Ich hoffte, Gabby würde noch fragen, wie es mit den Mädchen weiterging. Aber das tat sie nicht. Und als er weitersprach, stellte er eine einfache Frage, die Frage aller Fragen, die nie beantwortet werden konnte.

„Was rätst du mir also?"

„Ich kann dir nicht wirklich einen Rat geben, Steven. Ich kann nur zuhören und dir helfen, die Lösung für dich selbst zu finden. In meiner Arbeit ist es für mich das Wichtigste, dass die Menschen selber fühlen, was für sie richtig ist. Anstatt zu versuchen, sie in eine bestimmte Richtung zu lenken."

„Du denkst also nicht, dass ich ein schlechter Mensch bin. Geistig krank oder irgendwas in der Art?"

„Absolut nicht."

„Gut das ist eine Erleichterung. Der erste Therapeut, zu dem ich ging, wollte mich von meiner sexuellen Krankheit heilen und wollte, dass die Mädchen ebenfalls zu ihm kommen."

„Eine überholte Vorstellung."

„Genau, das dachte ich auch. Ok. Danke. Ich habe zwar mehr Fragen als vorher, aber ich sehe jetzt, dass ich nicht ihre Schwäche ausnutze. Wenn ich das nächste Mal online bin, werde ich ein besseres Gefühl haben.

„Noch nicht alles klar?"

„Nein. Da ist Kate, und ich weiß genau, dass das nächste Mal, wenn ich etwas im Fernsehen sehe oder einen Artikel lese über Sexualverbrecher, es mir so ergehen wird, dass ich mich wie eine Art geifernder Sittenstrolch fühle. Das ist immer so. Aber es geht vorbei. Einfach mein Gewissen, denke ich."

„Willst du vielleicht über den Grund reden, warum du das Bedürfnis hast, sexuell dominant zu sein?"

Er wollte. Aber ich hatte wirklich keine Lust, etwas über Testosteronspiegel zu hören und über männliche Hierarchie bei Heranwachsenden in der modernen Gesellschaft, dass worauf die Unterhaltung jetzt hinauslief. Ich wollte etwas über Nicola und June hören, und was für delikate Perversionen sie hatten. Mein Po war langsam taub, und mein linkes Ohr fühlte sich an wie ein Blumenkohl.

Ich musste „UK Masters and Slaves" näher kennenlernen. Ich hatte früher schon einmal versucht, Internetgruppen zu besuchen, als Jugendliche, aber meistens traf man dort nur Leute, die mit anderen über nichtige Dinge herumzickten und die meisten konnten es nicht einmal zugeben, dass es sexuell angehaucht war. Dies hier versprach, lustiger zu werden. Mein erster Eindruck, nachdem ich mich angemeldet hatte, war, dass alles etwas steif war. Es war einfach für devote Mädchen und dominante Männer, und es wurde von den Mädchen erwartet, dass sie die Männer die ganze Zeit mit „Herr“ oder „Meister“ anredeten. Ich schaltete um, weil ich es weit mehr bevorzuge, von anderen Frauen dominiert zu werden. Der andere Nachteil war, dass das meiste sich eigentlich um technische Fragen drehte, mit jeder Menge von selbst ernannten Experten, die predigten, wie eine SM-Beziehung zu funktionieren hatte, und Diskussionen darüber, wo man am besten einen Aufhänge-Harness kaufen konnte. Wäre es nicht für den „Meister“, Nicola und June gewesen, hätte es mich genervt, aber ich wollte es wissen, und die Situation wirkte auf mich irgendwie übermütig. Gabby beteuerte, dass er auf sie auch so wirkte, sofern man das von einem Mann sagen konnte. Ich hatte ihn nicht gesehen, meine Position hinter dem Schlüsselloch erlaubte nur den Blick auf einen Teil der Couch und auf Gabby, die ernst und nachdenklich schaute. Sie hatte ihn beschrieben, nachdem sie mir eine Tracht Prügel verabreicht hatte, weil ich gelauscht hatte. Er war über 1,80 m groß, schlank, heterosexuell, mit kurz geschnittenem grauem Haar und einem gepflegten Bart, was auf eine wundervoll strenge Erscheinung schließen ließ.

Nicola und June dachten ganz offensichtlich so. Als ich die alten Nachrichten aus der Gruppe anschaute, konnte ich ihre Geschichte nachverfolgen. Das faszinierte Gabby ebenfalls, sowohl vom professionellen als auch vom persönlichen Gesichtspunkt aus. Am Anfang gab es zwischen den dreien keine besonderen Intimitäten, sondern nur einige Hinweise, die bei jedem Kontakt untereinander ausgetauscht wurden. Nicola war am fleißigsten und begann bald eine persönliche Beziehung zu ihm und June aufzubauen. Erst später wurde seine Beziehung zu June intensiver. Wer das ganze auch immer angezettelt hatte, es war klar, dass es Nicola war, die den wirklichen Biss hatte.

Es gab einen Eintrag über den Termin, an dem die drei sich das erste Mal begegnet waren, und danach begannen die Mädchen, ihn als ihren „Meister“ anzusprechen. Mag sein, dass er einige Bedenken hatte, aber gezeigt hat er es nicht. Er schlug vielmehr einen strengen Ton an, wenn er mit den beiden sprach. In der letzten Nachricht befahl er ihnen, am Chat am Donnerstagnacht teilzunehmen, und dass beide zwischen Bauch und Socken nackt zu sein hätten.

Er war ein eifriger Teilnehmer an Diskussionen über Kleidung. Das schien sein Ding zu sein, nackte Pos und Muschis, während die restliche Kleidung der Mädchen makellos war. In seinen Augen waren Schlüpfer nur dazu da, um heruntergezogen zu werden. Er war auch ein Fan von „zufälligem" Exhibitionismus, so als würde ein Mädchen die Straße entlanglaufen, mit hochgerutschtem Rock, der den Hosenboden ihres Schlüpfers sehen ließ, und es so aussah als ob er versehentlich hochgerutscht wäre.

Das sprach durchaus auch meinen eigenen Sinn für Exhibitionismus an. Ich mag das Gefühl der Verlegenheit, wenn ich gezwungen werde, mich zu zeigen oder keine andere Wahl habe.

Ich musste an dem Chat teilnehmen, Gabbys Einwänden zum Trotz. Also aßen wir am Donnerstag früh zu Abend und machten es uns vor dem Computer bequem, ich an der Tastatur und Gabby hinter mir, wie üblich mit einem etwas missbilligenden Blick. Sie trug ihre Arbeitskleidung, einen schmal geschnittenen Rock aus feiner, gelber Wolle, schicke, schwarze Pumps, Stay-ups und einen einfachen, weißen Slip und BH. Ich wollte spielen, und ich war sicher, dass irgendjemand wissen wollte, was ich trage.

Natürlich wäre es einfach gewesen, zu lügen, da es keine Kamera gab, ja, noch nicht einmal einen Lautsprecher. Aber das wollte ich nicht. Nicht wegen so etwas, und so zog ich einen Baby-doll mit einem weiten, blauen Spitzenhöschen und einem locker geschnittenen, durchsichtigen Top an. Ich fühlte mich unanständig, wie immer, und wurde immer übermütiger, was schlussendlich Gabby doch dazu brachte, ihre berufsmäßige, schlechte Laune abzulegen.

Alle verwendeten Nick-Namen, einige hatten SM-Namen, einige verwendeten unanständige, einfältige oder unverständliche Namen. Ich wählte „Poppet", da er etwas Ähnlichkeit mit meinem richtigen Namen hatte, schön unterwürfig klang, und außerdem noch nett. Ich meldete mich also an, mit dem leichten, herrlichen, kribbeligen Gefühl von Schmetterlingen in meinem Bauch.

June war da, als „Stiefel", zusammen mit ungefähr einem Dutzend anderen, aber nicht die beiden anderen. Ich tippte ein „Hi“, und Gabby kam näher, als es auf dem Bildschirm erschien.

Poppet: „Hi.“

Die meisten antworteten freundlich, einer ausführlich.

Schwarzer Ritter: „Hi, Poppet. Kennst du die Club-Regeln?“

Etwas aus der Fassung gebracht, tippte ich meine Antwort.

Poppet: „Ich glaube schon.“

Schwarzer Ritter: „Dann solltest du wissen, dass du mich grundsätzlich als „Herr“ oder „Meister“ anzusprechen hast.“

Ein Schauer ging durch mich hindurch, Aufregung mischte sich mit Abneigung und dem Wunsch, mich schmollend zurückzuziehen, jedoch mit einem plötzlichen Gefühl der Bereitschaft zwischen meinen Beinen. Gabby neben mir gab ein belustigtes Glucksen von sich, als ich meine Antwort tippte.

Poppet: „Ja, Herr. Sorry, Herr.“

Schwarzer Ritter: “So ist's besser. Gutes Mädchen.“

Ein zweiter Ruck von devotem Wohlgefallen, vermengt mit Entrüstung, traf mich. Er war so selbstgefällig, so überlegen. In jeder anderen Situation hätte ich ihm den Rücken zugedreht oder ihm eine Lektion in Respekt erteilt. Jetzt nicht, jetzt wollte ich spielen.

Poppet: „Soll ich bestraft werden, Herr?“

Schwarzer Ritter: „Vielleicht. Hast du einen Meister?“

Poppet: „Nein, Herr.“

Schwarzer Ritter: „Wer wird dich dann bestrafen und wie?“ Die anderen Leute diskutierten über Japanbondage, das war das offizielle Thema, wurden aber langsam auf uns aufmerksam. Ein Mann schlug vor, dass ich mich selbst verhauen sollte, ein anderer, dass ich virtuell gezüchtigt werden sollte, ein dritter, dass ich zu ihm nach Hause kommen sollte, um meine Lektion anständig zu lernen. Ein blaues, blinkendes Feld erschien unten auf meinem Bildschirm und ich war sofort hellwach. Ich klickte es an und ein weiteres Fenster öffnete sich auf dem Bildschirm. Eine Nachricht erschien.

Der Aufseher: „Pass gut auf!“

Ich ignorierte ihn und versuchte weiter, mich um die ganzen Vorschläge auf dem Hauptbildschirm zu kümmern, was mit mir gemacht werden sollte. Kurze Zeit später erschien ein neuer Satz in der kleinen Box.

Der Aufseher: „Pass auf, du Miststück! Ich werde dich schlagen und dich in die Möse und den Arsch ficken. Aber zuerst muss ich sehen, ob du meine Standards erfüllst, die allerdings sehr hoch sind."

„Schließ das Fenster", ermahnte mich Gabby. Mach Schluss…."

Ich bekam Panik und versuchte, mir eine passende Antwort für den Aufseher zu überlegen, der für meinen Geschmack bei weitem zu aggressiv war, und gleichzeitig ein Auge auf das eigentliche Gespräch zu haben, von dem die Hälfte von dem kleinen Fenster verdeckt war. Ich wollte gerade eine virtuelle Tracht Prügel anbieten und hatte die Hälfte des Satzes eingetippt, als eine neue Nachricht in dem kleinen Fenster erschien.

Der Aufseher: „Du wirst diese Instruktionen exakt befolgen. Morgen, pünktlich um 11 wirst du im Café Marseilles an der Ecke Gray's Inn Road und Bedford Street sein. Du wirst keine Unterwäsche tragen, nur ein rotes Sommerkleid. Du wirst deine Haare offen tragen. Ich werde da sein, aber ich werde dich nur ansprechen, falls ich zufrieden bin. Du wirst nicht vor 11.30 aufbrechen."

„Sag, dass du kommen wirst", schlug Gabby vor, „und dann gehst du einfach nicht."

„Nee", antwortete ich und tippte eine bessere Antwort ein.

Poppet: „Geh und steck deinen widerlichen kleinen Willy in deinen Arsch."

Der Text erschien, und einen Augenblick später schloss sich die Box. Ich wandte mich grinsend wieder dem Hauptbildschirm zu und fand dort jede Menge Nachrichten, seit ich meine letzte abgeschickt hatte. Die meisten waren an mich gerichtet. Jetzt war ich dem nicht mehr gewachsen und machte einen leidenschaftlichen Eintrag.

Poppet: „Sorry, ich kann nicht mehr!"

Die Antwort kam fast umgehend.

Stiefel: „Lasst sie in Ruhe, Jungs…. ich meine, Ihr ach so hochgelobten, unfehlbaren Meister. Bist du OK, Poppet?"

Ich lachte, aber ich war auch dankbar. Ich schrieb zurück.

Poppet: „Mir geht es gut, danke, Stiefel. Was ich meinte, war, dass ich mit den Nachrichten nicht mithalten konnte!“

Stiefel: „Oh..... cool. Sie können manchmal ein bisschen derb sein.“

Schwarzer Ritter: „Keine flapsigen Sprüche, Stiefel.“

Stiefel: „Sorry, Meister.“

Eine Linie mit blassem Text erschien und kündigte an, dass der Aufseher den Raum verlassen hatte, und dann eine andere, die ankündigte, dass der Meister dazu gekommen war.

„Stephen ist hier, Gabby!“

„Poppy, du darfst nichts tun, was gegen meine Berufs........“

„Oh, mach dich locker, Gabby! Oder ich schicke ihnen einige Foto von dir in einer Windel – einer vollen.“

„Poppy!“

Sie wusste, dass ich das nicht tun würde, aber sie war auf jeden Fall still. Auf dem Bildschirm wurde die Unterhaltung fortgesetzt, aber weder Stiefel noch Der Meister nahmen daran teil. Ich nahm an, dass sie eine private Unterhaltung hatten. Ich verließ den Chat, um Stiefels Namen anzuklicken, zögerte aber, weil ich für die Art und Weise, wie der Aufseher aufgetreten ist, nicht noch die Werbetrommel rühren wollte. Jemand anders stellte mir eine Frage, aber ich war nicht ganz bei der Sache und gab eine unverbindliche Antwort.

„Bist du jetzt fertig?“ fragte Gabby

„Eigentlich nicht, nein. Ich möchte wissen, über was sie reden, June und Stephen.“

„Es wäre vernünftiger – „

Sie brach ab. Ein neues Fenster öffnete sich, dieses Mal von June. Das Rauschen in meinem Kopf verstärkte sich augenblicklich und in meinem Bauch machte sich ein mulmiges Gefühl breit, als ich mich über die Tastatur beugte.

Stiefel: „Hi, Poppet.“

Poppet: „Hi, Stiefel. Toller Name.“

Stiefel: „Danke. Den habe ich gewählt, weil ich gerne hohe Stiefel trage.“

Poppet: „Und sonst nichts?“

Stiefel: „Wie kommst du darauf?"

„Poppy", warnte Gabrielle.

„Entspann dich!"

„Poppet: „Ich weiß, wie böse Mädchen sind. Ich bin eins."

Stiefel: „Ich verstehe! Hast du etwas dagegen, wenn ich dich frage, ob du wirklich darauf aus bist, virtuell bestraft zu werden?"

Poppet: „Von dir?" Ja sicher!"

Stiefel: „Nein, von meinem Meister."

Poppet: „Wer ist das?"

Stiefel: „Er ist Der Meister. Er ist gut."

Poppet: „Was würde er von mir wollen?"

Stiefel: „Worauf stehst du denn?"

Poppet: „Alle Varianten."

Stiefel: „Eine Tracht Prügel?"

Poppet: „Ja. Ich kann es selbst für ihn machen, falls er das mag, und ich werde streng sein. Aber ich habe etwas Besseres. Ich würde gern dazu gebracht werden, meine Hose nasszumachen."

Ich fühlte, wie mir das Blut ins Gesicht Schoß, als ich die Nachricht abschickte. Ich hatte in der Gruppe nichts über Wasserspiele gesehen, nur etwas über Prügelstrafe, Bondage und einige Ponyspiele. Doch wenn sie und ich schon spielen würden, auch wenn es nur online wäre, wollte ich nicht mit meinem Lieblingsspiel zurückhalten. Ihre Antwort kam zurück.

Stiefel: „Unanständiges Mädchen!"

Gefolgt von einem großen, gelben Smiley. Als unmittelbare Reaktion legte ich legte die Hand auf meine Blase, da das Flattern in meinem Bauch plötzlich stärker wurde. Ich tippte zurück.

Poppet: „Ich weiß. Würde er das mögen?"

Stiefel: „Ich werde sehen."

Ich wusste, sie schrieb ihm, um ihn zu fragen, ob er mich dazu bringen wollte, mir die Hosen nasszumachen. Nur schon der Gedanke daran reichte aus, dass es mir auf der Stelle passierte. Wir hatten zum Abendessen eine Flasche Wein getrunken, und meine Blase war noch recht voll, außerdem machte es mein kleiner Schwips noch einfacher – und spaßiger.

Mein Angebot hatte Gabbys Knopf ebenfalls elektrisiert. Sie hätte mich zurechtweisen müssen, aber sie blieb ruhig, starrte auf den Bildschirm und warf mir nur kurz einen angespannten Blick zu.

Ich wartete. Es erschienen jede Menge Nachrichten auf dem Bildschirm, aber ich schenkte ihnen kaum Beachtung, sondern eher den zuckenden Muskeln meiner Muschi und meines Unterleibs und der Tatsache, dass sich mein Spitzenslip plötzlich so eng anfühlte. Ich betete darum, dass er spielen wollte, aber die Scham, ihn gefragt zu haben, falls er es nicht wollte, wurde mit jeder Minute, die verging, grösser.

Da erschien ein neues Fenster auf meinem Bildschirm, Der Meister, Stephen Stanbrook.

Der Meister: „Wie ich sehe, hast du eine Bestrafung verdient?"

Poppet: „Ja, Meister."

Der Meister: „Ich werde dich bestrafen. Zuerst jedoch einige Fragen. Wie groß bist du?"

Poppet: „1,55m, Meister"

Der Meister: „Beschreibe deine Figur."

Poppet: „Ziemlich zierlich, Meister."

Der Meister. „Detaillierter."

Poppet: „89D – 61 – 86, Meister.

Der Meister: „Vollbusig also und einen kräftigen Hintern."

Poppet: „Ja, man hat mir immer gesagt, dass ich einen ordentlichen Po habe. Einer sagte mal, er sieht aus wie eine Birne."

Der Meister: „Gut. Du bist ehrlich zu mir. Eine Lügnerin würde immer vorspielen, modisch schlank zu sein. Das ist wichtig. Vergiss nicht, mich richtig anzusprechen."

Poppet: „Entschuldigung, Meister."

Der Meister: „So ist es besser. Und jetzt, dein Gesicht?"

Poppet: „Ich habe schwarze, gelockte Haare, ziemlich kurz, ein rundes Gesicht, große braune Augen und eine Nase wie ein Schwein, Meister."

Der Meister: „Eine Nase wie ein Schwein?"

Poppet: „Eine Stupsnase, Meister."

Der Meister: „Das ist besser, Poppet. Du musst lernen, dass du dich niemals herabsetzen darfst."

Poppet: „Ja, Meister."

Der Meister: „Du wirst jetzt bestraft. Da du so einen entzückenden Po hast, ist es ein Jammer, dass ich nicht da sein kann, um ihn zu verhauen. Ich kann dich natürlich dazu bringen, es selbst zu tun, aber ich habe eine bessere Idee. Was hast du an?"

Poppet: „Ein Baby-doll, Meister, blau."

Der Meister: „Eine Schande. Zweifellos siehst du sehr süß aus, aber ich hätte etwas Alltäglicheres vorgezogen, da du dir während der Bestrafung in deine Kleider pinkeln wirst."

Poppet: „Pinkeln, Meister? Während ich vor dem Computer sitze, so wie jetzt?"

Der Meister: „Ja."

Ich wusste, dass wir nur spielten, und er wusste es auch. Dadurch wurde aber das inzwischen wilde Flattern in meinem Bauch nicht weniger. Ich würde mich nass machen, weil er es mir befehlen würde, meinen Schlüpfer, und den ganzen Stuhl.

„Gabby, hol bitte eine Duschmatte aus dem Spielzimmer, bitte."

„Du wirst es machen?"

„Ja."

„Du könntest so tun als ob."

„Das will ich nicht."

Sie nickte verständnisvoll und schob ihren Stuhl zurück, um kurz ins Spielzimmer zu verschwinden, um gleich darauf mit einer unserer größten Plastikfolien zurückzukommen. Ich stand auf, ließ sie die Folie ausbreiten und rollte den Stuhl darauf. Als ich saß, tippte ich erneut.

Poppet: „Ich bin fertig, Meister."

Der Meister: „Gut. Tu es, wenn du das Bedürfnis fühlst und sag mir, wie es sich anfühlt."

Es fühlte sich wundervoll an. Ich schloss die Augen und konzentrierte mich auf den leichten Druck in meiner Blase. Ich hielt es und kostete diesen schrecklichen Moment aus, kurz bevor es passieren würde, wenn du weißt, dass du es nicht stoppen kannst, dass du es nicht stoppen kannst, so unanständig, so schmutzig, so ....

Ich ließ los. Pipi spritzte in mein Seidenhöschen, heiß und nass drang es ein über den Wulst meiner Muschi und hinunter zwischen meine

Pobacken. Mein Mund öffnete sich zu einem langen, zufriedenen Seufzer und ich beugte mich vor um wie wild zu tippen, während mein Pipi aus mir herausfloss, jetzt als satter Strahl.

Als ich fertig war, war ich klatschnass. Mein Po fühlte sich weich und nass an in meinen durchnässten Spitzenhöschen und es tropfte von den Seiten des Stuhls herunter. Während ich die Nachricht schickte, wackelte ich darin herum und rieb meinen Po in meinem eigenen Pipi, um das Gefühl von dem, was ich getan hatte, richtig rüberzubringen. Dann stand es auf dem Bildschirm und ich las meine eigenen Worte, mein eigenes Geständnis.

Poppet: „Ich habe meine Hosen jetzt nass gemacht, Meister. Ich kann den Urin fühlen, wie er herauskommt, und es ist zu spät, ihn zu stoppen. Ich bin nass, richtig nass. Ich habe mich nassgemacht, Meister, weil du es mir befohlen hast, um mich zu bestrafen. Jetzt sitze ich in meinen nassen Hosen, und es kommt immer noch, immer mehr. Danke, Meister, danke dass du mich gezwungen hast, meine Hosen nasszumachen.“

Ich las es immer wieder, während der letzte Rest meines Pipis in den durchweichten Zwickel meines Spitzenhöschens tröpfelte. Ich hatte es getan und ich fühlte mich so gut, zu gut, um aufzuhören. Er antwortete.

Der Meister: „Steh jetzt auf, zieh deine nassen Hosen über deinen Hintern und bleib so, bis ich dir etwas anderes sage.“

Ich war damit beschäftigt, meine Muschi durch den nassen Zwickel meines Höschens zu streicheln und antwortete nicht. Er könnte denken, dass ich gehorcht hatte oder auch nicht. Ich hatte besseres zu tun.

Meine Beine kamen nach oben auf den Computer-Bildschirm, weit gespreizt. Ich begann, mich zu streicheln, und tauchte tief ein zwischen meine Muschilippen, um das nasse Material an meiner Klitti zu reiben. Gabby kam hinter mich, ihre Arme umfassten meinen Körper. Als ich meinen Kopf herumdrehte, trafen sich unsere Lippen, und wir küssten uns. Langsam zog sie meinen Baby-doll hoch. Meine Brüste hüpften heraus in ihre Hände. Sie begann, sie zu pressen und streichelte sie sanft, um meine schon steifen Nippel zu voller Erektion zu reizen.

Ich schloss die Augen, genoss ihre Aufmerksamkeiten und das Gefühl des nassen, eng anliegenden Materials an meinem Po und meiner Muschi.

Ich fühlte mich so gut, so ungezogen, ich vögelte mich selbst, in einem Höschen, das mit Pipi durchnässt war, mit meinem Po darin und mit meiner eigenen Pfütze unter mir auf der Spritzmatte. Ich war kurz davor zu kommen, jeden Moment, und ich begann meine Klitti sanft zu reiben und machte mich selbst heiß, indem ich mir die perfekte Fantasie ausmalte.

Er hatte mich gezwungen, es zu tun, ein Mann, ein selbstbewusster, durchsetzungsfähiger Mann bestrafte mich, indem er mich zwang, in mein Höschen zu pinkeln. Allerdings war es keine Bestrafung, nicht für mich. Ich fühlte mich weder bestraft noch beschämt oder gedemütigt, sondern einfach nur herrlich, wundervoll ungezogen. Da bräuchte es schon eine Tracht Prügel oder den Rohrstock. Das wäre eine Strafe gewesen. Dies hier war schön, ungezogen und nass, und selbst während ich da lag und masturbierte, wusste ich, dass Stephen den beiden Mädchen alles erzählen würde. Vielleicht würde er ihnen sogar die schmutzige, kleine Nachricht weiterleiten, die ich geschrieben hatte, als mein Pipi aus meinen Spitzenhöschen heraussickerte. Sie würden es sehen; sie würden wissen, dass ich es getan hatte und ich wünschte, sie hätten zugesehen.

Das war perfekt. Sie hätten zusehen sollen, so wie Gabby. Sie war cool; sie hat es schon hundertmal gesehen, wie ich mich selbst nass gemacht habe, ja sogar noch Schlimmeres. Sie wären schockiert gewesen, schockiert aber entzückt und hätten zusammen gekichert, während das gelbe Nass vorne aus meinem Höschen herausgesprudelt und in meinen Zwickel versickert wäre. Ich hätte mich auch vor ihnen selbst gevögelt, so wie jetzt, meine nasse Muschi gerieben, meinen durchnässten Slip fest über meinen Po gezogen, völlig durchsichtig. Ich weiß, dass jedes Detail meiner Muschi zu sehen war, und mein Arschloch auch, als ich meine Beine nach oben streckte. Sie würden mich anstarren, und mich anglotzen, während ich kommen würde…

Ich presste meinen Mund hart auf Gabrielles, als meine Muskeln begannen, sich zu verkrampfen. Mein ganzer Körper bebte, mein Hintern platschte in der Pipi-Pfütze, meine Muschi und mein Po zogen sich zusammen, mein Rücken wölbte sich gespannt nach oben. Meine Brüste fühlten sich gewaltig an in Gabrielles Händen, mein Po groß und rund in meinen engen, nassen Spitzenhöschen, meine Muschi heiß und feucht, mein ganzer Körper offen, in einem langen, wundervollen Höhepunkt, und erst als ich die Empfindlichkeit meiner Klit nicht mehr ertragen konnte, brach ich zusammen.

Zwei

Stephen Stanbrook rief Gabrielle am Montag an, um einen weiteren Termin zu vereinbaren. Es war komisch - im Chatroom hatte er mich mit so großem Selbstbewusstsein behandelt, aber hinter seiner dominanten Haltung verbarg sich eine große Unsicherheit. Ich musste einfach zuhören und überzeugte Gabby davon, indem ich mich weigerte, etwas anzuziehen, bis sie nicht anders konnte und mich wieder im Schlafzimmer einschloss. Zweifellos würde das bedeuten, dass sie mich anschließend bestrafen würde, aber von ihr verhauen zu werden, ist nicht viel anders, als wenn jemand auf meinem Po Backe Backe Kuchen spielen würde. Dieses Mal legte ich ein großes Kissen neben die Tür, um mich darauf zu setzen.

Er kam pünktlich; es folgte die übliche Einleitung, und wie beim ersten Mal kam er ohne Umschweife zur Sache.

„Ich habe versucht, das was Sie letzte Woche gesagt haben, zu verinnerlichen, Miss Salinger, aber ich bin absolut davon überzeugt, dass Sie unrecht haben."

„Tatsächlich?"

„Ja. Hören Sie sich das an und dann sagen Sie mir, dass diese unterwürfigen Frauen sich im Griff haben, dass sie zumindest begreifen, was sie tun."

„Machen Sie weiter."

„Ich besuchte letzte Woche den Chatroom von ‚UK Masters and Slaves', so wie ich es regelmäßig mache. June war vor mir da, und als ich mich einloggte, erzählte sie mir, privat, dass ich gerade ein neues Mädchen verpasst hätte, die damit geneckt wurde, bestraft zu werden, weil sie die Gruppenregeln verletzt hatte. Das ist ein üblicher Vorgang und manchmal mündet es in eine virtuelle Bestrafung, manchmal nicht. Dieses Mal nicht. Ich beauftragte daher June, das Mädchen, das sich selbst Poppet nennt, zu fragen, ob sie von mir virtuell bestraft werden wollte. Es ist immer besser, wenn eine andere Frau diese Dinge macht, da neue Mädchen weit eher geneigt sind, Männern zu vertrauen, die schon ein gutes Verhältnis zu anderen Frauen aufgebaut haben."

„Eine verständliche Reaktion."

„Poppet akzeptierte jedenfalls, und nicht nur das. Sie sagte June, dass sie es als die angemessenste Bestrafung ansehen würde, wenn sie dazu gezwungen würde, ihre Hosen nasszumachen. Das war neu für mich, aber als Meister zeigt man keine Naivität, und so machte ich mit. Poppet machte es, auf ihrem Stuhl vor dem Computer, oder zumindest sagte sie, dass sie es tat, und sie schien das Experiment echt zu genießen. Dann wurde sie ruhig, gerade als es richtig intensiv wurde. Sie loggte sich nicht aus, sondern hörte einfach auf, zu schreiben. Wir schickten mehrere Nachrichten, aber sie wurden ignoriert. Ich glaube, es gibt dafür nur eine mögliche Erklärung."

„Und die wäre?"

„Dass ich ihr Angst eingejagt habe, natürlich! Ich meine, nach dem, was der Typ, bei dem ich vorher war, gesagt hat, kommt das Bedürfnis, sich nass zu machen, von einem schrecklichen Trauma, das sie immer wiederholen muss, um mit ihren Gefühlen klarzukommen."

„Das ist keineswegs immer der Fall."

Gabby war gut, so ruhig, so cool, ohne auch nur eine Andeutung von dem, was sie tatsächlich wusste. Ich nicht; ich gab mir verzweifelt Mühe, meinen Mund und meinen Bauch zusammenzupressen, um nicht lachen zu müssen und war nahe daran, mich gleich noch einmal vollzupacken. Wenn ich das gemacht hätte, wäre es unter der Tür durchgesickert, was völlig verrückt gewesen wäre und ihm wahrscheinlich den Rest gegeben hätte.

Ich riss mich zusammen und unterdrückte mein Kichern, indem ich Kopfrechnen machte, was normalerweise funktioniert. Trotz meiner Reaktion tat er mir etwas leid, aber es war einfach so komisch. Da hatte er mir zur Ekstase verholfen und gerät jetzt in helle Aufregung wegen etwas, das nur in seinem eigenen Kopf passiert ist. Ich hatte mich nicht ausgeloggt, weil ich Gabby, kurz nachdem ich gekommen war, mit in den Spielraum genommen habe, um ihr für ihre uneigennützige Aufmerksam zu danken, die sie meinen Brüsten geschenkt hatte. Und während er und June mir beunruhigte Nachrichten geschickt haben, habe ich auf den Po meiner Freundin Creme und Puder geschmiert, bevor ich sie in eine Windel verpackt habe.

Das konnte sie ihm schlecht erklären, aber ihre Beteuerungen trafen auf taube Ohren.

„So muss es gewesen sein", insistierte er. „Sie waren nicht dabei. Eine letzte Nachricht, dann nichts mehr. Ihr Name erschien noch drei Stunden später auf der Chatroom-Liste, als ich mich ausloggen musste, weil mein Sohn nach Hause kam. Er ist diese Woche gerade von der Universität zurückgekommen."

„Vielleicht war sie beschäftigt?"

Das war ich tatsächlich – ich habe Kindermädchen mit dieser ach-so-coolen Therapeutin gespielt. Nach drei Stunden – wenn ich mich recht erinnere – kam Gabby, während sie an mir saugte und verschaffte mir einen zweiten Orgasmus, während ich auf ihrem Gesicht saß und anschließend in ihren Armen einschlief. Der Computer war vergessen. Das passte wahrscheinlich nicht in seine Vorstellung.

„Nein", antwortete er nach einer nervösen Pause. „Ich bin mir sicher. So war es. Als ich sie bat, sich zu beschreiben, machte sie sich selbst herunter und sagte, dass sie einen fetten Hintern hätte und aussähe wie ein Schwein."

„Selbstironischer Humor ist häufiger als man denkt ein Zeichen von Selbstvertrauen. Diejenigen, die unter niedrigem Selbstwertgefühl leiden, neigen dazu, sehr empfindlich bezüglich ihres Äußeren zu reagieren."

„Nein, es war nicht so, ich bin sicher. Ich fühle, dass ich sie ganz schrecklich ausgenutzt habe."

„Sie haben einfach ihren Wunsch erfüllt."

„Ja, aber einen Wunsch, zu dem ihr die Verantwortung fehlt!"

„Das wissen Sie nicht."

„Ach kommen Sie!“

„Stephen, es scheint mir, als wären diese Gefühle mehr ein Produkt ihres eigenen Verstandes. Das letzte Mal erzählten sie mir, dass sie erzogen wurden in dem Glauben, dass Frauen Sex eher als notwendiges Übel betrachten anstatt von ihrer Libido getrieben zu werden. Bestimmt ist das der eigentliche Grund für ihre Bedenken?“

Sie hatte recht. Sie hat immer recht. Er war sich nicht mehr so sicher.

„Mag sein, aber das ändert nichts an den Tatsachen!“

„An den Tatsachen nicht, nein, aber vieles von dem, was Sie gesagt haben, sind Vermutungen.“

Er antwortete nicht, aber ich konnte mir vorstellen, wie er zweifelnd den Kopf schüttelte. Jetzt tat er mir wirklich leid und ich gab mir selbst das Versprechen, nächsten Donnerstag noch einmal in den Chatroom zu gehen und alles zu erklären. Im Grunde war er wesentlich rücksichtsvoller als viele andere Doms, egal ob männlich oder weiblich, und verdiente seine Zweifel nicht. Als er weitersprach, merkte ich, dass sie ziemlich stark waren.

„Das sagen Sie, aber ich wünschte, ich könnte sicher sein. Wir haben sogar versucht, diesem Mädchen, Poppet, eine E-Mail zu schicken, aber ihre Adresse wird von der Gruppe zurückgehalten. Auch das zeigt mir, dass sie sich nicht gut fühlt.“

Ich hatte meine E-Mail-Anschrift zurückgehalten. Sie war poppy@GanzheitlichesWohlbefindenTherapie.com, was eine absolute Gratis-Eintrittskarte bedeutet hätte. Ich habe vor ein paar Jahren auch mein Alter unterdrückt, auch das hatte er bemerkt.

„Sie ist auch erst zwanzig.“

„Sie sagten, dass Ihr anderer Kontakt, June, neunzehn ist?“

„Ja, June ist selbstsicherer, aber selbst wenn, ich kann nicht anders – ich habe das Gefühl, es ist nur eine Fassade, eine Schutzschicht, die sie aufbaut, um ihren Schmerz zu verbergen.“

„Ich habe das Gefühl, auch hier geht es mehr um Ihre eigenen Bedenken, als um die des Mädchens.“

Wieder antwortete er nicht. Mein Ohr begann zu schmerzen und ich zog es von der Tür weg, grinsend, aber entschlossen, ihn aufzuklären.

Ich konnte den Donnerstag kaum erwarten, weil das, was in der letzten Woche passiert war, meinem Sexleben einen neuen Kick verpasst hatte. Gabby und ich waren eineinhalb Jahre zusammen und obwohl ich in sie verliebt war wie eh und je, hatte sich der Sex auf eine gemütliche Routine eingependelt. Mit normalen Maßstäben gemessen, war dies möglicherweise eher eine ziemlich ungewöhnliche Routine, für uns war sie aber gemütlich.

Mittwochnacht schien es so zu werden wie immer. Weil sie am nächsten Morgen arbeiten musste, hätten wir im normalen Schlafzimmer geschlafen, nicht im Spielzimmer. Es würde Wein zum Abendessen geben, der mich schön schläfrig und schön geil machen würde. Im Bett würden wir uns wahrscheinlich ein wenig lecken, würden es vielleicht mit ein bisschen Haue abrunden, und dann etwas Spaß mit unseren Popos haben. Dann gäbe es eine kurze Dusche, eine Umarmung und dann würden wir schlafen.

Wir waren bis zum Wein gekommen, hingen beide mit vollen Bäuchen auf der Couch herum, tranken und unterhielten uns, als es klingelte. Gabby seufzte, als sie sich erhob.

„Bitte lass das ein Freund sein und kein Kunde."

„Ich kann vorsichtig aus dem Fenster gucken, wenn du willst, um zu sehen, wer es ist."

„Nein, ich muss sowieso antworten."

Sie hatte die Sprechanlage erreicht und sprach kurz hinein. Eine Stimme antwortete, männlich, aber ich konnte nicht verstehen, was gesprochen wurde. Gabrielle zögerte, biss sich auf die Lippen und drückte dann den Türöffner, um ihn hoch zu lassen und sprach, während sie sich zu mir umdrehte.

„Jeff Bellbird."

Ich zog ein Gesicht. Fat Jeff war nicht den ganzen Weg von Lewisham hierher gekommen für einen Kaffee und einen Schwatz. Er kannte uns alle zu gut und manchmal liebte er es, uns zu missbrauchen.

Manchmal ließen wir ihn, aber es war immer etwas schwierig, fertig zu werden, bevor er zur Sache kam. Wir bevorzugen beide bei weitem

Frauen für die eine Sache. Er war ein Schwergewicht, wog mindestens 127 kg, mit kleinen Schweinsaugen, die aus einem Urwald von Gesichtshaaren herauslugten und ständig unsere Hintern und Brüste verfolgten, wenn wir uns bewegten. Er war auch verrückt, und ernsthaft pervers, aber das waren seine guten Eigenschaften.

Gabby öffnete ihm die Tür und er kam watschelnd herein und grinste durch seinen Bart wie eine Katze, die ihre Milch gehabt hatte oder vielleicht ein Big Foot, der einen Camper verspeist hatte. Es war ein warmer Abend und er trug übergroße Nahkampfhosen und eine geschnürte Weste, die eng an seinem enormen Bauch anlag und mehr Haare zeigte als üblich. Es sah obszön aus, aber er nahm es nicht wahr oder kümmerte sich einfach nicht darum. Seine Augen wanderten geradewegs zu meinen Möpsen, wie immer.

„Hi, Pops."

„Hi, Jeff. Wie geht's?"

„Noch nie so gut. Der alte Stanbrook ist also zu dir zur Behandlung gekommen, hä, Gabs?"

Er verpasste Gabby einen gewaltigen Schlag auf ihren Hintern als sie vorbeiging, sodass sie hochsprang, warf sich dann auf einen Stuhl und warf eines seiner massigen Beine über die Lehne.

„Das war heftig, Jeff", protestierte Gabby, und rieb sich ihr Hinterteil.

„Ja, Mr. Stanbrook war bei mir."

„Also, was ist sein Problem? Etwas Gutes und Schmutziges, klar?"

„Jeff, du weißt, ich kann vielleicht nicht –"

„Hey, du kannst es Onkel Jeff sagen! Ich wechsle normalerweise deine Windeln, denk dran, auch wenn es erst letzten Monat war."

Er lachte, ein seltsames hochgezogenes Kichern für so einen großen Mann, und sprach dann weiter, während Gabby unten neben mir saß.

„Komm Gabs, sag. Es ist irgendwas Perverses. Worauf steht er – Ladyboys, Dänisch?

„Du weißt, das kann ich nicht sagen, Jeff", antwortete sie. „Außerdem wäre ich dir dankbar, wenn du meine sexuellen Vorlieben nicht mit deinen Kollegen besprechen würdest."

„Das hab ich nicht", antwortete er. Er wollte weiter zu diesem dämlichen Seelenklempner gehen, bei dem er war und ich sagte, dass ich dich kenne. Ich glaube er vermutete, wenn du mich bewältigen kannst, dann würdest du ihn auch bewältigen können. Er weiß dass ich ein Perverso bin; ich hab nie versucht, das abzustreiten."

„Wir haben es zur Kenntnis genommen", antwortete ich. „Wie wär's mit einer Therapie, Mr. Clown Freak?"

„Das brauche ich nicht. Ich stehe auf Clowns. Die männlichen schieße ich ab, die weiblichen ficke ich. Wofür sollte ich eine Therapie brauchen?"

„Zum Glück ist nicht jeder so wie du, sonst wäre Gabby arbeitslos. Was für ein Perversling!"

„Klar, und du liebst es."

„Scheißegal, ich habe etwas, was ihr lieben werdet."

Er beugte sich zu der Tragetasche aus dem Supermarkt, die er mitgebracht hatte, und zog ein Buch heraus. Es war dick, größer als A4 und hoch, die Ecken des Einbandes umgeknickt, der mittlerweile schwache Aufdruck in grün und gold. Gabby und ich reckten uns vorwärts, als er es auf den Kaffeetisch legte.

„Was ist das?"

„Das werdet ihr gleich sehen. Ich habe es in Frankfurt aufgegabelt, an der großen Technik-Konferenz letzten Monat. Für fünfzehn Euro von irgend so einem alten Arschloch mit einem Marktstand."

Er öffnete das Buch, sehr vorsichtig, und ich fühlte sofort, wie mein Mund trocken wurde. Es gab keinen Text, nur eine Zeichnung, Tusche und Wasserfarbe, sehr delikat, sehr schön und sehr, sehr unanständig. Es zeigte eine Frau auf einem Bett mit einem Eisenrahmen, ihr elegantes Kleid im Stil der 20iger Jahre zerwühlt. Ihre Beine waren angehoben und an so einem Gestell festgebunden, mit dem man im Krankenhaus gebrochene Beine hochlagert. Ihr großer Schlüpfer war heruntergezogen und verknotet und ließ ihre Muschi und ihr Arschloch sehen. Ihre Arme waren gestreckt über ihrem Kopf und am Bettgestell festgebunden. Ihr Gesicht zeigte einen Ausdruck von gequälter Fassungslosigkeit.

Das war kaum überraschend. Es gab noch drei weitere Frauen auf dem Bild, alle eindeutig in Krankenschwester-Montur, allerdings in einer, die ich noch nie gesehen hatte. Zwei standen zurückgesetzt, die Hände an den Hüften, ihre Haare und ihre Kleidung etwas zerzaust und machten den Eindruck, dass sie es waren, die sie ans Bett gefesselt hatten. Beide ergötzten sich an der Notlage der Frau. Nicht so die dritte; sie schaute ernst und verärgert, als sie die Düse einer Klistierspritze in den festgebundenen, entblößten After der Frau steckte. Sofort dachte ich daran, wie sich das Opfer fühlen musste, und ich wünschte mir, ich wäre an ihrer Stelle.

„Wow!"

„Gut, gell? Ich wusste, dass du darauf stehst. Was meinst du, Gabs?"

Gabrielle schüttelte nur den Kopf. Ihr Gesicht war gerötet, ihr Mund leicht geöffnet. Wenn es nach mir ginge, so konnte ich nur erahnen, was es in ihr auslöste. Mein Arm war hinter ihrem Rücken, außerhalb von Jeffs Sichtweite, und ich gab ihr drei schnelle Rippenstöße, um ihr anzudeuten, dass ich bereit war zu spielen, für den Fall dass sie es wollte.

„Und jetzt das nächste", kündigte Jeff an und blätterte die Seite um.

Das zweite Bild war genauso unanständig und eher noch beunruhigender. Es zeigte ein junges Mädchen, das auf dem Boden einer altmodischen Küche kniete. Sie war nackt, mit Ausnahme der zerrissenen Überbleibsel ihres Nachthemds, und ihre Hände waren hinter ihrem Rücken gefesselt. Ihr Hintern war nach oben gestreckt, die Pobacken offen und zeigten die winzige braune Rosette ihres Arschlochs. Ein zweites Mädchen, etwas älter, hatte das kniende Mädchen an den Haaren gepackt, zog ihr Gesicht fest zwischen zwei zarte, aber runde Gesäßhälften und grinste in boshafter Verzückung, als sie ihr Opfer ihren Hintern lecken ließ. Eine dritte Frau, viel älter, stand daneben und bereitete beiläufig eine Klistierspritze vor, deren Düse ganz offensichtlich für den Hintern des gefesselten Mädchens bestimmt war.

„Es handelt sich wahrscheinlich um eine Mutter mit ihren beiden Töchtern", bemerkte Jeff.

„In deiner Vorstellung zweifelsohne", antwortete Gabby.

Sie streckte die Hand aus, um die Seite umzublättern, und ihre Finger zitterten leicht. Jeff schloss schnell das Buch und drückte es an seine bärenähnliche Brust.

„Uh, uh, nein, das darfst du nicht."

„Du hast es mitgebracht, um es uns zu zeigen, oder?" fragte Gabby.

„Nein, ich habe es für euch gekauft, aber eine Hand wäscht die andere, meinst du nicht?"

„So ist es, glaube ich", Gabby seufzte.

„Es wird noch viel unanständiger", versicherte Jeff uns. „Es dreht sich fast alles um Klistierspritzen, und einige sind sehr fantasievoll, auch die Situationen. Ihr werdet es mögen."

Gabby zuckte die Schultern und sprach.

„Möchtest du, dass ich deinen Penis lutsche?"

„Ich möchte deinen reizenden, kleinen Arsch ficken."

„Jeff…."

„Ich weiß, ich weiß, du magst es nicht wirklich im Hintern. Was du brauchst, ist Übung, damit dein Ring etwas lockerer wird. Du solltest einen Stöpsel tragen, so wie es die Schwulen machen, damit sie mehr aufnehmen können."

„Danke, Jeff. Es geht mir sehr gut, so wie ich bin."

„Ganz wie du willst. Aber ich krieg dich zum Ficken, klar?"

„Ich gehe einen Kaffee machen, während ihr das ausdiskutiert", bot ich an.

„He, ich werde euch nicht so davonkommen lassen, Pops!" antwortete Jeff schnell. „Für was für einen Depp haltet ihr mich denn? Nein, ich will, dass Ihr Euch mit euren fetten, kleinen Ärschen vor mir aufstellt. Hier, zieh das an."

Er zog etwas aus seiner Tasche, ein Bündel Kleider mit diamantenbesetzten Ornamenten in grellem rot und grün. Ich musste nicht lange überlegen, was es war – ein Clownskostüm. Ich griff danach, während ich aufstand und schüttelte den Kopf. Jeff grinste nur, aber sprach weiter, während ich ins Schlafzimmer ging.

„Es könnte vielleicht etwas eng sein."

Das war es. Ich war nicht groß, egal, welche Maßstäbe man anlegte, aber das Mädchen, für das es gemacht war, musste winzig sein. Ich hielt es hoch und war nicht einmal sicher, ob ich überhaupt hineinpassen würde, und die Größe war nicht das einzige Problem. Es war wie ein enger Body geschnitten, allerdings mit großen Löchern an Brust und Po. Ich mag es, nackt zu sein, aber dies war geradewegs aus einem Männermagazin entsprungen.

Ich zögerte, nicht sicher, ob das Buch das wert war. Posieren oder einen Schwanz zu lutschen war eine Sache, aber völlig lächerlich auszusehen, war eine andere. Dummerweise wusste ich, dass Gabby so ziemlich alles tun würde, um es zu besitzen, und es war nur fair, ihr das nicht zu vermasseln. Also zog ich meine Kleider aus, alle, zwängte mich in das Clownskostüm und fühlte mich zunehmend lächerlicher, nachdem ich zuerst meinen Hintern ansah, dann meine Brüste. Als ich es an hatte, ging ich zum Spiegel und stellte fest, dass ich genauso lächerlich aussah, wie ich mich fühlte. Außerdem sah ich sehr unanständig aus, meine Brüste hingen vorne heraus, mein Po hinten, was absolut gewaltig aussah. Kann sein, dass es das Kostüm war, vielleicht war es aber auch einfach mein Selbstbewusstsein; ich sah auf jeden Fall so aus und fühlte mich, als wäre ich 12 Kilo schwerer, insbesondere meine Brüste und mein Po.

Ich verzog ein bisschen das Gesicht und verließ das Schlafzimmer – wenigstens lief es nicht darauf hinaus, dass ich den Mund voll hatte mit Jeffs Saft. Bei Gabby war das nicht der Fall, sie hatte keine Zeit verschwendet. Sie war auf ihren Knien zwischen seinen geöffneten Schenkeln und ihr Kopf bewegte sich langsam am Schaft seines Schwanzes auf und ab. Auch sie musste sich zeigen. Ihr Top und ihr Büstenhalter waren hochgerutscht, und während sie ihn bearbeitete, schwangen ihre kleinen Titten hin und her. Ihre Jeans und ihr Slip waren hinten nach unten gezogen und zeigten ihren Po und ihre Muschi. Jeff schaute hoch.

„Hübsch. Dreh dich um."

Ich drehte mich herum und zeigte ihm meinen Hintern. Er antwortete mit einem zufriedenen Grunzen und fasste in Gabbys Haar, damit sie ihren Kopf noch tiefer auf seinen Schwanz hinunterbekam.

„Was soll ich tun?" fragte ich.

„Alles, was sich natürlich ergibt. Tanz herum; spiel mit deinen Titten; mach es gut und schmutzig."

Ich nickte und fragte mich, ob er glaubte, dass das Tanzen für Perverse, während man wie ein dementer Clown angezogen war, wirklich etwas war, was mir natürlich in den Sinn kam – oder irgendeiner Frau. Egal, ich tat es für ihn. Ich begann zu tanzen, wackelte mit meinen Brüsten und meinem Hintern zu imaginärer Musik und nahm zunehmend unanständigere Posen an, während ich darauf achtete, dass er nicht zwischen meine Pobacken sehen konnte.

Er schaute zu, seine Augen wanderten zwischen meinem Körper und Gabrielles Gesicht hin und her, während ihre Lippen sich auf seinem Schwanz auf und ab bewegten. Sie saugte nicht mehr richtig, sondern wurde gefickt, wobei Jeff kontrollierte, wie schnell und wie tief er in ihren Rachen eindrang. Nach einer Weile korrigierte er seine Stellung und lehnte sich nach vorne, um seinen massigen Bauch auf ihr Gesicht zu pressen und unter sie zu gelangen. Er begann mit ihren Brüsten zu spielen, eine nach der anderen, brachte ihre Nippel zum Erigieren und setzte sich dann wieder auf. Er stöhnte und sprach, seine Stimme heiser vor Leidenschaft.

„Ich werde es tun, Gabs, direkt in deinen Mund. Sei schmutzig, Pops."

Ich begann schneller zu tanzen und fühlte mich alberner denn je, als ich meine Brüste schüttelte und mich dann umdrehte. meinen Po herausstreckte und um schließlich meine Pobacken zu öffnen um ihm das zu zeigen, was er wirklich sehen wollte. Er stöhnte, lauter, und noch einmal, als ich zurücklangte und meine Pobacken fasste, um sie weit auseinander zu ziehen. Er stöhnte und sprach weiter, schnell und eindringlich.

„Das ist gut, Pops, zeig mir dein Arschloch…, zieh es weit auseinander…. oh, das ist mein Mädchen, du dreckige Hure…."

Ich tat es, zog meine Pobacken auseinander, um ihm das kleine Loch dazwischen zu zeigen, und meine Muschi obendrein. Als ich mich umsah, um den Höhepunkt zu sehen, merkte ich, dass er bereits kam. Sein Mund war offen, sein Gesicht in reiner Ekstase verzerrt, seine Hand fest in Gabbys Haare verkrallt. Sie war glotzäugig und rot im Gesicht und ihre Backen aufgeblasen, während sie sich abmühte, das aufzunehmen, was er in ihren Mund pumpte.

Es kam alles raus, sofort ließ er ihre Haare los, sein Schwanz und seine Eier ein einziges großes, spastisches Zucken. Sie taumelte zurück, keuchend, ihr Gesichtsausdruck voller Ekel. Sperma tropfte von ihrer Unterlippe und hing wie ein cremiger, weißer Vorhang an ihrem Kinn.

„Artiges Mädchen", seufzte er. „Danke, Gabs.... dir auch, Poppy."

Ich stand auf, noch immer fühlte ich mich lächerlich, aber auch mehr als nur etwas geil, mit dem Geruch von Sperma in der Luft, und meinem entblößten Körper. Jeff schnaubte und ließ sich zurück in den Stuhl fallen. Gabby hatte die Box mit den Papiertaschentüchern vom Kaffeetisch geholt und hielt sie ihm hin, während sie begann, sich das Gesicht sauber zu machen. Er nahm ein Bündel.

„Wollt ihr beide jetzt Lesbenspielchen machen?" fragte er und wischte seinen Schwanz ab.

Gabby kümmerte sich immer noch um die Sauerei in ihrem Gesicht. Es war auch auf ihrem Top gelandet und sie sah nicht übermäßig erfreut aus. Ich war bereit, falls sie es wollte, aber es war kaum vorstellbar, dass sie daran interessiert war, fast nackt, nachdem ein Mann in ihrem Mund gekommen war. Ich wollte es ihr zumindest anbieten.

„Später, Gabby? Oder möchtest du?"

Sie zögerte einen Moment und streifte dann ihr Top ab, und ich wusste, dass sie Lust darauf hatte. Jeff gab ein zufriedenes Grunzen von sich, lehnte sich zurück und nahm seinen nassen Schwanz in die Hand.

„Yeah, Clown Action, cool! Sitz auf ihr Gesicht, Poppy, lass sie dein Arschloch lecken."

Gabby stand auf, um das Durcheinander von Kleidern von ihren Beinen zu entfernen, zusammen mit ihren Schuhen. Nackt, warf sie mir einen verzweifelten Blick zu, kam aber dann doch willig in meine Arme, als ich zu ihr ging. Wir begannen uns zu küssen, ich nahm ihren hübschen Po in meine Hände, streichelte ihre Pobacken und entlang ihrer Falte. Sie schüttelte sich ein bisschen beim Gedanken an das, was sie mit Jeff gemacht hatte und ich konnte sein Saft in ihrem Mund schmecken, was meine submissiven Gefühle sehr schnell in Wallung brachte.

Ich wollte sie nicht dominieren. Ich wollte bestraft werden, und wollte bloßgestellt werden. Sie leistete keinen Widerstand, als ich sie sanft auf den Boden drückte, kniend, über dem Sofa. Ich streckte meinen Hintern hoch und fühlte wie mein Fleisch durch das absurde Clown-Outfit anschwoll, als ich die Position für eine Tracht Prügel einnahm. Gabby machte es mir nach, mich immer noch küssend, immer noch in meinen Armen zitternd, als wir uns darboten.

„Schlag uns, Jeff, während wir schmusen."

Er gab noch einen lauten Grunzer von sich, als er seinen Stuhl heranzog. Ich zog Gabby an mich, während der andere Arm zurück ging, zwischen meine gespreizten Schenkel, um die pralle, nasse Schwellung meiner Muschi zu suchen. Ich war nass, angeschwollen und offen und ließ zwei Finger in mein Loch hineingleiten. Jeff stand genau hinter uns, starrte auf unsere offenen Muschis, seine dicke, rote Zunge guckte aus seinem Mundwinkel hervor, während er den Anblick bewunderte. Ich schloss meine Augen und küsste Gabby innig, als Jeff mich in den Hintern kniff.

Er begann, mich zu begrapschen, und betatschte uns, während wir masturbierten, eine Hand auf meinem Hintern, die andere auf Gabbys. Ich ließ ihn, ließ ihn schwelgen in seiner geilen, schmutzigen Untersuchung meines Hinterns. Er bestrafte mich und meine Freundin, befingerte uns, berührte unsere Arschlöcher, kniff und schlug unsere Pobacken. Meine Finger rutschten aus meinem Loch heraus und ich begann, mich zu reiben.

In dem Moment, als meine Finger herauskamen, wurden sie ersetzt durch einen dicken, männlichen Finger, dann einem zweiten und einem dritten, die in mein offenes Loch glitten. Es ging nicht lange, meine Muskeln begannen bereits zu zucken und mein Arschloch blinzelte.

„Schlag mich, Jeff, hart!"

„Flittchen!"

„Ich weiß. Weiter, mach es!"

Es gab ein nasses Geräusch, als er seine Finger auf Gabbys Geschlecht zog, dann einen Schlag. Ich fühlte, wie ihr Körper unter dem Schlag zusammenzuckte, aber seine Finger waren immer noch in mir.

„Schlag mich, du Mistkerl!"

„Langsam, langsam…"

Seine Finger kamen heraus. Mein Loch schloss sich mit einem langen, windigen, Muschifurz. Jeff lachte und ich fühlte, wie mir das Blut ins Gesicht schoß.

„Zeit für eine Tracht Prügel, Mädchen!"

Er fasste uns hart an, ein doppelter Klatsch über unsere Hintern. Ich sprang hoch, Gabby ebenfalls, und noch ein zweiter klatschender Schlag. Ich begann schneller zu reiben, und er nahm den Rhythmus auf, indem er unsere Pobacken im Takt unserer Kontraktionen schlug. Als mein Hintern begann hochzuschnellen, war ich schon dabei zu kommen, während ich fest und schnell an meiner brennenden Klitti rieb und Gabby und ich unsere Münder aufeinander pressten.

Sie erreichte als erste den Höhepunkt, mit einem langen, ekstatischen Stöhnen, während sich ihre Muskeln gegen meine spannten. Als sie kam, zog ich sie hinein, genauso, wie sie es mit mir machte, unsere Körper fest aneinander gepresst, seiner geilen Bestrafung ausgeliefert, unsere Hintern zur Tracht Prügel zur Schau gestellt, nichts verborgen, unsere Münder voll vom Geschmack seines Saftes.

Auch ich kam, in Gabbys Mund keuchend, während Jeff Schläge auf meine nackten Pobacken regnen ließ. Ich wollte mehr, brauchte mehr, und härter, den Riemen oder den Stock, eine richtige Tracht Prügel, während ich mich im Orgasmus wand, völlig entblößt vor ihm. Ich wünschte mir, er würde mich ficken, in meinen Arsch, mich auspeitschen, alles auf einmal, mich vollspritzen, und dann meinen heißen Körper vollpissen.

Dieser letzte, schmutzige Gedanke brachte mich geradewegs auf den Gipfel meines Höhepunkts. Mein ganzer Körper zuckte im Orgasmus, mein Körper fühlte sich wundervoll an, ein riesiger, heißer Ball, mein Geschlecht ein weiches, nasses Zentrum. Ich hielt den Gedanken an heißen Urin, der hinunter auf meine geschlagenen Pobacken spritzte, mein Loch füllte, durch meine Finger rann, von meinen Schamhaaren tropfte und meine Schenkel herunterlief. Es war wundervoll, absolut schmutzig, und ich hielt es, bis ich es nicht mehr ertragen konnte.

Was mit Jeff passiert war, war so eine Sache. Normalerweise halte ich Männer eine Armlänge von mir fern. Männer sind mühsam. Sie können nicht akzeptieren, dass Gabby und ich eine Einheit sind, oder sie machen sich lustig über Lesben, was auch immer. Das brauche ich nicht. Einige sind anders, ein paar wenige, die perversen. Sie wissen, dass es nur Tutti-

Frutti ist, nur eine Spielerei unter Freunden. Jeff war einer von ihnen, und wenn ich auch seine bizarren Fantasien nicht teilte, wusste ich, dass er die Gabe hatte, mich dazu zu bringen, dass ich mich unanständig fühlte. Oder wenn Gabby einen Daddy für ihre Erwachsenen-Baby-Spiele brauchte, oder ich eine richtige Tracht Prügel. Dann hatten wir jemand, den wir anrufen konnten. Er mochte grob sein, er mochte unanständig sein, aber er war gefahrlos. Er urteilte nicht, genauso, wie er von uns erwartete, dass wir ihn nicht verurteilten.

Gabby hatte eine endlos lange Liste mit Terminen am Donnerstag. So verließ ich die Wohnung früh, frühstückte ausgiebig bei der Victoria Station und nahm dann spontan einen Zug, nach Süden, bis Uckfield. Von dort aus wanderte ich ziellos hinaus ins Grüne, genoss einfach nur den warmen Sommertag und dachte über mein Leben nach. Zwangsläufig gingen meine Gedanken zurück zu dem, was mit Stephen Stanbrook passiert war, und der Tatsache, dass ich in meine Hosen gepinkelt hatte. Es waren nur wenige Leute unterwegs, und während ich lief, begann ich mich damit zu reizen, mir vorzustellen, dass ich meine Hose nassmachen könnte und so nach Hause gehen müsste. Mit nassem Hintern, während ich zwischen den anderen Fahrgästen saß. Natürlich verkniff ich es mir, aber als ich es nicht mehr halten konnte, machte ich mitten auf den Weg, was sich herrlich ungezogen anfühlte.

Das brachte mich direkt wieder in die Stimmung für die abendliche Unterhaltung. Gabby hatte es geschafft, sich selbst einzureden, dass es legitim war, wenn ich versuchte, Stephen zu helfen, seine Bedenken bezüglich der weiblichen Sexualität abzubauen, und protestierte nicht dagegen. Nach einem leichten Abendessen zog ich daher einen Babydoll an, einen weißen dieses Mal, und setzte mich vor den Computer.

Ich war früh dran und diskutierte fast eine Stunde lang über die Herstellung von Bestrafungswerkzeugen. Während ich mit Anna Vale, meiner letzten Freundin, zusammen war, hatte ich Rohrstöcke und Peitschen für meine eigenen Bestrafungen gemacht und wusste eine Menge mehr darüber, als die meisten von ihnen. Bald gab ich Tipps über alles Mögliche – angefangen mit den besten Bezugsquellen für Leder bis zu Ratschlägen, welches Öl man am besten verwendet, um es geschmeidig zu halten. Die Kommentare der verschiedenen Meister begannen einen leicht ehrfürchtigen Ton anzunehmen, was ich selbstgefällig zur Kenntnis nahm, gelinde gesagt. Ich hörte auf, sie mit dem Titel anzusprechen und nicht einer versuchte, mich in die Schranken zu weisen. Als der Schwarze Ritter sich einloggte, war ich gerade dabei, ein Bombardement an Fragen zu beantworten, und er sagte für eine Weile nichts. So war es wie ein Schock für mich, als er antwortete.

Schwarzer Ritter: „Du übernimmst dich etwas, Poppet, oder?"

Meine instinktive Reaktion war Verärgerung, aber schnell schluckte ich meinen Stolz herunter.

Poppet: „Entschuldigung, Meister."

Schwarzer Ritter: „Ich denke, eine Peitsche würde dir gut tun."

Poppet: „Ja, Meister."

Schwarzer Ritter: „Dreh deinen Stuhl um und lehn dich darüber."

Poppet: „Ja, Meister."

Ich tat es, drehte schnell meinen Stuhl um und kniete mich darauf. Um die Tastatur erreichen zu können, musste ich mich über die Lehne beugen und meinen Hintern hochstrecken. Gabby lachte und versetzte mir einen Schlag auf den Hosenboden meines Schlüpfers. Ich grinste sie an, schon ein bisschen zitternd, und bereit für eine Bestrafung, die ganz eindeutig nicht virtuell sein würde. Neue Worte erschienen auf dem Bildschirm.

Schwarzer Ritter: „Was hast du an, Poppet?"

Poppet: „Meinen weißen Baby-doll, Meister."

Schwarzer Ritter: Zieh deine Hose herunter."

Poppet: „Ja, Meister."

Ich gehorchte und langte zurück, um meine Baby-doll Hose runterzuziehen und zeigte Gabby, die anerkennend lächelte, meinen nackten Po. Die meisten der anderen Leute im Chat-Room hatten aufgehört zu schreiben, und ich konnte mir vorstellen, wie sie an mich in meiner unanständigen, verletzlichen Lage dachten. Die Mädchen haben wahrscheinlich Schmetterlinge im Bauch und sind sich ihrer eigenen Hinterteile überaus bewusst; die Männer waren wohl eher cool und dominant, oder schlicht lüstern.

Schwarzer Ritter: „Ich bin hinter dir. Ich habe eine Peitsche in der Hand,

dreischwänzig, schweres braunes Leder."
Poppet: „Das nicht, Meister, bitte!"
Schwarzer Ritter: „Wehre dich nicht. Es ist deine Natur, mir deinen Körper zu unterwerfen."
Poppet: „Ja, Meister."
Der Name Stiefel erschien auf der Liste der Leute im Chat-Room, was mir einen zusätzlichen Nervenkitzel verpasste, wenn ich mir vorstellte, dass June meine Bestrafung miterleben würde.
Schwarzer Ritter: „Zwanzig Schläge."
Poppet: „Ja, Meister."
Eine Box leuchtete auf meiner Symbolleiste auf. Ich klickte sie rasch an, wobei Gabby erneut über meine missliche Position lachte. Das Fenster öffnete sich. Ich begann zu tippen, um sie zu bitten, einen Augenblick zu warten, aber ihre Nachricht erschien als erstes.
Stiefel: „Hi, Poppy, Ich bin so froh, dass du hier bist! Bist du OK?"
Ich musste antworten.
Poppet: „Hi, Stiefel. Sorry wegen letzter Woche. Ich war ein bisschen abwesend."
Stiefel: „Abwesend?"
Poppet: „Nachdem ich meine Hosen nassgemacht hatte. Ich war nicht bestürzt oder so."
Stiefel: „Versprochen?"
Poppet:" Versprochen. Es hatte mich so angemacht, ich musste einfach aufhören."
Stiefel: "Bös, bös! Wir hatten uns schon Sorgen gemacht, was mit dir passiert ist."
Poppet: „Ich hätte zurückkommen sollen. Ich bin abgelenkt worden."
Stiefel: „Du hast dich also tatsächlich nass gemacht?"
Poppet: „Ja."
Stiefel: „Wir dachten, du hättest einfach nur gespielt!"
Poppet: „Das hab ich. Ich habe mir große Mühe gegeben."
Stiefel: „Ich wette, das hast du. Böses Mädchen!"
Poppet: „ Es war schön. Ich mag es, dazu gezwungen zu werden. Dein Meister ist gut."

Stiefel: „Der beste."

Poppet: „Warte eine Minute. Ich glaube, ich soll vom Schwarzen Ritter ausgepeitscht werden."

Stiefel: „Oops! Sorry, habe ich nicht realisiert."

Ich schloss das kleine Fenster und richtete meine Aufmerksamkeit wieder auf den Hauptbildschirm. Sie sprachen wieder über Utensilien, aber mein Interesse galt noch immer meiner virtuellen Bestrafung, und ich tippte so schnell ich konnte, eine Entschuldigung ein.

Poppet: „Sorry, ich habe ein Flüstern bekommen."

Die Antwort kam schnell.

Der Aufseher: „Das hättest du nicht tun dürfen, Poppi."

Stern: „ Lies die Chat-Room-Regeln, Dummchen."

Schwarzer Ritter: „Poppet, wenn du flüstern willst, musst du die Erlaubnis vom Meister und von mir einholen, auf der Hauptplattform."

Poppet: „Sorry."

Schwarzer Ritter: „Poppet, wenn du hier teilnehmen willst, musst du lernen, die Regeln zu befolgen. Im Übrigen, während du hier bist, hast du alle Meister mit Respekt zu behandeln."

Poppet: „Ich sagte Entschuldigung. Gebt mir eine Pause!"

Schwarzer Ritter: „Rede niemals so mit einem Meister. Das ist deine letzte Warnung. Tu es nicht noch einmal."

„Wie arrogant er sein kann!" warf Gabby hinter mir ein.

Ich krabbelte von meiner Position herunter, und fühlte mich jetzt beschissen. Der Typ trug seine Nase so weit oben, dass er seine eigenen Mandeln sehen müsste. Mochte Fat Jeff auch grob und dreckig sein, in dieser Art hätte er nie mit mir gesprochen. Ich band meine Haare hinten zusammen und legte meine Finger auf die Tastatur, um ihm eine kurze, scharfe Lektion zu erteilen. Beim Gedanken an Stiefel zögerte ich jedoch. Im Chat Room diskutierten sie jetzt über verschiedene Arten von Rohrstöcken, aber ich hatte keine Lust mehr, sie weiterhin in den Genuss meiner Erfahrungen zu bringen. Stiefel äußerte sich nicht dazu, und so klickte ich auf ihren Namen um das Fenster zu schließen.

Poppet: „Was für ein Arschloch!"

Regeln hin oder her, sie antwortete.

Stiefel: „Er leitet die Gruppe, also haben wir seine Regeln zu befolgen."

Poppet: „Ich sehe, tust du das nicht!"

Stiefel: „Normalerweise schon. Wenn ich es nicht tue, passe ich auf, nicht erwischt zu werden."

Sie beendete den Satz mit einem der kleinen gelben Smilies, dieses Mal ein winkender. Ich begann, mich besser zu fühlen. Ich bevorzuge Aufrichtigkeit zwischen Spielgefährten, aber ich konnte ihren Standpunkt verstehen. Als ich mit Anna Vale zusammen war, war ich genauso, ein Muster an Gehorsam an der Oberfläche und raffiniert im Geheimen. Ich wechselte das Thema.

Poppet: „Also, was ist los?"

Stiefel: „Was los ist, böses Mädchen, ist, dass Höschen und ich runter zum Haus des Meisters in Dorset gehen werden. Wir können den ganzen Sommer bleiben, und wenn er runter kommt, wird er sich ganz um uns kümmern. Na, wie cool ist das?"

Poppet: „Wow! Du glückliche!"

Poppet: „Er ist so gut, und er ist so reich, er macht sich einen Dreck aus Geld. Er besorgt uns Uniformen und alle möglichen Geschirre."

Poppet: „Klasse!"

Stiefel: „Hast du schon mal von Pony-Girls gehört?"

Poppet: „Ich war ein Pony-Girl."

Stiefel: „Oh, mein Gott! Du musst mir davon erzählen!"

Poppet: „Sicher, jederzeit."

Stiefel: „Der Meister wird alle Geschirre, die wir brauchen, besorgen, insbesondere Stiefel und so."

Poppet: „Schweife?"

Stiefel: „Ich hätte gerne einen Schweif, aber die einzigen, die ich gesehen habe, ragen direkt aus dem Po heraus. Sie sehen blöd aus, und ich weiß, was ich will. Ich habe ein Bild gesehen von einem Mädchen mit einem prachtvollen, rauschenden schwarzen Schweif, der aussah, als würde er aus ihrem Rücken wachsen."

Poppet: „Wie sah sie aus? Wer war noch auf dem Foto?"

Stiefel: „Sie ist total hübsch; feines, gelocktes, schwarzes Haar, reizende Pobacken, Brüste, für die man sterben könnte. Alles was sie anhatte, war das Geschirr, und die Zügel wurden von dieser wirklich streng aussehenden Domina gehalten."

Poppet: „Was trug die Domina?"

Stiefel: „Einen altmodischen Umhang, grün, glaube ich, Reitstiefel. Sie hatte eine Peitsche."

Poppet: „Das Pony-Girl bin ich."

Stiefel: „Du machst Witze!"

Poppet: „Nein, ich bin es wirklich. Die Frau ist meine Ex, Anna Vale. Ich kann diese Schweife besorgen."

Stiefel: „Süße, bitte!"

Poppet: „Ok. Sie sind ziemlich teuer, und sie müssen handgemacht sein."

Stiefel: „Der Meister wird es bezahlen. Er hat das Bild gesehen."

Einen Moment lang antwortete ich nicht. Ich fühlte mich tatsächlich sehr zufrieden mit mir und dachte daran, wie es sich angefühlt hatte, als ich ohne Seitenstechen in meinem Geschirr gelaufen war und der Stil des Schweifes sich an meinem Po bewegte.

Stiefel: „Können wir uns treffen?"

Poppet: „OK. Wo bist du?"

Stiefel: „Beaconsfield. Höschen wird auch kommen wollen. Der nächste Treff ist in Central London."

Poppet: „Ich bin in Central London, aber ich möchte nicht in einen Treff gehen, nicht, wenn Leute wie Der Aufseher und der Schwarze Ritter da sind."

Stiefel: „Es ist am besten, wenn man sich in Treffs verabredet. Bestimmt."

Poppet: „Nein, danke. Wie wär's mit dem Lord Marchmont in der Bloomsbury Street?"

Stiefel: „Ich werde es finden. Sorry, dass ich nerve, aber wie kann ich sicher sein, dass du es in Wirklichkeit bist?"

Poppet: „Ganz einfach. Ich bringe das Pony-Girl Bild mit."

Das war es, was ich wollte, mich mit June und Nicola treffen und nicht die Untergebene von so einem arroganten Scheißkerl spielen, der dachte, er wüsste alles. Wir vereinbarten eine Zeit; ich entschuldigte mich und verbrachte den Rest des Abends damit, das Kindermädchen für Gabrielle zu spielen.

Drei

Ich traf mich mit Nicola und June, oder Höschen und Stiefel, um ihre Spiel-Namen zu verwenden. Gabby akzeptierte meine Entscheidung nach einem Moment des Zögerns, und ich spielte das Wochenende für sie Kindermädchen, um es wettzumachen, und um nicht die Regel Nummer Eins zu brechen. Stephen war nicht da, so dass es keinen wirklichen Interessenskonflikt gab, und ich versprach, es ihr zu sagen, wenn eines der Mädchen wirklich unter geringem Selbstwertgefühl leiden würde.

Das Lord Marchmont war ideal für diese Art von Treffen. Es ist groß und überfüllt, aber es gibt eine Kellerbar mit kleinen Alkoven. Es ist einfach, im Hintergrund zu bleiben und zu sehen, wer hereinkommt, aber wenn man einmal im Alkoven ist, kann man garantiert nicht gehört werden. Anna Vale, die immer sehr verschwiegen war, wenn es darum ging, wie sie ihr Geld verdiente und gegenüber jedem Mann, der zu ihr kam, sehr misstrauisch war, hat es immer genutzt und es war niemals ein Fehler. Nicht, dass ich mir Sorgen hätte machen müssen, denn ich hatte Stephens unwissentliche Garantie, dass Nicola wie auch June reale Personen waren.

Als ich am Samstagabend ankam, war es etwas weniger voll als üblich. Der andere Grund, warum Anna es mochte, war, dass es aussah wie aus der Vorkriegszeit. Das Gebäude war es ganz sicher, und die Ausstattung war auch nicht viel moderner. Auch wenn nicht alles original war, so sah es doch danach aus, einschließlich eines riesigen Propellers über der Bar, Fotos von Männern in Uniform mit großen Schnauzbärten und eines gerahmten Schuldscheines vom Künstler Augustus John.

Ich war etwas vorsichtig, für den Fall, dass Anna da sein könnte, aber da sie es selten mehr als drei oder vier Mal im Jahr besuchte, schien das eher unwahrscheinlich. Ihr Stil war es, immer eine Handvoll fester

Stammkunden zu haben, und ich war sicher, dass sich das nicht geändert hatte. Nachdem ich mich also durch die Seitentür hineingeschlichen hatte und mich einige Minuten im Schatten verborgen hielt, war ich sicher, dass sie nicht da war.

Höschen und Stiefel waren da, ganz unverkennbar nach Stephens Beschreibung, und ich betrachtete sie einfach eine Zeitlang. Nicola war, wie er gesagt hatte, klein, so groß wie ich, oder noch nicht einmal, und sehr schlank. Ihr Gesicht war zart, fast elfenhaft, mit hohen Wangenknochen und großen, strahlenden Augen. Das glatte, hellbraune Haar reichte ihr fast bis zum Po, und ihre Haut war bleich und zart. Sie trug ein abgeschnittenes Top, ganz offensichtlich ohne BH, und es sah so aus, als wären ihre Nippel genauso groß wie ihre Titten. Ihr Po war reizend, rund und frech, in cremefarbenen Hosen.

June sah vergleichsweise stämmig aus, obwohl sie nur durchschnittlich groß war und alles andere als dick, mit einem kleinen, kaffeebraunen Fleischwulst, der aus dem Bund ihrer tief sitzenden Hüftjeans herausschaute. Ihre Hosen zeigten, absichtlich, einen roten Stringtanga, der straff durch zwei fleischige Pobacken gezogen war, und sie hatte ein Tattoo, ein Ahornblatt, dessen Form so geschnitten war, dass es ihren Po betonte. Wie Nicola trug sie ein abgeschnittenes Top, im Gegensatz zu Nicolas war ihres jedoch mit rundlichen, weiblichen Formen gefüllt. Sie war von multikultureller Herkunft, wahrscheinlich mit einem indianischen oder indischen Einschlag, mit glattem, schwarzem Haar, das sogar noch länger war als das ihrer Freundin.

Beide tranken: June ein Wodka-Mixgetränk direkt aus der Flasche, Nicola einen Humpen Starkbier, was wundervoll exzentrisch wirkte. Ich bestellte mir selbst einen Cider und ging näher. Ich war etwas schüchtern und überlegte, wie ich mich am besten vorstellen sollte. Das Eis zu brechen ist immer der schwierigste Teil, und obwohl es etwas einfacher war, wenn man sich online schon getroffen hatte, machte es nicht so viel aus, aber ich war entschlossen, nicht verkrampft zu sein. So kämpfte ich mich durch die Menge, näherte mich ihnen von hinten, stellte mein Glas ab und kniff beide kräftig in den Po.

Sie sprangen auf. Drehten sich um und ihr ärgerlicher Gesichtsausdruck verschwand sofort, als sie mich sahen. Ich grinste und umarmte sie beide, küsste erst June und dann Nicola. Es war laut und ich musste schreien und gestikulieren, um verständlich zu machen, dass wir nach unten gehen sollten. Beide nickten zustimmend und kurze Zeit später waren wir in der vergleichsweisen Ruhe der Kellerbar. Einige wenige Alkoven waren noch leer, und ich entschied mich für einen in der Ecke, der uns fast komplett vor neugierigen Augen abschirmte.

„Grandioser Platz, um sich zu treffen", sagte June und rutschte auf die Bank. „Wir sollten Treffs hier abhalten."

„An Wochentagen ist es hier über Mittag voll mit Büroangestellten", antwortete ich ihr, „aber an Wochenenden fast leer."

„Sie sind normalerweise immer am Sonntag", erklärte mir Nicola. „Ich werde es dem Meister vorschlagen."

Ich musste kichern.

„Nennst du ihn immer Meister, auch wenn ihr zwei zusammen seid?"

„Ja, wir kennen seinen wirklichen Namen nicht!" lachte June.

„Es ist eine Frage des Lebensstils, fügte Nicola hinzu.

„Ihr seid also richtig tief eingestiegen?"

„Ganz und gar", antwortete sie.

„Zum größten Teil", ergänzte June. Ich bin mehr Masochist; Nicki mehr devot. Wie ist es bei dir?"

„Ich habe immer gedacht, dass ich rein devot bin. Ich denke, das war ich auch. Bestrafung und Schmerz hängen ab von der Umgebung, aber beides macht mich an. Allerdings habe ich mich langsam verändert, und habe immer mehr die dominante Seite meiner Persönlichkeit ausgelebt, auch, um flexibler zu sein. Um ehrlich zu sein, erscheint mir UK Masters and Slaves zu einseitig."

Nicola antwortete mir.

„Ich mag es so. Es hilft mir zu verstehen, wer ich bin."

„Das habe ich auch gedacht. Erst als ich mir meiner Sexualität sicherer war, hatte ich den Wunsch, mit meinen Fantasien zu experimentieren, egal in welche Richtung. Anfangs ließ ich einfach meine Herrin die Führung übernehmen."

„Herrin?"

„Ich mag im Allgemeinen lieber Mädchen, aber ich bin bi."

„Und auf was stehst du jetzt?" fragte June voll gespannter Ungeduld.

Ich zögerte, weil ich Gabrielle versprochen hatte, sie herauszuhalten. Aber schließlich war die Kluft zwischen ihrem beruflichen und privaten Leben so groß, dass keine Gefahr bestand, nicht mal, dass es Stephen realisieren würde, und ich wusste, sie hatte nicht mit ihm gesprochen.

„Wie ihr wisst", antwortete ich grinsend, meine Hosen nassmachen und Pony-Girl spielen, natürlich auch Piggy-Girl, Spanking und andere CP, Bondage, Exhibitionismus, alle Varianten."

„Du scheinst alles zu kennen!"

„Ich hatte den besten Lehrer, glaub mir."

„Das glaub ich dir. Wie kommt es, dass wir dich nicht im Netz getroffen haben?"

„Ich habe erst seit ca. einem Jahr Zugang zu Computern."

„Wie das?"

„Ich war jahrelang in einer Lifestyle Partnerschaft, die in den 30iger Jahren spielte, mit Anna Vale."

„Anna Vale?"

„Habt Ihr nicht von ihr gehört?"

„Nein."

„Ich dachte, jeder in der SM-Szene kennt sie. Sie ist eine der fanatischsten Lifestyler überhaupt. Ich war ihrer Freundin, Dienstmädchen, Sklavin, Pony-Girl, alles.

„Wow! Klingt großartig. Der Meister wird begeistert sein. Er steht absolut auf Fantasien von Mädchen, die lebenslang Sklaven sind, weißt du, und zwischen zwei Meistern gehandelt, ja sogar verkauft werden."

Das ist keine Fantasie, glaub mir."

„Was ist dann passiert?" fragte Nicola. „Das ist es wovon ich träume."

„Ich habe die Schule verlassen, mit siebzehn. Ich war nicht schlecht, aber auch nicht sonderlich gut. Die Berufsberaterin stufte mich herunter als Sekretärin, und ich sah ein Leben voller Langeweile und Mittelmäßigkeit auf mich zukommen. Ich wusste bereits, dass ich nicht wirklich dazugehörte. Bisexuell und devot zu sein ist nicht einfach in einer Teenager-Gruppe, das wisst Ihr sicher."

„Erzähl mir davon."

„Ich versuchte es mit Lesben-Gruppen, denn obwohl ich nichts gegen Hetero-Sex habe, stehe ich eigentlich nicht auf Männer. Das war nicht ideal und ich musste manchmal so tun, als wäre ich rein lesbisch, aber trotzdem fehlte es mir nicht an Aufmerksamkeit."

„Ich wette drauf"

Die meisten von den Gruppen waren jedoch eher politisch angehaucht und SM war ein großes No-Go. Nur einige wenige waren anders und da gab es einen Club, in den ich normalerweise ging. Sie hatten sich dem Stil der dreißiger Jahre verschrieben, hauptsächlich Viktorianisch. Dort traf ich Anna. Sie schlug und peitschte mich vor aller Augen. Und ich hatte mich in sie verliebt, bevor sie mit mir fertig war. Zwei Wochen später zog ich bei ihr ein, um diesen Lifestyle zu leben. Es war romantisch und hat großen Spaß gemacht. Wir kleideten uns im Stil des letzten Jahrhunderts, der Dreißiger Jahre hauptsächlich, trugen aber auch elegante Kleider aus den Zwanzigern und Fünfzigern, mit engen Jacketts und jeder Menge von riesiger Unterwäsche. Eines ihrer Lieblingskleidungsstücke war eine Uniform aus dem Krieg. Sie war dann WAAF Section Officer Vale, immer akkurat und sehr streng. Ich liebte es, so von ihr geschlagen zu werden, mein blaues Wollhemd nach oben gerollt, und meine großen Hosen nach unten."

„Wow!" warf June ein.

„Einfach perfekt", stimmte Nicola zu. „Genauso möchte ich leben, nur mit einem Mann .... oder auch nicht, auf jeden Fall mit jemand, der sich seiner Persönlichkeit absolut sicher ist."

„Es war großartig, ja, für eine Weile. Aber am Ende konnte ich es einfach nicht mehr ertragen. Ich veränderte mich, sie nicht. Es gab keine modernen Annehmlichkeiten... Ich musste die Wäsche in einer Mangel kochen, um Himmels Willen. Die neueste Zeitschrift im Haus war von 1958. Wir hatten einen alten schwarz-weiß Fernseher und Röhrenradios. Sogar unsere Mahlzeiten mussten authentisch sein oder was sie für authentisch hielt. Ich sage euch, ich möchte nie wieder ein Schweinekotelett sehen. So lange ich lebe. Das war jedoch nicht das eigentliche Problem. Ich wurde diszipliniert rund um die Uhr, wirkliche Disziplin."

„Du konntest es nicht ertragen?" fragte Nicola nach.

„Ich könnte das nicht", stimmte June zu

„Wenn der Meister euch dominiert", fragte ich Nicola, „habt Ihr ein Stopp-Wort?"

„Natürlich, ich würde es aber nicht benutzen, weil ich im Idealfall in der Lage wäre, meinem Meister vollkommen zu vertrauen, aber es sollte immer greifbar sein, falls ein Unfall passiert oder sonst was."

„Ich nicht. Ich musste ertragen, was sie für richtig hielt. Ich wollte das so, wie du, und ich schenkte ihr mein Vertrauen. Als sie es verletzte, verließ ich sie. Nachdem sie meinen Hintern und meine Beine geschlagen hatte, weil ich an einem Wochenende weggegangen war, um mit einer anderen Frau zu spielen."

„Oh! Ich hasse es auf den Beinen!" quietschte June.

„Über hundert Schläge mit einem Stock, während ich festgebunden über einem Stuhl lag."

„Nackt?"

„Ja. Sie hat mich getäuscht. Sie sagte, ich würde dreißig bekommen. Ich wurde zur Bestrafung immer gefesselt, und so dachte ich mir nichts dabei, aber sie akzeptierte mein Zählen nicht und schlug immer weiter, als wäre sie verrückt geworden, selbst als ich schrie ….."

„Armes Ding!"

„Also ging ich weg."

„Das überrascht mich nicht! Und, was hast du dann gemacht?"

„Ich blieb bei einer Freundin, die einzige, deren Adresse Anna nicht kannte. Mehr konnte ich nicht tun. Ich hatte kein Geld, keine Ausbildung, nichts. Bis dahin redete ich so, als käme ich aus den 30er Jahren. Nicht wie Anna, denn ich war es, die alle Einkäufe erledigen musste und alles, wofür ich in die ‚weltliche profane Welt' wie sie es nannte, hinausgehen musste. Noch immer warfen mir die Menschen seltsame Blicke zu, selbst als ich modernere Kleider trug."

„Das hätte ich nicht vermutet. Deine Ausdrucksweise klingt ein bisschen vornehm, aber nicht seltsam."

„Nein, aber nur, weil ich mich sehr bemüht habe. Als ich bei ihr war, habe ich normalerweise Werbung eingestellt und so. Wenn ich erwischt wurde, gab es sechs vom Besten, nackt."

„Oh, und was war mit Fernsehen?"

„Wir schauten uns alte Filme an, das war's. Wenn ich rausging, war es eine meiner Aufgaben, eine Zeitung zu kaufen und eine Liste aller angebotenen Filme vor 1960 zu erstellen, und dann die Zeitung wegzuwerfen."

„Und wie hast du gelebt?"

„Einfach."

„Ja, aber was war mit Steuern und so. War sie reich?"

„Nicht wirklich, nein. Ihr gehörte das Haus, weil sie es geerbt hatte, aber ihr Geld kam üblicherweise von der Domarbeit."

„Mit Männern?"

„Sicher."

„Aber du sagtest, sie war lesbisch?"

„Das ist sie auch. Sie verachtet Männer. Aber gerade das macht sie zu einer so guten Domina. Sie bediente diejenigen, die wie Dreck behandelt und wirklich hart geschlagen werden wollten. Bei Anna bekamen sie das, glaub mir! Ihr seht, das ist etwas, was man beim SM- Lifestyle nicht vergessen darf. Am Ende kommt man doch immer wieder in der realen Welt an."

Ich schloss mit einem Schulterzucken und einem plötzlichen, stechenden Schmerz des Bedauerns. Was ich gesagt hatte, war die Wahrheit, aber wie oft hatte ich mir gewünscht, es wäre nicht so gewesen. Nicola schien so zu denken wie ich, June war verspielter.

„Wie auch immer, genug von mir. Was ist mit euch beiden?"

Nicola zögerte und spielte gedankenverloren mit ihrer Brille, und June mischte sich ein, bevor sie sprechen konnte.

„Ich glaube einfach, es ist großartig, so viel intensiver als einfacher Sex. Nicht dass ich etwas gegen ein gutes Bumsen hätte, aber mit SM-Spielen kannst du stundenlang Lust haben, und die ganze Aufmerksamkeit gilt mir. Ich mag auch die Menschen. Manchmal können sie zwar ein bisschen verdreht sein, wie du sagtest, aber ich werde von ihnen nicht gedemütigt, weil ich viel Sex will. Bei mir war das immer so, und ich bin sicher, du weißt, was heterosexuelle Männer brauchen."

„Nicht wirklich. Ich kenne kaum welche."

„Oh weißt du, sie wollen, dass du eine Nutte für sie bist, und wenn du dann eine bist, vertrauen sie dir nicht, oder… egal, scheiß drauf. Ich möchte so sein wie ich bin."

„Und wie sieht's aus mit Switchen?"

„Ich könnte…. nicht mit Männern, ich glaube nicht. Vielleicht könnte ich ein anderes Mädchen dominieren. In den Gruppen und in der Szene stellen es die meisten Leute so dar, dass du nicht wirklich hineinfinden kannst …. als ein Switch. Ist das vielleicht Quatsch?"

„Ja, das ist es. Glaub mir, Switchen eröffnet ganz neue Horizonte."

„Nicht für mich", warf Nicola ein. „Ich brauche das Gefühl, dass ich jemandem gehöre. Voll und ganz. Ich könnte den Gedanken nicht ertragen, dass ich den Meister unterwerfe, das ist irgendwie. … krank."

„So habe ich auch mal empfunden", antwortete ich ihr, „aber du entwickelst dich Schritt für Schritt mit dem, was du fühlst. Und wie sieht es aus mit Pony-Girl-Spielen?"

„Der Meister möchte uns als seine Ponys haben", antwortete Nicola. „Im Garten in Dorset. Es gibt dort einen Rasen, sagt er, den man von nirgendwo einsehen kann, und eine alte Scheune, die wir als Stall verwenden können."

„Er will, dass wir auf Stroh schlafen und so", fügte June hinzu, „und einen Wagen ziehen, den er kaufen will, und er will uns trainieren, wie wir korrekt laufen."

„Das ist nur ein Teil", fuhr Nicola fort. „Er will, dass wir leben, als wären wir seine Sklaven, nicht nur während er da ist, sondern die ganze Zeit. Wenn wir nicht im Stall sind, werden wir auf Matten am Fußende seines Bettes schlafen, und er stellt Regeln für uns auf, die wir befolgen müssen, mit Bestrafungen, falls wir sie verletzen."

„Wie will er davon erfahren?" fragte ich.

„Ich werde es ihm sagen", antwortete Nicola ernst.

June zog ein Gesicht und ich musste ein Grinsen hinter meiner Brille verbergen. Nicola hatte noch einiges zu lernen, aber ich wollte ihre Fantasie nicht zerstören.

„Es hört sich großartig an!" sagte ich fröhlich. „Ihr braucht natürlich

Schweife, aber warum wollt ihr euren Meister nicht überraschen? Kommt morgen mit mir, und wir werden sie bestellen. Wie lange dauert es noch, bis Ihr nach Dorset geht?"

„Eine Woche, wenn unser College zu Ende ist."

„Das ist wirklich nicht genug Zeit. Aber sie können zugeschickt werden. Wir treffen uns morgen, OK?"

Beide nickten.

Der Sonntag war bis jetzt der heißeste Tag im Jahr, ohne die leiseste Brise, und die Sonne brannte von einem strahlend blauen Himmel. Ich war in bester Stimmung und zog ein leichtes Kleid an, über lange weiße Hosen, in der Gewissheit, dass all dies wieder ausgezogen sein würde, bevor der Tag vorbei war. Nachdem wir uns gründlich im Lord Marchmont hatten volllaufen lassen, gingen wir Arm in Arm zur U-Bahn-Station in der Great Portland Street, ich in der Mitte. Wir verabschiedeten uns mit einer langen Umarmung in einer menschenleeren Unterführung, und meine Hand verirrte sich zu ihren Hintern, ihre Pobacken tätschelnd und kneifend. Keine von beiden hatte etwas dagegen, und, während Nicola es passiv hingenommen hatte, revanchierte sich June, indem sie ihre Hand ein bisschen hinten an meiner Jeans herunterwandern ließ.

Auf dem Heimweg lief ich wie auf Wolken und als ich ankam, hatte ich eine wundervolle Sitzung mit Gabby. Beide waren wir nackt unter der Dusche, wechselten uns ab, uns gegenseitig über die Haare und das Gesicht zu pinkeln, und masturbierten. Anschließend erzählte ich ihr alles im Detail und überzeugte sie, am nächsten Tag mitzukommen. Schweife zu kaufen bedeutete, wir müssten zu Amber Oakley in Hertfordshire gehen, und genauso wie ich machte sie sich keine Illusionen darüber, wie dies wahrscheinlich enden würde.

Wir trafen uns beim Lord Marchmont. Ich war ziemlich sicher, dass das letzte, was Stephen Stanbrook tun würde war, seinen Lifestyle-Sklaven gegenüber zuzugeben, dass er eine Therapie machte, und so stellte ich sie als Gabrielle vor. Sie und Nicola verstanden sich sofort, beide wirkten seriös nach außen hin, und unanständig unter der Oberfläche. Ich blieb bei June und merkte schnell, dass der Schlüssel zu ihrer Unterwürfigkeit darin lag, dass sie es ihr erlaubte, sich ihren schmutzigsten Bedürfnissen hinzugeben, ohne die Verantwortung dafür übernehmen zu müssen, so wie das normalerweise der Fall war. Nicola wirkte komplizierter, hatte zwar auch etwas von dem, aber auch den Wunsch, beschützt zu werden.

Ich hatte Amber angerufen, und sie erwartete uns, aber wir hatten uns so beeilt, dass wir es geschafft hatten, den früheren Zug zu nehmen.

Als wir ankamen, stand sie an der Tür ihres ganz normalen Reitsportgeschäfts in voller Reitmontur und übergab gerade einer anderen Frau ein Pferd. Groß und drall, mit blonden Locken, die unter ihrem Reithelm hervorquollen, und einer teuflisch aussehenden Reitgerte in der Hand war sie von Kopf bis Fuß eine Domina. Dieser Anblick weckte in mir den Wunsch, vor ihre Füße zu kriechen, um ausgepeitscht zu werden, was ich schon einige Mal von ihr genossen hatte.

Ihre Augen leuchteten auf, als sie uns sah, aber sie begrüßte mich nur mit einem zarten Küsschen und führte uns alle hinein, bevor sie sich umdrehte und sich wieder an ihre Kundin wandte. Drinnen kümmerte sich ihre Freundin Kay um den Laden. Zierlich, sehr schlank, mit blonden Locken, kleinen, apfelförmigen Brüsten und einem frechen Po, der geradewegs danach verlangte, verhauen zu werden, sie hätte Nicolas Schwester sein können. Sie begrüßte uns mit einem strahlenden, leicht verlegenen Lächeln; das plötzlich noch wärmer wurde, als Amber hinter uns herein kam. In einer Ecke schaute sich ein Pärchen Wellington Stiefel an, und ich zog June schnell weg von einer Schaufensterdekoration für Fahrpeitschen und legte meinen Finger an die Lippen, bevor sie etwas sagen konnte.

„Ich brauche eine Dusche“, kündigte Amber an. Bringst du alle zur Schmiede, Püppchen?“

Ich fing ihre Schlüssel auf, die sie mir entgegenschleuderte. Kay warf mir einen verschmitzten Blick zu, und ich erwiderte ihn, während die anderen den Laden verließen. Die Schmiede lag jenseits eines kleinen Hofes, der mit einer hohen Mauer eingefasst war, komplett abgeschirmt vor neugierigen Augen. Ich führte sie hinüber, entriegelte die hohe Eichentür und stemmte sie auf. Wir gingen hinein.

Ich hatte es vorher schon einmal gesehen und war gefasst auf die Peitschen und Stöcke, die Geschirre und Möbelstücke, die zur Bestrafung und Fesselung dienten, und den überwältigenden Geruch nach neuem Leder. Nicht so die anderen, die fasziniert und gleichzeitig erschrocken schauten. June kam herein und kicherte, als sie sich halb über einen Auspeitschstuhl legte und ihren Po herausstreckte. Nicola ging zu einer Reihe Haken, an denen Teile von Pony-Girl-Geschirren hingen und befühlte das Leder mit einem ehrfürchtigen Gesichtsausdruck. Gabby blieb an der Tür stehen und schaute etwas beunruhigt. Ich wusste warum. Alles war dafür gemacht, um Mädchen bis an ihre Schmerzgrenze zu bringen.

„Und sie verkauft all diese Sachen?" fragte June.

„Auf Bestellung", antwortete ich, „alles was du möchtest."

„Ich möchte alles. Ich will alles. Wir sollten den Meister herbringen, Nikki."

Nicola nickte zustimmend. Ich war zwar ganz und gar nicht sicher, was Amber von Stephen Stanbrook halten würde, aber ich spürte, dass es meine Pflicht war, ihr Spiel mitzuspielen.

„Das solltet ihr", stimmte ich zu. „Alles was sie macht, ist maßgefertigt, nach deinen eigenen Wünschen, und passt perfekt. Und es kostet weniger, als Ihr dafür in Soho oder sonst wo zahlen würdet. Und du siehst es nicht ein zweites Mal."

Ich nahm ein Kopfharness herunter, ein Korb mit Riemen, der der Form eines menschlichen Kopfes angepasst war. Er war aus grobem Leder gemacht, dick und doch weich und biegsam. Die Beschläge waren aus gediegenem Messing, doppelt genietet, und die Enden zugeschnitten. Nicola nahm es.

„Wunderschön. Ich würde es gern tragen."

Sie sah aus, als würde sie gleich kommen, die Augen strahlend und mit leicht geöffnetem Mund, während sie über das Leder strich.

„Das wirst du", versicherte ich ihr, „und mit einem Schweif, direkt von deinem Po herabhängend."

Ich griff nach dem Album und zeigte ihr verschiedene Modelle, indem ich es wahllos öffnete. Zwangsläufig kam das Bild von Penny Birch und mir als Piggy-Girl, nackt in einem Matschbecken, mit nichts an als unseren Leinen, mit Gummischnauzen auf unseren Gesichtern und rosa Ringelschwänzchen über unseren Hintern.

„Was tust du da?“ rief June aus, und drückte sich eng an Nicola.

„Ich bin ein Piggy-Girl“, erklärte ich und errötete leicht.

Es waren vier Bilder auf der Seite. Eines zeigte Penny, wie sie sich im Matsch wälzte. Eines zeigte mich mit dem Kopf nach unten in einem Trog, den Mund voller Kartoffelschalen und Kohlkopfstücken. Das dritte zeigte uns zusammen, in einem Laufstall angebunden, wie zum Verkaufen. Im vierten schnüffelte ich an ihrem Hintern, meine Zunge sichtbar in Kontakt mit ihrem After.

„Du dreckige Hure!“ quietschte June begeistert. „Wer ist sie?“

„Meine Freundin Penny, Ambers Ex.“

„Und die andere?“

Es war unvermeidlich, Anna. Auf dem dritten Foto stand sie neben dem Schweinestall neben Amber. Sie trug makellose Vorkriegs-Hosen aus Tweed, ihr glänzendes, braunes Haar nach oben gesteckt, auf ihrem Gesicht ein Ausdruck strengen Missfallens, an den ich mich so gut erinnerte. Ein seltsames Gefühl beschlich mich – Bedauern, Traurigkeit, gemischt mit etwas Furcht.

„Anna Vale“, antwortete ich, „meine Ex.“

„Sie sieht danach aus“, bemerkte Nicola, und June nickte zustimmend.

„Sie ist es“, antwortete ich und blätterte schnell die Seite um. „Das ist besser. Pony-Girls.“

Beide schnappten nach Luft. Die Bilder zeigten ein großes, schwarzhaariges Mädchen. Auf dem ersten war sie mit Ausnahme des Geschirrs nackt, mit einem Harness, einem Körperharness und Kalbslederstiefel, deren Sohlen geformt waren, um Pferdehufe nachzumachen. Sie blickte über ihre Schulter, ihr Hintern war völlig entblößt. Amber stand neben ihr, einen Schweif in der einen Hand, eine Tube Gleitgel in der anderen. Auf dem nächsten Foto beugte sich das Mädchen nach vorne, ihre Arschbacken auseinandergezogen, ihr After vom Gleitgel glänzend. Das dritte war eine Nahaufnahme. Sie zeigte, wie der Schweif hineinging, das Arschloch des Mädchens ein strammer, glänzender, fleischfarbener Ring, während sie es aufnahm. Im letzten war der Schweif drin, und sie stand, stolz und schön, mit dem Schweif, der aus ihrem Po herausragte, als würde er tatsächlich aus ihrem Rückenende herauswachsen. Gabby war auch gekommen, um zuzuschauen, aber keiner von ihnen sprach, zweifellos stellte sich jeder vor, wie es wäre, selbst in dieser Lage zu sein.

„Ist es das, was euch anmacht?" fragte ich fröhlich.

„Mich macht es an", stimmte June zu, „mich, mich, mich."

Nicola nickte, und ich sah, dass ihre Finger zitterten, als sie ihre Hand ausstreckte um die Seite umzublättern. Die nächste Reihe zeigte, wie dasselbe Mädchen trainiert wurde und verschiedene Arten von Zügeln und Peitschen. Sie saugten es in sich auf, Nicola sprachlos vor Faszination, June mit Begeisterungsrufen, Gabby amüsiert und vielleicht etwas erregt, aber immer cool. Wir hatten das Album fast durch, als Amber herein kam, jetzt in Jeans und einer losen Bluse, ein Handtuch um ihre nassen Haare.

„Bitte entschuldigt. Wie geht's?"

„Ich glaube, sie wollen alles", antwortete ich, aber insbesondere Schweife."

„Überhaupt kein Problem", versicherte sie uns. „Alles was ich brauche ist ein kleines Stück Haar, damit es zu Eurer Haarfarbe passt, ein paar Maße, eine Idee, wie groß oder klein Ihr die Stöpsel haben wollt, und zwei Wochen."

„Zwei Wochen?" fragte June. „Wir hatten gehofft, dass sie früher fertig sein würden. Wir gehen runter nach Dorset, wissen Sie, und wir hätten sie gerne für unseren Meister als Überraschung."

„Oh. Wann geht Ihr runter?"

„In weniger als einer Woche. Freitagabend."

„Ich fürchte, das ist nicht möglich. Jede Lage aus Gummi muss fixiert werden. Mitte nächster Woche könnte ich sie frühestens fertig haben."

Mir kam eine Idee, eine Idee, viel zu gut als dass man sie sich entgehen lassen könnte.

„Ich werde sie euch runterbringen", bot ich schnell an, bevor Amber vorschlagen konnte, sie zu schicken.

„Großartig!" antwortete June sofort. „Du auch, Gabby, komm und bleib übers Wochenende, ja? Du behandelst Männer, ja, weil der Meister…."

Sie brach ab und schaute Gabrielle hoffnungsvoll an.

„Er würde mir nicht liegen“, antwortete Gabby, „aber ich würde kommen, wenn es nicht wegen meiner Arbeit wäre. Tut mir leid, aber Poppy kann gern gehen.“

Ich nickte und fühlte mich plötzlich unsicher beim Gedanken daran, dass ich mich einem Mann auslieferte, ohne dass Gabby dabei war. Aber es gab keine Möglichkeit, dass sie hätte mitgehen können. Ich sagte mir selbst, dass ich dumm war und nickte zustimmend.

„Perfekt“, bemerkte Amber.

„Aber wir brauchen es dem Meister nicht zu erzählen“, warf June ein. „Es soll eine Überraschung sein.“

Nicola lächelte anerkennend und Amber griff nach einem Maßband, das auf ihrem Arbeitstisch lag, zusammen mit einem Notizblock und einem Bleistiftstummel.

„Zuerst die Maße“, sagte sie. „Wenn ihr eure Hintern herausstrecken könntet, meine Damen.“

Nicola gehorchte, legte sich auf die Bank und drückte sofort ihren kleinen, runden Po heraus. Sie trug lose Baumwollhosen und ihr Po lud so verlockend ein, verhauen zu werden, dass ich meine Hände kaum bei mir behalten konnte. Durch den Anblick der Fotos, dem Geruch nach Leder und der alles durchdringenden Atmosphäre von perversem Sex war ich voll erregt und entschlossen, nicht ohne zumindest einen kleines Spielchen zu gehen.

„Müssen wir nackt sein?“ fragte June.

„Nur, wenn ihr wollt“, antwortete Amber.

June zögerte nur einen Augenblick, und zog dann ihre Jeans herunter. Ihr Tanga rutschte auch mit runter, ganz absichtlich, und als sie alles ausgezogen hatte, streckte sie ihren Hintern heraus, und bot ihre prallen Pobacken dar. Amber blickte anerkennend und nahm die Messungen vor, vom After bis zum Ende der Wirbelsäule, durch die tiefe Spalte von Junes Hintern.

Amber machte sich Notizen in ihrem Buch, während June ihre Sachen hochzog, und nahm dann bei Nicola Maß, die geduldig gewartet hatte, ihr Hintern bereit, leicht zitternd.

„Ich kann es auch ohne Haare machen“, bemerkte Amber.

„Du kannst schwarzes haben, June, oder dunkles Naturbraun. Für Nicola, denke ich, wäre Kays Farbe perfekt, vielleicht etwas dunkler."

„Was du am besten findest", antwortete Nicola.

„Und jetzt die Stöpsel", fuhr Amber fort. „Ich kann jede Größe machen, die Ihr wollt."

„Ich bin nicht sicher", antwortete Nicola vorsichtig. „Klein, denke ich. Der Meister möchte vielleicht – "

„Die Frage ist, wie viel Ihr ertragen könnt", fuhr Amber beiläufig fort, „und was Ihr ertragen wollt." Ihr müsst das entscheiden, und lasst niemals einen Mann die Wahl für euch treffen."

„Der Meister sagt, wir müssen lernen, Gegenstände in unserem Hintern zu haben", bemerkte June.

„Vor allem seinen Schwanz, nehme ich an", antwortete Amber. „Ich nehme an, Ihr hattet beide schon analen Sex?"

„Nein", gab June zu.

„Nicht einmal einen Finger?"

„Sicher, ein Finger schon. Wer hätte das noch nicht?"

„Ich nicht", gab Nicola zu. „Nicht drinnen."

Amber zog ein Gesicht. Ich schloss die Augen und dachte an zwei anale Jungfrauen und wie es sich anfühlen würde, sie nach vorne zu beugen und einen netten großen Dildo zum Umschnallen in ihre festen, kleinen Ärsche zu stecken. Das brachte mich fast um. Meine Nippel waren schmerzhaft hart und meine Muschi so nass, dass ich spürte, wie meine Hose ganz klebrig wurde.

„Ich mache mich langsam an die Arbeit", sagte Amber gedankenverloren „aber vielleicht solltet Ihr ein bisschen üben. Nehmt immer genug Gleitgel, wasserlöslich und nehmt es langsam auf, zwingt euch niemals. Wenn es weh tut, macht Ihr es nicht richtig."

June kicherte. Nicola antwortete mit einem nervösen Nicken. Wieder stellte ich sie mir vor, wie sie ihre Ärsche dem Kopf meines Umschnall-Dildos entgegenreckten, ihre Arschbacken weit geöffnet, atemlos und erzitternd, als ihre Hintern das erste Mal gefüllt wurden. Ich tauschte mit Gabby einen Blick aus, die bedeutungsvoll nickte. Wenn sie nicht auch dasselbe dachte, so war es dem doch ziemlich nahe. Ich würde zerplatzen, wenn ich nicht spielen dürfte.

„Also, das ist alles, was ich brauche“, bemerkte Amber. „Wie wär’s mit Mittagessen?“

„Wie wär’s mit einer Runde Auspeitschen, und dann Mittagsessen?“ entgegnete ich.

„Also gut, ich kann eine Person sehen, die das braucht“, lachte sie.

„Ja, ich brauche es, dringend. Du hast mich eine Ewigkeit nicht mehr verhauen, und du machst das so gut.“

„Danke, Poppy. Also, wenn du so lieb bittest…“

Während sie sprach, setzte sie sich auf den einfachen Holzstuhl vor ihrem Arbeitstisch. Mir wurde ganz flau im Bauch, als sie auf ihren Schoß klopfte, und ich spürte dieses wundervolle kleine Angstzittern, das mich immer vor einer Tracht Prügel beschlich, egal wie sehr ich es mir auch wünschte. June kicherte und trat zurück, um mir Platz zu machen, Nicola auch. Gabby setzte sich auf eines der Bondage-Möbelstücke, um die Show zu genießen, so souverän wie immer.

Ich ging auf sie zu, und sie nahm meine Hand, um mich sanft hinunter auf meinen Platz zu führen, meinen Po hoch in die Luft gestreckt. Meine Hände stützen sich auf dem Boden ab, und sie griff mit ihrem Arm um meine Taille, fest oder doch sanft, um mich in der Stellung zu halten. Dann schloss sich ihre andere Hand hinten um meine Kleider. Sie wurden heruntergezogen, vor allen, und zeigten meine Schenkel und meinen großen, weißen Schlüpfer. Ich hatte die Augen geschlossen und konzentrierte mich darauf, ausgezogen zu werden, ich machte sie gleich wieder auf, als ich ein plötzliches Geräusch hörte.

„Oh!“

Kay stand in der Türöffnung, aufgewühlt durch meinen Anblick. Sie schaute etwas nervös, aber sie lächelte, als sie schnell die Tür schloss.

„Ich bin nur gekommen, um zu sagen, dass ich für die Mittagspause abgeschlossen habe“, verkündigte sie.

„Ich verhaue gerade diese hier“, erklärte Amber ihr. „Es wird nicht lange dauern.“

Kay lächelte nervös, als sie sich gegen die Tür lehnte, und Amber fuhr fort, sich mit mir zu beschäftigen. Kaum hatte ich meine Augen wieder geschlossen, griffen ihre Finger an den Bund meines Schlüpfers, und schon waren sie herunter gezogen. Plötzlich war ich entblößt, mein Hintern für alle sichtbar, und ich fühlte mich tatsächlich großartig. Jedoch war das noch nicht alles, was ich zu zeigen hatte.

Amber hatte sehr klare Vorstellungen von Spanking. Wenn ein Mädchen bestraft wird, muss ihr Hintern entblößt sein, und sie musste so dargestellt werden, dass jedes Detail ihres Geschlechts und ihres Arschloches zu sehen war. Ich wusste, sie würde mich dazu zwingen, und tatsächlich ließ sie sich Zeit, um meinen Schlüpfer an einer Seite meines Beines herunterzuziehen, meine Schenkel auseinanderzudrücken und um dann ihr Knie anzuheben, um sicher zu gehen, dass alles zu sehen war.

Ich zitterte und dachte an die vier, die ihre Augen an den intimen Details meines Körpers weideten. Ich brauchte Bestrafung, dringend, und ich wollte es allen zeigen, wollte sie erregen, durch den Anblick meines nackten Fleisches und meiner Unterwürfigkeit. Dann konnten sie verhauen werden, eine nach der anderen, in der gleichen, geilen Position, und konnten mir zeigen, wozu ich jetzt gezwungen war.

Amber zog mich näher heran, ihre Hand legte sich auf mein Gesäß; es begann. Es brannte, mein Mund öffnete sich beim ersten Schlag, und sofort rang ich darum, mich unter Kontrolle zu halten. Sie war hart, mein Hintern schnellte hoch und meine Arschbacken spreizten sich bei jedem Schlag noch weiter. Es war ziemlich brutal, und die Hitze breitete sich geradewegs in meine Muschi aus.

Bald streckte ich meinen Hintern hoch, um mehr zu bekommen, und keuchte. Sie begann, härter zuzuschlagen, und noch härter, und machte mich immer heißer. Als mein Hintern aufgeheizt war, ließ ich meine Beine auseinandergleiten, bis sie so weit geöffnet waren, wie es ging, meine Muschi eine warme, nasse Stelle im Mittelpunkt meines ganzen Seins. Sie schlug noch immer, immer härter, mein ganzer Körper bäumte sich auf, und die Schläge hallten laut durch die Schmiede. Plötzlich war es soweit.

„Bring mich hin, Amber, bitte!“

Sie antwortete nicht, aber ihr Arm schlang sich um mich und ihre Hand glitt unter meinen Bauch zu meinem Geschlecht. Ich stöhnte laut, als sie begann, mich zu befriedigen, sie behandelte meinen Körper so gut, rieb und schlug mich gleichzeitig, härter denn je, voll auf den fettesten Teil meines Arsches, ein Schlag wilder als der andere, während meine Klitti unter ihren Fingern zuckte und zitterte. Dann war ich da, ganz plötzlich, ich schrie und krümmte mich auf ihrem Schoß, während sie mit aller Kraft auf meinen Hintern einschlug, was aber meinem langen, intensiven Orgasmus nur noch eine herrliche zusätzliche Hitze verlieh.

Es mochte zwar sein, dass ich gekommen war, aber ich war trotzdem noch ein Mädchen, dem der Hintern versohlt wurde. Sie ließ mich einen Moment Luft holen und zog mich dann an den Haaren hoch, damit ich sie küssen konnte. Ich war mehr als bereit dazu, kaute an ihren Lippen und schmiegte mich an ihre volle, feste Brust, während mich nach den Schlägen das köstliche Gefühl von Zufriedenheit und Dankbarkeit durchflutete. Ich wollte ihr die Gefälligkeit zurückgeben, wollte vor ihr auf die Knie gehen, sie bis zum Orgasmus lecken oder sie auf meinem Gesicht sitzen lassen.

„Später vielleicht, Schlampe. Jetzt erst einmal, gegen die Wand mit euch, hebt Eure Kleider hoch und Eure Schlüpfer nach unten."

Ich ging, rieb meinen Po, und konnte mein Lächeln nicht verkneifen. Ich richtete mein Kleid, hob es hoch, um meinen Po zu zeigen, ließ meinen Slip an dem einen Fußknöchel hängen und presste dann meine Nase gegen die Tür wie ein gutes Mädchen, für ungefähr fünf Sekunden.

„Wer ist die nächste?" forderte ich sie auf, indem ich einen ungleichen Kampf gegen den Gehorsam führte und meinen Kopf wandte.

Anna hätte mich geschlagen, bis ich geheult hätte. Amber jedoch warf den vier Mädchen nur einen fragenden Blick zu. Kay blickte scheu, errötete leicht und zappelte herum. Gabby schaute cool und selbstsicher. June war deutlich aufgeregt, ihre kecken Nippel zeichneten sich unter ihrem Top ab. Nicola biss sich unsicher auf die Lippen.

„Also?" forderte Amber.

Gabby stand auf, sehr langsam, aber ich konnte mir vorstellen, was in ihrem Kopf vor sich ging. Schlagen ist für sie eine Strafe, etwas, was ihre Kindermädchen mit ihr tun, wenn sie unartig war. Sie würde es akzeptieren, und sie braucht es, aber sie hasste den Schmerz. Ich habe sie oft schon zum Weinen gebracht, und ich bin viel kleiner und weniger kraftvoll als Amber.

Sie nahm ihre Brille ab, zog ihr Kleid aus und enthüllte ihre kleinen BH-losen Brüste und einen hüfthohen Slip, der mit Rosen in pink und blau verziert war. Amber warf ihr einen belustigten Blick zu und klopfte auf ihren Schoß.

„Da drüber legst du dich, junge Dame!"

„Sachte, bitte."

„Ok, aber ich warne dich, wenn du dich wieder nass machst, mein Bein runter…."

Gabby nickte, während Amber sich entfernte. Ich kicherte, und dachte daran, wie Amber aussehen würde mit dem Urin meiner Freundin, das ihre Jeans herunterlief. Ich kannte die Art der Warnung auch, keine Drohung, aber eine Warnung.

Ich schaute mich um, als Gabbys Slip langsam herunter gezogen und über ein Bein abgestreift wurde. Genau wie ich wurde sie mit gespreizten Schenkeln über ihren Schoß gelegt, und Amber hob ihr Knie, um ganz sicherzugehen, dass ihr runzliges, pinkfarbenes Arschloch für unsere Inspektion herausgestreckt und jedes Detail ihrer rasierten Scham klar zu sehen war. Sie hatte sich erst heute morgen rasiert, und sie war sauber und rosa, mit Spuren von Puder und dem Gleitmittel, das sie für ihr Arschloch verwendete, und das im Licht leicht glänzte. Amber bemerkte es, lachte leise in sich hinein, führte ihren Finger zu Gabbys Anus und drückte ihn sehr langsam aufwärts. Gabby seufzte und begann, kleine wimmernde Laute von sich zu geben, als ihr Rektum befingert wurde.

Amber grinste vor sadistischer Freude und als sie schließlich ihren Finger aus dem inzwischen klebrigen Loch zog, wanderte dieser direkt in Gabbys Mund. Es gab kein Zögern und Gabbys Gesicht verklärte sich vor Glückseligkeit, als sie den Finger in den Mund nahm und begann, daran zu saugen. Nicola schnappte unterdrückt nach Luft. June kicherte. Amber zog ihren Finger heraus, hob ihr Knie noch weiter an, brachte Gabbys kleinen, runden Hintern nach oben und spreizte sie noch weiter, ihr nasser Anus ein weicher, pinkfarbener Fleck zwischen ihren Pobacken.

Für einen langen Moment hielt Amber Gabby einfach so, um den Anblick auf uns wirken zu lassen. Dann begann sie zu schlagen, kleine, scharfe Klapse mit ihren Fingerspitzen, mitten auf Gabbys Hinterbacken Gabby begann sofort zu wimmern, jammervoll und reuevoll. Als Antwort begann Amber etwas härter zu schlagen, und ließ den kleinen Hintern beben und hüpfen. Gabbys Wimmern wurde augenblicklich dringlicher, schmerzerfüllter. Amber machte weiter und baute geduldig die Hitze in Gabbys Po auf, bis das Wimmern in Stöhnen überging.

Amber änderte ihre Technik und schlug jetzt kräftig, mit der ganzen Handfläche, ein rhythmischer Schlag nach dem anderen landete auf Gabbys inzwischen roten Hintern. Gabby begann zu treten, mit einem Bein pumpend, dann mit beiden, als der Schmerz ihren Willen, sich selbst zurückzuhalten, brach. Ich liebe es, sie zu schlagen; ich liebe es, zuzusehen, und ich fühlte mich warm und bereit. Ich wusste auch, was sich in ihrem Kopf abspielte, mit dem wachsenden Drang, zu pinkeln als sie heiß wurde und gegen den Schmerz kämpfte.

Sie tat es, plötzlich – ihr Bein stellte sich auf wie bei einem Hund, und gelbes Pipi schoss aus ihrer gespreizten Muschi heraus, während Amber eine Pause machte. June keuchte vor verzücktem Schock; Kay machte einen kleinen, würgenden Laut in ihrem Rachen; ich unterdrückte ein Kichern. Amber stieß einen Schrei der Empörung aus, hörte auf zu schlagen und hielt ihre erhobene Hand über Gabbys gerötetem Hintern, während sie wartete, dass sie fertiggepinkelt hatte.

Es kam in einem großen, kräftigen Schwall, das meiste spritzte auf den Boden, aber etwas ging auf Ambers Schenkel, sickerte in den blauen Stoff und sammelte sich auf dem Stuhl. Amber wartete, mit strengem Gesichtsausdruck und sah zu, wie der Urin aus Gabbys Geschlecht lief, bis er schließlich zu einem Rinnsal wurde und dann in einer Reihe von kleinen Spritzern ganz versiegte.

„Gut, Miss Gabrielle, sagen Sie nicht, dass Sie nicht gewarnt waren!" Gabby gab einen erstickten, verzweifelten Schrei von sich, als Amber sie fest um die Taille packte, und kreischte dann, als der erste harte Schlag ihren Hintern traf. Dann warf sie sich herum, tretend und sich windend, mit fliegendem Haar, ihre Fäuste auf den Betonboden trommelnd, schreiend und kreischend, während Amber sie schlug, so hart wie mich, wenn nicht sogar härter.

Amber machte weiter und ignorierte den Schmerz ihres Opfers, ihr Gesicht in wilder Entschlossenheit verzerrt, Schlag für Schlag auf Gabbys jetzt brennend roten Hintern. Auch als Gabby in Tränen ausbrach, machte sie weiter, schlug mit aller Kraft, trotz des gequälten Protestgeheuls und der tiefen, jammervollen Schluchzer, die jeden Schlag begleiteten.

Schließlich hörte es auf und Gabby blieb plärrend über Ambers Schoß liegen. Gabby machte keine Bewegung, um aufzustehen, sondern spreizte ihre Beine, weit und einladend. Amber reagierte und legte ihre Hand auf die nasse Hitze ihrer Scheide und begann zu reiben. Es dauerte nur einen Moment; Gabbys Pobacken begannen sich anzuspannen, ihr Anus baute einen geilen, zuckenden Rhythmus auf, und sie war soweit, kam mit einem langen Seufzer der Ekstase, der anhielt, bis Amber schließlich aufhörte zu reiben.

Erst als Amber ihr einen bedeutungsvollen Klaps auf das kleine rote Hinterteil verpasste, das über ihrem Bein nach oben ragte, stand Gabby schließlich auf, langsam, umfasste ihren verhauenen Po, ihr verweintes Gesicht in tiefstem Jammer verzogen. Sie küsste Amber und stellte sich ohne Aufforderung neben mich. Ihre Augen waren immer noch geschlossen. Sie presste ihre Nase gegen das harte Holz der Tür, wobei ihr Körper immer noch zitterte.

Ich nahm ihre Hand und drückte sie. Sie antwortete mit einem schwachen Lächeln und öffnete ihre Augen, blinzelnd, um ihre Tränen zu vertreiben. Sie hatte ihren Slip bei der Tracht Prügel verloren und war von der Taille bis zu den Schuhen nackt, sie sah so süß und verletzlich aus, wie nur ein Mädchen aussehen kann, das gerade verhauen wurde.

Amber stand auf, um ihre Schuhe und ihre nasse Jeans auszuziehen, die sie über einen halbfertigen Auspeitschstuhl hängte. Sie trug blaue Baumwoll-Schlüpfer, ziemlich groß und halb verdeckt von den Zipfeln ihrer Bluse. Ich konnte den Muskel unter der weichen Haut ihrer Schenkel sehen und die sanfte Wölbung ihres Bauches, was beides den Eindruck von Kraft verstärkte.

„June?" fragte sie.

June schritt nach vorne, mit strahlenden Augen und kichernd, und legte sich selbst quer über Ambers Schoß, ihren Po hochgereckt. In der Prügelposition sah sie noch molliger aus, ihr Po ein dicker Ball aus blauem Jeansstoff, neben Amber wirkte sie aber immer noch klein und verletzlich. Ihr Tattoo war zu sehen und der Bund ihres knallgrünen Slips. Amber zog ihn hoch und ließ das elastische Bündchen gegen ihr Fleisch schnalzen. June quiekte und schnurrte dann, als Amber begann, ihren Po zu liebkosen, ihre großen Pobacken wiegend und den prallen blauen Jeansstoff streichelnd.

Der Bund von Junes Jeans war elastisch, und als Amber daran zog, rutschte sie nach unten und entblößte ihre reifen Pobacken. Nackt war ihr Hintern fast noch reizender als in Jeans, und nachdem ihr kleiner, grüner Tanga erst einmal ausgezogen war, wurde es sogar noch besser. Amber spreizte sie, und präsentierte einen äußerst geilen, rückwärtigen Anblick. Mit Ausnahme eines winzigen Dreiecks aus krausem, schwarzem Haar in der Mitte ihres Schamhügels war ihre Muschi rasiert. Ihre Lippen waren dick und wulstig, eine richtige, gespaltene Feige, das Fleisch ein sattes Olivbraun rund um das weiche, hellrosa Zentrum. Sie war nass, was nicht überraschend war, und ihre Öffnung war zu sehen. Ihr Arschloch hatte dieselbe Farbe, ein sattes Braun, als wäre sie schmutzig, und so wulstig wie ihre Muschi.

Amber verbrachte einen Moment mit der Inspektion von Junes Po und spreizte die dicken Backen, um die Scheide und den Anus weit zu dehnen. Ich roch den Duft von weiblicher Erregung, so vertraut, und trotzdem immer wieder anziehend. Amber ließ plötzlich los, wodurch Junes Hintern schwabbelte, als die Pobacken in ihre normale Form zurückkamen, und begann zu schlagen. Die Schläge waren sanft, mit der hohlen Hand verabreicht, um es lauter klingen zu lassen – eine gute Art, ein neues Mädchen zu testen. June seufzte einfach nur vor Vergnügen, und stöhnte dann, als es härter wurde.

„Das ist schön, so sanft. Ich liebe Klein-Mädchen-Haue."

Amber zog die Augenbrauen hoch und legte sich ins Zeug. Sie schlug mindestens genauso hart zu wie bei Gabby. June grunzte und begann zu keuchen, ihr Hintern noch immer entgegenkommend angehoben, ihre Beine und Arme ausgestreckt auf dem Boden. Amber hatte einen verbissenen Gesichtsausdruck, begann noch härter zu schlagen und schickte mit jedem Schlag Wellen über Junes fleischige Pobacken.

„Das ist es, schön und hart", keuchte June. „Unter meine Backen….. bring die Hitze in meine Möse."

Abrupt änderte Amber ihren Griff und schnappte Junes Arm, um ihn nach oben zu drehen. June schrie vor Schmerz auf, und dann noch einmal, als die Schläge doppelt so schnell kamen, und Amber Schlag für Schlag auf den fetten, hochschnellenden Arschbacken landen ließ. Junes Beine begannen zu treten und sie schüttelte ihren Kopf vor Schmerzen, aber als sie schließlich ihre Stimme wiederfand, kam keine Bitte um Gnade.

„Schlag mich…. härter …. härter! Härter, du teuflische Hure!"

„Das werde ich!" grunzte Amber und schlug mit aller Kraft und so schnell sie konnte, so wie sie es mit mir gemacht hatte, als ich ihr unter die Finger kam.

June verlor die Kontrolle, ihre Tritte wurden wild und ihre Beine verschränkten sich, schleuderten die lose Jeans und den Tanga herunter, sodass ihre Muschi zu sehen war. Sie klammerte sich an Ambers Bein und warf ihre langen Haare, die bis zum Boden hingen, hin und her, Spucke rann aus ihrem Mund, und als sie begann zu schreien, dachte ich, dass sie endlich ihr Limit erreicht hätte. Das dachte auch Amber und machte langsam.

„Hör nicht auf!" brüllte June, „Tu es einfach, du dumme Kuh! Hau mich, schlag mich, tu mir richtig weh…. Los, du fette Hure!"

Amber machte eine Pause, hielt sie aber weiterhin fest, während sie sich herumdrehte, um etwas von ihrer Werkbank zu holen: Ein großes, hölzernes Paddel, der Griff schon halb fertig. Sie wartete nicht lange oder fragte, sondern ließ es geradewegs auf Junes Hintern knallen, hart. June schrie und machte einen plötzlichen Bocksprung, aber Amber hielt sie mit zornigem Gesichtsausdruck fest, und schlug weiter.

June war total übergeschnappt, schrie, schlug und nannte Amber immer wieder eine Hure. Sie konnte sich nicht befreien, selbst als Amber ihren Griff veränderte, um Junes Körper unter einen ihrer muskulösen Arme zu nehmen, die Hand an der Muschi, so wie sie es mit mir gemacht hatte.

June gab einen erstickten Schrei von sich, als das Paddel wieder sein Ziel traf und begann, wieder zu sprechen, stammelnd.

„Das ist es, du Hure, meine Möse. …. Hure. … vögel mich durch. …. fick mich, irgendjemand, fick meine Möse… härter, Hure, härter!“

Ihre Worte wurden unterstrichen durch die Schläge des Paddels, mit dem Amber ihren Hintern bearbeitete. Ungefähr beim zehnten Schlag brach sie zusammen. Schreiend, um sich schlagend, die Spucke aus ihrem Mundwinkel triefend, die Säfte in ihrer Muschi schmatzend, während Amber sie vögelte. Dann erreichte sie den Höhepunkt und ihr ganzer Körper wurde von Zuckungen geschüttelt. Amber fuhr fort, schlagend und reibend, ohne dass sie ihren Griff löste, selbst als Junes Anus sich in einem langen, lauten Furz öffnete. Das war es endlich, und als June auf Ambers Schoß zusammensackte, wurde das Paddel endlich langsamer und hielt an.

Junes Hintern war purpurrot, viel schlimmer als meiner, geschweige denn der von Gabby. Sie war verletzt worden, schlimm, aber auf ihrem Gesicht war ein breites Grinsen, als sie sich schließlich erhob. Sie sah grässlich aus, ihr Haar auf ihrem Gesicht verklebt, ihre Lippen rot und nass, Spucke hing von ihrem Kinn herunter.

„Schön“, seufzte sie, als sie nach ihrem Tanga griff.

„Uh, uh“, sagte Amber, „lass alles unten und ab mit dir gegen die Wand.“

„Ja, Herrin“, antwortete June, und ihre Stimme hatte einen leichten spöttischen Unterton.

„Ich hoffe, du benimmst dich bei deinem Meister besser?“ fragte Amber süß.

„Ich weiß nicht“, kicherte June. „Er hat mich noch nie geschlagen! Sorry dafür, wie ich dich genannt habe, Amber, so bin ich einfach. Es war schön.“

Amber nickte kurz und ernsthaft als Zustimmung. Sie war errötet und atmete schwer. Ihr Gesichtsausdruck war entschlossen und als sie sich erneut auf den Schoß klopfte, was das keine Frage, sondern ein Befehl.

„Nicola, hier rüber“, blaffte sie.

Nicola kam nach vorne, mit hängendem Kopf, ihre Finger in ihrem

Schoß in verzweifelter Verlegenheit verkrampft. Das hielt sie aber nicht davon ab, zu tun, was ihr befohlen wurde, legte sich kleinlaut über Ambers Schoß und hob voller Unterwürfigkeit ihren Hintern an. Amber verlor keine Zeit, zog Nicolas Hose geschickt nach unten, zusammen mit einem winzigen, pinkfarbenen Slip. Sie war eine Sehenswürdigkeit: Ihr fester, frecher Po war bereits offen, ihre kleine, rosarote Muschi ganz entblößt. Ihr Arschloch war ein winziger Knoten aus rosa Fleisch, mehr nicht, hübsch und jungfräulich. June war vielleicht jungfräulich, aber sie sah aus, als wäre sie bereit für einen Pferdeschwanz. Nicola war das Gegenteil.

Sie wartete, zitternd und leise, als Amber begann, ihren Hintern zu erkunden. Sie kniff in die muskulösen, kleinen Pobacken, kitzelte den winzigen After mit dem Fingernagel und glitt plötzlich mit einem Finger tief in das nasse Muschiloch. Nicola blieb ruhig, völlig unterwürfig, sogar als sie mit dem Finger gefickt wurde. Amber machte ein verständnisvolles Gesicht, ließ ihre Finger kurz zu Nicolas Klitoris gleiten, und rieb sie, bis die kleinen Pobacken sich schließlich anspannten.

„Zeit für die Tracht Prügel", erklärte Amber plötzlich. Sie fasste Nicola fest um die Taille und begann.

Nicola nahm es ohne einen Laut hin, ihr kleiner Hintern hüpfte rhythmisch, die muskulösen Pobacken veränderten ihre Form kaum unter den Schlägen, sondern bewegten sich als Ganzes. Es wurde schnell härter und nach einer Weile wechselte Amber zum Paddel, um ihre Hand zu schonen, die inzwischen wahrscheinlich schon weh tat. Immer noch blieb Nicola ruhig und zuckte nur leicht beim Aufprall des Paddels, während die Rötung auf ihrem Po dunkler wurde und purpurrote Quaddeln erschienen.

„Da haben wir also einen harten Kerl, oder?" fragte Amber.

„Wollen wir mal sehen, wie gelassen Sie dabei bleiben, Miss Nicola."

Ich dachte, Amber wollte sie masturbieren, aber sie machte eine plötzliche Bewegung, zog an einem von Nicolas Beinen, um sie zu spreizen, mit geöffneten Schenkeln, die kleine pinkfarbene Muschi herausgedrückt, wandte sie sich wieder dem Paddel zu. Nicolas Zucken wurde etwas deutlicher, aber mehr nicht. Amber biss die Zähne zusammen und legte sich ins Zeug, indem sie eine Kaskade von harten Paddelschlägen auf Nicolas gespreiztem Hintern landen ließ. Schließlich begann Nicola zu wimmern und ihr Anus zuckte. Ihre gelegentlichen Zuckungen wurden heftiger, dann wild, und sie masturbierte an Ambers Bein, im Takt zu den Paddel-Schlägen. Sie gab den süßesten, kleinen Schrei von sich, und ich realisierte, dass sie gekommen war, aber das war der einzige Laut der während der gesamten Prozedur von ihr zu hören war, dessen Ergebnis ein Hintern im gleichen, satten Purpurrot war wie der von June.

Als die Kontraktionen in Nicolas Muschi schließlich aufhörten, war die Züchtigung beendet. Sie beugte sich nach unten auf den Boden, küsste Ambers nackte Füße und huschte dann herüber zu uns Dreien an der Tür, ihr Po noch immer nackt. Amber legte das Paddel hin, dann seufzte sie und streckte sich. Sie musste erregt sein, und ich fragte mich, wer aufgefordert werden würde, ihre Muschi zu lecken, und als sie sprach, war sie ganz locker und in guter Stimmung.

„Was für ein nettes Bild, vier kleine Mägdelein, alle in einer Reihe, und alle mit verhauenem Po auf dem Präsentierteller."

Sie sang es, machte einen Reim daraus, und klang so spöttisch, so überlegen, dass ich fühlte, wie ich wieder dahinschmolz.

Ein Wort, und ich wäre zurück auf ihrem Schoß gewesen, oder einem Auspeitschstuhl, oder hilflos an einem Rahmen festgebunden, mit einem großen Dildo in jedem Loch.

„Und auch alle ganz unterschiedlich", fuhr sie fort. „Zwei harte Kerle, ein Baby und eine sehr grobe - Miss June, aber jede mit ihrem eigenen Stil. Also, das war sehr amüsant, Mädchen, aber es hat mich hungrig gemacht, also noch eine letzte Kleinigkeit, dann heißt es Hosen hoch und wir gehen rein zum Mittagessen, oder? Mit Ausnahme von Ihnen, Miss Gabrielle. Sie brauchen eine Dusche, und ich auch."

Ich drehte mich um und war sofort eifersüchtig. Ich sah, wie sie ihren Slip über die Schenkel nach unten zog. Kay war schüchtern und schaute erleichtert, weil sie dachte, dass sie so davonkommen würde, aber auch etwas eifersüchtig. Ihr Ausdruck verwandelte sich zu einem schockierten Starren, als Amber sie heranwinkte und dann auf die Pfütze deutete, die Gabby auf dem Boden hinterlassen hatte.

„Zieh dich aus.“

Kay wurde rot, aber sie gehorchte und kletterte so schnell sie konnte aus ihren Kleidern. Ich schaute zu und bewunderte ihre Verlegenheit genauso wie ihren frechen, kleinen Po und die festen, apfelförmigen Brüste. Sie hätte leicht Nicolas Schwester sein können, vom Aussehen her, und auch ihr Verhalten war nicht so viel anders.

Sie ging nach unten, in die Urinpfütze, zuerst auf ihren Knien, rollte sich dann auf den Rücken, die großen, blauen Augen in schüchterner Erwartung auf Amber gerichtet. Amber nickte, ging einen Schritt nach vorne und stellte die Füße rechts und links von Kay auf. Kay schluckte hart und öffnete dann ihren Mund. Ich dachte, Amber würde auf sie pinkeln, aber sie sank nach unten in die Hocke, und Kays Gesicht verschwand unter dem großen, muskulösen Hintern.

„Oh, mein Gott!“

Es war June. Auch sie hatte gesehen, wie Amber sich setzte, nicht damit Kay ihre Muschi lecken würde, sondern ihr Arschloch. Auch das machte Kay. Ich konnte das nasse Schlürfen hören und Ambers Ausdruck verwandelte sich in Glückseligkeit. Als sie sprach, war ihre Stimme heiser und gepresst.

„Ihr vier, die Hände über den Kopf, zeigt Eure Hintern. Kay, warte, bis ich es dir sage.“

Ich gehorchte und zog mein Kleid hoch, bevor ich meine Hände kleinlaut auf meinen Kopf legte. Die anderen machten es mir gleich, alle vier zeigten wir unsere geschlagenen Hintern zu ihrem Vergnügen. Trotzdem musste ich zusehen und drehte mich halb um. Sie sagte nichts, nahm ihre Brüste in die Hand und streichelte sie durch ihre Bluse, die Augen vor Wonne geschlossen, während sie ihren Hintern in Kays Gesicht rieb.

Als der Urin kam, war das gänzlich unerwartet, er schoss aus Ambers Muschi und spritzte über Kays Brust und Bauch. Sofort kamen Kays Schenkel hoch und öffneten sich, zeigten ihr Geschlecht, und ein Rinnsal von Pipi lief an den Seiten ihrer Schamlippen herunter. Sie begann zu masturbieren und rieb sich in dem Urin ihrer Herrin, während er über ihren nackten Körper floss. Amber schaute mit einem liebevollen Lächeln zu, wartete bis ihr Strom versiegt war und ließ dann ihren Finger zu ihrer eigenen Muschi gleiten. Ihre Augen fest auf unsere nackten Hintern gerichtet, begann sie zu masturbieren.

„Leck", befahl sie, „gut hinein, und dann nicht aufhören."

Das Schlürfen begann von Neuem, als Kay Ambers Anus mit der Zunge bearbeitete. Sie verlor tröpfchenweise Urin und masturbierte fest, ein Finger im Mund ihres Arschloches, der andere in ihrer Muschi. Es ging nur Sekunden, ihr Hintern spannte sich und ihr Rücken drückte sich durch, ein Bein zuckte kurz und ihr Hintern platschte in der Urinpfütze, als sie sich dem Krampf hingab. Dann war es vorbei, und sie fasste Amber an den Hüften, ihre ganze Aufmerksamkeit jetzt darauf gerichtet, das Arschloch ihrer Herrin zu lecken.

Ich musste noch einmal kommen, ließ meine Hand nach unten gleiten, fand meine Muschi und wurde warm und offen willkommen geheißen.

Amber schüttelte den Kopf, aber ihr Mund war bereits schlaff und ihre Augen vor Lust verschleiert. Sie stöhnte und ich sah, wie sich die Muskeln ihrer Schenkel und ihres Bauches anspannten. Dann kam sie, voll in Kays Gesicht, schlängelte ihren Hintern auf die willige Zunge, die so gut hinauf in ihr Loch gesteckt wurde, ein Gedanke, den ich festhielt, während mein eigener Orgasmus mich schüttelte.

Vier

Wenn ich mit Nicola und June schon gut ausgekommen war, bevor wir zu Amber gingen, so war es danach einfach perfekt. Nachdem wir alle nacheinander kichernd eine Dusche genommen hatten, zog sich das Mittagessen bis in den Nachmittag hinein, mit einer Flasche Wein nach der anderen und zunehmend unanständiger Konversation. Ich hatte mein wahres Alter zugeben müssen, nachdem es offensichtlich wurde, wie lange ich Amber schon kannte, aber das machte keinen Unterschied. Als wir gingen, waren wir alle betrunken, und wenn es noch irgendwelche unanständigen Geheimnisse zu teilen galt, so lag das nur daran, dass wir nicht die Zeit hatten, um uns darin zu vertiefen.

Mit Ausnahme einer Sache. Wir ließen nichts über Gabrielles berufliche Beziehung zu Stephen verlauten. Er würde am Montag wieder kommen, aber da sich seine Meinung wohl kaum geändert hatte, hoffte Gabby, dass er aufgeben und die Sitzungen beenden würde, damit sie zu den Mädchen offen sein könnte.

Ich dachte genauso, nur mit dem Unterschied, dass ich jetzt selbst tief in der Sache drinsteckte. Beide hatten begonnen, mir den Vortritt zu lassen, nicht, weil sie weniger unterwürfig waren, sondern aufgrund meines Alters und meiner Erfahrung. Sie hatten jedoch beide eine starke Persönlichkeit, egal was Stephen dachte, und standen zu ihrer Ansicht über SM, June als Masochist und Playmate, Nicola als Möchtegern-Lifestyle-Sklave.

Wenn es auch beide leugneten, so hatten sie doch noch einiges zu lernen. Bei June war es einfach eine Frage der Praxis; bei Nicola jedoch war es mehr – wenn sie ein perfekter Lifestyle-Sklave für Stephen sein wollte, brauchte sie zuerst etwas Training. Doms und männliche Doms insbesondere, verstehen die Empfindungen, die sie in ihrem Partner auslösen, oft nicht wirklich. Das können sie auch nicht, wenn sie es nicht selbst erfahren haben, egal wie viel sie erlebt oder gelesen haben. Wobei diejenigen, die behaupten, ein tiefes Einfühlungsvermögen zu besitzen, normalerweise die sind, die am wenigsten verstehen. Nicola könnte die unabwendbaren Peitschenhiebe ertragen, aber es würde unweigerlich darauf hinauslaufen, dass ihr Arschloch gedehnt werden würde, und ich war entschlossen, das zu meiner Aufgabe zu machen.

Sie würden am Freitag runter fahren, in seinem Auto, und ich konnte nur beten, dass er sie am Wochenende noch nicht anal ficken würde. Das könnte durchaus passieren, aber da sie das College beendete und bei ihren Eltern in Sevenoaks lebte, gab es nichts, was ich tun könnte.

Stephen kam zu seinem normalen Termin, und wie zuvor positionierte ich mich im Schlafzimmer mit einem Ohr am Schlüsselloch. Es war persönlich geworden, Stephen könnte mich auch in Wirklichkeit dominieren, und ich war höchst gespannt als sie sich für die Sitzung niederließen. Es gab das normale Vorgeplänkel, dann kam er wie üblich direkt zur Sache und erklärte, dass sich die Beziehung zwischen ihm und den Mädchen intensiviert hatte, bevor er zu einer langen Selbst–Rechtfertigung ausholte, während Gabrielle geduldig zuhörte.

„... sie sind so begeistert“, endete er, „June besonders, aber da ist eine Anmut bei Nicola, die in mir einfach den Wunsch weckt...... den Wunsch weckt, zu singen.“

„Und trotzdem glauben Sie immer noch, dass ihre Sexualität von niedrigem Selbstwertgefühl herrührt?“

„Ich bin nicht sicher. Ich weiß nicht mehr, was ich glauben soll. Ich habe psychologische Studien über SM gelesen, und die meisten Fachleute scheinen dem zuzustimmen, dass der Wunsch, seinen Willen einem anderen unterzuordnen, in einer Unsicherheit begründet liegt und der Unfähigkeit, eine normale sexuelle Beziehung aufzubauen.

„Es ist natürlich schwierig, eine objektive Analyse von sich selbst zu machen, ich glaube aber, dass man von denjenigen, die SM praktizieren, erwartet, dass sie Erkenntnisse besitzen, die den anderen nicht zugänglich sind. Denken Sie daran, dass wir uns immer noch aus einer Gesellschaft heraus entwickeln, in der sexuelles Vergnügen als negativ angesehen wurde, das unterdrückt oder vermieden werden musste. Könnte Ihre Reaktion einfach darauf zurückzuführen sein?“

„Ich weiß es nicht. Rationell verstehe ich, was sie sagen und möchte es akzeptieren. Es fühlt sich nur einfach nicht richtig an.“

„Exakt. Ihre Gefühle werden von Ihrem Unbewussten bestimmt, aber es ist ein Fehler, sie mit menschlichen Grundinstinkten zu verwechseln, so wie zum Beispiel Furcht, wenn man einem möglichen Feind gegenübersteht. Diese Gefühle stammen von Dingen, die sie gelernt haben, Stephen. Sie können rationell untersucht werden, obwohl es nicht immer einfach ist, sie auszuschalten. Noch einmal, es könnte sich als das Beste erweisen, wenn Sie Ihrer Libido erlauben, von Ihrem Gewissen entlastet zu werden.“

„Sie haben Recht. Ich bin sicher, Sie haben Recht. Glauben Sie mir, es ist allzu einfach, mich von meiner Libido leiten zu lassen. Tatsächlich, habe ich es bereits getan. Ich habe etwas wirklich Dummes gemacht.“

„Und was?“

„Wir haben ein Feriencottage in Dorset. Ich habe mit den Mädchen gesprochen und Nicola fantasierte herum und beschrieb, wie sie als mein Sklave leben würde. Eines führte zum anderen, und ich habe sie in das

Cottage eingeladen, June auch, für den ganzen Sommer."

„Und das bedeutet Schwierigkeiten mit Ihrer Frau und Ihren Kindern?"

„Nicht mit meinen Kindern. Sie sind beide den ganzen Sommer über weg. Bei Kate ist es nicht möglich, das vorauszusagen. Sie liebt den Ort und versucht, jedes Jahr hinzufahren, aber die Sache in Korea zieht sich endlos hin, und ich dachte, dass es sicher ist. Ist es wahrscheinlich auch, aber ich weiß, dass ich wahrscheinlich den ganzen Sommer am Rande eines Nervenzusammenbruchs leben werde."

„Eine schwierige Situation. Es steht mir nicht zu, Ihnen Ratschläge zu erteilen, Stephen, aber ich muss Sie fragen, ob Sie es stimulierend finden, dieses Risiko einzugehen."

„Nein, nicht das Risiko, ganz und gar nicht. Es sind Nicola und June, die ich stimulierend finde. Ich bin achtundvierzig; wann werde ich noch einmal die Gelegenheit haben, zwei wunderschöne junge Mädchen zu haben, die bereit sind, jede meiner sexuellen Launen zu erfüllen? Wie viele Menschen bekommen so eine Chance überhaupt?"

„Sehr wenige, könnte ich mir vorstellen."

„Ich muss es machen. Das verstehen Sie, oder?"

„Ich verstehe ganz sicher die Verlockung. Es steht mir nicht zu, Ihnen zu sagen, wie sie handeln sollen."

„Nein, und ich würde Ihren Rat sowieso nicht annehmen, oder den Rat von irgendjemand anderem, es sei denn, er würde mir raten, es zu machen."

„Meine Bedenken betreffen mehr Ihre Unsicherheit als die Beweggründe für die sexuellen Bedürfnisse der Mädchen. Haben Sie mit dem dritten Mädchen noch einmal gesprochen?"

„Poppet, ihr richtiger Name ist Poppy. Nein, habe ich nicht, aber Stiefel … June. Offensichtlich ist alles o. k, aber, noch einmal, wie kann ich sicher sein? Nicola und June haben sich mit ihr getroffen, und es stellte sich heraus, dass sie erfahrener ist als wir alle zusammen. Sie und ihre Freundin zeigten ihnen, wo man am besten SM-Zubehör kaufen kann, und ich habe eine Bestellung aufgegeben für alles mögliche, gerade heute morgen."

„Ich verstehe. Sagen Sie mir, was werden sie tun, während sie im Cottage sind?"

„Wir haben das ausführlich besprochen und eine Art Vertrag unterschrieben. Wir werden ein sogenanntes Stopp-Wort vereinbaren, aber das wird nur bei einem Unfall angewendet. Ansonsten haben sie zugestimmt, dass sie meine Sklaven sind, sowohl sexuell als auch praktisch. Insbesondere Nicola möchte auf die Notwendigkeit, ihre Einwilligung zu geben, verzichten. Das scheint ihr sehr wichtig zu sein. Mit June ist es glaube ich mehr ein Spiel, aber sie ist sehr kühn."

„Und wenn das dritte Mädchen dazu kommen sollte, oder andere?"

„Ich habe es mit ihnen durchgesprochen, aber so wie es klingt, ist Poppy genau gleich. Ich versuche es nicht zu verstehen, aber diese Frauen haben ein echtes Bedürfnis, gesagt zu bekommen, was sie tun sollen und bestraft zu werden."

„Aber Sie würden es gerne verstehen?"

„Ja, Und wenn ich das einmal tue, und ich mich gut damit fühle, gibt es nur noch ein einziges Problem - meine Frau!"

Er lachte dumpf, nicht hysterisch, sondern ziemlich kalt und herrisch. Er war bereits zu tief drin und konnte sich nicht mehr helfen. Die Antwort wäre gewesen, von vorneherein keine heterosexuelle Frau zu heiraten, aber dies wäre wohl kaum ein sehr nützlicher Vorschlag gewesen.

Die Unterhaltung verlief weniger interessant als ich gehofft hatte, und ich zog mich von der Tür zurück. Ich konnte seinen Standpunkt verstehen, dass er seine Unsicherheit Nikki und June nicht zeigen wollte, und das machte es leichter für mich. Nach meiner Erfahrung mit Anna finde ich es besser, wenn sich meine Doms über ihre Rechte, mich zu kontrollieren und zu bestrafen, nicht ganz so sicher sind.

Der Rest der Woche verlief schrecklich langsam. Gabby war beschäftigter denn je – um eine Konferenz vorzubereiten, hatte Sie alle Termine verschoben und ich wusste nicht recht, was ich mit mir anfangen sollte. Normalerweise wäre ich hinaus ins Grüne gefahren oder hätte meine Zeit einfach damit verbracht, allein durch London zu laufen, was mich immer noch begeisterte, nach so vielen Jahren, in denen ich von Anna herumkommandiert worden bin. Jetzt hatte es seinen Reiz verloren und ich merkte, wie ich an Dorset dachte und daran, was passieren könnte.

Eine meiner Sorgen war, Gabby nicht zu beunruhigen. Ich wollte, dass sie mit mir kommt, auch wenn es klar war, dass sie während des Wochenendes nicht würde bleiben können, ohne zu riskieren, Stephen in die Arme zu laufen. Sie sah meine Bedenken, aber die Arbeit drängte, und die Hälfte ihrer Kunden erwartete mehr oder weniger ständige Aufmerksamkeit.

Am Samstag gingen wir aus, aber wir waren eine große Clique, und auch die egoistische Jo Warren war dabei, die Gabby fast den ganzen Abend mit ihren Unsicherheiten in Bezug auf Männer beschlagnahmte. Der Sonntag war besser, weil Fat Jeff und sein Freund Monty auftauchten, in der Hoffnung auf ein bisschen perversen Sex. Wir ließen uns überreden und erlaubten ihnen, in unserem Mund zu masturbieren, was Gabby eine Sperma-Gesichtsmaske verschaffte, wovon das meiste auf ihrer Brille landete. Sie war bildschön, mit dem Sperma, das von ihren Gläsern lief und einem dicken Tropfen, der an ihrer Nase hing, und zum Schluss musste ich mir vor Lachen den Bauch halten.

Das brachte uns in Stimmung, und nachdem wir die beiden endlich losgeworden waren, gingen wir ins Badezimmer und hatten jede Menge extrem nassen und schmutzigen Sex, was uns bis in den Abend beschäftigte. Ich fühlte mich danach sehr viel besser, und machte mir auch nicht mehr so viel Sorgen, dass ich sie am folgenden Wochenende allein lassen musste. Diese Nacht schliefen wir im Spielzimmer, beide in Windeln.

Stephen hatte mit Nicola und June das Wochenende verbracht, und ich konnte es kaum erwarten zu hören, was passiert war, auch wenn es die Version war, die für die Therapie gekürzt war. Ich lauschte wie üblich an der Tür und erfuhr, dass die Mädchen sicher im Cottage angekommen waren und sich wie perfekte kleine Sklaven benahmen. Stephen war weniger wegen seiner dominanten Gefühle besorgt, sondern vielmehr, weil er Mühe hatte, Nicolas absolute Ergebenheit als etwas ganz Natürliches zu akzeptieren. Andererseits hatte er Gewissensbisse und war besorgt wegen seiner Frau, die offensichtlich überlegte, ihr Korea-Geschäft jemand anderem zu übertragen, sobald die ersten Verhandlungen erst einmal abgeschlossen waren.

Amber rief am Mittwoch an, um zu sagen, dass beide Schweife fertig wären. Es gab auch noch eine Menge anderer Teile, und ich beschloss, meine Pläne zu ändern und ein Auto zu mieten. Das letzte, das ich gefahren hatte, war ein Morris Oldtimer aus den fünfziger Jahren; Chauffeuse war eine meiner vielen Aufgaben für Anna. Dagegen war der fast neue Renault, den ich von einer Autovermietung in Wembley abholte, ein Kinderspiel, und ich schaffte es, ohne jegliche Katastrophe in Hertfordshire anzukommen.

Der Tag war herrlich, heiß und drückend, ich war gut aufgelegt für einen Spaß und hoffte, dass Amber Zeit hätte, damit ich im Paddock zeigen könnte, was ich kann, oder sie mir zumindest eine ihrer herrlichen, harten Prügel verabreichen würde. Entsprechend dieser Vorfreude hatte ich mich angezogen, ein lockeres Kleid über einem Slip und keinen BH, eine Kombination, die bei der Autovermietung mehr als einen lustvollen Blick bewirkt hatte. Als ich parkte, hatte ich mir alles in meinem Kopf zurechtgelegt. Ich würde vor Kays Augen bearbeitet werden, wie beim letzten Mal, aber eher lockerer. Man würde mich einfach in der Küche hinlegen, als Hure beschimpfen, während ich mit der Hand geschlagen werden würde, und mit einem hölzernen Löffel.

Aber so kam es nicht. Der Laden war über Mittag geschlossen, nur das Tor zum Garten war offen. Ich ging hinein und war zu Tode erschrocken. Dort stand ein Auto, ein allzu bekanntes Auto, Anna Vales alter Morris, und daneben, Anna Vale selbst. Sie war makellos, wie immer, in einem Kleid aus den dreißiger Jahren und schicken schwarzen Pumps, einem Hut, alles in einem rotgelben und schwarzen Ton. Ich erstarrte. Das letzte Mal, als ich sie gesehen hatte, war ich aus dem Zimmer gerannt, nackt und tränenübersrömt, mein Po und die Rückseite meiner Beine voller Rohrstock-Quaddeln.

Amber war auch da, in Hosen und Stiefeln, und redete ernst mit Anna. Mein erster Gedanke war, leise davonzuschleichen und im Pub zu warten, aber Amber sah mich plötzlich und warf mir einen beunruhigten Blick zu. Anna drehte sich um. Ich zuckte mit den Schultern und ging vorwärts, während mein Gesicht mit jedem Schritt dunkler anlief. Anna sah mich von oben bis unten an, ihr Ausdruck kalt und hochmütig, als wäre ich etwas, was die Katze angeschleppt hätte.

„Hallo, Poppy“, begrüßte mich Amber schnell. „Warum wartest du nicht in der Küche, oder, ich glaube, du findest Kay im Laden. Ich muss nur noch ein paar Dinge erledigen."

„Bitte, mach dir keine Umstände. Ich wollte gerade gehen", bemerkte Anna und warf mir einen weiteren ihrer Blicke zu, dieses Mal, als wäre ich etwas, von dem die Katze entschieden hatte, dass es nicht zu gebrauchen war.

„Sorry", ich habe es geschafft. „Ich bin früh dran, ich weiß. Ich gehe und bespreche alles mit Kay."

Ich rannte hinein, errötet bis zu den Haarwurzeln und hörte Annas Stimme hinter mir, als die Tür zuschwang.

„Ich sehe, Büstenhalter sind wieder aus der Mode."

Ich schüttelte meinen Kopf als ich zum Laden rannte und mit mir kämpfte, um all die Gefühle loszuwerden, die durch ihren Anblick so schnell wieder in mir aufloderten. Kay schloss gerade die Ladentür auf, und so wartete ich einen Moment, bevor ich sie mit einer Umarmung und einem Kuss begrüßte.

„Du zitterst ja, was ist los?" fragte sie.

„Anna ist hier, draußen. Ich bin ihr praktisch in die Arme gelaufen!"

„Scheiße! Aber das ist alles vorbei, oder, schon eine Ewigkeit?"

„Ja, aber ich habe sie seither nicht gesehen. Ich war nicht bereit dafür."

„Armes Ding! Willst du einen Kaffee oder was anderes?"

„Ja, einen starken."

„Sag mir, wenn jemand kommt, ja?"

Sie ging hinaus und ich war allein. Ich versuchte, mich zu beruhigen. Meine Hände zitterten immer noch und mir war flau im Magen, eine Reaktion, weitaus stärker, als ich erwartet hatte. Wahrscheinlich war das auch nicht verwunderlich - nach so vielen Jahren unter ihrer absoluten Herrschaft und Gewalt.

Als Kay mit dem Kaffee zurückkam, war Amber bei ihr, und einen Moment später fuhr Annas Morris am Fenster vorbei. Ich nahm den Kaffee dankbar und hätte ihn fast verschüttet, als ich die Tasse an meine Lippen führte.

„Sorry", sagte Amber, „ich hätte es erwähnen sollen, dass sie kommen wollte, aber ich dachte nicht –"

„Ich weiß, es war mein Fehler“, unterbrach ich sie. „Du hast ihr nicht gesagt, wo ich wohne, oder?“

„Natürlich nicht, aber ich würde mir keine Sorgen machen. Ich denke, sie hat akzeptiert, dass du nicht zurück kommst.“

„Gott sei Dank! Ist sie denn mit jemand zusammen?“

„Nein.“

Das war nicht beruhigend. Nach unserer Trennung hatte sie verzweifelt versucht, mich zu finden, und selbst nachdem es schien, dass sie es aufgegeben hatte, habe ich mich nicht völlig sicher gefühlt. Die ganze Zeit hatte ich gehofft, sie würde jemand anders finden, um sie abzulenken.

„Sie brachte eine Peitsche“, fuhr Amber fort, „für ihre Kunden, nehme ich an. Sie ist strapazierfähig, ich habe sie aus Stierhaut gemacht. Dieser Typ Stanbrook hat auch eine bestellt.“

„Ah, ja“, warf Kay ein, „Stephen Stanbrook. Er verlangte von Amber, ihn mit Meister anzureden. Keine so gute Idee.“

Ich lachte, das Bild von Ambers Gesicht bei so einem Vorschlag ließ mich meinen Schock vergessen.

„Er ist ein Idiot“, bemerkte Amber. „Erst das, und dann, nachdem ich ihm erklärt hatte, dass er nicht mein Meister ist, wollte er seinen wirklichen Namen nicht nennen. Fein, leider hatte er nicht genug Bargeld, um alles zu bezahlen. Also wollte er mit Kreditkarte zahlen, aber plötzlich fiel ihm seine Frau ein, die sich wundern könnte, warum er einige hundert Euro an eine Sattlerei zahlte. Am Ende musste er also bis nach Broxbourne fahren, um Bargeld zu holen. Idiot.“

„Er ist ein ziemlich guter Dom, auf seine Weise.“

„Idiot“, wiederholte sie unbeirrt. „Egal, am Ende hat er bezahlt, und ich habe alles fertig. Er denkt, es kommt per Kurier hinunter; ich habe also alles in ein großes Paket gepackt, mit der Adresse vom Cottage drauf.

„Großartig, danke. Was hat er gekauft?“

„Eine Menge. Die Peitsche, ein Drachenschwanz, ein schweres Paddel, eine Riemenpeitsche, eine Reitgerte, eine Dressurgerte, zwei ganze Sätze Ponygeschirre, mit Schweifen natürlich…“

„Ich verstehe. Was denkt er denn, wie er das alles verstecken will, ganz abgesehen von dem Ponywagen?“

„Er gibt dort offensichtlich ein Nebengebäude, das voller Gerümpel ist."

„Klingt für mich riskant."

„Kann sein. Mit dem Wagen hat er es jedoch clever angestellt, das muss ich ihm lassen. Er hat eine alte Pritsche gekauft, und sich ausgedacht, dass sie draußen an der Hintertür mit einigen Töpfen Geranien stehen könnte."

„Was, eines dieser Dinger die so aussehen wie eine riesige Schubkarre?"

„Nein, eine echte, mit zwei Rädern. Ich könnte mir vorstellen, dass sie ziemlich schwer zu ziehen ist."

„Vielleicht werde ich mich freiwillig als Stallknecht melden, wenn er nur zwei Geschirre hat. Er ist offensichtlich ein großer Kerl. Weißt du, dass ich ihn in Wirklichkeit noch nie gesehen habe?"

„Oh. Also, er ist vielleicht 1,80 m groß, schlank, ziemlich militärisch, mit kurzen grauen Haaren und einem Bart."

„Ich mag seine Stimme. Er ist nicht ganz der souveräne Dominus, so wie er den Anschein erweckt, weißt du."

Sie zuckte desinteressiert mit den Schultern, und sah dann abrupt hoch, als die Ladenglocke ging. Es war ein Trio von Teenagern, alle drei blond und alle drei sahen ziemlich blasiert aus. Sie gingen zur Ausstellung der Sättel und Kay tippte auf meinen Arm.

„Ich hole dir deine Sachen."

Ich folgte ihr und betrachtete ihren Po, der sich in ihrer engen Jeans abzeichnete, aber nicht mehr mit der übermütigen Lust, die ich vorher verspürt hatte. Nachdem ich Anna gesehen hatte, war mir nicht mehr danach, und ich ließ die Gelegenheit verstreichen, obwohl ich wusste, dass es zweifellos zu einer doppelten Tracht Prügel von Amber geführt hätte, wenn ich mit ihr gespielt hätte.

Mein Paket war in der alten Schmiede. Es gab noch andere, aber auf meinem war ein Zettel mit meinem Namen geklebt, und der Adresse vom Cottage. Es war auch das größte, ein riesiges Ding, eingepackt in braunes Papier und mit einem Bindfaden zusammengeschnürt. Kay und ich schafften es mit einigen Schwierigkeiten, es auf den Rücksitz von meinem Auto zu hieven, aber selbst als sie sich über den Sitz beugte und ihren schönen Po in perfekte Prügel-Position brachte, fühlte ich mich nicht versucht.

Sie hatte gemerkt, dass ich nicht ganz wie sonst war, und nahm meinen Arm, als wir zurück zu Ambers Laden gingen.

„Kopf hoch, du kannst deine Ex nicht so an dich rankommen lassen, sonst fühlst du dich immer miserabel!“

„Sie ist meine einzige Ex, und. …. Sorry, Kay, aber es war eine lange Zeit, und eine sehr ernsthafte Beziehung.“

„Ich weiß.“

Sie verpasste mir einen Knuff, als wir in den Laden gingen, wo die Mädchen sich noch immer die Sättel ansahen. Ich hatte überhaupt keine Lust, noch länger zu bleiben, halb überzeugt davon, dass Anna zurückkommen würde. Also brach ich auf, lediglich mit einem Küsschen für Amber und Kay, was ganz und gar nicht dem entsprach, was ich mir eigentlich ursprünglich vorgestellt hatte.

Ich war so paranoid, dass ich nach London sogar auf der A10 zurückfuhr. Ich fuhr mehr als fünfundachtzig, um absolut sicher zu gehen, dass Anna mir in ihrer skurrilen, alten Rostbeule nicht folgen konnte. Sie war nirgends zu sehen, aber ich fühlte mich erst sicherer, bis ich im Labyrinth von Londons Straßen untergetaucht war.

Am Donnerstag machte ich mich früh auf den Weg, um London hinter mir zu lassen, bevor die Rushhour begann. Gegen neun Uhr frühstückte ich in einem Cafe auf der A303 und versuchte, die beste Route an die Küste, in dessen Nähe das Cottage lag, herauszusuchen. Kurz nach zehn war ich da.

Es war eines der schönsten Orte, die ich je gesehen hatte. Da gab es ein sanftes Tal, das zum Meer hin abfiel, mit einer kleinen Gruppe von Häusern und einem Pub, die an einem Kiesstrand mit Fischerbooten lagen. Weiter hinten ragte ein großer Felsen in einen Hügel hinein, die Gipfel gold-grün, in denen sich das Morgenlicht brach. Wälder bedeckten das Tal, und die kleinen Felder dazwischen waren kaum zu sehen, genauso wie das Gebäude, von dem ich annahm, dass es das Cottage sein musste. Nur das graue Schieferdach war sichtbar, mit einem Rauchkringel, der aus dem Kamin aufstieg.

Ich fuhr hinüber, machte im Dorf zweimal kehrt und folgte entsprechend der Beschreibung einem unebenen Pfad. Zweimal gabelte sich der Weg, und jedes Mal wurde er noch unebener und bewachsener, bis ich schließlich ein verfallenes Tor mit einem aufgenagelten Schild erreichte – Golden Acre. Das Cottage befand sich direkt dahinter, ein niedriges, weißes Gebäude, umgeben von Beeten mit Farn und Montbretien in knalligem Orange. Ich stieg aus, um das Tor zu öffnen, aber einem plötzlichen, spitzbübischen Impuls folgend, krabbelte ich stattdessen hinüber, so leise wie ich konnte, um mich anzuschleichen und durch die Fenster zu spähen.

June und Nicola waren in dem zweiten Raum, in den ich schaute – einer Küche. Sie machten den Abwasch, Seite an Seite, und ein Blick genügte, um zu erkennen, dass sie ihre Rolle ernst nahmen. Sie trugen Uniform, aber eine Uniform, für die jeder Soldat wegen Unzüchtigkeit eingebuchtet worden wäre. Sie trugen übergroße, weiße Baumwollschlüpfer, die unter dem Saum von absolut niedlichen, eng geschnittenen Jacketts herausschauten, ein wenig in militärischem Stil, flaschengrün, fest geschnürt am Bauch und zur Hüfte hin weiter werdend. Beide trugen hochhackige Kalbslederstiefel, wodurch ihre Hintern noch knackiger erschienen, und sich die Form ihrer Pobacken sehr deutlich unter den Schlüpfern abzeichnete. Sie trugen lange, mit einer Borte verzierte Schürzen. Als June sich umdrehte, um einen Teller ins Regal zu stellen, sah ich, dass die volle Tiefe ihres Dekolletés zu sehen war, fast bis zu der Stelle, an der das Jackett vorne geknöpft wurde. Unter der Jacke war sie nackt, und ich wusste, bei Nicola würde es nicht anders sein. Sofort verspürte ich den Wunsch, auch so gekleidet zu sein.

Ich ging zur Tür und klopfte wagemutig, und konnte es jetzt kaum erwarten, endlich hineinzugehen. Nicola öffnete sie einen Moment später, ihre Schürze in der Hand, ihr Bäuchlein blitze etwas hervor und die Vorderseite ihres Schlüpfers, dort wo das Jackett ein wenig auseinanderklaffte. Ich grinste sie breit an, umarmte sie und trat einen Schritt zurück.

„Meine Güte, siehst du niedlich aus!“

Sie lächelte und drehte sich um, sodass ich ihren Po sehen konnte.

Auch June kam dazu, auch bei ihr sah man den Schlüpfer und einen kleinen Bauchansatz. Ich umarmte sie und sie antwortete stürmisch, indem sie mich mit offenem Mund küsste, bevor wir uns voneinander lösten.

„Stephen hat das für euch besorgt?“ fragte ich, und bemerkte meinen Fehler, kaum dass ich die Worte gesprochen hatte.

„Stephen?“ fragte Nicola. „Der Meister?“

„Oops“, entgegnete ich und suchte fieberhaft nach einer brauchbaren Erklärung. Sie fiel mir gerade noch rechtzeitig ein.

„Sorry, er musste Amber seinen wirklichen Namen nennen, damit er zahlen konnte. Ich habe die ganzen Sachen im Auto.“ Ich zeigte mit dem Daumen nach hinten, in die Richtung, in der das Auto hinter dem Tor zu sehen war.

„Er muss hier der Meister sein“, sagte Nicola bestimmt.

June zuckte lediglich mit den Schultern und gab Nicola einen Klaps auf den Po, um sie hinaus in den Garten zu schicken.

„Ich will sehen, was du mitgebracht hast“, forderte sie, „alles.“

„Geduld. Diese Uniformen sind so süß; ich möchte auch eine. Was hat er denn sonst noch für euch gekauft?“

„Dies ist die Tageskleidung“, antwortete Nicola stolz. „Nachtkleidung gibt es auch, kleine blaue Baby-dolles, die nur bis zum Bauch gehen. Das haben wir dir zu verdanken, das heißt, dir und deinem Hosenpinkel-Fetisch.

„Nur leider geht das jetzt nicht, weil sie keine Hosen haben“, ergänzte June. „Und dann gibt es noch die Bestrafungsanzüge.“

„Bestrafungsanzüge?“

„Ja, Hemden, die ein bisschen wie die Jacketts geschnitten sind, aber in diesem wirklich groben Material, und mit Trägern am Rücken, um unsere Arme zu befestigen. Auch diese haben keine Hosen; wir müssen von der Taille an nackt sein. Es gibt ein Bestrafungsbuch, das wir ausfüllen müssen, und Bestrafungsübungen, zu denen wir die Anzüge tragen müssen.“

Sie war am Tor und hielt es weit offen. Ich ging zum Auto und parkte, dann zogen wir das Paket vom Rücksitz. Sie folgten mir, zu einem schönen kleinen Wohnzimmer mit Parkettboden und einem großen Panoramafenster aus dem man in den Garten bis zum Meer sehen konnte. Bäume schirmten ihn vom Dorf und von den höher gelegenen Plätzen des Hügels ab, während er auf der einen Seite von einer großen Hecke begrenzt wurde, hinter der – so wusste ich – sich einige hundert Quadratmeter Gelände befand, das von wilden Brombeersträuchern überwuchert war. Daran anschließend kam der Felsen. Niemand würde uns hier per Zufall entdecken.

„Wir können Pony-Spiele auf dem Rasen machen", sagte Nicola, die meinem Blick folgte, „und er wird etwas Stroh hinunter in den Schuppen bringen, für einen Stall."

Ich konnte einen Teil des Schuppens sehen, ein niedriges Gebäude aus roten Backsteinen, mit Fenstern voller Spinnweben und einer Tür, die mit einem schweren Vorhängeschloss verriegelt war.

„Was hat er sonst noch?"

„Eine Menge Fantasie. Da sind die Küche, zwei Schlafzimmer und das Bad, und eine Art überdachter Hof. Wir haben einen routinemäßigen Tagesablauf und müssen jeden Tag sauber machen. Er wird alles inspizieren, wenn er am Wochenende runter kommt. Und dann gibt es Bestrafungen."

Ich nickte. Bestrafung war eine Pflichtübung, das war so üblich. June hatte am Paket gezogen, während Nicola und ich uns unterhielten, und breitete alles auf dem Boden aus, den Mund offen vor Vorfreude, als sie die Geschirre, Bondage-Straps und Bestrafungsutensilien sah. Ich nahm die Peitsche, ein riesiges, dreischwänziges Ding, gut eineinhalb Zentimeter dick und 60 cm lang. Meine Hand konnte sie gerade noch bequem halten, und sie wog bestimmt mehr als ein Kilo. Der Stier, von dem die stammte, musste ein Monster gewesen sein.

„Ouhh! Die wird weh tun!"

„Es ist schrecklich, allein der Anblick macht mich schon ganz schwach", stimmte June zu. „Ich kann es kaum erwarten!"

„Musst du auch nicht."

Ich schlug sie gegen meine Handfläche, und ruinierte fast die Wirkung, indem ich zusammenzuckte. Sie biss wie verrückt. June stand auf, ihr

Gesichtsausdruck zwischen ernsthafter Sorge und Erwartung.

„Oh, das würdest du nicht tun!"

„Oh, doch. Ich switche."

„Ich bin nicht sicher, ob du das tun solltest", warf Nicola ein, als June begann, klein beizugeben, und kichernd zum Sofa ging. „Der Meister will vielleicht nicht, dass wir das tun."

„Dann kann er mich ja bestrafen", sagte ich fröhlich. „Aber jetzt, über das Sofa, beide, Hintern in die Höhe."

„Poppy!"

„Auf, Miss Höschen, hoch damit."

Sie schluckte und ich konnte ihre Zweifel spüren, und wie ihr Verlangen mit dem kämpfte, was sie über SM-Rollen gelernt hatte. Ich schlug die Peitsche noch einmal auf meine Handfläche und warf ihr meinen strengsten Blick zu. Sie ging, langsam, widerwillig, und schaute zweimal über die Schulter, bevor sie das Sofa erreichte.

„Rüber da, und bring den Hintern nach oben", befahl ich.

Nach einem letzten Moment des Zögerns legte sie sich über die Lehne, hob ihr Jackett hoch und zeigte ihren Schlüpfer, wobei der feste, weiße Baumwollstoff gänzlich ausgefüllt wurde von weiblichem, muskulösem Hintern. June kicherte.

„Auch du, Miss Stiefel, rüber mit dir."

Sie hüpfte hinüber, machte kleine, schnelle Schritte mit ihren unbequemen, hohen Absätzen, beugte sich nach vorne und streckte ihren niedlichen, prallen Po heraus. Die weißen Schlüpfer spannten, und an jedem Beinloch quoll das Fleisch heraus, wodurch ihr Hintern noch dicker aussah.

„Hosen runter, natürlich", kündigte ich an und trat einen Schritt vor.

Ich berührte Nicolas Po und fühlte die Wärme des Fleisches durch die weiche Baumwolle. Ihre Pobacken waren wundervoll fest und federnd, und als ich sie streichelte, konnte ich fühlen, wie sie zitterten, sodass mein Herz bis zum Hals klopfte. Ich ging in die Hocke, ihr hübscher Po war nur Zentimeter von meinem Gesicht entfernt, als ich mit einem festen Griff den Schlüpfer packte und herunter zog. Sie war nackt, direkt vor meinem Gesicht, ihr winziges rosa Arschloch und die sauber rasierte

Muschi waren zwischen den schlanken Pobacken und den Schenkeln zu sehen. Auf ihrer blassen Haut waren einige Flecken, leichte Blutergüsse, möglicherweise vom Wochenende, möglicherweise aber auch von Ambers Paddel.

Sie bewegte sich etwas und ich fing ihren Geruch auf, schwer und weiblich, und ich musste dagegen ankämpfen, dass ich nicht mein Gesicht zwischen ihre Pobacken vergrub, um den Geschmack ihres Geschlechts und ihres Hinterns aufzusaugen. June schaute zu, und ich schaffte es, ihr einen missbilligenden Blick zuzuwerfen, als ich mich hinter sie stellte. Ihr Po war gerade herausgestreckt, ihre Beine etwas auseinander, sodass man ihre prallen Schamlippen sehen konnte, die sich als kleine birnenförmige Ausbuchtung in der weißen Baumwolle ihres Schlüpfers abzeichneten. Ein kleiner, weißer Fleck war in der Mitte zu sehen, und ich konnte ihre Erregung riechen, strenger noch als die von Nicola. Ich wusste, wenn ich sie berühren würde, würde ich die Kontrolle verlieren.

„Zieh deine Hosen runter, Stiefel“, befahl ich.

Ihre Hände griffen augenblicklich nach hinten, fassten den Bund und zogen ihn langsam über den Po nach unten. Ihre Rückansicht, entblößt, wie gemacht, um geleckt zu werden, war prall und verlockend, mit ihrer tiefen Falte, olivbraunen Schamlippen und aufgeworfenem, schwarzen Anus. Noch einen Moment länger und meine Zunge wäre in ihr gewesen.

Als ich aufstand, hatte mein Gesicht einen Ausdruck, von dem ich hoffte, dass er nach amüsierter Verachtung aussah. In mir brodelte es, aber ich war entschlossen, meine Beherrschung nicht zu verlieren. Ich hatte die Verantwortung; Ich war es, die die Peitsche in der Hand hatte, diejenige, die korrekt angezogen war. Sie waren diejenigen, deren Hintern entblößt war, mit dargebotenen Muschis und Arschlöchern. Sie waren die, die geschlagen werden würden.

„Ich haue zuerst“, kündigte ich an, „um euch warm zu machen.“

„Nein, tu es. Ich will ausgepeitscht werden.“

„Das beste, um warm zu werden –“

„Schlag mich einfach, du kleine Hure!“

„Pass auf, was du sagst, Miss Stiefel.“

Ich hatte das Gefühl, dass sie verängstigt war, aber auch aufgeregt. Da sie den Vorschlag, ihren Po aufzuwärmen, abgelehnt hatte, griff ich zur Peitsche, und versuchte, mich an ihr Gewicht und ihre Geschmeidigkeit zu gewöhnen. Sie war perfekt, die Enden flach, das Leder weich und geschmeidig, trotzdem schwer und steif. Ich hätte mir nichts Besseres wünschen können, aber ich spürte einen Anflug von Furcht für meinen eigenen Körper, als ich sie auf Junes üppige Pobacken schlug.

„Zwölf, denke ich: „Das reicht, um dich zu lehren, wie man Danke schön zu einer Lady sagt. Ihre Antwort war ein Kichern, und ich dachte an Amber, wie sie mit rotem Kopf und voller Ärger denselben dicken Po mit einem hölzernen Paddel bearbeitet hatte. June liebte es zu spotten, und was auch immer der Grund dafür war, das hatte seine Konsequenzen.

„Ist das lustig, Miss Stiefel?“ fragte ich, während ich die Peitsche über ihren Hintern hielt. „Augen nach vorn, Mädchen!“

Sie hatte sich umgedreht, um mir die Zunge herauszustrecken.

„Richtig!“

Ich schlug zu, indem ich meinen Arm so fest und hart nach unten brachte, wie ich konnte. Die Peitsche klatschte in ihr Fleisch, so dass sie vor Schmerz keuchte, und ihre Pobacken erzitterten.

„Oh, du Miststück!“

„Fang nicht damit an, Miss Stiefel. Lektion Nummer eins: Lass dich aufwärmen, bevor du richtig ausgepeitscht wirst.“

„Ja, aber –“

„Halt den Mund!“

Wieder klatschte die Peitsche auf ihr dargebotenes Fleisch, ein herrliches, kerniges Geräusch, das mich vor Vergnügen grinsen ließ, während sie einen kleinen Schmerzenstanz aufführte und auf ihren Zehenspitzen auf und ab hüpfte. Erst als ich die Peitsche das nächste Mal in die Startposition brachte, sprach sie wieder.

„Du bist wirklich ein Miststück, Poppy. Weißt du das?“

„Und du, Miss Stiefel, solltest lernen, während der Bestrafung etwas Respekt zu zeigen. Hat Stephen euch geschlagen? Ich wette, ja, und ich wette, du hast ihn beschimpft.“

„Er hat uns verhauen. Nikki mit dem Löffel. Weißt du, was er mit dir tun wird, wenn er sieht, wie unsere Hintern aussehen?“

„Halt den Mund und streck deinen dicken Hintern raus!"

Das machte sie, immer noch feixend, bis ich die Peitsche wieder mit einem Knall nach unten sausen ließ, dass die Fenster wackelten und sie aufschrie. Als sie aufhörte, auf und abzuspringen, hatte sich ihr Ausdruck in ein mürrisches Schmollen verwandelt und ich sah, dass sie begann zu schwitzen.

„Genug?"

„Ja.... ich denke schon. Stopp."

Ich lachte.

„Das Ding tut weh, Poppy. Es ist schlimmer als das dämliche Paddel, und du schlägst hart!"

Sie stand auf, rieb sich ihren Po, auf den ich drei dicke, rote Linien gezeichnet hatte.

„Das war nicht härter als mit dem Paddel", betonte ich. „Es tut nur mehr weh auf einem kalten Po. Amber hat dich zuerst gehauen, und du hättest mich das auch machen lassen sollen. Jetzt lass uns mal sehen, was Höschen für eine Vorstellung bietet."

June setzte sich und machte sich nicht die Mühe, ihren Schlüpfer hochzuziehen, sondern rollte sich in einen Polstersessel, sodass ihr Po zu sehen war, und die Lippen ihrer Muschi, die zwischen ihren Schenkeln hervorguckten. Ich versprach mir, dass ich eine Entschuldigung finden würde, um sie zu lecken, sobald ich Nicolas Hintern ausgepeitscht hatte.

Sie hatte sich absolut still verhalten, während June, nach vorne gebeugt, mit herunterhängenden Haaren und weit nach oben gestrecktem Po geschlagen wurde. Ich stellte mich hinter sie, streichelte ihre seidige, weiche Haut und ließ einen neckenden Finger die feuchte Spalte ihrer Pobacken hinaufwandern.

„So, Miss Höschen, brauchst du ein Warm-up?"

„Was immer Sie für richtig halten, Herrin."

„Das ist besser. Du könntest noch einiges lernen von deiner kleinen Freundin, Stiefel."

„Das hat der Meister auch gesagt."

„Ich wette drauf, dass er das tat. So, und nun lass uns mal sehen, wie wir diesen süßen kleinen Po aufwärmen."

Ich fasste sie um die Taille und begann zu hauen, indem ich ziemlich fest auf ihre Pobacken schlug. Sie nahm es still hin, lediglich das langsame, tiefe Atmen verriet ihre Reaktion, während ihre Haut sich langsam rötete. Ich wurde härter und schlug von unten gegen ihren Hintern, um die Hitze zu ihrem Geschlecht zu bringen, bis sich Gänsehaut auf ihrer Haut bildete. Sie atmete schwer und zitterte ein bisschen, eindeutig bereit, und ein kleiner Tropfen Saft bildete sich am Eingang zu ihrer Muschi.

„Genug. Gehen wir zum Auspeitschen über."

Sie zuckte nicht einmal zurück, als ich die Peitsche auf ihren Po knallen ließ, genau dort, wo die Arschbacken in ihre Schenkel übergingen. Ich hob sie an und schlug, ein Anflug von purem Sadismus durchzuckte mich, als der dicke Lederriemen auf ihre kleinen Arschbacken knallte. Sie keuchte, mehr nicht, aber als ich die Peitsche erneut hob, begann ein Muskel von einem ihrer Schenkel zu zucken.

„Mach weiter, lass sie quietschen!" drängte June.

Ich drehte mich um. June war in derselben Stellung wie vorher, die Muschi dargeboten, die weißen Hosen halb heruntergezogen. Ihre Hand befand sich auf ihrem Hintern und streichelte eine geschlagene Pobacke. Ihre Augen glänzten vor Freude angesichts ihrer geprügelten Freundin. „Möchtest du dass ich dir deine Hosen in deinen Mund stopfe?" warnte ich sie.

Sie streckte nur die Zunge heraus, und ich widmete mich wieder meiner Aufgabe. Nikki nahm den zweiten Schlag genauso an wie den ersten, und zitterte kaum, als die Peitsche auf ihren Po prallte. Beim dritten löste sich die kleine Perle von Flüssigkeit am Eingang ihrer Vagina und rann langsam zwischen ihren Lippen nach unten. Beim vierten machte ihr Arschloch schnell auf und zu; beim fünften pausierte ich.

„Reib dich, wenn du willst. Ich halte sie solange hoch, bis du kommst."

Augenblicklich war ihre Hand an ihrem Geschlecht, zwei Finger spreizten ihre Schamlippen weit auseinander, um den dritten zu ihrer Klitoris gleiten zu lassen. Sie begann, sich selbst zu befriedigen, indem sie die winzige, geschwollene Knospe ihrer Klitti mit der Fingerspitze streichelte. Ich nahm Maß – und schlug zu. Sie keuchte und sprang hoch. Wieder schlug ich zu, und wieder, und hielt einen gleichmäßigen Rhythmus, während sie masturbierte und meine Peitsche auf das Fett ihrer Arschbacken knallte. Bald hechelte sie nach Luft, dann keuchte sie, als ich schneller wurde und das Leder mit festen, gleichmäßigen Schlägen hinunter auf ihren tanzenden Hintern brachte. Ich hatte ihr zwanzig oder mehr Schläge verpasst, als sie kam – hüpfend und um sich schlagend, schreiend vor Schmerz und Ekstase, ihr geschwollenes Geschlecht reibend. Immer noch schlug ich sie, jetzt mit all meiner Kraft, ließ mit jedem Schlag dicke, rote Striemen auf ihrer elfenbeinfarbenen Haut zurück und hörte erst auf, als ihre Knie nachgaben. Sie streckte sich keuchend auf dem Sofa aus. Ich lehnte mich zurück, war sehr mit mir zufrieden und unglaublich geil.

„So wird ein Mädchen ausgepeitscht", erklärte ich.

„Nun, Miss Stiefel…."

Sie musste nicht lange gebeten werden. Ich wusste, dass sie ihren Hintern und ihr Geschlecht berührt hatte, während ich Nikki schlug, und als ich mich zu ihr umdrehte, flippte sie fast aus, den Hintern hochgestreckt, ihre Finger bereits in ihrer nassen Muschi. Ich wusste nicht, ob ich sie schlagen oder lecken sollte, ich wusste nur, dass ich meiner eigenen Muschi etwas Aufmerksamkeit schenken musste. Ich knallte die Peitsche über ihren Hintern, einmal, hart.

„Runter, auf den Boden. Ich will eine Umarmung."

Ich legte die Peitsche ab, meine Hände wanderten zu meinem Kleid, um es auszuziehen. Mein Slip folgte, wurde heruntergezogen und zusammen mit meinen Schuhen weggekickt, und ich war nackt und bereit. June hatte sich auf den Boden gesetzt, ihre Arme offen, um mich zu empfangen. Ich hockte mich hin, um sie in die Arme zu nehmen. Ich küsste ihre Stirn und vergrub mein Gesicht in ihrem dicken, duftenden Haar. Ihre Lippen öffneten sich und unsere Zungen trafen sich, während ich an ihrem Jackenknopf nestelte. Er öffnete sich und einen Moment später hielt ich eines der prallsten, rundesten kleinen Titten in der Hand, die ich je das Vergnügen hatte, berühren zu dürfen.

Sie zahlte es mir mit gleicher Münze zurück, hielt mich an sich gedrückt, an meinem Rücken, dann an meinem Po. Ich schob ihre Jacke nach hinten und sie hielt inne, um sie von ihren Schultern zu streifen, legte sich dann darauf, die Arme wieder ausgestreckt willkommen heißend. Ihre großen, dunklen Nippel waren hart und bebten, ihr Bauch weich, prall und nackt, mit einem grünen Glasstein in ihrem tiefen Bauchnabel, ihre Schenkel weit geöffnet, so dass die dicken, feuchten Lippen ihres Geschlechts zu sehen waren.

„Leck meine Spalte, Poppy."

Das tat ich, und mehr noch. Ich drehte mich herum, um ein Bein über ihren Körper zu legen und streckte meinen Hintern voll in ihr Gesicht, als ich mich auf sie setzte. Sie hielt mich an meinen Hüften fest, und zog mich herunter, während meine Hände ihre Pobacken umfassten und meine Zunge ihre Muschi fand. Dann leckte ich sie, selbst als ich spürte, wie die sanfte, muskulöse Spitze ihrer Zunge begann, mein Loch zu untersuchen. Sie roch so gut, und ich vergrub mein Gesicht in ihr, schlürfte ihren Saft und drückte die fleischigen Backen ihres Hinterns. Ich konnte die Striemen fühlen, wo die Peitsche sie getroffen hatte. Ich konnte sie auch sehen, rot und fleckig auf ihrer kaffeebraunen Haut, auch ihr Arschloch, dunkel und schlüpfrig, wo ein Rinnsal ihres Saftes und meiner Spucke zwischen ihren Backen heruntergelaufen war. Ich steckte einen Finger hinein, fühlte ihren weichen kleinen Ring, der meinem Druck nachgab, dann das warme, weiche Innere ihres Rektums. Für einen Moment verließ ihre Zunge mein Muschiloch.

„Dreckige Hure, tiefer!"

Wieder fand ihre Zunge mein Geschlecht, nun direkt an meiner Klitti. Ich gehorchte ihr, schob meinen Finger ganz hinein, und ließ zwei in ihr Muschiloch gleiten. Sie hielt meinen Po, meine Pobacken weit gespreizt in Nicolas Richtung, und ich wünschte mir, sie würde ebenfalls in mich eindringen, in meine Muschi, und in mein Arschloch.

Stattdessen begann sie mich zu hauen, indem sie hart auf meinen Po schlug, während sie mich leckte, und die ganze Zeit mein Geschlecht liebkoste und rieb. Ich war kurz davor zu kommen, genau wie sie, deren Öffnungen sich bereits um meine Finger spannten. Ihre Schenkel kamen nach oben und klemmten meinen Kopf fest. Sie stöhnte, ihr Lecken und Hauen wurde hoffnungslos unkoordiniert, und dann war sie soweit, sie kam voll in mein Gesicht, mein Kopf fest an ihre Muschi geklemmt, während ihr Anus in krampfhaften Zuckungen an meinem Finger saugte. Ich gab ihr, was sie brauchte, leckte fest an ihrer Klitti und schlängelte meine Finger ihre saftigen, schlüpfrigen Löcher hinauf, als sie sich auflehnte und unter meinem Körper wand. Ich konzentrierte mich voll auf ihre Bedürfnisse, bis sie sich schließlich beruhigte.

Jetzt war ich dran. Ich setzte mich auf, zog meine Finger aus ihren Öffnungen, und steckte sie in meinen Mund, um den intensiven Geschmack nach Mädchen und Erde zu schmecken. Sie nahm meine Schenkel, leckte jetzt langsamer, an meiner Muschi, während ich auf ihrem Gesicht ritt. Ich entspannte mich ein wenig, schlängelte mich dann tiefer, und spreizte meine Arschbacken über ihrem Gesicht, um ihre Nasenspitze an mein Arschloch zu bekommen. Es gab einen kurzen Protest, aber ich verschränkte meine Schenkel um ihren Körper und zwang sie, sich zu unterwerfen und mir zu dienen.

„Gutes Mädchen, Stiefel. Hast du schon jemals vorher einen Hintern geleckt!"

Sie schüttelte den Kopf, ihre Nase ergötzlich in mein Arschloch schlängelnd.

„Gut, dann wirst du es jetzt tun, genau jetzt."

Ihr Lecken wurde etwas intensiver, aber ihre Zunge blieb auf meiner Muschi.

„Los komm, Stiefel, du bist schon braun-nasig, du kannst genauso gut…."

Sie schüttelte den Kopf, wodurch ihre Nase sich wieder in meinen Hintern hineindrängte. Ich wurde glitschig, und es fühlte sich so gut an, zu gut als dass ich auf das verzichten könnte, von dem ich wusste, sie könnte es mir schenken.

„Ein ganz kleines bisschen, bitte, Stiefel! Ich werde dein Arschloch….. jederzeit."

Wieder schüttelte sie den Kopf.

„Wenn es ein Trost ist, ich kann dich in meinem Mund schmecken."

Wieder ein Kopfschütteln.

„Nur ein bisschen! Bitte…. bitte…… bitte….. bitte….. leck einfach meinen Arsch aus, du kleine Schlampe, oder ich lasse dich die Peitsche an deiner Möse spüren."

Sie begann sofort zu lecken, ihre Zunge tief in meinem Arschloch. Ich seufzte, mein Mund öffnete sich, ich nahm meine Brüste in die Hände und berührte sie zärtlich, während sich mein Hintern auf ihrem Gesicht wand. Jetzt konnte ich kommen, ein guter, dreckiger Orgasmus, aber ich konnte noch mehr, und ich wollte mehr.

„Herrlich... danke, Stiefel, das ist so gut. Du bist so ein Schatzi. Lass sie drin, und ich werde dich vollpinkeln, über deine kleinen, fetten Titten...."

Ich ließ es einfach laufen, alles über sie drüber, genau wie Amber es bei Kay gemacht hatte. Ich hatte einen großen Orangensaft zum Frühstück getrunken, und war seitdem nicht auf der Toilette gewesen. Es war also reichlich Flüssigkeit vorhanden, die in einem hohen Bogen herausschoss, über ihre Titten, ihren Bauch, und ihr gespreiztes Geschlecht. Ihr Körper zuckte vor Schreck, als mein heißer Urin auf ihr Gesicht platschte. Für einen Augenblick hielt sie inne, begann aber gleich wieder, härter als vorher. Sie packte mich noch fester, hielt mich an den Schenkeln, während sich ihr Körper neben mir in der schnell größer werdenden Pfütze wand.

Meine Fontäne war noch immer kräftig, spritzte über ihren Körper, und auf den Boden, tröpfelte an ihren Titten herunter, füllte ihren Bauchnabel und bildete einen kleinen, gelben Pool um das Schmuckstück, lief in ihre Muschi und hinunter durch ihre Arschbacken. Ich musste kommen, und ich legte meine Hand an meine Muschi, um Pipi auf meine Schenkel, meinen Bauch und über ihre Titten zu spritzen.

Mein Pipi lief auch in ihren Mund. Ich konnte es fühlen, heiß und nass in meinem Arschloch, und sie machte süße, kleine Gurgelgeräusche, als sie kämpfte, gleichzeitig zu schlucken und mich zu lecken. Dieser Gedanke setzte sich in meinem Kopf fest, während mein Pipi langsam versiegte. Wie sie sich fühlen musste, ihr Körper triefend von meinem Pipi, ihr Gesicht vergraben zwischen meinen Arschbacken, ihr Mund voll vom Geschmack meines Hinterns.

Ich begann zu kommen und stieß die letzten Tropfen als kleine Spritzer auf ihren Nacken aus. Mein Arschloch spannte sich um ihre Zunge; mein Mund öffnete sich weit und ich hörte meinen eigenen Schrei voller Ekstase. Ich wurde mitgerissen, meine Augen fest geschlossen, alles fokussiert auf meine brennende Klitti und die kleine muskulöse Zunge, die in mein pulsierendes Arschloch gestoßen wurde. Für einen glorreichen Moment war nichts mehr wichtig – nur mein lustvolles Genießen und das Mädchen, auf dessen Gesicht ich saß. Dann war es vorbei, und ich kicherte, während ich abstieg, wobei meine Beine stark zitterten. June kam hoch, ihr Blick unkonzentriert, ihr Mund offen, Speichel und Pipi und Muschisaft lief über ihre Lippen, ihr nasses Haar an ihr Gesicht geklebt. Sie schüttelte keuchend den Kopf.

„Du … du dreckige kleine Hure."

Ich grinste nur.

Fünf

Am nächsten Morgen sah das Cottage aus, als wäre eine Herde wütender und reichlich unkeuscher Kühe darin losgelassen worden.

Von den Mädchen wurde verlangt, im Haus zu bleiben, in ihren Uniformen, und sich mit dem zu bedienen, was Stephen besorgt hatte. Ich war weniger davon begeistert, insbesondere von dem Getränk, und hatte sie überredet, fürs Mittagessen mit in den Pub zu kommen. June hatte sofort zugestimmt. Nicht so Nicola, sie verhielt sich unterwürfig mir gegenüber und wischte die Pfütze weg, in der ich June hatte liegen lassen. Wir mussten sie also ziemlich beknien, damit sie ihr Jackett auszog und wir sie in mein Kleid bugsieren konnten, um sie dann zwischen uns beiden hinauszumanövrieren. Sie war zuerst noch etwas muffelig, ihre Mine hellte sich aber auf, als ich ein großes Glas Dunkelbier vor sie hinstellte.

Wir waren berauscht, ließen uns komplett volllaufen, verbrachten den ganzen Nachmittag draußen vor dem Pub, wo einige Tische mit Sicht auf das Meer aufgestellt waren. Als der Wirt schließlich fragte, ob wir nicht gehen wollten, war ich kaum mehr in der Lage zu gehen, genauso wenig wie die beiden anderen. Wir mussten uns gegenseitig stützen, als wir den

Weg in der warmen Abendsonne hinaufschwankten, und kaum waren wir außer Sichtweite der Häuser, begannen unsere Hände zu wandern. Ich fühlte, wie ich wieder geil wurde, die beiden anderen auch, June ganz besonders.

Zurück im Cottage, ließen wir uns sofort im Flur von Nikki unsere Muschis lecken, nachdem wir sie zuvor nackt ausgezogen hatten. Sie war eifrig, und das verschlimmerte es nur noch. June hatte sie auf den Boden gedrückt, pinkelte auf sie drauf und lachte, während sie den dicken, gelben Strahl auf den Körper ihrer Freundin richtete. Es lief überall hin, aber es schien ihr einfach nur Spaß zu machen, und bevor June fertig war, hockte ich mich hinunter zu Nikki.

June kam ebenfalls zu uns, wir drei rollten uns in dem Nass, betasteten und leckten unsere Körper, küssten uns und steckten Finger in willige Öffnungen, hauten auf eifrig vorgestreckte Hintern und kniffen an festen Nippeln. Wir kamen, alle drei, Nikki unter ihren eigenen Fingern, June und ich mit Hilfe ihrer Zunge.

Das hatte uns nüchtern gemacht, ein wenig zumindest, und wir versuchten, ein Bad zu nehmen. Es war ein Desaster, weil wir unsere Hände nicht voneinander lassen konnten, geschweige denn aufhören konnten zu kichern. Nachdem ich versucht hatte, Junes Mund mit Seife auszuwaschen für die Male, die sie mich Hure genannt hatte, und sie sich dafür rächte, indem sie sich auf meinen Rücken setzte und mich mit der Duschbürste verhaute, war der Boden überflutet, die Handtücher eingeweicht und der Bürstenkopf abgebrochen.

Das Abendessen war noch schlimmer. Nikki hatte versucht, einen Eintopf zu machen mit gefrorenen Hühnerschenkeln, Karotten und Kartoffeln. Irgendwie hatte sie es geschafft, die Kartoffeln anbrennen zu lassen, während das Hühnchen in der Mitte noch roh war. Sie musste das ganze wegwerfen. Wir gaben auf und gingen schlafen, alle drei zusammen.

Als ich aufwachte, fühlte ich mich wie ein Wrack und hatte einen abscheulichen Geschmack im Mund. Es gab eine vage Erinnerung an Sex vor dem Schlafengehen, und die Bettwäsche war voller Flecken. Alle drei waren wir nackt, unsere Kleider lagen im Cottage verstreut. Mein Kopf dröhnte.

Junes nackter Po schaute unter der Bettdecke hervor und ich gab ihr einen Klaps, um sie aufzuwecken. Alles, was zurückkam, war ein Ächzen. Ich gab es auf und schwankte in die Küche.

Es gab Orangensaft, von dem ich soviel trank, wie ich dachte, dass ich es bei mir behalten konnte, und Kaffee. Ich machte eine Kanne voll, balancierte vorsichtig zwischen der Sauerei von Eintopf und Geschirr auf dem Boden, und trug sie nach draußen.

Ich hatte mir nicht die Mühe gemacht, mich anzuziehen und schnappte mir auf dem Weg nach draußen nur meine Sonnenbrille aus der Tasche. Es war kalt, die Sonne war noch nicht ganz über den Bäumen aufgegangen, und eine frische Brise blies vom Meer her. Das fühlte sich grandios an, besonders nackt, und ich setzte mich mitten auf den Rasen, trank Kaffee und dachte nach. Es war eine gute Nacht, ein richtiger Tumult, und wenn ich mich auch nicht mehr genau daran erinnern konnte, wer was mit wem gemacht hatte, so zeichneten sich doch einige Einzelheiten ab, und einige Erkenntnisse, oder, vielmehr, Bestätigungen.

Nikki wollte die Sub sein, immer. Egal, was passierte, solange es ihr passierte. Sie liebte es, geschlagen zu werden, angepinkelt zu werden, zu erniedrigenden Aufgaben gezwungen zu werden, sie würde alles auflecken, oft im wahrsten Sinne des Wortes. Entscheidend dabei war, dass alles, was mit ihr gemacht wurde, einen Grund hatte, wenn auch einen erfundenen. June war ganz anders, mehr wie ich, eine verspielte kleine Schlampe, selbstbewusst und begierig, ihren Körper auf jede Weise zu genießen, die ihr möglich war. Sie wollte nicht dominieren, hatte aber einen rachsüchtigen Zug. Und sie hatte keine Erfahrung. Im Gegensatz zu mir.

Das war zufriedenstellend. Sie ließen mir den Vortritt und wenn Stephen nur annähernd so gut war, wie sie ihn beschrieben hatten, würde ich mich im Switch-Himmel befinden, mit zwei hinreißenden Mädchen, die ich herumkommandieren und bestrafen könnte und einem strengen Meister, der sich um meine Rückseite kümmern würde. Trotz meiner Müdigkeit und meinem schmerzenden Kopf musste ich lächeln.

Stephen würde an diesem Abend direkt nach der Arbeit herunterkommen. Er sollte gegen neun ankommen; zu dieser Zeit hätten die Mädchen in ihren hübschen kleinen Uniformen bereit zu sein, um sein Abendessen zu servieren. Es lag auf der Hand, dass wir aufräumen mussten, aber ich konnte mich nicht dazu aufraffen. Ich hatte zumindest die Tür aufgemacht, um etwas frische Luft hinein zu lassen.

Ich schlürfte den Kaffee, während die Sonne langsam höher stieg und die Schatten der Bäume immer kürzer wurden, bis sie schließlich ganz verschwanden, sodass ich in der prallen Sonne lag. Der Wind hatte sich gelegt, und ich stellte fest, dass es ein brennend heißer Tag werden würde. Das Meer lockte, und die Vorstellung, jetzt mit einem Buch am Strand zu faulenzen, vielleicht ein ruhiges Plätzchen zu finden, um meinen Kater auszuschlafen, alles, nur keine Hausarbeit.

Wenn ich mich davonschleichen würde, würde ich mich wahrscheinlich richtig schlecht fühlen, schlechter, als wenn ich verhauen werden würde. Ich zog die Möglichkeit noch in Erwägung, als Nicola aus dem Haus kam. Sie trug ein schlichtes, weißes Sommerkleid, einen großen Strohhut und Flip-Flops, dazu eine Sonnenbrille und den Orangensaft in der Hand. Sie kam zu mir, setzte sich neben mich und schlug die Beine übereinander. Ich war froh, dass sie keine Uniform trug, was zeigte, dass es schließlich doch eine Grenze für ihre Unterwürfigkeit gab. Eine Zeitlang sprach keine von uns. Ich dachte, dass sie sich vielleicht doch nicht ganz wohlfühlte mit dem, was wir gestern Abend getan hatten, und ließ ihr Zeit - und wartete auf die schuldbewusste Frage oder verlegende Entschuldigung. Als sie sprach, zeigte es sich jedoch, dass sie keinerlei Zweifel hatte.

„Wirst du dich um uns kümmern, wenn der Meister nicht hier ist?“

Ich nahm einen Schluck Kaffee, nicht ganz sicher, was ich sagen sollte.

Sie wollte etwas von mir, was ich einfach nicht geben konnte, Dominanz außerhalb von sexuellem Spiel. Doch ich hatte etwas anderes zu geben.

„Könnte ich. Ich werde es auf jeden Fall versuchen und euch ein oder zwei Dinge beibringen.“

„Ich brauche das. Danke.“

Es gab eine weitere Pause, während sie einen Schluck Orangensaft trank, und sprach dann weiter.

„Wirst du mich bestrafen, so wie gestern?“

„Ja."

Ein herrliches, kleines Zittern überlief sie, das ihre winzigen Brüste unter ihrem Kleid erschauern ließ. Ich lächelte innerlich und dachte daran, wie gut sie die Peitsche ertragen hatte, und wie bereitwillig sie unsere Grausamkeit und unsere Strafe akzeptiert hatte. Ich kippte den letzten Rest meines Kaffees hinunter. Sie drehte sich um, ihre elfenhaften Augen blickten mich direkt an.

„Auch wenn der Meister dich bestrafen wird?"

„Ja."

Sie nickte und sprach dann nachdenklich weiter.

„Ich sehne mich nach Bestrafung, aber gleichzeitig habe ich Panik davor."

„Das ist halt so. Ich bin auch so. Ich liebe eine gute Tracht Prügel, sogar die Peitsche oder den Stock, und ich weiß, das bringt mich zum Orgasmus. Ich bekomme schon Schmetterlinge im Bauch, wenn ich nur daran denke."

„Aber du machst es zum Spaß. Für mich ist es Bestrafung, das muss es sein."

„Du kommst aber ziemlich leicht."

Sie zuckte nur die Achseln. Ich fuhr fort.

„Du kannst nicht erwarten, dass deine Gefühle Sinn machen, Nikki. Ich meine, verstehst du sie immer?"

„Manchmal."

„Mach es so, wie du denkst, dass du es tun solltest, aber ich muss dir sagen, es ist nicht alles rosarot, ein Fulltime-Sub zu sein. Du bekommst Sicherheit, das ist richtig, und emotionale Befriedigung, aber außerhalb davon gibt es eine große Welt da draußen, und wenn die Dinge falsch laufen, ist es nicht sehr angenehm."

„Ich weiß, aber ich muss es versuchen."

„Ich verstehe. Ich habe auch so empfunden, und ich bin froh, dass ich es versucht habe. Du glaubst also, Stephen ist der richtige?"

„Ja, Er bewirkt, dass ich mich richtig fühle, gleichzeitig dominiert und beschützt."

Ich antwortete nicht und dachte an Stephens energische Frau. Für ihn war es schlussendlich ein Spiel, eines, in das er sich hat hineinziehen lassen, ohne wirklich an die Konsequenzen zu denken. Ich wollte es ihr sagen, aber ich hatte nicht den Mut, direkt damit herauszurücken, und sie sprach weiter, bevor ich die richtigen Worte fand.

„Er gibt mir das Gefühl, vollständig zu sein, befreit. Noch vor einigen Jahren hätte ich mir kaum eine Beziehung vorstellen können, in der ich meine Unterwürfigkeit ausleben könnte… und meine Bisexualität, ohne Vorwürfe."

„Es kommt einfach darauf an, die richtigen Leute kennenzulernen."

„Mag sein, aber ich brauche einen Meister. Was glaubst du denn, was ich noch wissen müsste? Sicherlich, dass ich meine Bestrafungen ertragen kann, solange ich gehorsam bin?"

„Ein bisschen mehr als das. Zum einen, als Stephen letztes Wochenende hier war, hat er dich da in deinem Hintern genommen?"

„Nein. Er wird es sicher irgendwann tun, und ich bin bereit, aber ich habe es bisher noch nie gemacht."

„Du sagst es."

Ich wollte es ihr erklären und sie überreden, dass ich ihr ihre erste anale Erfahrung zuteil werden lassen könnte. Ein Teil von mir wollte es, aber ich fühlte mich zu ausgelaugt, um irgendetwas zu tun. So sagte ich nichts, sondern legte mich zurück auf den Rasen, und fragte mich, ob ich es später schaffen würde, oder ob ich Stephen das ganze Wochenende über ablenken könnte, um ihn davon abzuhalten, mit ihnen Analverkehr zu haben. Ich war gerade am Einschlafen, als June vom Haus her rief, uns als zwei faule Kühe beschimpfte und uns aufforderte, ihr beim Saubermachen zu helfen.

Wir brauchten Stunden, hauptsächlich weil Stephen, in seiner männlichen Weisheit, vergessen hatte, Waschpulver zu kaufen, oder Weichspüler, geschweige denn irgendetwas, mit dem man den Boden vernünftig hätte behandeln können. Ich fuhr nach Bridport, und bis ich zurück war, war es nach zwölf. Ich wusch mich kurz und ging zurück ins Bett.

Als ich aufwachte, fühlte ich mich viel besser, und fand die Mädchen in ihren hübschen Uniformen vor, wie sie die Tücher hereinholten. Eine

Tasse Kaffee, und ich war bereit für die Welt, und Stephen, aber es wurde sieben, bis wir das Cottage perfekt hatten, mit Ausnahme der fehlenden Auflaufform. Jetzt mussten wir uns nur noch um das Abendessen kümmern, und dann wären wir bereit zur Inspektion.

„Das war's. Nicht ein Stück, das nicht an seinem Platz wäre", sagte June stolz, „und mit ein bisschen Glück wird er nicht merken, dass die Form fehlt."

„Wir sollten es beichten", bemerkte Nikki.

„Du beichtest. Du hast sie zerbrochen."

Sie nickte mit zusammengekniffenen Lippen. June holte das Buch mit den Anordnungen, und blätterte die Seiten um, bis sie zum richtigen Datum kam. Ihr Gesichtsausdruck änderte sich plötzlich.

„Scheiße! Das Hühnchen wäre sein Abendessen gewesen. Wir hätten Coq au Vin machen sollen!"

„Das war das einzige Hühnchen!" schrie Nikki.

„Also gut, wir könnten es aus dem Mülleimer holen…."

„June! Das ist eklig!"

„Gut, was könnten wir sonst tun?"

„Das nicht. Hab etwas Respekt!"

June zuckte die Schultern und zog ein Gesicht.

„Es wird vor Fliegen wimmeln", stellte ich fest. „Wir müssen einfach etwas anderes machen. Wer sollte kochen?"

„Wir beide", antwortete Nikki.

„Ich kann nicht gut kochen," protestierte June. „Es ist alles recht und schön, dass er uns all diese Menüs gegeben hat, aber alles, was wir bisher zu Hause gegessen haben, waren fertige Mahlzeiten."

„Ich kann ein Rezept verstehen", ergänzte Nikki, „aber das war's dann auch schon."

„Noch etwas, was Ihr lernen müsst, wenn ihr ein Lifestyle-Sub sein wollt", bemerkte ich.

„Was ist mit dir?" fragte sie.

„Ich kann euch ärmliche Würstchen mit Kartoffelbrei machen, Fleischpastete, und vielleicht Kochpudding. Nicht Coq au Vin, so ein übles französisches Zeug. Anna hätte so was nicht im Haus haben wollen.

Eines, was ich aber sicher weiß, ist, dass man es nicht ohne Hühnchen machen kann."

„Sehr lustig. Es gibt sechs mit dem Stock, wenn das Abendessen nicht seinem Standard entspricht."

„Dann werden wir also geschlagen", warf June grinsend ein.

„Nein, ich möchte das richtig machen", antwortete Nikki ihr. „Los, wir werden doch in der Lage sein, uns etwas einfallen zu lassen!"

„Serviere mich", schlug ich vor, „als seine Überraschung. Und er wird das Hühnchen vergessen."

„Prima!" stimmte June zu. „Hilf mir sie zu packen, Nikki. „Ausgestopft und zusammengebunden, mit einem Apfel im Mund, genau wie bei einem kleinen Schweinchen, das passt zu ihr!"

Nikki zögerte nur einen Moment, dann nickte sie zustimmend und ging zum Kühlschrank.

„Also, was haben wir?" forderte June.

„Spare Rips.... Hamburger... Steaks...."

„Wir könnten aus ihr ein Barbecue machen."

„Was meinst du mit Barbecue machen?"

„Nicht einen Stock in deinen Po stecken oder sonst was Einfältiges. Es gibt ein Barbecue im Schuppen, und Holzkohle. Nikki und ich kochen und servieren das Essen auf deinem Körper."

„Ooh!"

„Wir werden darauf achten, dass es nicht zu heiß ist, oder, falls du draußen auf dem Tisch liegst, können wir Soßen und Gurken und so auf dir drapieren, und Salat vielleicht."

„Ich kann Salat machen", bot sich Nikki an.

„OK", ich stimmte zu und zitterte bereits leicht bei dem Gedanken, dass ein fremder Mann von meinem Körper essen würde. „Ich werde zuerst das Auto wegfahren, runter ins Dorf."

Ich ging los, und in der Zeit während ich mir im Pub etwas Mut angetrunken hatte und zurückgelaufen war, hatten sie bereits das Barbecue zum Brennen gebracht. Ein großes Steak lag fertig daneben, und die Kartoffeln waren bereits auf dem Grill, während Nikki Dressing in der Salatschüssel verteilte. Beide hatten immer noch ihre hübschen Jacketts an und enge, weiße Slips, June trug ihre Markenstiefel, Nikki war barfuß, beide trugen ihre Schürzen.

„Ich hoffe, du magst Blauschimmelkäse?" fragte Nikki.

„Klebrig, lecker!" antwortete ich."

„Schmier mir etwas auf meine Muschi, und vielleicht leckt er es ab."

„Der Meister leckt keine Mösen", erwiderte June. „Ich hab das versucht, nach meinem ersten Spanking. Wie auch immer, du bist etwas haarig, oder?"

„Gute Idee, ich werde mich rasieren."

Ich ging zurück ins Haus, räumte zuerst meine Taschen aus dem Weg und schob sie unters Bett, und ging dann ins Badezimmer. Es gab keine Rasierer, was ein wenig seltsam war, weil beide rasiert waren, und ich wollte gerade zurückgehen und fragen, als ich bemerkte dass in einer flachen, hellblauen Schachtel Wachszubehör war. Es stand noch eine zweite dahinter, eine andere Marke, und das war alles. Anna mochte mich buschig, Gabby auch. Ich hatte mich früher zwar schon mal rasiert, aber mit Wachs hatte ich es noch nie probiert. Schon das Durchlesen der Anleitung ließ meine Muschi zucken.

Ganz nackt war am besten, und ich hatte immer noch die Hoffnung, dass Stephen einer netten, saucenbedeckten Muschi nicht würde widerstehen können, oder dass er einem der Mädchen befehlen würde, mich zu essen. Ich las also die Anleitung noch einmal und brachte vorsichtig die Streifen an, nachdem ich meiner Muschi ein Kleid aus Wachs verpasst hatte. Als ich fertig war, spreizte ich meine Schenkel auf dem niedrigen Stuhl, und versuchte, den Gewebestreifen mit einer schnellen Bewegung abzuziehen, wie es in der Beschreibung empfohlen wurde.

Einen Moment später umklammerte ich meine Muschi fest und keuchte nach Luft, nachdem ich ungefähr die ersten zehn Haare ausgerissen hatte. Es stach wie verrückt, und meine Hände zitterten nur schon von diesem kleinen bisschen, aber ich befahl mir selbst, aufzuhören, mich wie ein Baby zu benehmen und sagte mir, dass ich es auch könnte, wenn es Nikki und June schafften.

Ich versuchte, es mir sexuell auszumalen und stellte mir vor, dass ich von einer Gruppe Gefängniswärter niedergehalten wurde, so dass ich aus Hygienegründen gewachst werden konnte. Es war eine gute Fantasie, und ich ging zurück in Stellung, griff das Ende des Gewebestreifens und ließ meine Gedanken wandern.

Es ist reine Routine bei der Ankunft im Gefängnis. Ich musste mich ausziehen, oder wurde gewaltsam ausgezogen, falls ich mich weigerte, und in einen Raum mit anderen nackten Frauen gebracht.... Nein, auf ein riesiges, mit Draht eingezäuntes Gelände, so dass die Wärterinnen und die anderen Frauen, die schon da waren, uns sehen konnten. Wir wurden herausgeführt, eine nach der anderen, wurden in einem Bottich mit kaltem, dreckigem Wasser gewaschen und mit Kernseife abgeschrubbt. Dann ging es auf den Tisch, angebunden, nackt, mit ausgestreckten Gliedern, eine massige Wärterin an jedem Schenkel. Die anderen Gefangenen lachten mich aus, als ich an die Reihe kam und machten Witze darüber, was sie mit mir machen würden, wenn sie mich allein erwischen würden, während heißes Wachs auf meinen Muschihügel geschmiert wurde. Ich würde mich winden, bitten, verschont zu werden, vielleicht würde ich mich nass machen, was noch mehr Gelächter hervorrufen würde und schlechte Witze auf meine Kosten. Die Gefängniswärterinnen würden keine Notiz davon nehmen. Eine, die dickste von allen, würde sich vorbeugen, den Gewebestreifen auf meiner Muschi mit fetten, rauen Fingern packen und ziehen....

Ich zog, fest, und schrie, als meine Schamhaare ausgerissen wurden, alle auf einmal. Ich umklammerte mich und hüpfte mitten auf dem Badezimmerboden auf meinen Zehenspitzen auf und ab. Es stach so sehr, aber ich fühlte mich schon geschwollen und erregt an, meine Fantasie regte mich zu mehr an als nur zur Enthaarung meiner Muschi.

Jetzt fühlte ich mich geil und sehr devot, ich duschte und trocknete mich ab. June war in der Küche und holte Besteck und eine Platte – der Geruch von brennender Holzkohle stieg mir in die Nase. Plötzlich wurde ich extrem hungrig und mir fiel auf, dass ich den ganzen Tag noch nichts gegessen hatte.

„Nebenbei bemerkt, June“, fragte ich. „Was machen wir denn, von seinen Füßen essen, oder so?“

„Nein, wir essen nach ihm, und was wir bekommen, hängt davon ab, wie gut wir ihn bedient haben, und wie grausam er sich fühlt. Letzten Samstag musste ich ihm einen blasen, während Nikki seine Reste aus einem alten Hundenapf, den er im Schuppen gefunden hatte, essen musste."

„Und was hast du bekommen?"

„Sperma."

„Sperma? Nur Sperma?"

„Ja, aber ich bin später in die Küche geschlichen und habe mich mit einer Dose Bohnen vollgestopft."

„Ich hoffe, er lässt mich vernünftig essen. Ich bin ausgehungert."

„Rechne nicht damit. Ich muss pro Woche ein Kilo abnehmen, oder mir drohen Bestrafungsübungen. Los, komm, er hat gerade angerufen und wird in weniger als einer halben Stunde hier sein."

Wir gingen nach draußen, wo sie bereits den Tisch aufgestellt hatten, mit einer roten Papiertischdecke abgedeckt. Ich krabbelte hinauf und machte es mir auf meinem Rücken bequem, weil ich mir dachte, dass er als Dom wahrscheinlich lieber von meinen Titten essen würde als von meinem Hintern, und die Chance, geleckt zu werden, größer wäre.

„Großartig! Das wird ihm gefallen", bemerkte June, als sie mit einer Flasche Blauschimmelkäse-Sauce zu mir herüberkam. „Also, dann schütt es drüber."

Ich stellte meine Beine auf und offerierte meine Muschi. Sie grinste, als sie näher trat, um die Flasche über meinem Geschlecht zu öffnen und eine lange Wurst von dicker Käsesauce herauszudrücken. Sie war warm von der Sonne und fühlte sich herrlich und klebrig an, als sie langsam hinunter über meine Muschi und zwischen die Backen meines Hinterns rann.

„Böses Mädchen", schalt sie, als ich vor Vergnügen seufzte. „Nicht mehr anfassen jetzt!"

Sie drückte die Flasche noch einmal zusammen und setzte einen Klecks Sauce in die Mitte auf meinen Muschihügel. Ich nickte, obwohl der Drang, mich in dem klebrigen Mansch, der meine Muschi bedeckte, selbst zu befriedigen, ziemlich stark war.

„Noch etwas auf die Scheide", sagte sie nachdenklich. „Leg den Salat auf ihre Titten, Nikki, ich schaue, was ich finden kann."

Sie ging hinein, während Nikki den Salat sorgfältig auf meinen Brüsten verteilte. Ihr Gesichtsausdruck war so ernsthaft, dass ich fast lachen musste, aber meine Gefühle kehrten zurück zu meinem Geschlecht, als sie vorsichtig meine Nippel mit der Käsesauce bestrich.

„Probier mal", bot ich an.

„Das ist für den Meister", antwortete sie, vollkommen ernst, und lief davon, während ich erregter war als je zuvor.

June kam wieder heraus und hielt ein Glas mit dicken, grünen Gewürzgurken in der Hand. Meine Muschi war bereits gespreizt und voll mit Sauce, während sich mein Arschloch feucht und klebrig anfühlte. Ich rollte meine Beine nach oben und offerierte beide Öffnungen.

„Eine in jedes, bitte, June."

„Du bist so eine dreckige Hure, Poppy", antwortete sie, und öffnete den Deckel, so dass sich der Essiggeschmack mit dem verlockenden Bratengeruch vermischte.

Sie streckte die Finger ins Glas und durchwühlte die Gurken, bis sie die dickste gefunden hatte. Sie war so dick und knubbelig wie ein Schwanz, und als sie sie zwischen meine Beine hielt, zitterte meine Muschi vor Vorfreude, doch stattdessen ließ sie die nasse, runde Spitze an mein Arschloch tippen.

„Hey, nicht diese, die ist riesig!"

„Die geht dahin, wo du mich gestern meine Zunge hast reinstecken lassen, Poppy, und mach keinen Unsinn."

Ich seufzte, wollte es, war aber absolut nicht sicher, ob mein Arschloch so weit gedehnt war oder schon jemals so tief penetriert worden war, und war sicher, dass ich gleich die Gurke für mein eigenes Abendessen würde essen müssen. Sie drückte trotzdem, die Sauce rund um mein Loch quatschte heraus und ich ließ locker. Ich fühlte, wie sich mein Ring um den Kopf der Gurke öffnete, und sie ging hinein, passierte meinen Ring und glitt hinein in mein Rektum.

Der Essig biss ein wenig und ließ mich zusammenzucken, aber June kicherte nur, als sie sie in mich hineinschob, bis mein Arschloch sich um das Mittelstück weit dehnte. Ich fühlte mich, als hätte ich einen gut gebauten Schwanz in meinem Arschloch und ich konnte nicht widerstehen, etwas zu wackeln, um das Gefühl auszukosten.

„Wie fühlt es sich an?“ fragte sie.

„Tief im Arschloch? Wundervoll.“

Sie machte ein Gesicht, leicht zweifelnd, und tauchte ihre Finger zurück ins Glas, um die zweitgrößte Gurke herauszuholen.

„Besser als da?“ fragte sie, streckte das dicke Ende an meine Scheide und stieß zu.

Ich seufzte, als mein Loch in einer weichen Bewegung gefüllt, und die dicke Gurke bereitwillig aufgenommen wurde. Jetzt fühlte ich mich, als würde ich in beiden Öffnungen gleichzeitig genommen werden, das einzige, was fehlte, waren zwei Männer, die das Ficken übernehmen würden. Ich schlängelte mich erneut etwas und wünschte, ich hätte tatsächlich zwei Schwänze in mir.

„Nein“, antwortete ich, jetzt ein bisschen atemlos. „Anders. Nicht so …. süß. Es fühlt sich roher an im Arschloch, aber du fühlst dich ganz voll.“

Sie schürzte ihre Lippen, wahrscheinlich dachte sie an Stephens Drohung, ihre anale Jungfräulichkeit zu rauben, dann lächelte sie breit.

„Zusammenbinden, du musst zusammengebunden werden. Ich werde etwas Bindfaden holen.“

Die Scheune stand noch offen, und sie rannte hinüber, um eine große Rolle mit grünem Bindfaden zu bringen. Ich verschränkte meine Hände über dem Bauch, und sie wickelte den Faden schnell um meine Handgelenke und schnitt ihn mit dem Steakmesser ab, das sie für Stephen bereitgelegt hatte. Ein Knoten, und ich war gefesselt. In der Ferne hörte ich das Geräusch eines Automotors.

„Scheiße!“ Fluchte June. „Das wird er sein. Leg die Steaks drauf, schnell! Poppy, verwende unsere Nick-Namen und nenn ihn Meister. Hölle!“

„Was?“

„Weit öffnen.“

Ich gehorchte und hatte einen Apfel in meinem Mund, so fest dass ich mauscheln und kämpfen musste, um meinen schmerzenden Kiefer zu schließen.

„Sch“, drängte sie. „Sei einfach brav.“

Nikki war zum Barbecue gehastet, um das Steak draufzuschmeißen und strich schnell ihre Schürze und das Jackett glatt. June raffte die verschiedenen Utensilien zusammen, die sie draußen vergessen hatte, und rannte mit ihnen hinein, als wir hörten, wie das Auto durch das Tor fuhr. Es war Stephen, und das Flattern in meinem Bauch kam zurück, stärker als vorher, wenn ich daran dachte, wie ich aussah, nackt und penetriert, eine Offerte für ihn.

June kam zurück, Nikki folgte ihr, und stellte einen Stuhl neben meinen Tisch. Ich hörte, wie sich das Tor öffnete, das Auto hindurchfuhr, dann das Schlagen der Autotür und das Knirschen der Schritte auf dem Kies. Das nächste, was ich hörte, war Nikkis Stimme, jetzt sanftmütig und leise.

„Willkommen, Meister."

„Willkommen, Meister", ergänzte June, und wenn sie auch eine Spur weniger demütig klang, war da doch nichts von dem leicht spöttischen Ton zu hören, den sie bei mir und bei Amber hatte.

Stephens Stimme kam als nächste.

„Hmm, nicht schlecht, gar nicht schlecht. Schick, zweifellos. Dreht euch um."

Ich realisierte, dass er sie inspizierte, und dachte daran, wie sich ihre Hintern unter dem Jackett hervorwölbten. Das war es, was er sehen wollte, und lediglich ein dünnes Stück Stoff ihrer Slips, hinderte ihn daran, sie zu ficken oder seine Erektion in ihre festen, jungfräulichen Arschlöcher zu rammen.

„Sehr nett, Stiefel, aber warum trägst du keine Stiefel?"

„Entschuldigung, Meister. Ich habe vergessen, sie anzuziehen, Meister. Ich habe gekocht, Meister."

„Keine Entschuldigungen. Trag das in das Bestrafungsbuch ein."

„Ja, Meister."

„Ich werde mir etwas überlegen, und dafür sorgen, dass du sie das nächste Mal nicht vergisst. Stiefel, deine Schlüpfer sind etwas verrutscht."

Es gab einen Klaps auf ihr nacktes Fleisch, wahrscheinlich fasste June mit ihren Händen über ihren Po. Sie gab keinen Ton von sich. Stattdessen sprach Stephen.

„Ist jetzt alles in Ordnung?"

„Ja, Meister. Das Abendessen ist serviert, Meister“, antwortete Nikki.

„Mmm, es riecht zweifellos gut, aber es riecht nicht nach Coq au Vin, was ich bestellt hatte, oder?“

„Ja, Meister …. Entschuldigung, Meister“, stammelte Nikki.

„Wir haben eine Überraschung für Sie, Meister“, ergänzte June eilig.

„Ungehorsam, Bestrafungsbuch“, erwiderte er.

„Also, dann lasst mich diese Überraschung mal sehen.“

Er kam näher, und falls sich seine Augenbrauen leicht hoben, als er mich erblickte, nackt, gespreizt, als sein Abendessen, gestopft mit Gurken, dann war das die einzige Reaktion.

„Ein großes Schwein, wie ich sehe“, bemerkte er. „Hättet Ihr es nicht garen sollen? Bestrafungsbuch.“

„Meister!“ protestierte June.

„Sprechen, ohne gefragt worden zu sein, Stiefel?“ antwortete er ihr. „Bestrafungsbuch. Eigentlich solltet ihr es besser holen und ausfüllen, während sich Höschen um das Essen kümmert.“

June rannte in das Cottage, mit sorgenvollem Gesichtsausdruck und etwas mürrisch. Nikki beschäftigte sich mit dem Barbecue.

„Eine hübsche Kreatur“, bemerkte Stephen, und sein Blick verweilte auf dem, was unter dem Salat von meinen Brüsten zu sehen war, als er sich setzte. „Wo habt Ihr sie her?“

„Das ist Poppet, Meister“, antwortete Nikki. „Wir dachten, sie würde eine nette Überraschung für Sie abgeben.“

„Unser kleiner Hosen-Pinkler von den UK Masters?“ fragte er? „Ach ja, ich kenne Sie vom Pony-Girl Foto.“

„Ja, Meister.“

„Ausgezeichnet! Also, drei kleine Nutten zu meinem Vergnügen. Wie lange bleibt sie?“

„Nur das Wochenende, Meister.“

„Ein Jammer, aber ich denke, ich werde das Beste aus ihr machen. Und damit fange ich am besten gleich an, denke ich. Man sollte niemals ein Steak zu lange garen.“

„Ja, Meister“, antwortete sie, schob den Pfannenheber unter das Steak, hob es auf den Teller und fügte Salat und Kartoffeln hinzu.

„Auf ihren Bauch", befahl Stephen.

Meine Muskeln zogen sich bei seinen Worten zusammen, und dann noch einmal, als das heiße Steak auf das nackte Fleisch meines Bauches gelegt wurde, ohne jeglichen Protest von Nikki. Es tat weh, meine Augen blickten in stummem Protest und meine Arme zuckten in meinen Fesseln. Die Kartoffeln folgten, wurden auf den Salat zwischen meine Brüste gelegt, waren aber immer noch unerträglich heiß. Stephen sah den Schmerz in meinem Gesicht und lachte in sich hinein, nahm aber schnell die Kartoffeln auf seinen Teller herunter. Er nahm das Steakmesser, und für einen Moment dachte ich tatsächlich, er würde das Ding auf meinem Bauch schneiden, aber er hob es geschickt hoch und legte es auf seinen Teller.

Ich lag da mit der heißen Sauce, die meine Haut herunter lief und sich in meinem Bauchnabel sammelte. Nikki brachte ihm ein Salatbesteck, und er begann, sich von meiner Brust zu bedienen, wobei er Wert darauf legte, die Käsesauce von meinen Nippeln zu kratzen. Ich hatte gehofft, dass er sie ablecken würde und war frustriert, als er anfing zu essen.

Er ignorierte mich, haute rein, und bestellte ein Bier, und Nikki rannte hinein, um es zu holen. Ich konnte nur still daliegen, die Sauce und das Steakfett erkalteten langsam auf meinem Körper, und ich hoffte, er würde mich beachten, sobald er gegessen hätte. June kam mit einem großen, roten Buch heraus, sagte aber nichts, sondern stand ein kleines Stück hinter seinem Stuhl und hielt das Buch in ihrem Schoss umklammert.

Stephen aß langsam, desinteressiert an unserer Notlage, während der köstliche Geruch von Steak und gebratenen Kartoffeln in meine Nase stieg. Ich wusste nicht, ob ich gefüttert oder gefickt werden wollte, oder beides. Ich wusste, dass etwas auf mich zukommen würde, und betete, dass die Gewissenhaftigkeit, die er vor Gabrielle gezeigt hatte, bedeutete, dass er uns alle zum Orgasmus bringen würde, bevor er fertig war.

Nicki hatte das Bier in einem Maßkrug gebracht, von dem er die Hälfte in einem Zug leerte. Der Apfel in meinem Mund begann zu schmerzen, und zusätzlich zu meinen Leiden hatte ich grausamen Durst. Doch es erregte mich, ausgeliefert zu sein und unterworfen – diese Kombination ließ mein Verlangen langsam ansteigen, bis die Versuchung, meine

Hände hinunter zu meiner saucen-verschmierten Muschi gleiten zu lassen, und zu masturbieren, unerträglich wurde.

Ich hatte begonnen, meine Sinne Ort und Zeit vergessen zu lassen, als ich hörte, wie sein Messer und die Gabel auf dem Teller zusammenklickten. Nikki kam um abzuräumen, und während er sich zurücklehnte, legte er seine Hand auf ihren Hintern, liebkoste ihre Pobacken und spielte am Bund ihres Schlüpfers, dann, abrupt, zog er sie runter. Es hätte mehr Widerstand erfordert, als ich besaß, um mich nicht herumzudrehen und zuzusehen.

Er hatte begonnen zu masturbieren, ein dicker, rosaroter Schwanz ragte aus seinem offenen Hosenschlitz, schon fast ganz erigiert, die nasse Eichel erschien mit jedem Ruck an der Öffnung seiner runzligen Vorhaut. Ich hoffte, dass er das für mich tat, um mich zu ficken, vielleicht, um ihn auch in meinen Hintern zu stecken, damit er sich mit meinen schlüpfrigen, klebrigen Öffnungen vergnügen könnte, während ich die Gurken essen müsste, die in meinem Körper steckten.

„Bestrafungen", verkündete er plötzlich, und schnippte mit den Fingern.

June reichte ihm schnell das rote Buch. Er öffnete es, überflog die Seite, und sprach dann.

„Ein zerbrochener Topf: Höschen, Sperma-Abendessen für dich, denke ich. Du kannst saugen, während ich all das Zeug über Poppet lese."

Einen Moment lang wunderte ich mich, was er meinte, dann realisierte ich, dass sie alles gestanden hatten, was wir gestern angestellt hatten. Mein Magen zog sich fest zusammen bei dem Gedanken daran, was auf mich zukommen würde, wenn Nikki zum Abendessen nichts als sein Sperma bekam, nur weil sie einen Topf zerbrochen hatte.

Sie weigerte sich nicht, sondern beeilte sich, es zu tun, was offensichtlich bereits ein etabliertes Ritual war. Als er den Stuhl zurückschob, um sie an seinen Schwanz zu lassen, ging sie sofort nach unten und kniete sich zu seinen Füßen. Eine einzige, schnelle Bewegung, und der Knopf ihres Jacketts war offen, und ihre kleinen Titten waren zu sehen. Sie hatte seinen Schwanz in ihren Mund genommen und saugte an ihm, während sie ihn mit großen Augen anschaute, um seine Zustimmung bittend. Er machte sich nicht einmal die Mühe, nach unten zu schauen, sondern nahm einen Schluck Bier und begann zu lesen. Er hatte kaum begonnen, als er aufhörte, und das Buch zur Seite legte, um nach unten auf Nikki zu sehen, die an seinem jetzt voll erigierten Schaft saugte.

„Du lässt dich von Poppet mit meiner neuen Peitsche schlagen?“

Ihr Kopf bewegte sich ruckartig auf dem Penis in ihrem Mund. Er grunzte und wandte sich wieder dem Buch zu, um sofort weiterzusprechen.

„Sich gegenseitig lecken, und in Poppets Arsch! Sich gegenseitig vollpinkeln!“

Er begann wieder zu lesen und schüttelte wiederholt seinen Kopf, während er die Geschichte über unsere Eskapaden las. Ich konnte sehen, dass er amüsiert war, und erregt, während seine Hand gelegentlich zu seinen Hoden wanderte oder zu Nikkis Kopf. Etwas von der Erregung war auch in seiner Stimme zu hören, als er fertig war und das Buch June zurückgab, allerdings mehr Dominanz – sichere, befehlende Dominanz.

„Morgen früh werdet Ihr euch in Bestrafungsanzügen auf dem Rasen aufstellen, und ich werde entscheiden, was mit euch passiert. Wegen Eurer Trinkorgie. Mit Euren kleinen Peitschenspielchen werden wir uns jetzt befassen. Stiefel, du kannst jetzt aufhören zu saugen.“

Nikki zog ihren Kopf zurück, aber nur ein kleines Stück, ihre Unterlippe war mit dem Kopf seines Penis noch durch einen Speichelfaden verbunden. Ihre Augen waren groß und rund, ihr Genick und die Brüste errötet. Er sah nach unten und schüttelte langsam den Kopf.

„Was sollen wir also mit dir machen?“

„Was immer du willst, Meister“, antwortete sie.

„Genau, Höschen, was immer ich will.“

Er stand auf und Nikki krabbelte hastig auf die Seite. Er öffnete seine Hose, zog sie beiläufig herunter, wobei er seinen Slip, seine Socken und die Schuhe mit auszog. Auf sein Fingerschnippen rannte June hinüber, um seine Kleider aufzusammeln, und während er seine Erektion hätschelte, sah er amüsiert und mit einer Spur Verachtung auf mich herunter.

„Knie dich hierher“, befahl er Nikki, und zeigte auf den Boden am

Ende des Tisches. „Als erstes kannst du zusehen, wie ich deine kleine Freundin bumse.“

Es kam also auf mich zu, endlich. Ich legte mich zurück, schaute und wartete, aber anstatt zu meinen Füssen zu gehen, kam er zu meinem Kopf. Ich musste meine Erwartungen schnell ändern, und dann hatte er den Apfel aus meinem Mund gezogen und seinen Schwanz hineingesteckt, um meinen Kopf mit kurzen, harten Stößen zu bumsen. Ich hielt meine Schenkel weiterhin nach oben, weil ich sicher war, dass er sein Sperma nicht in meinem Hals vergeuden würde, nachdem es ja drei von uns gab, mit denen er spielen konnte, und das Sperma-Abendessen für Nikki reserviert war.

Es dauerte nur Augenblicke, gerade lang genug, damit er sagen konnte, dass er seinen Schwanz in meinem Munde gehabt hatte. Er zog ihn heraus und ging langsam zum Tisch hinunter, wobei er im Vorbeigehen Nikkis Haare raufte. Als er am Ende ankam, nahm er meine Beine, um mich nach vorne zu ziehen, sodass mein Po über das Tischende hinausragte. Seine Finger fanden die Gurke in meiner Scheide, und sie wurde langsam herausgezogen, wobei sich mein Loch mit einem nassen Geräusch schloss. Sofort war sein Schwanz an ihrer Stelle drin, stieß in mein klebriges, nasses Loch, und tief hinein.

Ich konnte nicht anders, ich musste schnurren, als meine Muschi ganz und gar mit Schwanz gefüllt wurde, bis ich fühlte, wie sich seine Hoden zwischen meine Arschbacken pressten, bis zum Ende der Gurke, die noch in meinem Arschloch steckte. Er begann mich zu ficken, indem er seinen Penis langsam hinein und hinaus gleiten ließ, er penetrierte mich jedes Mal und stieß jedes Mal seine ganze Länge in mich hinein, bis zu seinen Eiern. Nikki schaute zu, auf Anordnungen wartend, ihr Gesichtsausdruck passiv, nur ihr leicht geöffneter Mund und die erigierten Nippel verrieten ihre Erregung.

Er war nicht in Eile, zu kommen, spielte mit meiner Muschi, indem er wieder und wieder in sie eindrang, rieb dann seinen Peniskopf an meiner Klitti, bis ich keuchte und mich unter ihm wand. Meine Lust entlockte ihm nur ein gemeines Kichern und mehr Qual; sein Schwanz stieß wieder in mich hinein und sein Bauch presste sich an mein Geschlecht. Er begann mich zu masturbieren und ich entspannte mich, mein Körper bäumte sich zum Orgasmus auf, bis ich merkte, dass er es nur für sich machte, um zu spüren, wie mein Loch um seinen Penis kontrahierte.

Ich bekam nicht mal das. Er stoppte und zog ihn noch einmal heraus, seine Finger noch zwischen meinen Beinen. Ich fühlte, wie er die Gurke in meinem Hintern fasste und stöhnte laut, als er sie aus meinem analen Durchgang zog. Ich sollte anal penetriert werden. Ich war offen, mein Loch klaffend und schlüpfrig, ein lockeres Rohr für seine massive Erektion. Ich musste keuchen, als ich fühlte, wie sich seine Eichel an meinen Ring drückte. Er nahm keine Notiz davon und stieß sich fest hinein in mein Rektum, wobei ein Mansch aus Käsesauce und Muschisaft von seinem Schaft spritzte.

„Du bist eng, oder?“ grunzte er, als er die letzten Zentimeter hineinzwängte und seine Eier zwischen meine Backen presste.

„Ja, Meister. Danke, Meister“, brachte ich schwach zustande, und hoffte, dass das das Richtige war, was ich sagen musste.

Einige Männer, die wirklichen Sadisten, mögen es, wenn die Mädchen es in ihrem Arschloch hassen. Nicht Stephen, alles, worum er sich kümmerte, war, wie es sich anfühlte, seinen Schwanz in meinem Rektum zu haben, und seine Augen waren voller Genuss geschlossen, als er mich in einem ruhigen, geilen Rhythmus vögelte. Er zog seinen Schaft leicht rein und raus, wobei mein Ring sich zusammenzog, und steckte ihn mit jedem Stoß so tief hinein wie er konnte. Es versetzte mich in eine sanfte, leicht atemlose Ekstase, und ich beschloss zu kommen, mit seinem Schwanz in meinem Arschloch. Ich streckte meine gefesselten Handgelenke aus, um meine Muschi zu streicheln, bekam jedoch einen Schlag auf die Hand.

„Nichts dergleichen, Poppet, meine gierige, kleine Hure. Der Meister kommt zuerst, das ist etwas, was du noch lernen musst, wenn nötig über meinem Schoss.“

Ich nickte unterwürfig mit dem Kopf. Er lachte leise und packte mit festem Griff meine Schenkel, damit er seinen Schwanz leichter aus meinem Arschloch ziehen konnte. Ich entspannte mich und fühlte mehr als eine Spur von Bedauern, als der dicke, harte Penis aus der dreckigen Höhle glitt, in der er es sich bequem gemacht hatte. Ich schaute herunter, und sah, wie er auftauchte, als er mein Arschloch verließ, der Schaft nass und in meinem Saft glänzend, ein Ring mit Sauce unter seiner Eichel. Er lächelte, ein wirklich schelmisches Grinsen, und ich spannte mich an, als ich mir vorstellte, dass ich ihn sauber lecken müsste, er jedoch wandte sich zu Nikki.

„Gut, Höschen", sagte er, und streckte seinen dreckigen Schwanz hinter zu ihrem Gesicht. „Weit auf."

Sie glotzte, mit aufgerissenen Augen und schlaffem Mund und starrte auf das, was sie lutschen sollte. Ich konnte sehen, wie sie sich schüttelte und ihre Finger vor Aufregung verknotete, und obwohl ich sie noch niemals so zögerlich gesehen hatte, lehnte sie sich schließlich nach vorne, für den unterwürfigen, dreckigen Akt.

„Zeit fürs Abendessen", kündigte er an, und steckte seinen Schwanz in ihren Mund.

Ihre Backen bliesen sich auf, als er hinein stieß, und ihre Augen schlossen sich, als sie zuerst mit geekeltem Gesichtsausdruck saugte, dann in demütiger Resignation. Ich konnte mir den Geschmack vorstellen, nur zu leicht, und fühlte, wie sich mein Magen rebellierend zusammenzog, obwohl ich wünschte, ich wäre an ihrer Stelle. Jetzt beschleunigte er den Rhythmus, und betrachtete ihr hübsches Gesicht, während er die Härte seiner Erektion in ihren Mund stieß. Dann verkrampfte sich seine Hand in ihrem Haar, um seinen Schwanz noch tiefer zu treiben. Sie machte seltsame, schlingernde Bewegungen mit ihren Backen, und plötzlich war er soweit, stöhnte voller Ekstase, als er sie fütterte, Schwanz zu Mund, ihr Sperma-Abendessen direkt in ihren Rachen spritzend.

Einen Teil zumindest. Zu erregt, um darauf zu achten, hatte er seinen Pfahl so tief hineingepresst, dass sie würgen musste. Er ließ ihn drin, selbst als Sperma aus ihren Nasenlöchern kam und ihre Arme in Panik um sich schlugen. Schließlich zog er sich zurück, aber zu spät für sie, um zumindest einen winzigen Rest an Würde zu bewahren. Saft spritzte aus ihrer Nase, als sie sich übergab, hustend und würgend. Es kam alles heraus, in einem dicken Klumpen aus weißlichem Dreck, alles über ihre kleinen Titten, wobei sie kämpfte, sich wieder unter Kontrolle zu bekommen. Spermablasen hatten sich an ihrer Nase und um ihre Lippen herum gebildet, verschwanden aber, als sie sie zurücksaugte, nur um noch einmal zu erscheinen, als sie sich ein zweites Mal übergeben musste.

Stephen kam in seiner Hand zum Ende, melkte den letzten Rest seines Spermas in ihre Haare, und kämpfte um Luft. Als sie schließlich keuchend hoch kam, ihr Gesicht verschmiert mit Sperma und Spucke, Käsesauce und Dreck, nickte er nur und rieb das Ende seines Schwanzes an ihrer Nase.

„Entschuldigung, Meister", brachte sie zustande.

„Du musst lernen, mich richtig in deinem Rachen aufzunehmen", antwortete er. „Mach dich sauber, und iss es besser, weil das alles ist, was du bekommst."

Einen Augenblick lang blickte sie geschockt, aber mehr nicht. Dann begann sie mit einem Finger den Schleim von ihrem Gesicht zu wischen und schnell in ihren Mund zu stopfen, wobei das, was sie aufgesammelt hatte, schnell wieder aus den Mundwinkeln herauslief. Einiges hing an ihrem Kinn, das meiste ging auf ihre Brüste, wobei ein Spermafaden von ihrem erigierten Nippel herunterhing. Sie aß alles, bis auf ihrer Haut nur schleimiger Schmierfilm zurückblieb. Und obwohl der angeekelte Ausdruck in ihrem Gesicht die ganze Zeit über nicht verschwand, zögerte sie nicht ein einziges Mal. Erst als sie den letzten Rest ihrer ekligen Mahlzeit geschluckt hatte, blickte sie Stephen an.

„Danke, Meister", sagte sie, und ließ ihren Kopf hängen. Er machte sich nicht die Mühe zu antworten, sondern drehte sich um und schaute auf mich herunter.

„So, eine angemessene Bestrafung für Höschen und für Poppet. Jetzt haben wir noch Stiefel, oder?"

„Ja, Meister", antwortete June.

Sie schaute besorgt, aber ihr Slip war an der Vorderseite feucht und die Haut an ihrem Hals begann sich zu röten. Er deutete auf mein Geschlecht.

„Mach sie sauber, dann kannst du den Innenhof in Ordnung bringen und den Abfall essen, den du findest. Höschen, du siehst widerlich aus. Wasch dich und zieh deine Nachtkleidung an; ich erwarte dich in exakt fünf Minuten mit einem Glas Whiskey. Dann gehe ich ins Bett; es war ein langer Tag. Du hast Frühstücksdienst, Poppet."

Er ging hinein, und das war's. Er war gekommen, und wir spielten keine Rolle mehr. Wir nicht, aber Nikki beeilte sich, zu gehorchen und rannte ins Haus, ihm hinterher. June wartete, bis sie verschwunden waren, zwinkerte mir konspirativ zu und zog schnell ihr Jackett und den Slip aus. Sei krabbelte auf den Tisch, brachte ihre Muschi über meinem Mund in Position und begann, die Matsche von Käsesauce und Saft zwischen meinen Schenkeln abzulecken.

Sechs

Ich erwachte, als Nikki mich an der Schulter rüttelte und mich mit einem Schlag hellwach werden ließ. Sie schaute besorgt, und für einen Moment dachte ich, dass etwas ernsthaft nicht in Ordnung war, aber es war nur trivial.

„Vergiss nicht, dass du Frühstücksdienst hast!“

„Oh Gott… Alles klar, na gut, lass mich nur schnell einen Kaffee trinken. Was muss ich also tun?“

„Du musst ihn um zehn wecken, mit seinem Frühstück auf einem Tablett. Er mag Toast, getoastet auf Stufe Drei, Spiegeleier, drei Scheiben Speck und Kaffee mit Milch und zwei Stück Zucker. Und er mag seine Morgenerektion geleckt haben.“

Ich stöhnte, ganz und gar nicht sicher, ob ich Schwanzlutschen als erstes am Morgen ertragen könnte. Nikki trug ihren kleinen weißen Baby-doll. Der Anblick ihres nackten Pos, der unter dem Saum hervorlugte, als sie das Zimmer verließ, ließ diese Aussicht zumindest in einem etwas angenehmeren Licht erscheinen. Ich wünschte mir immer noch, sie würden jemand anderes finden, als ich mich schließlich aus dem Bett schleppte und ihr folgte.

Nikki hatte bei ihm geschlafen, nachdem sie zu unbekannter Stunde in der Nacht aus der Wärme ihres Bettes geholt wurde, vermutlich für einen Fick. June und ich waren sowieso zusammen. Nachdem wir uns gegenseitig geleckt und dann gemeinsam geduscht hatten, hatten wir uns entschlossen, miteinander zu kuscheln. Wir sind Arm in Arm eingeschlafen und erst aufgewacht, als Stephen Nikki in sein Bett beorderte.

June schlief noch tief und fest und es erschien mir grausam, sie zu wecken. So machte ich mich auf den Weg in die Küche, richtete mit Nikkis Hilfe das Frühstück und schaffte es, um drei Minuten nach zehn vor Stephens Bett zu stehen. Ich stellte seinen Radiowecker aus, rüttelte ihn sanft wach und nahm das Tablett hoch, so dass das erste, was er sah, war, wie ich über ihm stand, völlig nackt, mit dem Frühstücktablett in der Hand. Eine lange Zeit schaute er mich an, übernächtigt, dann setzte er sich abrupt im Bett auf.

„Dieser Anblick wird dich was kosten, Poppet. Stell das Tablett ab und leg deine Lippen hier her."

„Entschuldigung, Meister", brachte ich hervor, und hoffte, dass ich meine tatsächlichen Gefühle nicht zeigen würde.

Er zog seinen Schlafanzug herunter, entblößte seinen Schwanz, der dick und schwer zwischen seinen Schenkeln lag und sich bewegte, als das Blut hineingepumpt wurde. Ich hielt das Tablett, während er sich aufrichtete und stellte es dann vorsichtig ab. Er leckte sich anerkennend die Lippen und begann, sich einen Toast mit Butter zu schmieren. Ich kletterte aufs Bett, und drehte mich, um es mir so komfortabel wie möglich zu machen.

„Nein, nicht so. Grätsch meine Beine und streck deinen Hintern hoch."

„Ja, Meister."

Ich gehorchte und brachte mich in die unanständige Position, die er forderte, mit einem Gefühl der Unterwerfung, das sich in mir breit machte, als ich meinen Hintern in die Luft streckte. Hinter mir an der Schranktür war ein großer Spiegel, und als ich das Grinsen auf seinem Gesicht sah, als er aufblickte, wusste ich, dass ich einen erstklassigen Ausblick auf meine Muschi und meinen Hintern bieten musste. Ich reckte ihn hoch in die Luft, gehorsam, und fragte mich, ob ich meine Aufgabe letzten Endes vielleicht doch genießen würde.

Er wurde schnell hart, und ich nahm seinen Schwanz, fühlte sein Gewicht, und das feste, elastische Fleisch. Ich wusste, er war in Nikki gewesen, aber nicht in ihrem Hintern. Ich merkte es an dem Geruch auf seiner Eichel, als ich seine Vorhaut zurückzog. Sie war anal nach wie vor jungfräulich und mit diesem glücklichen und geilen Gedanken nahm ich seinen Schwanz in meinen Mund.

Ich rollte seine Vorhaut mit meinen Lippen herunter, und saugte schnell an seiner Eichel, um sie von dem Geschmack nach abgestandenem Sex zu reinigen. Er keuchte und sagte mir, dass ich es langsam angehen lassen sollte, aber ich schob meinen Mund bereits über den dicken, heißen Schaft hinunter. Draußen hörte ich, wie Nikki und June ihre ganz normalen morgendlichen Pflichten erledigten, während ich den Penis ihres Meisters lutschte. Er aß weiter, allerdings etwas stiller.

Als er das Frühstück beendet hatte, schmerzte mein Kiefer und mein Kopf war ganz wirr vom Geruch und dem Geschmack nach Penis und meinem eigenen Geschlecht. Er schien kaum Notiz von mir zu nehmen, die angespannte Erektion in meinem Mund und in meiner Hand waren der einzige Hinweis darauf, dass er sich meiner bewusst war. Das änderte sich, als er den letzten Rest Kaffee geschluckt hatte, um das Essen herunterzuspülen.

„Frühstück?“ fragte er milde.

Ich wusste, was mein Frühstück war, das gleiche wie Nikkis Abendessen – Sperma. Ich versuchte, ahnungslos auszusehen, als ich von seinem Penis hochkam, und öffnete meinen Mund, als wartete ich auf eine Leckerei. Er stellte das Tablett zur Seite und hielt dann den Teller hin. Es gab nicht viel, nur einen Rest Fett und Eidotter, aber als ich meine Zunge herausstreckte, um es abzulecken, änderte er seine Haltung, richtete sich im Bett weiter auf, und legte seinen Penis auf den Teller. Ich schaute zu, wie er seine fleischige Eichel um den Tellerrand bewegte und den fettigen, gelben Brei aufwischte.

„Iss es auf“, befahl er, und nahm meine Haare, um mich nach unten zu zwingen.

Er flutschte hinein und füllte meinen Mund mit dem Geschmack von Speck und Ei, mit einem Zusatz von Penis, als ich begann, von neuem zu lutschen. Noch zweimal machte er das, bis auf dem Teller nur noch ein schmieriger Film übrig war, und meine Lippen und die Nase dreckig waren, von dem, was er übrig gelassen hatte. Er lachte leise in sich hinein, als er den Teller auf das Tablett zurückstellte. Sein Schwanz kam zurück, tief in meinen Mund.

„Stiefel, das Tablett“ befahl er.

June kam fast augenblicklich herein, nackt. Sie kicherte, als sie sah, in welcher Lage ich war und nahm das Tablett. Ich saugte weiter, und als seine Hand in meine Haare fasste, dachte ich daran, wie er Nikki zum Würgen gebracht hatte, indem er sie zwang, zu saugen, selbst als Spermablasen aus ihrer Nase kamen. Und er zwang sie, es zu essen, und als er begann, meinen Kopf zu ficken, erwartete ich die gleiche, rohe, harte Behandlung.

„Nimm deinen dicken Arsch ein bisschen rum“, befahl er plötzlich, „ich kann deine Möse nicht richtig sehen.“

Ich drehte mich, die Grobheit seiner Worte und ihre Auswirkungen verstärkten meine Gefühle, während er seinen Schwanz in meinem Mund rein und raus bewegte, immer schneller. Plötzlich wollte ich gefickt werden, von hinten, in der rohen Position, die er mich hat einnehmen lassen, die roheste Position, die ein Mädchen überhaupt einnehmen kann, ihre Titten baumelnd, alles darbietend, Muschi und Arschloch bereit, um von einem dicken, harten Schwanz gestopft zu werden, oder von irgend etwas anderem.

Aus den Augenwinkeln sah ich, dass Nikki und June gekommen waren, um zuzuschauen; sie umarmten sich, während sie am Türrahmen standen. Beide schauten durchaus dankbar, dass ich es war, die sich mit dem Penis von ihrem Meister abmühte, und June lachte, als er seine Eichel tief hineinstieß, meine Luftröhre blockierte, und im gleichen Moment kam.

Sperma ergoss sich in meinen Hals, ich bekam geradewegs einen Hustenanfall und mein Rachen zuckte krampfhaft um seinen Schwanz. Er stöhnte vor Lust, seine Faust verkrallte sich in meinen Haaren und zwang mich, ihn aufzunehmen, während die quälenden Zuckungen meiner Muskeln immer mehr Sperma in meine Speiseröhre melkten.

Mein Magen drehte sich um, als brennende, nach Ei riechende Flüssigkeit in meinen Hals empor stieg, und da explodierte er vor meiner Nase mit einer Gischt von Sperma, und ich übergab mich auf seinen Schwanz.

Ich schaffte es, zu schlucken, gerade als er mich endlich den Kopf heben ließ. Dann keuchte ich, atemlos, unfähig zu sprechen. Zwei große Schlangen von dreckigem, gelbem Zeug hingen mir von der Nase, Sperma, Schleim und das Fett seines Frühstücks. Mein Mund war voll davon, eine salzige, schleimige, brennende Matsche.

„Schluck es, Poppet", knurrte Stephen, seine Augen fest auf mich gerichtet.

Einen Moment lang wollte ich rebellieren, oder alles auf seinen Schwanz spucken. Es ging vorüber, als ich meine Augen schloss und mich zwang, das zu tun, wozu ich mich entschlossen hatte. Mit einer großen Anstrengung schluckte ich meinen abscheulichen Mundinhalt.

„Und den Rest", befahl er.

Wieder zögerte ich, dann leckte ich ab, was von meiner Nase herabhing, schluckte und beugte mich zu ihm herunter, um den Brei in seinem Schamhaar abzulecken und seinen Schwanz sauber zu saugen.

„Gutes Mädchen", bemerkte er, als ich das dritte Mal schluckte. „Weißt du, du bist gar keine schlechte kleine Schwanzlutscherin."

„Danke, Meister", brachte ich hervor, als ich hoch kam.

Er hatte es absichtlich gemacht, mich gedobbt und mich auf seinem Schwanz übergeben lassen, er hatte sich anmachen lassen vom Gefühl meiner Notlage, dessen war ich sicher. Nicht, dass er der erste Mann war, der mich auf diese Weise behandelt hätte. Diese Ehre, und meine Einführung in die dreckige Praxis vom Dobbing – ein Mädchen zwingen, vom Schwanz eines Mannes zu essen – gebührte Jeff Bellbird. Irgendjemand hatte damit im Büro geprahlt, und auch wenn keine Namen genannt wurden, wurde ich rot beim Gedanken daran.

„Ah, sie ist verlegen!" lachte Stephen. „Mach dir nichts draus, Poppet, diese Dinge passieren nun mal. Das gehört dazu, wenn man ein Mädchen ist."

Ich nickte, unfähig, Worte zu finden, und kletterte vom Bett herunter. Nikki und June legten die Arme um mich, als ich die Tür erreichte. Sofort überlegte ich mir, ob ich Zeit hätte, um das, was mir angetan wurde, in eine Fantasie umzuwandeln, während die eine oder andere mich bis zur Ekstase leckte, als Stephen auf einmal in die Hände klatschte.

„Bestrafungsübung in einer halben Stunde. Höschen und Stiefel, in Eure Uniformen, Poppet kann nackt gehen. Beeilt euch, sonst gibt es noch was extra!“

Nikki flitzte sofort ins Schlafzimmer, June folgte in einem etwas gemächlicheren Tempo. Ich ging ins Badezimmer, um den Geschmack in meinem Mund loszuwerden; das war mir jede Bestrafung wert, für die er sich entscheiden würde, weil ich nicht sofort gesprungen war, um seine Befehle auszuführen. Er folgte mir und versetzte meinem Hintern einen festen Klaps, als ich mich über den Abfluss beugte – mehr nicht, zweifellos befriedigt für den Moment.

Bis ich mich gewaschen und abgetrocknet hatte, hatte Stephen sich in seinem Zimmer angezogen, und die Mädchen waren draußen. Es war wolkig, aber warm, was gerade richtig war. Sie trugen ihre Bestrafungsuniformen, taillierte Hemden aus irgendeinem rauen, braunen, sackähnlichen Material, und nicht so hübsch wie die grünen Jacken. Mit den Gurten auf dem Rücken konnten ihre Arme zusammengebunden werden. Nikkis passte perfekt, aber Junes war vorne zu eng und quetschte ihre großen Brüste zusammen. Der einzelne Knopf an der Vorderseite spannte und ließ einen großzügigen Teil ihres Dekolletés sowie ihren runden, kleinen Bauch sehen. Sie drehte sich um, als ich zu ihnen kam und ich sah, wie sie zusammenzuckte, als das raue Material sich über ihre Nippel bewegte. Auch ihre Hintern waren zu sehen, die unter dem Saum der Hemden hervorlugten, gänzlich nackt. Sie waren barfuß. Ich beeilte mich, um zu ihnen zu kommen, gerade als Stephen vom Cottage heraus kam.

Er trug weiße Hosen und ein offenes Sporthemd, ganz locker, hatte jedoch ein Offiziersstöckchen im Armeestil bei sich. Als er sich hinter uns stellte, verschwand er aus meinem Blickfeld und ich spürte, wie meine Pobacken im Vorgefühl einer Berührung, eines Kniffs oder Hiebs mit dem Stock zitterten. Und tatsächlich fanden kräftige, männliche Finger meinen Hintern, quetschten das Fleisch einer Pobacke, und versetzten ihr dann einen kräftigen Hieb. Ich zuckte zusammen, aber er kicherte nur und ging weiter zu June. Aus den Augenwinkeln sah ich, wie er mit dem Stock den Saum ihres Uniformhemdes anhob, so dass das gesamte Ausmaß ihres bloßen Hinterns zu sehen war.

„Sehr reizend“, sagte er beiläufig, „obwohl, wie ich schon sagte, dein Hintern ein bisschen wie bei einem kleinen Schweinchen ist. Hast du deine zwei Pfund seit letzter Woche abgenommen?“

„Nein, Meister.“

„Nein? Dann müssen wir etwas dagegen unternehmen, oder?“

Er lachte, gab Nikki einen Klaps, als er an ihr vorbei ging und stellte sich vor uns auf, wobei er seine Augen über unsere dargebotenen Muschis gleiten ließ, bevor er sprach.

„Die Bestrafungen erfolgen in wenigen Minuten. Zuerst habe ich noch eine Ankündigung. Sagt euch das Kapo System irgendetwas?“

„Nein, Meister“, sagten Nikki und June im Chor.

„Ja, Meister“, antwortete ich.

„Dann hast du vielleicht die Güte, uns aufzuklären, Poppet, nachdem du dich zu deinen Zehen gebückt hast, dafür, dass du ein Klugscheißer bist.“

Ich bückte mich und bekam seinen Stock über meinem Po zu spüren, einmal, zweimal, dreimal, sodass ich zusammenzuckte und meinen Kopf von dem plötzlichen scharfen Schmerz schüttelte.

„Mach weiter“, ermahnte er, „aber bleib unten und hör auf zu zucken.“

Meine Pobacken stachen und ich wollte sie reiben, aber ich hielt still und wollte gerade anfangen zu sprechen, als sich etwas Rundes, Weiches gegen mein Arschloch presste. Ich keuchte, als er den Stock langsam in mein Rektum gleiten ließ, sodass er aus meinem Arschloch in die Luft ragte.

Ich hörte, wie June sich ein Kichern verkniff. Langsam ließ die Wirkung der plötzlichen und unerwarteten Penetration meines ungefetteten Arschlochs nach und ich konnte sprechen.

„Das Kapo System, Meister, ist, wenn einem oder mehreren aus einer Gruppe von Gefangenen die Verantwortung für andere übertragen wird, damit das Wachpersonal weniger Ärger hat.

„Weniger, um Ärger zu vermeiden“, antwortete er, „sondern vielmehr um weniger Aufgaben wahrnehmen zu müssen, die für ihren Status nicht angemessen sind, oder zumindest, wie das hier der Fall ist. Ich habe entschieden, dass es für einen Meister erniedrigend ist, alltägliche Anordnungen zu überwachen. Von heute an werden wir also einen Kapo haben. Poppet, ich hoffe, du wirst wieder zu uns kommen?"

Ich zögerte nur kurz.

„Ja, Meister."

„Gut. Eine von euch Dreien wird also Kapo werden, oder, wie ich entschieden habe, Obergefreiter, und um zu zeigen, dass Ihr Obergefreiter seid, bekommt Ihr einen einfachen Winkel, der auf Eure Uniform genäht wird. Der Obergefreite ist dann verantwortlich für die allgemeine Ordnung. Er kann die anderen schlagen, wenn er es für richtig hält und hat generelle Befehlsgewalt, aber er darf keine Gegenstände verwenden. Wenn er Standards, die ich erwarte, nicht erfüllt, wird er degradiert und jemand anders übernimmt seinen Platz."

Er zog eine braune Papiertüte aus seiner Tasche und nahm einen Satz hell-rosa Winkel heraus.

„Die Frage", fuhr er fort, „ist. ... wer wird Obergefreiter? Zuerst dachte ich, dass ein bisschen Verantwortung dazu beitragen könnte, deine Manieren zu verbessern, Stiefel. Aber als ich entdeckte, was für ein kleiner Tyrann Poppet ist, wollte ich sie auswählen. Dann dachte ich, wie amüsant es wäre, euch beide Höschen zu unterstellen."

Er machte eine Pause, um das Offiziersstöckchen aus meinem Hintern zu ziehen.

„Steh auf, Poppet, Haltung! Öffne deinen Mund."

Ich gehorchte, nahm Haltung an und machte meinen Mund auf, meinem eigenen Willen zum Trotz. Er steckte den Stock hinein und schaute zu, während ich daran saugte, dann nickte er.

„Braves Mädchen, du lernst dazu. Was ich entschieden habe, ist, dass es das Beste wäre, einen Wettbewerb zu veranstalten, und der Gewinner wird Obergefreiter. Das ist fair. Es wird heute stattfinden."

Er hielt inne und betrachtete nachdenklich die hohe Wolke über uns; eine plötzliche Brise wirbelte die Blätter auf, und ich fühlte einen Regentropfen auf meinem Bauch. Er schaute missbilligend und fuhr dann fort.

„Jetzt also zur Bestrafung. Ich könnte einfach Eure kleinen Ärsche verhauen und vielleicht ein Dutzend harte Stockschläge anfügen. Ihr hättet es todsicher verdient, aber ich möchte euch nicht kennzeichnen, zumindest jetzt nicht. Vielleicht mache ich es ohnehin, zu gegebener Zeit, aber ich denke, die Bestrafung muss im Verhältnis stehen. Was habt Ihr also gemacht? Ihr habt das Cottage verlassen, obwohl ich es ausdrücklich verboten hatte. Ihr habt euch betrunken. Ich bin sicher, Ihr habt mit den Einheimischen geflirtet. Beides sind ernsthafte Delikte. Denkt Ihr, ich möchte die einheimischen Rowdies hier haben? Ein Hauch von Euren Mösen, und genau das passiert. Das darf nicht noch einmal passieren, oder es bedeutet für euch zurück nach London."

Seine Stimme veränderte sich beim letzten Satz. Er meinte es so. Ich konnte verstehen warum und senkte meinen Blick in ehrlicher Reue.

„Ich bin froh, dass es euch leid tut", fuhr er fort, „aber Ihr müsst trotzdem bestraft werden. Ich bin bereit, die Orgie zu verzeihen, größtenteils. Wie könnte ich schließlich von drei kleinen Schlampen wie euch erwarten, dass sie keinen Sex miteinander haben? Ihr habt anschließend auch wieder ordentlich aufgeräumt, aber da bleiben Bestrafungen für das Essen, die zerbrochene Auflaufform und das Nichtbefolgen meiner Anordnungen. Stiefel, Poppet, hinknien."

Wir knieten uns schnell hin, Seite an Seite, unsere Köpfe gebeugt.

„Kinn hoch, Hintern raus", befahl er.

Ich hob meinen Kopf und streckte meinen Po raus, voll und ganz der verletzlichen Position bewusst, in der sich mein Mund, meine Muschi und mein Arschloch befanden. Er öffnete seinen Hosenschlitz, als er herankam, um seinen Schwanz herauszuholen. Ich öffnete meinen Mund, beeindruckt, wie schnell er wieder bereit war, schloss ihn aber gleich wieder, als er den Offiziersstab unter mein Kinn hielt.

„Nein, Poppet, kein nettes, gemächliches Schwanzlutschen mehr für dich, zumindest nicht für den Moment, und an deiner Stelle würde ich deinen netten, kleinen Mund zu machen. Stiefel, Oberteil runter."

Sie beeilte sich zu gehorchen, riss die Knöpfe auf und schüttelte es mit mehreren kleinen Bewegungen von den Schultern. Ihre großen, dunklen Nippel darunter waren hart und sahen durch das Reiben am Hemd etwas entzündet aus. Nackt, schaute sie hoch, direkt auf seinen Schwanz, den er fest zwischen Daumen und Finger hielt.

„Ihr zwei habt auf Höschen gepinkelt, oder?" sagte er, und ließ es laufen.

June schloss ihre Augen gerade noch rechtzeitig, und die volle Ladung seines Urins Schoß ihr ins Gesicht. Sie schnappte schockiert nach Luft, bekam Urin in den Mund, schloss ihn und brach keuchend zusammen, wobei Urin aus ihrer Nase spritzte. Er lachte nur und begann auf ihren Rücken zu spritzen, so dass der dicke, gelbe Strahl zwischen ihre Pobacken nach unten über ihre Scheide rann, dann in ihre Haare, die nass und verdreckt waren, als er plötzlich seinen Fluss stoppte.

Ich schloss augenblicklich meine Augen, nicht einen Moment zu früh. Er spritzte mir zuerst ins Gesicht, gegen meine fest verschlossenen Lippen, und tiefer, über meine Brüste, sodass meine Nippel tropften und ein Rinnsal nach unten über meine entblößte Scheide rann, dann stoppte er und ich hörte seine Stimme.

„Ich dachte, du bist diejenige mit Erfahrung, Poppet. Weißt du nicht, dass es ein Privileg ist, den Urin deines Meisters zu trinken?"

Seine Worte kamen bei mir an und veranlassten mich, meinen Mund zu öffnen und es ihn machen zu lassen - das Ergebnis jahrelangen Trainings.

Sein Urin war einfach zu stark, der bittere, männliche Geschmack zu streng. Er schnalzte verächtlich mit der Zunge und ließ es wieder laufen, in meine Haare, während er ihn hielt, bis die heiße Flüssigkeit mein Rückgrat hinunter und über meinen bloßen Po gelaufen war. Ich hielt still, voller Ekel, aber auch voller Entzücken an der Unterwerfung, während sein Urin meinen Körper hinunterlief.

Es hörte auf. Ich schüttelte den Kopf, um die Reste, die sich in meinen Augen gesammelt hatten, loszuwerden, wagte es aber noch nicht, sie zu öffnen. Er kicherte, und der Strahl traf mich erneut, direkt auf die Nase, völlig unerwartet. Instinktiv schnappte ich nach Luft, und dann lief es in meinen Mund, ich zuckte zurück, Urin spritzte aus meinem Mund, während Stephen lauthals lachte.

„Das wird dir eine Warnung sein!" triumphierte er. „Gehorch deinem Meister, Poppet, du kannst ihn niemals überlisten, es ist nur zu deinem Besten! Bleib jetzt wo du bist, während ich mich um Höschen kümmere."

Er wendete sich spontan ab, während ich hustend und spuckend auf dem Boden kniete. Ich stank, kniete in einer Pfütze, aber wenn ich auch nicht hier und jetzt kommen wollte, so wusste ich doch, dass ich es später ganz sicher wollte, dann aber mit einem Mädchen. Immer noch lachend stopfte er seinen Schwanz zurück in die Hose und zog den Reißverschluss hoch.

Ich wusste, Nikki stand immer noch in Habachtstellung, ich konnte aber die Augen nicht öffnen, um zu schauen, was mit ihr passieren sollte. Es war auch nicht viel zu hören, lediglich ein kleines, schmerzhaftes Luftschnappen und ein Metallklang, als Stephen wieder sprach.

„So, und du bleibst solange so, wie ich es sage. Geh jetzt und hol einen Eimer, um diese beiden Schlampen abzuwaschen. Ich will euch alle drei in fünf Minuten beim Auto in Habachtstellung sehen, in Hosen, warmen Tops und vernünftigen Schuhen."

Ich hörte, wie er davonging dann das Tapsen von Nikkis bloßen Füssen, die lief, um einen Eimer zu holen. Ich blieb auf dem Boden gekauert, der Urin tröpfelte langsam aus meinem Haar, den bitteren Geruch noch immer in meiner Nase, bis sie schließlich zurückkam, und das Wasser zuerst über June, und dann über mich schüttete. Es war kalt, ich zitterte, und kam ganz schnell auf meine Füße.

Wir sollten nach draußen gehen für einen Wettbewerb, aber ich hatte nicht die Absicht, wie männlicher Urin zu stinken, und so nahm ich eine Dusche, bevor ich mich anzog. June genauso, während Nikki den Innenhof reinigte. Ihre Nippel waren geklammert – ihre Strafe – eine kleine Glocke hing von jedem Nippel herunter, eine Fleisch-Knospe wurde durch ein Ding gedrückt, das wie eine Miniatur-Daumenschraube aussah. Wir mussten das inspizieren und wechselten uns ab, sie zu halten, während die andere ihre geschwollenen Brustwarzen liebkoste. Stephen lehnte am Auto und trommelte mit den Finger auf den Kofferraum, als wir Drei schließlich herauskamen, um in unseren Jeans und Turnschuhen Haltung einzunehmen.

„Das muss der Rekord an den längsten fünf Minuten gewesen sein", bemerkte er, „selbst für Mädchen. Dreht euch um, Hintern raus."

Wir gehorchten und präsentierten ihm eine Reihe von drei jeansbedeckten Hintern, von denen jeder ein Dutzend satter Klapse erntete. Ich stieg mit prickelndem Po ins Auto, schnallte mich neben June an, während Nikki an der Tür saß. Es fühlte sich seltsam an, nach so kurzer Zeit, in normaler Kleidung im Auto zu sitzen, aber als wir fuhren, und ich das gelegentliche Klimpern von Nikkis Nippelglöckchen hörte, wurde ich wieder daran erinnert, dass die Situation alles andere als normal war.

Stephen nahm die Straße nach Bridport, fuhr dann landeinwärts, über viele Landstraßen, die er offensichtlich kannte.

Am Rand eines kleinen Wäldchens hielt er an. Entlang eines Weges verlief ein Bahngleis. Während der Fahrt hatte es in Strömen geregnet, hatte jetzt aber aufgehört, und die Luft war frisch und kühl, und alles sehr still.

„Hier?" fragte June, und sah sich um. Hier der Wald, dahinter unebenes Gelände, und anschließend die Felder. „Was sollen wir hier machen?"

„Ja, hier", antwortete Stephen. „Es sind ungefähr acht Kilometer bis zum Cottage, falls ihr meint, dass euch das anscheißt und ihr lieber nach Hause gehen wollt. Ich könnte versuchen. …."

„Nein, Meister, Entschuldigung, Meister", sagte sie schnell.

„Dies", fuhr Stephen fort, und deutete auf das karge Gelände, „ist der frühere Oudley Park. Ursprünglich wollte ich euch mit dem Pony-Karren herkommen lassen, aber normalerweise sind hier mehr Leute unterwegs, und da wollte ich dieses Risiko nicht eingehen. Nichts desto trotz ist dies genau der richtige Platz, um zu entscheiden, wer Obergefreiter wird. Es ist einfach. Ihr Drei geht los, und wer als erste zurück kommt, mit einem Mund voll Sperma, ist der Gewinner."

Ich schluckte trocken, als seine Worte sich gesetzt hatten – das ging über das Übliche hinaus. Die einzige Person, die zu sehen war, war eine höchst ehrenhaft aussehende Frau, die ihren Mini-Pudel spazieren führte, aber das war kaum beruhigend. June sprach.

„Wir sollen an irgendeinem Typen saugen…. Meister? Und dir zeigen, was er von sich gegeben hat?"

„Exakt."

Sie wurde still. Nicola war blass und sagte nichts. Meine Schmetterlinge setzten sich wieder in Bewegung, schlimmer als jemals zuvor.

„Kommt", drängte Stephen, „lauft los. Im Nordwesten ist ein Golfplatz, falls Ihr Lust habt auf einen alten, verkrusteten Oberst, oder auf einige alte Straßenbauarbeiter im Westen, wo der große Parkplatz ist.

Dort ist es waldreicher. Da gibt es immer Spaziergänger mit ihren Hunden, oder, falls Ihr Glück habt, könnt Ihr einen Exhibitionisten treffen."

Nikki stand am nächsten, und er gab ihr einen Klaps auf den Po, um sie loszuschicken. Sie setzte sich in Bewegung, widerstrebend, bis zum Zaun neben dem Tor. Sie kletterte hinüber, und wir folgten ihr. Wir sprachen nicht, bis wir außer Hörweite waren.

„Ich kann das nicht!" zischte Nikki.

„Nein?"

„Nein! Online ist es etwas anderes, wenn man weiß, worauf alle stehen, und man sowieso anonym ist, aber ich kann nicht einfach irgendeinen Fremden fragen, ob ich seinen Schwanz lutschen darf!"

„Ich kann es", antwortete ich. „Ich habe es zwar noch nie gemacht, aber einige meiner Freunde. Es gibt Parkplätze, die diese Typen kennen, da treffen sie Mädchen, um Peepshows zu sehen, manchmal schlimmer."

„Ja, aber hier?" protestierte June. „Ich weiß nicht, es ist eine wirkliche Herausforderung, und ich wäre gerne dein Vorgesetzter, Poppy, weil du so eine Hure sein kannst, aber was ist, wenn wir gefangen genommen werden?"

„Werden wir nicht", versprach ich ihr. „Sei einfach vorsichtig, wen du nimmst… Halt, wozu sage ich dir das! Finde es selbst heraus, Miss Stiefel! Keine Sorge, Nikki, wenn du das nicht kannst, dann mach dir keine Sorgen. Geh und sieh den verkrusteten Oberstleutnants beim Golfspielen zu, oder mach sonst was."

Während ich sprach, ging ich nach hinten, zwischen die Ginsterbüsche, die überall im Park blühten. June zögerte, als wollte sie mir folgen, setzte dann aber einen entschlossenen Gesichtsausdruck auf und ging in die entgegengesetzte Richtung, während Nikki mürrisch dreinschauend zurückblieb. Ich ging schnell vorwärts, und dachte daran, wie es wäre, wenn June zum Obergefreiten über mich gemacht würde. Sie würde ihre Macht missbrauchen, gründlich, da war ich mir sicher, und ich wusste, wie ich reagieren würde. Grund genug, es zu versuchen und zu gewinnen.

Der Park war zu offen, die Ginsterbüsche waren die einzige Deckung die jedoch zu dornig waren, um darin einen Schwanz zu lutschen, während ich wohl eher das Glück hätte, von dem Hund eines Spaziergängers aufgestöbert zu werden. Der Golfplatz war nicht besser, wahrscheinlich zu überfüllt, die Spieler zu Zweit oder zu Viert. Der Parkplatz war besser, da könnte ich vielleicht einen Mann dazu bringen, mit mir ins Auto zu kommen, bevor ich an ihm herunterging.

June war dreist, und ich wusste, wenn sie das Gefühl hatte, eine Chance zu haben, würde sie sie wahrnehmen, Ich beeilte mich also, um zu der Stelle zu gelangen, an der der Abhang zu einem bewaldeten Tal hin abfiel. In der Talsohle konnte ich einen Fluss sehen, entlang einer Straße, die an einem zwischen Bäumen gelegenen Parkplatz endete. Zu meiner Rechten war von der Straßenbaugesellschaft ein offenes Bahngleis ausgebessert worden. Da waren eine Menge Leute, vielleicht zu viele, und als ich begann, mich nach einem geeigneten Kandidaten umzusehen, realisierte ich, dass ich blöd war. Das einzig Sinnvolle, was ich tun könnte, wäre, einen Spaziergänger zu finden, ihn anzumachen, und ihn mit zu dem kleinen Wald zu nehmen, wo wir geparkt hatten. Auf diese Weise müsste ich nicht einen Kilometer mit dem Mund voll Sperma zurück laufen.

Ich war sicher, June hatte daran gedacht und lief zurück, halb in Panik. Die Hälfte der Bevölkerung von Dorset schien sich in dem offenen Waldgebiet unter mir aufzuhalten, einschließlich zweier Reisebusse. Es war zu riskant, und auch auf den weiter oben gelegenen Plätzen konnte ich nichts Passendes entdecken. Sofort stellte ich mir vor, wie June an dem dreckigen Pfahl von einem alten Mann saugte, möglicherweise sogar an dem von einem attraktiven jungen. Ich musste handeln.

Ein breiter, ausgewaschener Pfad führte südlich vom Parkplatz nach oben, gegenüber der ehemaligen Straßenbaufirma. Dieser Weg schien besser zu sein und führte ungefähr zu der Stelle, an der wir geparkt hatten. Ich erreichte den Platz, aber er war leer. Ich verknotete meine Finger in aufsteigender Panik, mir wurde flau im Magen, und ich überlegte, was ich tun könnte. Ich wandte mich nach links und rannte los. Dann sah ich ihn.

Er war perfekt, oder zumindest, hätte er es sein können. Er war ungefähr dreißig, ungepflegte, dicke, unordentliche Haare umrahmten das Gesicht und sprießten auf den nackten, dünnen Armen, auf dem einen prangte ein verblasstes Tattoo mit einem Totenkopf inmitten von Rosen.

Er trug ein dreckiges Unterhemd, noch dreckigere Jeans, und lange Stiefel. Er rauchte, der Zigarettenrauch beißend in der klaren Luft. Ein struppiger, schwarz-brauner Mischling mit einem Stück Schnur als Leine um den Hals lag zu seinen Füssen und schaute mich an.

Ihn einen Landstreicher zu nennen, wäre nicht fair gewesen, kam dem aber ziemlich nahe, und wäre er nicht der Mann gewesen, der mich gleich an seinem Schwanz würde lutschen lassen, wäre er für mich ein Niemand gewesen. Das waren äußerst widerliche Aussichten, aber es war keine Zeit, um wählerisch zu sein. Ich ging süß lächelnd auf ihn zu.

„Äh… hi."

Er schaute hoch.

„Hi, Baby."

An einer dreckigen Party oder es mit jemand wie Fat Jeff zu machen, der es immer wollte, war eine Sache. Einem Mann einen Blowjob anzubieten, den ich noch niemals vorher gesehen hatte und der aussah, als hätte man ihn bei den Hell's Angels wegen Unsauberkeit rausgeschmissen, war eine andere. Ich wurde rot, aber andere hatten es auch schon geschafft, also könnte ich es auch.

„Können… können wir reden?"

„Klar, Baby, willst du ne Kippe?"

„Nein, …. Danke. Ich dachte … ich dachte, äh… dachte an etwas anderes…"

„Ich kann dir etwas Gras ritzen….. Marihuana, bei meinem Wohnmobil?"

Plötzlich hatte ich einen Einstieg.

„Großartig… cool… aber ich habe nicht viel Geld."

„Wer braucht Geld?" antwortete er, und seine Augen wanderten zu meinen Brüsten, getreu der männlichen Art.

Ich lächelte einfach und zuckte die Achseln. Er grinste anzüglich, stand auf und setzte sich in Bewegung – in die komplett falsche Richtung.

„Wo steht denn dein Wohnmobil?"

Er zeigte mit dem Daumen in Richtung Tal.

„Oh …. können wir es nicht gleich hier machen?"

Er schaute mich an, als wäre ich ein Volltrottel.

„Ich will keinen geblasen kriegen, Baby."

Ich hatte es komplett falsch angefangen. June hätte einfach gefragt, das wusste ich. Wenn June jetzt nicht an einem Schwanz lutschte, dann aus dem einzigen Grund, dass sie wahrscheinlich schon fertig war.

„Oh, Scheiße! Komm hier rein."

Ich blickte mich flüchtig um. Wir waren allein. Ich nahm seine Hand und zog ihn schnell zwischen zwei große Ginstersträuche, die am Grenzzaun des Common standen. Dahinter war ein Feld, aber niemand war zu sehen.

„Hey, was ..." protestierte er und blieb stehen, als ich meine Jacke und den BH auszog, um ihm meine Brüste zu zeigen.

„Hübsch", brachte er zustande.

Ich ging in die Hocke, mit dem Rücken gegen den Zaun, versuchte den Geruch von altem Schweiß zu ignorieren und griff nach seinem Hosenschlitz. Der Hund war uns gefolgt, und schaute interessiert zu, als ich die Hose seines Herrchens öffnete. Er rauchte noch immer, der Geruch mische sich mit seinem eigenen und es schüttelte mich.

Er trug keine Unterhosen, und sein dicker, schmutziger Schwanz sprang hervor in meine Hand, sobald der Hosenschlitz offen war. Ich begann zu ziehen und rollte die dreckige Vorhaut vor und zurück. Er gab ein zufriedenes Grunzen von sich, als ich die Übelkeit niederkämpfte und ihn in den Mund nahm. Er schmeckte wirklich ekelhaft – nach Schweiß und altem Sperma und Öl. Ich leckte trotzdem, und zwang mich zu schlucken und Spucke zu produzieren, bis ich seinen Schwanz poliert hatte und nur noch „Mann" übrig blieb.

Ich nahm an, dass er irgendeine schlampige Freundin in seinem Wohnmobil hatte, erwartete aber trotzdem jeden Moment eine ordentliche Ladung in meinem Mund. Doch nichts bekam ich – er akzeptierte seinen Blowjob ohne Eile, als würde es ihm zustehen. Das war eigentlich nicht das, was ich wollte, und ich nahm seine Eier in die Hand, streichelte sie und kitzelte ihn kurz vor seinem Anus. Er schnappte nach Luft, und sprach dann.

„Hey, langsam, Baby, langsam, oder du bekommst deinen Fick nicht."

Ich schüttelte meinen Kopf auf seinem Schwanz, saugte fester und spitzte meine Lippen, damit er eindringen konnte. Er stöhnte, spuckte seine Zigarette schnell aus, und ich wusste, er war kurz davor. Ich schluckte meinen Ekel noch einmal herunter, ließ meine Hand noch tiefer unter seine Eier gleiten und fand seinen Anus. Er war klebrig und nass; meine Fingerspitze ging ganz einfach hinein. Ich schlängelte meinen Finger hinauf und begann ihn ruckweise am Ende seines Schafts zu bewegen, während ich gleichzeitig mit meinen gespitzten Lippen seine geschwollene Eichel fickte, bis hinunter zum fleischigen Ring seiner Vorhaut. Er war kurz davor, zu kommen; es ging nur darum den Rhythmus zu halten, der jedoch unterbrochen wurde, als etwas Festes gegen meinen Hintern stupste, direkt zwischen meine Pobacken. Mit einem Quietschen kam ich vom Schwanz des Mannes hoch, wirbelte herum und sah den Hund hinter mir, mit seiner Nase an meinem Hintern.

„Hey, lass das!"

Der Hund wich mit gekränktem Gesichtsausdruck zurück, als ich nach ihm schlug. Ich stieß ihn weg, und wandte mich wieder meiner Aufgabe zu, als er davon trottete. Kaum hatte ich meine Lippen wieder um den Schwanz des Mannes gelegt, begann sein Hund wieder an mir zu schnüffeln, drückte seine Nase an den Hosenboden meiner Jeans, direkt über meinem Arsch. Ich hörte wieder auf und sah nach oben - mein Mann blickte grinsend auf mich herab.

„Entschuldigung, aber könntest du ihm sagen, dass er aufhören soll, an meinem Hintern zu schnüffeln?"

„Er kann deine Möse riechen, das ist alles."

„Ich will nicht .... hey, hau ab, du!"

Der Hund hatte seine Nase wieder an meine Hose gepresst, jetzt tiefer, genau gegen meine Schamlippen. Er wich zurück, als ich erneut nach ihm schlug, aber nicht sehr weit.

„Sei nicht so kleinlich, er will dir nur den Hintern polieren" erklärte der Mann. „Mach weiter. Ich war fast soweit, es sei denn du willst dass ich dich ficke?"

Ich schüttelte den Kopf, während ich den Schwanz erneut in den Mund nahm, jetzt fest entschlossen, ihn zum Kommen zu bringen. Meine Hand glitt zwischen seine Beine, mein Finger zu seinem Anus, und dann hinein, tief hinauf in seinen Hintern. Er keuchte, als ich ihn bewegte. Noch einmal begann ich ihn mit meinem Mund zu wichsen und mit meinen Lippen zu ficken. Es musste passieren, jeden Moment, und als der Hund wieder an mir schnüffelte, ignorierte ich es, wichsend, saugend und wie wild fingernd, selbst als die feste, neugierige Nase nach unten wanderte, direkt auf meine Muschi.

Er kam, mein Mund füllte sich mit dickem, salzigem Sperma. Ich melkte ihn, der Hund schnüffelte immer noch durch meine Jeans hindurch an meinem Arsch und meiner Muschi. Als mein Mund voll war, sprang ich auf, schlug nach dem Hund und verdeckte schnell meine Titten.

„Geh … glub … obb! Deckiges Dier!“

Ich schloss hastig meinen Mund, als das Sperma herauszulaufen drohte. „Wow, Schau mal, wer da spricht!“ Der Mann lachte.

Ich warf ihm einen scheelen Blick zu und wich zurück, meine Backen voller Sperma. Es fühlte sich so an, als hätte er genug in meinen Mund gespritzt, um damit einen halben Schoppen zu füllen, und ich fühlte mich krank und verwirrt. Er schaute zu seinem Hund, legte seinen Kopf an seine Schläfe und klopfte ihn vielsagend, während ich mich durch die Büsche zwängte. Als er realisierte, dass ich bereits gegangen war, rief er mir hinterher.

„Hey, was ist mit deinem Blow?“

Ich konnte nur mit dem Kopf schütteln, während ich davonrannte. Jeden Moment müsste ich mich übergeben, aber ich rannte, überzeugt, dass June mich geschlagen hatte, und doch betend, dass sie es vielleicht doch nicht geschafft hatte, einen Mundvoll zu bekommen. Als ich auf den Wald zukam, sah ich, dass sie bereits da war, und meine Hoffnung sank, erwachte aber wieder, als ich ihren verärgerten Gesichtsausdruck sah und ihre Stimme hörte.

„….. nicht zu glauben! Zuerst fragte er wie viel, als wäre ich eine Nutte! Und dann, als ich sagte, dass es umsonst ist, verschwand er. Was für ein Trottel!“

„Wasch isch paschiert?“ fragte ich durch meinen geschlossenen Mund murmelnd.

„Sie hat sich an einen Typen herangemacht und der dachte, sie wollte ihn ausrauben!“ lachte Stephen. „Du hast es geschafft, ja?“

Ich öffnete meinen Mund, und alles kam heraus, wobei mein Schlund einen plötzlichen, kontrollierbaren Krampf bekam. June schnappte angeekelt nach Luft, als ich meinen Mund voller dickem, weißem Schleim auf den Boden spuckte, direkt auf ihre Füße.

„Igitt, eklig! Poppy!“

Nikki starrte nur ungläubig vom Autofenster aus herüber.

„Entschuldigung“, brachte ich keuchend hervor, „Ja ... ja, Meister. Ich hab es.“

„Gutes Mädchen!“ antwortete er. „Das ist es, was ich sehen wollte, Gehorsam. Aber ernsthaft, ich denke, wir sollten lieber gehen. Junes Typ musste angenommen haben, dass sie mit einer Bande zusammenarbeitet, und hat vielleicht die Polizei gerufen. Steigt ein.“

Ich stieg eilig ins Auto ein, Stephen half mir mit einem Klaps auf den Po. Im Auto war eine Flasche Wasser und ich trank dankbar, während wir losfuhren. June trank nach mir, und als ich es mir in meinem Sitz bequem machte, merkte ich, dass ich einfach kommen musste.

„Umarm mich“, forderte ich sie auf, und zog an meinem Reißverschluss. „Spiel mit meinen Titten.“

June und Nikki tauschten einen Blick aus, aber ihre Arme umfassten mich, während ich meine Hand vorne an meinem Slip herunter gleiten ließ. Ich war feucht, meine Muschi geschwollen und empfindlich, reif für einen Schwanz. Ich hatte meinen BH nicht zugemacht, sodass meine Brüste entblößt wurden, als sie meinen Pulli hochzogen. June nahm mich in die Hand und begann mich zu saugen, Nikki streichelte einen Nippel und dann leckte sie ihn.

Ich seufzte, rieb an meiner Klitti, mein Kopf voller dreckiger Bilder und Gedanken – der dreckige Schwanz des Mannes, der Geruch von Sperma, wie der Hund an meinem Hintern und meiner Muschi schnüffelte, was der Mann sagte. ... er kann deine Möse riechen. ... er kann deine Möse riechen. .... er kann deine Möse riechen...

Dann schrie ich, als der Orgasmus kam, mein Geschlecht zuckte, mein Kopf war voll von dem unbeschreiblich Dreckigen, was ich getan hatte, und vielleicht noch tun würde.

Sieben

Der Samstagabend verlief sehr formell, bestimmt durch die von Stephen festgelegten Regeln. Ich hatte nichts, worauf ich meinen Obergefreiten-Wimpel hätte nähen können, und so nutzte ich meine Position aus, lieh mir Junes hübsche, grüne Uniformjacke aus und befahl ihr, während des Abends oben ohne zu gehen. Als sie protestierte, befahl ich ihr, sich umzudrehen, legte sie auf der Couch über meine Knie, zog ihre Hose runter und versetzte ihr einen kräftigen Schlag auf den nackten Po. Danach war sie weniger aufmüpfig, und ich verbrachte meinen Abend damit, sie zu beaufsichtigen, während wir Stephen einen Krabbensalat servierten. Ich war auserwählt worden, ihm seinen After-Dinner-Blowjob zu geben, mein dritter an diesem Tag, aber das war alles, und ich entschädigte mich dafür, indem ich June und Nikki Seite an Seite verhaute und ihnen befahl, mich vor dem Schlafengehen zu lecken. In der Nacht kam Stephen wieder zu uns, dieses Mal, um mich zu holen. Ich ging, an seiner Hand geführt, und bekam einen kurzen, aber erstaunlich sanften Fick, von hinten, ohne Techtelmechtel.

Der Sonntag war strahlend schön, wie vorhergesagt, mit nur wenigen weißen Wölkchen, die träge am Himmel entlang zogen. June war Frühstücks-Mädchen, und ich schaute mit deutlicher Zufriedenheit zu, wie sie Stephen saugte, was mich angenehm erregte und bereit für den Tag machte. Ich wusste, es stand Bestrafung auf der Tagesordnung, und erwartete, auf Herz und Nieren geprüft zu werden, vielleicht als Pony-Girl. Ich war sehr überrascht, als Stephen uns befahl, Bikinis und Kleider anzuziehen und verkündete, dass wir an den Strand gehen würden. Wir gehorchten, mit gemischten Gefühlen, waren aber sicher, dass wir nach dem gestrigen Tag wahrscheinlich nicht nur schwimmen gehen und ein Sonnenbad nehmen würden.

Wir fuhren einige Kilometer der Küste entlang nach Westen, zu einem Dorf. Dort gab es einen Pub und einen kleinen Laden. Stephen parkte und ging hinein, um etwas zum Picknick zu kaufen; Cornwall-Törtchen, eine Salatgurke, Tomaten, Pfirsiche und drei große Flaschen Wasser. Wir befanden uns ziemlich weit oben im Hochland, und vermutlich in der Nähe zu einem Felsen, und ich wunderte mich, was er vor hatte, aber er begann voller Zuversicht mit dem Abstieg auf einem fast zugewachsenen Fußweg.

„Was werden wir machen, Meister?“ fragte June schließlich, als wir eine Gruppe alter Bäume erreichten.

„Wir werden ein einfaches, kleines Spiel spielen, genannt Risiko Strategie“, antwortete er. „Ich biete eine Bestrafung an. Ihr könnt sie annehmen oder ablehnen. Wenn Ihr sie annehmt, ist das Euer Los. Wenn Ihr ablehnt, geht Ihr weiter zur nächsten Auswahl.“

„Und was ist, wenn wir immer ablehnen, Meister?“ fragte Nikki.

„Dann müsst Ihr meine letzte Wahl akzeptieren“, erklärte er ihr.

„Die erste Bestrafung ist einfach. Den ganzen Tag oben ohne herumlaufen, nur mit Bikinihöschen und Schuhen.“

June zuckte mit den Achseln und stellte die Tasche ab, die sie getragen hatte, um ihr Kleid auszuziehen, dann das Oberteil ihres hellroten Bikinis zu öffnen und auszuziehen. Barbusig und offensichtlich stolz auf sich, stopfte sie die Teile in ihre Tasche und machte mit ihren gespreizten Händen eine gleichgültige Geste.

„Eine große Sache, Meister“, tat sie kund, und zum ersten Mal hatte sie einen spöttischen Unterton, als sie mit ihm sprach.

„Ich zeige meine Brüste, na und?“

Er grinste nur, und ich zögerte. June hatte Recht. Oben ohne an einem einsamen Strand zu gehen, war keine große Sache, aber dann dachte ich, dass Stephen das auch wusste. Es musste einen Trick geben. Er hatte gesagt ‚den ganzen Tag‘, und wenn er das auch so gemeint hatte, würde es bedeuten, auf dem Rückweg durch das Dorf zu gehen, vielleicht sogar in den Pub. Ich würde es tun, ich könnte es, andererseits könnte ich das Vergnügen, das eventuell später auf mich zukommen würde, verpassen.

„Poppet? Höschen?“

„Nein, ich mache weiter.“

Nikki schüttelte einfach nur den Kopf.

Der Weg führte tiefer durch die alten Bäume, die über uns zusammenschlugen und einen kühlen, grünen Gang bildeten. Er war stark überwuchert, und nach einer Weile musste sich Stephen einen Stock suchen, um die Brennnesseln, die rechts und links wuchsen, zur Seite zu schlagen.

Als wir schließlich das Ende des Felsens erreichten, realisierte ich, warum. Es hatte dort ein Bergrutsch stattgefunden, der Fußweg war weggebrochen und mehrere Terrassen mit Felsbrocken und Lehm führten hinunter zu einem Strand mit grau-blauem Kies und sauberem, goldenem Sand.

Wir begannen unseren Abstieg nach unten, Stephen als erster, dann Nikki, deren Selbstvertrauen wuchs und die ihre Sportlichkeit ins Spiel bringen konnte. Als wir endlich den Strand erreichten, war er weit hinter uns, trotz all der Sachen, die wir tragen mussten, und als er schnaufend und zerzaust ankam, sah er nicht gerade erfreut aus.

Der Erdrutsch hatte eine kleine Sandbank gebildet, ein idealer Platz, um nackt zu baden, und um zu spielen. June ging hinüber und begann ihr Gesicht mit Sonnenlotion einzureiben, während ich zum Meer hinunterlief, bis die sanften Wellen über meine Füße schwappten. Ich konnte kilometerweit in beide Richtungen schauen, ein schmaler Strandstreifen unterhalb von sanft hügeligen Felsen. Weiter hinten im Westen waren Leute zu sehen, und einige verstreute Häuser, wo ein Tal bis zum Meer hinab fiel. Im Osten, etwa einen Kilometer entfernt, machte der Strand eine Biegung und war dann nicht mehr sichtbar, weit und breit war keine Menschenseele zu sehen.

„Was für ein wunderschöner Platz, St – Meister“, rief ich. „Ich werde mich ausziehen.“

„Du bist nicht hier um herumzugammeln; du sollst bestraft werden“, antwortete er. „Du kannst dein Kleid ausziehen, aber den Bikini behältst du an.“

Ich zog schmollend das Kleid über den Kopf, war aber nicht allzu besorgt, denn ich war sicher, dass das früh genug nackt enden würde. June hatte großen Spaß und hatte ihr Bikinihöschen ausgezogen, aber er sagte nichts, sondern gab ihr lediglich einen Klaps, als wir an den Platz kamen, an dem Nikki die Picknick-Decke ausgebreitet hatte. Sobald sie fertig war, setzte sich Stephen und schnalzte mit den Fingern.

„Bier, Höschen.“

Nikki gehorchte umgehend und reichte ihm eine Dose Lagerbier aus der Gefrierbox. Er öffnete sie, nahm einen langen Zug und sprach dann.

„Zweite Bestrafung: Ein Dutzend Eiskugeln ins Arschloch. Irgendwelche Abnehmer?“

Er schaute von Nikki zu mir. Sie schüttelte verzweifelt den Kopf. Ich wurde rot, und dachte an einige Spiele, die Gabby und ich gespielt hatten, aber er musste wissen, was passieren würde, und was er angeboten hatte. Ich warf mein Kleid über einen Felsen.

„Ich will, Meister“, sagte ich zu.

„Gut, Arsch hoch, und Hosen runter.“

Ich gehorchte, und die Hitze in meinen Weichteilen verstärkte sich, als ich mich auf allen Vieren in Position brachte, und ihm mein Hinterteil entgegenstreckte. June setzte sich auf einen Felsen, mit einem erstklassigen Ausblick auf meinen Hintern. Nikki kam und stellte sich neben sie. Meine Finger zitterten, als ich nach hinten fasste, um meinen Slip nach unten zu ziehen. Jetzt war alles zu sehen.

Der Wechsel kam so plötzlich, noch vor wenigen Sekunden war ich absolut sittsam, und jetzt zeigte ich offen meinen Hintern. Wenn ich zurückschaute, konnte ich meine gespreizten Schenkel sehen, mit meinem straff gespannten, gelben Bikinihöschen, Stephen dahinter, in die Kühlbox fassend. Er holte eine Form heraus, eine große aus Gummi, mit zwölf Eiskugeln. Ich habe sie immer für Cocktails verwendet und wusste, wie groß sie waren, fast so groß wie ein Squash-Ball. Er drückte eine heraus und lächelte, während er sie in seiner Hand drehte, um die Oberfläche schmelzen zu lassen.

„Öl mich ein, Meister bitte“, brachte ich hervor, ganz und gar nicht sicher, ob ich es schaffen würde, sie nur mit Wasser aufzunehmen.

Stephen nickte und schnippte mit den Fingern in Richtung Picknick-Körbe.

„Stiefel, fette ihren Arsch. Nimm die Margarine.“

June bekam einen Lachanfall, während sie eine Tasche holte.

„Eine für die Möse, denke ich“, bemerkte Stephen und steckte beiläufig eine Eiskugel in meine Muschi.

Ich schnappte nach Luft, als das kalte, harte Eis meinen Muschimund berührte, und meine Öffnung dehnte. Ich konnte es fühlen, aber nicht die Kälte, da er sie tief in mich hineingeschoben hatte. Bis June die Margarine aus der Tasche geholt hatte, liefen schon die ersten Tropfen Eiswasser an meinen Schamlippen herunter.

June kam zu mir, ihr Gesicht von einem wirklich boshaften Grinsen erhellt, warf ein Bein über meinen Körper und setzte sich nieder, sodass ihr voller, vorwitziger Hintern auf meinem Rücken saß. Ich hörte das Schnappen des Margarinedeckels, ihr Kichern gleichzeitig voller Entzücken und Abscheu, und dann war ihr Finger zwischen meinen Arschbacken und schmierte einen dicken Klecks auf mein Arschloch, und weiter nach oben. Ich stöhnte, als er in mein Rektum eindrang und June die warme, fettige Margarine tief hinein schob, mich erforschte und ihn dann herauszog, und meinen Ring einschmierte.

Augenblicklich konnte ich spüren, wie geschmolzene Margarine den fleischigen Übergang zwischen Arschloch und Muschi herunter lief, und wie zur gleichen Zeit Eiswasser zwischen meine Schamlippen tröpfelte. Flüssigkeit sickerte aus beiden Öffnungen, heiß und kalt, und es würde noch mehr kommen, und schlimmeres. Meine Atmung war tief und gleichmäßig, während ich mein Arschloch entspannte, und noch etwas mehr geschmolzene Margarine ausgestoßen wurde. June kletterte herunter und grinste breit, als sie meine unzüchtige Pose betrachtete, und selbst Nikkis kleines Elfengesicht glühte vor Interesse.

Stephen drückte eine weitere Eiskugel heraus, und ich schloss meine Augen. Sie berührte mich, direkt an meinem Ring, hart und rund und so kalt, dass ich nach Luft japsen musste. Er drückte. Ich fühlte mein offenes Loch, wie es die Kugel aufnahm, und nach oben glitt, in mein Rektum, wo ich sie nicht länger spüren konnte. Eine zweite folgte, wurde in mein schleimiges Arschloch gequetscht, und eine dritte, klickte gegen die, die sich schon in mir befanden. Stephen machte eine Pause, und steckte einen Finger hinein, um die Kugeln tief in mein Rektum hineinzudrücken.

Ich konnte jetzt ihr Gewicht in meinem Darm fühlen, und das leichte Dehnungsgefühl. Die fünfte kam, und eine sechste, hinein in mein mittlerweile aufklaffendes Arschloch. Mein Ring war betäubt von der Kälte, auch meine Scheide, dort wo das Wasser heruntergelaufen war. Nur in meinem Rektum konnte ich den wachsenden, blähenden Druck spüren.

Die siebte ging hinein, und die achte, die er noch einmal tief hineindrücken musste, mit zwei Fingern, die er in meinen gut gedehnten Arsch einführte. Sie machten eine kleine Pause, damit June mehr Margarine auf meinen Anus schmieren konnte. Sie befingerte mich und kicherte, als sie die Eiskugeln in meiner Höhle fühlte.

„In ihren Mund", ordnete Stephen an, seine Stimme jetzt heiser vor Aufregung.

June kicherte, zog ihren Finger aus meinem Arschloch heraus und bot ihn mir an, schleimig, gelb und kalt. Ich saugte, schmeckte mich selbst, die billige Margarine, und die Kälte von dem, was in meinem Arsch schmolz. Sie lachte, während ich saugte, gab mir dann einen schallenden Schlag auf den Po und setzte sich zurück auf ihren Felsen.

„Du bist so dreckig, Poppet! Sag, wie fühlt sich das an?"

„Schwer", gab ich zu.

„So als bräuchtest du das Klo?"

Ich nickte, während die neunte Eiskugel in meinen Hintern geschoben wurde. Es fühlte sich an, als müsste ich aufs Klo, dringend. Mein Rektum war aufgewölbt, mein Ring offen, die Kugeln drohten herauszukommen, was Stephen mit seinem Daumen verhinderte, den er hineingedrückt hatte, um mein Loch zu verkorken. Er richtete die zehnte Kugel. Sein Daumen kam heraus, und die zehnte Kugel ging hinein, wobei sie etwas Wasser herausdrückte. Ich ballte meine Fäuste, meine Zähne knirschten vor Anspannung, ich war kurz davor, es nicht mehr ertragen zu können. June lachte angesichts meiner Notlage und streckte ihre Hand aus, um leicht auf meinen Hintern zu klatschen.

„Wie muss sich das anfühlen!" frohlockte sie. „Zehn Eiskugeln in der Dreck-Box! Mann, bin ich froh, dass ich nicht du bin!"

Ich streckte ihr meine Zunge raus, aber sie lachte nur, und dann wurde die elfte Kugel durch meinen Ring gedrückt, hart, um sie zu den anderen zu zwängen. Ich stieß den Atem aus, als sie hineinging und schüttelte meinen Kopf, als sich der Ring hinter ihr schloss, aber er ging nicht ganz zu.

„Ich kann ein bisschen sehen!" lachte June. „Schau, sie kommen gleich raus!"

Sie hatte Recht. Es war mehr, als ich halten konnte, mein Rektum war bis zum absoluten Fassungsvermögen gefüllt, nein, über das absolute Fassungsvermögen hinaus, und es musste jeden Moment herauskommen.

„Wag es nicht, Poppet", schalt Stephen und schlug auf meinen Po. „Eine noch."

In einem Anflug von Entsetzen realisierte ich, dass er noch mehr hatte, die, die er für Nikkis und Junes Arschlöcher gebraucht hätte, wenn sie so dumm gewesen wären, sich auch freiwillig zu melden. Ich war so dumm gewesen, und nun musste ich es ertragen.

Ich wartete, hechelnd, während er die letzte Kugel aus einer neuen Form herausdrückte. Sie wanderte in Richtung meines Hinterns, und als er sie reindrängte, bis mein Ring sich um sie dehnte, halb drin und halb draußen, musste ich keuchen. June lachte bei dem Anblick. Nikki kicherte, ein Laut, der plötzlich abbrach. Stephen bohrte seinen Finger hinein, presste die rebellische Kugel tiefer, und schlängelte ihn herum, um sie alle weiter nach oben zu drücken.

Ich furzte, als sein Finger heraus kam, aber mein Ring war geschlossen. Ich schnappte nach Luft, zitterte am ganzen Körper und ließ meinen Kopf hängen. Mein Darm blähte sich, ich fühlte mich geil und schmutzig, zerfloss in Selbstmitleid und wünschte mir inständig, genommen zu werden.

„Hosen hoch, sage ich!" befahl Stephen. „Und dann hin stehen."

Ich brauchte eine ganze Weile bis ich mich wieder in der Gewalt hatte und ihm gehorchen konnte, aber ich schaffte es, meine Hand nach hinten auszustrecken, um mein Bikinihöschen vorsichtig über meinen Po nach oben zu ziehen und mich aufzurichten. Stehend fühlte sich das Gewicht in meinem Rektum schwerer an denn je, und ich musste mein Loch geschlossen halten und meine Arschbacken fest zusammenpressen, damit die Kugeln nicht herausrutschten. Wenn sie anfangen würden zu schmelzen, wäre das schwieriger, wenn nicht unmöglich, und in diesem Fall müsste ich meine Darmspülung in meine Hosen machen, es sei denn, Stephen würde mir erlauben, mich hinzuhocken.

„Hättest oben ohne gehen sollen, Poppet!" spottete June.

Ich schüttelte den Kopf, meine Gefühle waren zu stark, um antworten zu können. Meine Last fühlte sich entsetzlich an, schwer und drängend, und so stark, dass mir schwindelig wurde. Ich konnte auch die Nässe an meinem Loch spüren, und ich war sicher, dass ich es niemals würde halten können, und wenn es erst einmal kommen würde.....

„Darf ich mich hinhocken, Meister bitte?" bat ich.

„Nein", antwortete er ruhig und nahm einen Schluck Bier. „Veranlasse, dass diese beiden da das Mittagessen servieren."

„Bedient Euren Meister", befahl ich, aber meine Stimme klang alles andere als autoritär, nur panisch.

„Ja, Chef", antwortete June, mit vor Sarkasmus triefender Stimme. „Sofort, Chef."

„Genug jetzt!" brachte ich hervor, und zwang mich, streng zu sein. „Über diesen Felsen!" Höschen, bedien den Meister.

June streckte mir die Zunge raus, beugte sich aber vor, ihr Po weit gespreizt, sodass der dunkle Stern ihres Anus und ihre geschwollenen Schamlippen zu sehen waren. Allein schon die Pose war frech, egal wie entblößt sie auch war, und als ich durch das Laub, das am Fuß des Erdrutsches lag, zu ihr hinüberwatschelte, war ich entschlossen, meine eigene Not und Demütigung zu lindern, indem ich ihr welche zufügte.

Da gab es Feuerholz, und es gab Brennnesseln. June schaute nicht einmal auf, sondern unterhielt sich mit Nikki und Stephen, während das Picknick aufgebaut wurde. Trotzdem war sie noch immer über den Felsen gebeugt, als ob es keine Rolle spielen würde. Entschlossener denn je, begann ich, Äste von Feuerholz zu sammeln, indem ich die längsten und trockensten wählte. Mit einem satten Bündel in der Hand, nahm ich ein großes Sauerampferblatt, brach vorsichtig einige Brennnesseln ab, und versteckte sie in der Mitte des Bündels.

Als ich fertig war, ging ich zurück. Das Gefühl in meinem Bauch verschlechterte sich, und ich musste mit kleinen Schritten gehen, um den Schmerz in meinem aufgeblähten Rektum so gering wie möglich zu halten. Ich lief auch schon aus, meine Falte war um meine Öffnung herum warm und nass. Der Rest wollte heraus kommen, dringend, aber ich wusste, ich würde es halten können, zumindest lange genug. Als ich die Picknickdecke erreichte, ging ich mit demütig gesenktem Kopf zu Stephen.

„Bitte, Meister, darf ich mich hinhocken."

„Ja … sobald du Stiefel geschlagen hast", antwortete er, und blickte nicht einmal hoch, während er sich eine Tomate nahm.

„Ja, Meister, danke, Meister", brachte ich zustande.

„Streck ihn raus, Stiefel, jetzt!"

June streckte ihren Po wie befohlen nach oben und schaute zurück, so frech wie zuvor.

„Du meine Güte! Sie will mich mit einer Blume schlagen. Bitte, Meister, stopp sie, das kann ich nicht ertragen!"

„Sei vorsichtig, Stiefel", warnte Stephen, „oder ich werde es machen, mit einem ordentlichen Stock."

Er wandte sich von ihr ab, und sie streckte ihre Zunge heraus. Sie zog sie wieder zurück – nicht eine Sekunde zu früh, als er sich umdrehte. Ich ignorierte die Chance, sie zu verpetzen, nahm das Bündel Brennholz fest in die Hand, schlug es auf ihren Hintern und achtete darauf, dass beide ihrer fleischigen Kugeln gleichmäßig und fair behandelt wurden.

„Hey, das kribbelt!" kicherte sie. „Oh nein, stopp sie, Meister, sie kitzelt mich! Los, schlag mich, du Schlampe, Los!"

Sie streckte ihren Po noch weiter raus, und verhöhnte mich mit ihren dicken, dunklen Muschilippen und dem feuchten Oval des rosa Fleisches dazwischen. Ich schob das Bündel dazwischen, rieb es über ihr Geschlecht, selbst als die Nesseln begannen, Wirkung zu zeigen.

„Hey, oh! Was hast du gemacht!? Oh, scheiße … Mein Hintern brennt!"

Ich kicherte nur in mich hinein, und versetzte ihr einen kräftigen Schlag über beide Pobacken, als sie plötzlich aufsprang und ihren Po umfasste.

„Brennnesseln, Liebste", erklärte ich ihr, „schöne frische!"

„Du kleine Hure! Oh! Oh! Oh!"

Sie begann auf und ab zu hopsen, schlug auf ihren Po, keuchte und quiekte, ein dermaßen lächerlicher Anblick, dass ich mich vor lauter Lachen nicht halten konnte.… …. und zwölf große Eiskugeln samt Wasser in meine Bikinihose herausspritzten.

Sie kamen einfach heraus, alle auf einmal, ein riesiger Sturzbach mit Wasser und Festkörpern füllte den Hosenboden meines Bikinis, spritzte an den Seiten heraus und rannte an meinen Beinen hinunter, auf den

Boden neben mir. Mein Gelächter wurde zu einem entsetzten Keuchen, aber es war zu spät. Ich konnte es nicht halten, und rannte los, voller Panik und brennender Scham, während das Wasser noch immer aus meinem Arschloch spritzte. Immer mehr kam heraus, jetzt meist festes Material, bis ich das Gewicht spüren konnte, das hinter mir schwabbelte und die Nässe, die an den Seiten herausgequetscht wurde und dann heiß und klebrig an meinen Schenkeln herunter lief.

Sobald ich im Wasser war, sank ich nach unten, hockte mich in die kalte Brandung, mein Hintern unter Wasser. Ich versuchte, meine Hose auszuziehen, aber als der Sog der Welle zurück ging, war mein Po und meine aufgeblähte Bikinihose wieder zu sehen, und ich ließ es bleiben, weil ich nicht wollte, dass sie die Reste sehen könnten, die darin noch übrig geblieben waren. Ich konnte es trotzdem nicht verhindern, und musste es in meine Hose machen, während die Wellen vor und zurück spülten, und abwechselnd die obszöne Wölbung unter meinem Hintern, die dicker und schwerer wurde, verbarg und enthüllte.

Ich ließ es kommen, alles, und watete etwas weiter ins Meer hinaus, um meine Hose auszuziehen. Sie hatten meine Wölbung gesehen, wussten, was ich getan hatte, und das war genug. Ich musste kommen, aber das dürften sie nicht merken, es wäre zu demütigend. Ich blickte flüchtig zurück, wie zufällig, während ich ein Fußgelenk aus meiner schmutzigen Bikinihose zerrte. Stephen hielt sich angeekelt die Nase zu, grinste aber dabei. Nikki starrte völlig schockiert herüber. June veranstaltete immer noch ihren verrückten Popotanz ungefähr vier Kilometer den Stand entlang und hatte mich nicht einmal beachtet.

Ich hatte meine Hose ausgezogen und war nur in meinem Bikini-Oberteil. Ich schob eine Hand zwischen meine Pobacken, und begann mich sauberzumachen - und zu masturbieren. Ich fand mein Arschloch und schob ein Finger in die schleimige Höhle. Das Fleisch meines Rektums fühlte sich kalt an, ein seltsames Gefühl, ein Gefühl, durch das sich das, was mir angetan worden war, wieder vor meinem geistigen Auge erschien. Ich spreizte meine Beine und ging tief in die Hocke. Mein Hintern war rausgestreckt, während ich meine Arschrinne reinigte, meine andere Hand an meiner Muschi, die vordergründig das gleiche machte.

Ich hatte nur einen kurzen Moment, bevor sie realisieren würden, wie unanständig ich war, doch das reichte mir. Ich konzentrierte mich.

Vor anderen Leuten hatte ich einen Eis-Einlauf bekommen, wurde gezwungen, meine Bikinihose vollzumachen. Sie hatten alles gesehen. Sie hatten gesehen, wie ich die Kontrolle verloren hatte, wie sich meine Hose gefüllt hatte, wie es herausgequollen und herausgespritzt ist, hatten gesehen, wie die Sauerei meine Beine heruntergelaufen ist, während ich ins Meer rannte. Schlimmer noch, sie hatten gesehen, wie alles aus mir herauskam, meine Wölbung anwuchs, und ich hatte es mit Absicht gemacht. Ich hätte tiefer gehen können, ganz einfach, aber nein, ich hatte sie zusehen lassen, wie sich meine Hose füllte, sich hinter mir aufblähte, dick und schwer unter meinem Hintern.

Er kam, der wundervollste Orgasmus. Meine Schenkel spannten sich an, und mein Arschloch pulsierte um meinen Finger, den ich im letzten Moment reingeschoben hatte. Ich musste mir auf die Lippen beißen, um nicht zu schreien. Das verlängerte es, hielt weiter an, während ich meinen Finger in meinem schleimigen Loch rein und raus bewegte und meine brennende Klitoris streichelte.

Als ich fertig war, hatte ich das Gefühl, als wäre der letzte winzigste Rest an Energie aus meinem Körper gewichen. Ich plumpste nach vorne, vor meinen Augen wurde es rot, und mein Atem kam in langen, abgerissenen Stößen. Erst als ich Nikkis Stimme hinter mir hörte, drehte ich mich um. Sie stand am Strand, das Meer umspülte ihre nackten Zehen.

„Geht es dir gut, Poppy?“ fragte sie, ihre Stimme tief und voller Sorge.

„Ja, danke“, brachte ich zustande. „Nur sauber gemacht. Tut mir leid…“

„Muss es nicht, es war nicht dein Fehler“, antwortete sie und kam tiefer hinein, sank neben mir nieder und legte ihre Arme um meine Schultern. „Er kann ein Schwein sein, oder?“

„Er ist nicht schlecht“, antwortete ich, nur etwas unerfahren. Er ist in Ordnung als Meister.“

Ihre Lippen waren zu einer schmalen Linie zusammengepresst, aber sie nickte zustimmend. Ich wusste, wie sie sich fühlte – sie wollte es, hatte aber das Gefühl, dass es für sie zu weit gegangen war, zu schnell. Ich küsste sie und sie umarmte mich im Gegenzug. Dann drehte sie sich um, während ich zurück ging, um mich zu waschen. Am Strand hatte Stephen ein halbes Törtchen in der Hand und spülte es mit Bier herunter. June war im Meer, gut hundert Meter vom Ufer entfernt, bis zur Taille im Wasser. Ich winkte fröhlich und erhielt ein V-Zeichen als Antwort.

Ich dachte, ich hätte sie verärgert, grub daher schnell mein ruiniertes Höschen ein und machte mich am Strand entlang auf den Weg, aber als ich dicht bei ihr war, hatte sie nichts Besseres zu tun, als mich anzuspritzen. Ich spritzte zurück, und einen Augenblick lang spielten wir wie zwei ausgelassene Kinder, bevor wir uns mit einer nassen Umarmung in die Arme fielen.

„Was ist mit dir passiert?“ fragte sie, als wir Hand in Hand aus dem Wasser stiegen.

„Ich hab meinen Einlauf in meine Hose laufen lassen.“ gab ich zu. „Ich musste so sehr über dich lachen, dass ich es nicht halten konnte.“

„Geschieht dir Recht, Mädchen! Diese Nesseln stechen vielleicht. Mein Po brennt immer noch!“

„Dann ist es wohl am besten, wenn du nicht frech bist zu mir, Miss Stiefel!“

„Bin ich nicht mehr. Du bist richtig gefährlich.“

„Danke.“

Wir gingen gemeinsam zurück, Stephen schlenderte am Strand entlang, als wir ankamen. Von Weitem kam eine Gruppe mit drei Leuten auf uns zu, so dass ich mich schnell abtrocknete und mein Kleid anzog, um meine Nacktheit zu verbergen. June kümmerte sich nicht darum, aber Stephen sagte ihr, sie solle ihre Hosen anziehen. Bis sie uns erreicht hatten, waren wir einfach eine andere Gruppe von Feriengästen, die ein Picknick machten. Es waren Studenten, oder sahen zumindest so aus, alles Männer, alle trugen Rucksäcke und hatten einen Hammer in der Hand. Mit Ausnahme von einigen verstohlenen Blicken zu Junes nackten Brüsten, schenkten sie uns keine Beachtung.

„Fossilienjäger“, erklärte Stephen, nachdem sie vorbeigegangen waren.

Sie hielten an, ungefähr dreihundert Meter von unserem Picknickplatz entfernt, wo ein Felsen, der von einem grünlichen Gestein durchzogen war, schräg zum Strand hinunter verlief. Stephen warf den Kern von dem Pfirsich, den er gegessen hatte, ins Meer und schaute auf seine Uhr.

„Ich muss um sieben fahren", bemerkte er nachdenklich, „wir haben also noch ungefähr drei Stunden, bevor wir ans Heimgehen denken müssen."

„Genug Zeit für Höschens Bestrafung, Meister", sagte June.

Er nickte, blickte jedoch noch nachdenklicher und sprach dann.

„Du hast es gestern im Common nicht einmal probiert, oder, Höschen?"

„Nein, Meister", gab sie zu. „Entschuldigung, Meister. Ich war zu schüchtern."

„Sehr süß", antwortete er, „aber kaum gehorsam. Schließlich kannst du Schwanzlutschen so gut wie jede andere kleine Hure, wie ich weiß. Als deine Strafe wird Stiefel zu diesen Dreien dort gehen und sie fragen, ob sie dich wollen, nackt, für einen All-round Blowjob."

„Nein, Meister, bitte!" quiekte Nikki. „Nicht mit Fremden, Meister. Sie würden das nicht verstehen."

„Ich denke, jeder Mann auf dem Planeten versteht was von Blowjobs, Höschen", antwortete er ihr.

„Ich meine, über mich", sagte sie, „wie ich mich fühle .... wie ich bin. Du respektierst meine Unterwerfung, Meister. Sie nicht."

Er nickte wieder und nahm sein Kinn zwischen Daumen und Zeigefinger.

„Entschuldigung, Meister", sagte Nikki leise, ihr Stimme kaum mehr als ein Flüstern. „Ich werde versuchen, zu gehorchen."

„Ich weiß", sagte er, „und ich weiß, dass du schüchtern bist, aber manchmal ist das einzige, was man bei Schüchternheit tun kann, mit einem Truck hindurch zufahren."

„Bitte zwing mich nicht", sagte sie.

„Das werde ich nicht", versprach er, und ich sah ein Aufblitzen von Enttäuschung neben der sofortigen Erleichterung auf ihrem Gesicht.

Sie brauchte es, dass man ihr die Verantwortung für die unanständigen Taten aus der Hand nahm, – wie üblich. Auf dem Common hätte sie die letzte Entscheidung treffen müssen. Hier war es anders, aber wenn Stephen eine Ahnung davon hatte, was in ihrem Kopf vor sich ging, so zeigte er es nicht.

„Ein Truck, ja", grübelte er. „Komm hier her, nahe zum Felsen, wo man dich nicht sehen kann. Hände an deinen Kopf."

Sie gehorchte und blickte etwas ängstlich, als er zum Fuß des Erdrutsches ging.

„Werden es Nesseln sein, Meister?" fragte sie plötzlich.

„Sei still, Höschen, sonst es könnte tatsächlich sein", antwortete er, und beugte sich nach unten, wo ein Rinnsal mit Wasser aus einer Spalte in dem dicken, schwarzbraunen Lehm des Erdrutsches lief.

Sie schaute beunruhigt zu, als er gut zwei Handvoll Lehm abschöpfte und ihn zu einem rauen, klumpigen Ball formte. Offensichtlich zufrieden ging er zu ihr, zog den Zwickel ihres Bikinihöschens nach unten und schob den Ball dazwischen. Ihr verwirrter Gesichtsausdruck änderte sich sofort in Ärger. Er lachte und zog die Rückseite ihres Höschens etwas nach hinten. Der Ball rutschte etwas tiefer, sodass er unter ihren Pobacken hing, und die gleiche Ausbuchtung machte, wie die, die er in meiner Bikinihose gesehen hatte, nur unecht.

Ich hätte nicht gewusst, dass es eine Fälschung war. Ihr Bikini war schwarz, und obwohl die Ausbuchtung unwahrscheinlich groß schien, wurde es dadurch noch offensichtlicher, und demütigender. Wer würde schließlich absichtlich einen Lehmhaufen in seine Hosen stecken, um es so aussehen zu lassen, als wäre ein Unfall passiert?

Als er grinsend davon ging, reckte Nikki den Kopf nach hinten und drehte sich weit genug herum, um ihren Hintern zu besichtigen. Sie sah aus, als würde sie jeden Moment anfangen zu heulen, aber schließlich folgte sie ihm kleinlaut und mit hängendem Kopf zurück zur Picknickdecke, wobei ihre Last hinter ihr in ihrem Zwickel baumelte. Sie tat mir leid, aber ich musste mich zwingen, nicht zu lachen. Sie sah so unanständig aus, und so lächerlich mit dem riesigen Haufen, der unter ihrem niedlichen kleinen Po hing, und ihr schamhafter Gesichtsaussdruck machte das ganze eher noch realistischer.

„Wir gehen zurück", bemerkte Stephen ruhig. „Ihr drei packt alles zusammen."

„Ja, Meister", antwortete Nikki mit den Tränen kämpfend.

Als sie sich nach der Picknickdecke bückte, rutschte ihre Last zu ihrem

Po und zwischen die Schenkel, so dass es noch obszöner aussah.

Sie richtete sich auf, verzog bestürzt und beschämt das Gesicht, dann angeekelt, als sie an ihrer Bikinihose zog, um den Lehm zwischen ihren Pobacken herauszuziehen.

„Wir schaffen das", bot ich an, und legte meinen Arm um ihre Schulter, „und mach dir keine Sorgen, den meisten Leuten wirst du leid tun, und die Perversen werden denken, dass du süß aussiehst."

Sie versuchte, über meinen schwachen Witz ein Kichern zustande zu bringen, aber sie biss sich auf die Lippen, und hielt ihren Hintern in Richtung Felsen, während June und ich alles zusammenpackten. Stephen beobachtete uns, die Arme vor seiner Brust verschränkt, und begann dann zu meiner Überraschung, die Taschen einzusammeln.

„Ich werde sie nehmen", sagte er, „schließlich wollen wir nicht, dass du mogelst, oder?"

„Wie meinst du das, Meister?" fragte June.

„Ich gehe auf direktem Weg zum Auto zurück", erklärte er. „Ihr Drei geht den Strand entlang bis Eyles, wo ich euch beim Parkplatz abholen werde."

Ich blickte zu den weit entfernten Häusern, die ich anfangs bemerkt hatte. Inzwischen waren mehr Leute da, vielleicht hundert oder so, die ich sah. Auf einmal war ich äußerst froh, dass ich mein Kleid an hatte, um meine Nacktheit zu verbergen.

„Aber, Meister – „ begann Nikki, und ihr Gesicht wurde knallrot, als die Bedeutung seiner Worte in ihr Bewusstsein sickerte.

„Kein aber", unterbrach er sie. „Du hättest dich dafür entscheiden können, oben ohne zu gehen, hättest du. …. Tatsache ist, dass dies hier eine Lektion ist. Widersetze dich niemals deinem Meister. Es ist immer am besten, dem ersten Befehl zu gehorchen, und zwar sofort, oder es wird nur noch schlimmer."

Nikki brachte ein einziges, klägliches Nicken zustande. Stephen krabbelte auf die erste Felsplatte, drehte sich zu uns um, winkte, und war verschwunden. Ich drehte mich zu den anderen um. June machte einen etwas verdutzten Eindruck, trotz ihrer Prahlerei, dass es ihr egal wäre, wer sie oben ohne sehen würde. Nikki kaute auf ihren Lippen und schaute ängstlich in Richtung Eyles, wobei ihr eine ölige Träne aus dem Auge lief.

„Nimm es raus, Nikki“, schlug ich vor.

Sie schüttelte den Kopf.

„Nein, Poppy…. ich sollte dies tun.“

„Weil er es gesagt hat?“ fragte June.

„Weil ich es soll“, antwortete sie „Ich brauche es, um…. um ich selbst zu sein, weil ich bestraft wurde.“

Ich nickte und streckte meine Hand aus. Sie nahm sie, und die von June auf der anderen Seite, und wir setzten uns langsam in Bewegung. Nikki liefen die Tränen übers Gesicht, die dicke Ausbuchtung langsam schwingend in ihrer Bikinihose. Weinend, uns an den Händen haltend, sah es mehr denn je so aus, als wäre ihr ein beschämendes Unglück passiert, aber es war das, was sie wollte.

Es war ein langer Weg, und es ging langsam voran, goldgelber Sand wechselte sich ab mit Kies – eine Qual, darauf zu laufen. Während wir liefen, wurde das Flattern in meinem Bauch immer stärker, und das nicht nur wegen meiner Freundinnen. Mein Kleid war leicht, und das Material klebte an meinem Körper, so dass man sehen konnte, dass ich keinen Slip trug. Nackte Brüste wären besser gewesen, in gewisser Weise mehr akzeptiert, aber ich wusste, meine Gefühle waren nichts im Vergleich zu denen von Nikki.

Sie ging jedoch weiter, mit hängendem Kopf, Tränen liefen ihr langsam die Wangen herunter. Ich konnte das Zittern in ihrer Hand spüren, und ihre Finger umklammerten fest meine Hand. Als wir an den ersten Leuten vorbeikamen, schluchzte sie und zögerte, es waren nur noch wenige Schritte, bis ihre Ausbuchtung zu sehen gewesen wäre. Zwei Schritte, und man konnte es sehen.

Es waren fünf, auch eine Gruppe Fossilienjäger, drei Männer, zwei Frauen. Die meisten untersuchten etwas, was sie gefunden hatten, aber eine der Frauen schaute hoch. Ihr Gesichtsausdruck war gleichgültig, selbst als sie June barbusig sah, änderte sich aber schlagartig - zu Schock und Mitleid, und sie drehte sich schnell weg. Nikki hatte es gesehen, und ich hörte, wie sie etwas in ihren Bart murmelte, mehr ein Wimmern als Worte.

Wir liefen jetzt schneller, meine Augen auf die Häuser von Eyles gerichtet, die immer noch unglaublich weit weg schienen. Andere Leute waren vor uns, sie hatten uns kommen sehen. Sie konnten auch sehen, dass June oben ohne war. Die meisten taten so, als würden sie nicht hinsehen, einige starrten sie offen an. Wir erreichten die nächste Gruppe: Drei junge Männer. Einer pfiff anerkennend und stupste seinen Freund an. Dann waren wir auf gleicher Höhe.

„Scheiße, sie hat in die Hosen geschissen!“ rief einer.

Nikki brach in Tränen aus, riss ihre Hand los, um ihr Gesicht zu verbergen, und rannte los, ihre Last in der Bikinihose hinter ihr herbaumelnd. Die drei Männer schütteten sich aus vor Lachen, zeigten auf sie und pfiffen, bis June zu ihnen kam und sie in voller Lautstärke beschimpfte. Einer wurde still, aber die anderen beiden schütteten die Häme jetzt auf sie aus.

„Komm!“ drängte ich sie und zog sie mit mir.

Einen Moment lang widerstand sie, dann lief sie hinter mir her, und ließ sie hinter sich. Nikki war schon weit vor uns, rannte in blinder Panik, ihre Bikinihose mit dem Gewicht darin hing halb herunter, sodass der Ansatz ihrer Pospalte zu sehen war. Dann rutschte sie ganz herunter und spannte sich plötzlich um ihre Knöchel; ihr kleiner, runder Po war entblößt. Sie stolperte über ihre Hose und fiel der Länge nach in den Sand.

Ich wusste, es war nicht echt, aber es sah wirklich so aus. Ihr Po war völlig nackt, zwischen ihren Pobacken war ein dreckiger Streifen zu sehen, in der Hose der dicke, dunkle Ball im Zwickel. Die Männer hinter uns brachen in lautes Gelächter und johlende Rufe aus.

June drehte sich um, um sie erneut zu beschimpfen. Ich ging zu Nikki und zog mein Kleid über sie, auch wenn das bedeutete, dass ich meinen eigenen nackten Po zum Vergnügen der Rowdys nun ebenfalls zur Schau stellte. Sie sah es, hob die Hand und schüttelte den Kopf. Dann griff sie nach unten und zog die Bikinihose samt Inhalt nach oben über ihre Hüften. Die Ausbuchtung sah nach wie vor unanständig aus, tatsächlich sogar noch unanständiger als vorher, da sie die Innenseiten ihrer Schenkel verschmiert hatte.

Sie lief weiter, immer noch weinend, mit verkniffenem Gesichtsausdruck, aber genauso entschlossen wie jämmerlich. Ich hatte meinen nackten Hintern den Rowdies blitzschnell entgegengestreckt, die nur noch lauter lachten und June aufforderten, sich mit ihnen anzulegen. Das tat sie jedoch nicht, sondern kam uns nach, aufgeregt, mit rotem Gesicht.

„Mistkerle!" keuchte sie. „Komm, Nikki, geh ins Meer und nimm es raus!"

„Nein", antwortete Nikki wortkarg.

June schüttelte den Kopf, nahm aber erneut Nikkis Hand. Immer mehr Leute schauten auf uns, schockiert, mitleidig, begierig, amüsiert und mit einem Dutzend weiterer Reaktionen. Ich richtete meine Augen starr geradeaus, kurz davor, selbst in Panik auszubrechen, und hielt Nikkis Hand fest in meiner. Nicht einer bot uns seine Hilfe an.

Wir kamen am Parkplatz an, bevor ich überhaupt realisierte, dass wir da waren. Die Klippe war flach, mit einer weißen Brüstung auf der Höhe, und auf einmal war da die weinrote Nase von Stephens Mondeo, und dann Stephen selbst. Er schaute uns entgegen und winkte fröhlich, als ob nichts wäre.

Noch einige Schritte, noch zweihundert Meter durch den Sand, und durch den am meisten bevölkerten Abschnitt des Strandes. Jeder einzelne dort starrte uns an, und vielleicht hundert Augenpaare hefteten sich auf Junes nackte Brüste oder auf die hin und her schwingende Ausbuchtung in Nikkis Bikinihose, die inzwischen so niedrig hing, dass sie auch von vorne zu sehen war. Als wir näher kamen, hörte ich das mitleidige Getuschel, aber auch Ausrufe voller Ekel und Missfallen.

Plötzlich riss sich Nikki ohne Vorwarnung los, rannte in großen Sprüngen und mit baumelndem Gewicht in der Hose die Treppen hinauf, ihr Mund voller Verzweiflung weit geöffnet, während ihr die Tränen übers Gesicht liefen. Ich folgte ihr, und June, von Panik überwältigt, sprang über Leute, stolperte über Seegras und rannte, bis sie die Betonstufen erreicht hatte.

Als ich oben angekommen war, war Nikki schon im Auto. Stephen hielt die Tür auf und ich zwängte mich hinter ihr hinein. Einen Augenblick später kam June, nach Luft schnappend. Nikki saß auf einem Handtuch, lehnte sich nach vorne, den Kopf in den Händen, ihr ganzer Körper zitterte. Dort wo sie saß, hatte sich der Dreck in ihre Spalte hinaufgeschoben und sickerte jetzt langsam durch ihre Hose. Stephen stieg grinsend ein, startete den Motor und schaute sich um, so weit wie es von seinem Platz aus ging. Für einen Moment war Zweifel in seinen Augen zu sehen, aber als er sprach, war nichts davon zu spüren.

„Eine Lektion gelernt, hoffe ich, Höschen?"

Ein stummes Nicken.

„Gut", sagte er. „Was wir jetzt brauchen, ist Ruhe."

Er fuhr los, gefährlich schnell die Küstenstraße entlang. Wir knuddelten Nikki und hielten sie, während das Zittern ihres Körpers langsam nachließ. Sie hatte immer noch kein Wort gesprochen, als Stephen abrupt bei einem großen Haufen Asphaltsplitt von der Straße abbog. Ich wusste, was kommen würde, und die Schmetterlinge in meinem Bauch machten sich erneut bemerkbar. Da war ein kleiner Wald, sehr dicht, und kein Platz für ein weiteres Auto, und es war noch immer draußen, mit all der erregenden Furcht, die damit verbunden war.

„Raus", befahl er. „In den Wald und in Habachtstellung in eine Reihe."

Wir krabbelten heraus und liefen zu den Bäumen, während Stephen uns mit Klapsen und Kniffen vorwärts drängte. Als wir unter den Bäumen standen, realisierte ich, dass der Wald nur etwa fünfzig Meter tief war, und sich dahinter ein weites, offenes Feld mit freier Sicht anschloss. Es schien ihn nicht zu stören.

„Gut. Poppet, Kleid aus, Oberteil aus, Stiefel, Hosen runter, Höschen, Oberteil aus."

Er fasste an seinen Schritt und schaute zu, wie wir begannen, uns auszuziehen. Ich kickte meine Schuhe weg und schob mein Kleid nach oben, während June ihre Bikinihose auszog; mein BH folgte, und dann waren wir nackt. Nikki blickte uns an, ihr tränenverschmiertes Gesicht war voller Verunsicherung. Stephen nickte, als wir wieder Habachtstellung annahmen.

Ich hoffe, Ihr fühlt euch alle angemessen bestraft?"

„Ja, Meister", antworteten June und ich im Chor.

„Dann dreht euch um und beugt euch nach vorn, Ärsche hoch, haltet Eure Knie, und ich werde euch Eure Belohnung geben."

Wir drehten uns um, um ihm unsere Hintern zu präsentieren und beugten uns nach vorn, um den Zugang zu unseren Muschis zu offerieren. Ich fühlte mich erregt, aber auch verwirrt, Nikki tat mir leid und ich war mir nicht sicher, wie sie reagieren würde. Ein Teil von mir wollte das Stopp-Wort verwenden und eine Auszeit verlangen, aber ich tat es nicht. Meine Muschi wollte einen Schwanz und es war so viel einfacher zu gehorchen.

„Rücken rein, los, zeigt die Ärsche", befahl er.

Ich gehorchte und fühlte wie sich meine Pobacken spreizten und das kleine Loch dazwischen zeigte, während ich den Geruch von erregter Muschi auffing. Stephen lachte leise, als er hinter uns trat und eine große Hand auf meinen Hintern, die andere auf Junes legte und unser Fleisch streichelte und massierte. Ein Schauer lief durch mich hindurch, als seine Finger sich zwischen meine Pobacken verirrten und mein Arschloch berührten. Ich fragte mich, ob ich wieder anal penetriert werden würde.

„So ein herrlicher Anblick", bemerkte er, „und so eine gute Position für ein Mädchen. Ich denke, alle Frauen sollte in dieser Position fotografiert werden, vielleicht an ihrem achtzehnten Geburtstag. Es wäre so gut für ihr Demutsgefühl. Also, welches Mädchen hat das Glück und ist zuerst dran?"

Ich hörte, wie sein Reißverschluss nach unten gezogen wurde und meine Muschi zuckte erwartungsvoll. June seufzte und ich drückte meinen Rücken noch weiter nach unten, um mich für den hinteren Eintritt anzubieten. Stephen kam nah zu mir, um seinen halbsteifen Schwanz zwischen meine Pobacken zu legen. Er sprach weiter, während er begann, sich in meiner Spalte zu reiben und gleichzeitig Junes Hintern liebkoste.

„Ja, mit entblößtem Hintern in der Öffentlichkeit, so sollte es sein, und viel Disziplin, und das Recht, dass jeder Mann einer Frau die Hosen herunterziehen und sie verhauen kann, wann immer sie es nötig hat."

Er lachte und klatschte auf Junes Hintern. Sein Penis war hart geworden, und er rieb seinen schwellenden und wachsenden Schaft zwischen meinen Arschbacken, bis mein Loch danach lechzte, von ihm gefüllt zu werden.

„Man stelle sich das mal vor, bei der Arbeit, die Sekretärin über den Knien des Chefs, entblößt natürlich, und es würde keine Rolle spielen, wer zuschauen würde. Oder auf dem College, die Studenten müssten sich über ihre Tische legen, den Hintern dargeboten für eine gute Tracht Prügel, einer nach dem anderen, natürlich nur die Mädchen. Auch in Parks, am Strand, jedes kleine Flittchen, das keinen Gehorsam gegenüber ihrer Respektsperson zeigt, rüber mit ihr, Hosen runter und. ….. Ah!“

Er endete mit einem Seufzer und ließ seinen Penis in meine Scheide gleiten. Ich packte meine Knie und kämpfte darum, meine Position zu halten, als er begann, mich zu ficken. Dann nahm er meine Hüften und ich keuchte meine Lust in den Wald hinaus, im Rhythmus seiner Grunzer und der schmatzenden Geräusche, die mein schlüpfriges Loch von sich gab, wenn es gefüllt wurde. Ich brauchte es, trotz aller Zweifel, ich wollte kommen und fasste mit meiner Hand zurück um meine Muschi zu finden, er jedoch zog ihn sofort heraus. Er schlug mich hart, direkt auf das Fleisch meiner Arschbacken.

„Nichts dergleichen, Poppet, du kleine Schlampe, nicht, bevor ich es sage.“

Ich nickte und nahm meine Hand weg, und präsentierte mich erneut in meiner unanständigen Position. Als ich mich jedoch umblickte, sah ich, dass er hinter June stand und sich in sie hinein schob, ihr Gesicht voller Ekstase verklärt, als der Schwanz in sie eindrang. Er begann zu ficken wobei er sie an den Hüften hielt, wie er es zuvor bei mir gemacht hatte, so dass ihre dicken, kleinen Möpse unter ihrer Brust schwangen und sie voller Genuss keuchen ließ.

Er stoppte, gerade als ihr Stöhnen in richtige Leidenschaft überging, zog seinen Schwanz heraus und ging hinter Nikki. Ich konnte ihre Ausbuchtung sehen, die in ihrer Bikinihose zwischen ihren Schenkeln hing, ihre kleinen Titten zuckten vor Erregung, ihre Nippel erigiert. Er grinste, als er ihre Bikinihose fasste, und als er sie herunterzog, sprach er weiter.

„Das hat dir gefallen, oder, Höschen?“

Sie nickte, während die Hosen um ihre Schenkel spannten, wobei der schwere Klumpen Dreck im Zwickel schwang.

„Es war nicht einfach, oder?“ fuhr er fort.

Nikki schüttelte den Kopf. Ihre Titten zitterten.

„Und trotzdem warst du froh, dass ich dich dazu gezwungen habe, oder?“

„Ja, Meister“, sagte sie, ihre ersten Worte seit sie den Strand verlassen hatte.

Er legte seinen Schwanz in ihre Pospalte und begann, ihn darin zu bewegen, während er weiter sprach.

„Ich weiß, dass du froh warst, und ich schätze sowohl deine Erregung als auch die Geste. Du gehörst wahrhaftig mir, oder?“

„Ja, Meister. Wahrhaftig, Meister.“

Ihre Stimme war heiser, voller Leidenschaft, und sie weinte wieder. Er lachte leise und ließ seinen Schwanz tiefer gleiten, in ihr Loch. Sie schrie auf in blinder Ekstase, schüttelte ihren Kopf und spannte ihre Beine an, während sie gefickt wurde.

„Darum“, keuchte er, „habe ich meinen Saft für dich aufgehoben. Ihr zwei Huren, ihr könnt Eure Mösen reiben.“

Das machte ich. Ich fühlte einen Groll in mir, fühlte mich fast missbraucht. Er hatte von uns verlangt, dass wir uns in der Öffentlichkeit präsentieren, zwei Mal, dass wir völlig Fremde leckten, unsere entblößten Brüste und Hintern zeigten, nach seinem Befehl, zu seiner Unterhaltung. Jetzt ließ er uns in einer Reihe aufstellen, nackt, um betastet zu werden,

nackt, um gefickt zu werden, und sein Schwanz steckte in Nikkis Muschi, der ein Ball zwischen den Beinen hing, von dem hundert, vielleicht sogar zweihundert Leute gedacht hatten, es sei ihr Scheißhaufen.

Meine Hand war an meiner Muschi und rieb sie, während die ganze Wucht dessen, was er uns angetan hatte, durch meinen Kopf rauschte, wie er uns erniedrigt hatte, um mich kommen zu lassen, um June kommen zu lassen, um Nikki zu versklaven, weil es das war, was wir wollten, und was sie brauchte.

Ich brauchte ihn nicht, aber ich brauchte das, was er mit mir machte. Ich wünschte mir, wir könnten alle zusammen gefickt werden, immer wieder, ein Mann, der unsere saftigen Muschis nimmt, der seinen Schwanz hineinstößt, wieder und wieder, auch hoch in unsere Ärsche, der uns in unserem eigenen Saft vögelt, und in seinem Saft, das Sperma läuft unsere Haut herunter, und wir sind offen für seinen Schwanz, und noch einen, und noch einen……..

Meine Muschi war heiß und schlüpfrig vor Saft, ich fühlte, wie sich mein Arschloch zusammenzog, und ich kam. Ich schrie meine Lust hinaus, ohne Gedanken daran, dass es jemand hören könnte. Junes Orgasmus kam, als meiner gerade abebbte, und im letzten Moment packte ich sie und küsste sie hart auf den Mund. Meine Lust kam zurück, und wir ließen uns gemeinsam davontragen, sanken auf unsere Knie, rieben uns, mein Orgasmus klang aus in einer Reihe von köstlichen, kleinen Schocks. Stephen grunzte voller Ekstase, und meine Muschi zog sich in einem letzten exquisiten Zittern zusammen, bei dem Gedanken daran, dass er in Nikkis Geschlecht gekommen war.

Sie nicht, aber wir kümmerten uns darum, indem wir sie in unsere Arme nahmen, während Stephen in sich zusammensackte und sich keuchend an einen Baum lehnte. Von seinem Schwanz tropfte weißer Saft. Während wir mit Nikki knuddelten, glitt meine Hand zwischen ihre Schenkel und fand ihre Muschi, die ganz glitschig war von Sperma und Saft, und dreckig von Lehm. Ich fand ihre Klitoris und rieb sie in schnellem Rhythmus, bis aus ihrem Zittern plötzliche, starke Zuckungen wurden und aus ihren tiefen Atemzügen hilflose Grunzer und Schreie.

Wir hielten sie, umfassten sie die ganze Zeit, küssten und streichelten ihren Körper und sprachen leise mit ihr, bis die letzten Kontraktionen abebbten. Ich hielt sie immer noch umfasst, und ich fragte mich, ob sie wirklich mit dem, was sie getan hatte, umgehen konnte, aber sie kam lächelnd hoch, verlegen, aber glücklich.

„Am besten, wir gehen zurück, Mädchen“, sagte Stephen außer Puste, und seine Rolle litt etwas unter den Nachwirkungen des Orgasmus. „Und zieht Eure Sachen an; ich weiß nicht, ob wir hier wirklich sicher sind.“

Ich nickte zustimmend und suchte mein Kleid. Wie ihn, hatte mich meine Gier blind für den gesunden Menschenverstand gemacht, aber es war nichts passiert, und das war, was zählte. Ich machte mir nicht die Mühe, mein Bikinioberteil anzuziehen, und June schon gar nicht, linste nur durch die Büsche, um zu prüfen, dass keine Autos kamen, bevor sie mit nacktem Po in den Mondeo huschte. Nur Nikki zog sich komplett an, machte ihr Oberteil zu und schüttelte den größten Teil des Drecks aus ihrer Hose, bevor sie sie hochzog. Dann rannte auch sie zum Auto, während sie mit einer Hand ihren Hintern bedeckte. Stephen gab ein trockenes, leises Glucksen von sich, als er sie sah, und folgte ihr.

Im Auto machte sich June wieder anständig zurecht, indem sie ihr Kleid anzog. Wir fuhren los und erreichten das Cottage rechtzeitig, um noch schnell eine Tasse Kaffee zu trinken, bevor wir für Stephen ein einfaches Abendessen vorbereiteten. Er fuhr gleich anschließend los, etwas überstürzt, es gab nicht mehr als ein Küsschen und ein Tätscheln unserer Pos als wir uns vor dem Cottage von ihm verabschiedeten. Ich ließ ihn aus dem Tor hinaus und schaute dem wegfahrenden Auto mit einer Mischung aus Erleichterung und Bedauern hinterher.

Acht

Nachdem Stephen gegangen war, waren wir alle etwas melancholisch, vor allem Nikki. Er hatte sie tiefer in die Unterwerfung gezwungen, als sie erwartet hatte, vielleicht sogar tiefer, als sie dachte, dass sie gehen könnte. Das verstärkte ihre Gefühle, ihm ganz gehören zu wollen, als sein Eigentum behandelt zu werden. Dafür musste er aber selbst da sein, das Wissen um seine Position als ihr Meister war nicht genug. Ich brachte es daher einfach nicht übers Herz, ihr die Wahrheit zu sagen, auch wenn ich es noch so verzweifelt wollte, und das verdarb mir wiederum die Freude und machte mich wütend auf ihn. Es war alles ganz recht und schön für ihn, dass er sie dahin führte, wo sie hin wollte, aber je tiefer sie ging, desto mehr brauchte sie seine Unterstützung. Letzten Endes würde er ihr diese Unterstützung nicht geben können, und er wusste das. Sie war stark, und am Ende würde es sich als eine wertvolle Erfahrung erweisen, aber das entschuldigte ihn nicht.

Ich musste den Leihwagen am Morgen zurückbringen, so dass ich fahren musste. Ich fuhr in der Dämmerung los und verabschiedete mich mit einer letzten Umarmung von Nikki und June. Es war viel Rückreiseverkehr auf den Straßen, und ich kam nur langsam voran, aber meine Stimmung stieg bei dem Gedanken an meine Rückkehr zu Gabrielle. Als ich schließlich ankam, war sie noch auf, las Zeitung und trank einen Schluck Wein. Wir hatten kaum ein Wort gewechselt und gingen sofort ins Bett - zum Küssen, Knuddeln, Hauen und schließlich Lecken. Erst als wir beide gekommen waren und zusammen im Dunkeln lagen, fragte sie mich, wie mein Wochenende war.

„Also, wie war unser Freund Stephen Stanbrook?"

„Nicht schlecht, aber auch nicht überwältigend."

„Ja?"

„Er ist ein Anfänger, um ehrlich zu sein, und für einen Mann seines Alters weiß er nicht viel. Was er tut, ist vom Internet aufgeschnappt oder von Fat Jeff."

„Was hat Jeff gesagt?"

„Ich bin sicher, nicht viel, sonst wüsste Stephen von dir. Ich nehme an, einfach nur dreckiges Gerede im Pub."

„Das hoffe ich."

„Stephen hat mich gedobbt, mit Ei und fettigem Speck und brachte mich von seinem Sperma zum Würgen. Er stieß ihn in meinen Arsch und ließ auch Nikki an ihm saugen, nachdem er mich mit Käsesauce geölt hatte."

„Ja, wie ich sehe, hat er Jeff gut zugehört."

„Die Sauce war meine und Junes Idee. Sie haben ein Barbecue mit mir gemacht – so in der Art. Nein, die Sache mit Stephen ist die, dass er gerne Mr. Military sein möchte, mit Uniformen und jeder Menge Regeln und Instruktionen. Es gibt ein Bestrafungsbuch, und er erwartet, dass wir alles eintragen, was wir falsch gemacht haben. Das ist großartig, aber es werden nicht alle Verfehlungen bestraft und er verliert die Beherrschung, sobald sein Schwanz hart wird. Bei Anna musste ich alles aufschreiben, was ich falsch gemacht hatte, und welche Strafe ich dafür bekommen hatte. Und ich hatte sie bekommen, jedes Mal, nicht mehr und nicht weniger. Ich hasste es, und das hat mich so hart werden lassen, aber wenn ich gut war, wurde ich nicht bestraft. Bei Stephen weiß ich, dass ich ohnehin bestraft werde, ob gut oder schlecht, und wenn er sein Sperma erst einmal losgeworden ist, kann ihn nichts mehr stören. Das nimmt einem die Furcht vor ihm. Ich würde ihm sechs von zehn Punkten geben."

„Hat man seine Unsicherheit gemerkt?"

„Nein, er spielt den Meister rund um die Uhr, und er ist voller Selbstbewusstsein."

„Was ist mit seiner Frau?"

„Kein Wort über sie, und nicht ein einziger Hinweis auf ihre Anwe-

senheit im Cottage. Er ist gewissenhaft, das muss ich ihm lassen."
„Wirst du wieder runter gehen?"
„Ja, am Wochenende, und du kommst mit mir."

Das konnte sie natürlich nicht, aber ich schaffte es, sie zu überzeugen, sich in der nächsten Woche ein paar Tage frei zu nehmen, und sie versprach, dass sie das tun würde. Ich stand früh auf, um die Parkplatzprobleme zu vermeiden, und war aus Wembley wieder zurück, bevor Stephen zu seinem Termin erschien. Ich richtete mich schnell auf meinem Horchposten ein, dieses Mal mit einem Kaffee und einem Stück Pilzquiche, das von Gabbys Mittagessen übrig geblieben war.

Es war seltsam, seine Stimme in so einem anderen Zusammenhang zu hören, und als sie die Einleitung durchgingen, erwartete ich fast, er würde Gabby befehlen, sich auszuziehen und zum Auspeitschen vornüber zu beugen. Stattdessen war das Höchste, was er an Befehlen von sich gab, zu fragen, ob er noch etwas Milch für seinen Kaffee haben könnte. Sobald das geregelt war, wartete sie den richtigen Augenblick ab und ließ ihm Zeit, seine Gedanken zu ordnen. Nachdem er etwas Kaffee geschlürft hatte, sprach er.

„Ich habe meine Meinung geändert."

„Bezüglich des Selbstwertgefühls Ihrer Freundinnen?"

„Ja, ich weiß jetzt, dass es einer immensen inneren Stärke bedarf, um mit dieser Art von Dingen umzugehen, die sie erregt; um Dinge zu tun, die ich völlig erniedrigend finden würde, die sie aber glücklich machen."

„Ich verstehe. Und das kam zustande, weil Sie mehr Zeit mit ihnen verbracht haben?"

„Ja, Alle drei Mädchen waren im Cottage. Nicola und June haben Poppet mitgebracht, als Überraschung für mich. Sie haben sich das ganze Wochenende als meine Sklaven benommen."

„Und Sie, als Meister, fühlten sich in der Lage, das ohne Bedenken zu akzeptieren?"

„Ich habe meine Rolle gespielt, ja, und ich habe es genossen. Die Bedenken, die ich hatte, haben sich schnell verflüchtigt. Sie erinnern sich, dass ich sagte, ich hätte immer das Gefühl gehabt, dass Frauen. … das die weibliche Sexualität im Wesentlichen passiv ist, etwas Gebendes?"

„Ja, ich erinnere mich."

„Ich hatte Unrecht. Während all dieser Jahre mit Kate - ich dachte, dass es etwas ist, was sie gibt. ...... etwas, was sie genießt, sicher, aber auf das sie auch genauso gut verzichten könnte. Nicht so bei diesen Drei. Ihre Bedürfnisse sind genauso stark wie meine."

„Das ist eine wichtige Erkenntnis."

„Ist es das? Jetzt habe ich das Gefühl, dass ich mein ganzes Leben lang betrogen wurde!"

Er stieß ein bitteres Lachen aus. Ich schüttelte den Kopf. Es ging nicht darum, jemand zu befriedigen.

„Als ich das erst einmal realisiert hatte", fuhr er fort, „dachte, ich, ihre Unterwerfung sei so etwas wie ein Drang, ein Hunger, etwas, das sie ausdrücken müssen, mit dem sie aber danach nicht glücklich sind ..... wenn sie gekommen sind."

„Fast eine männliche Sichtweise."

„Wenn Sie meinen. Es ist trotzdem nicht richtig. Sie tun es, dann lachen sie darüber und anschließend necken sie sich gegenseitig."

„Sie können also jetzt akzeptieren, dass sie in ihrer eigenen Sexualität gefestigt sind?"

„Ja, und ich wünschte, ich wäre es auch! Nein. ..... ich bin es; ich habe so etwas noch niemals erfahren – das Vergnügen, diese Drei als meine Sklaven zu haben. Es ist nicht nur das Körperliche, die ganze Situation gibt mir dieses unglaubliche Gefühl von Wohlbefinden."

„Und Sie haben jetzt das Gefühl, dass Ihre Beziehung mit Kate unbefriedigend ist?"

„Offen gesagt, ja. Ich meine, verstehen sie mich nicht falsch, der Sex mit ihr ist großartig, physisch, und auch mental, wirklich, aber ich fühle mich nicht. ..... nicht.."

„So männlich?"

„Ich weiß es nicht. In einer Hinsicht schon, wenn ich sie befriedigen konnte, aber ich hatte immer das Gefühl, als würde sie es für mich machen, und nicht für sie selbst, als würde ich ein Almosen annehmen. Bei den Mädchen ist das ganz anders. Sie geben mir das Gefühl, dass sie mich brauchen, dass ich genauso viel gebe, wie ich bekomme, vielleicht sogar mehr."

Das waren Neuigkeiten, nach seiner „Abspritzen und Weg – Haltung", um einen von Jeffs Sprüchen zu verwenden. Nach dem, was er sagte, gäbe es noch Hoffnung für Nikki, auch wenn es auf Kates Kosten wäre, so dachte ich, während er weiter sprach.

„Nicht dass ich Kate jemals verlassen könnte. Ich werde nicht einer dieser Mistkerle sein, die in die Midlife-Krise kommen und dann mit einem Mädchen durchbrennen, das halb so alt ist. Und dann ist da das Haus, das ihr gehört. Genauso wie das Cottage. Und ich werde wohl nicht erwarten können, nach einer Scheidung viel zu bekommen, wenn ich mit drei Mädchen eine SM-Beziehung eingehe."

Wieder lachte er bitter. Es war etwas pathetisch – er tat sich selbst leid wegen einer Situation, die er sich selbst zuzuschreiben hatte. Gabrielle antwortete in neutralem Tonfall, so professionell wie immer, während ich ein Stück Quiche nahm.

„Hier gibt es einen Konflikt, eindeutig..."

Ein Ende der Quiche brach ab und fiel direkt in mein Dekolleté.

Die nächsten drei Tage war ich sehr, sehr lieb zu Gabby. Ich trug ganz selbstverständlich meine blaue Kinderschwester-Uniform, nahm sie jeden Abend nach der Arbeit an die Hand und spielte immer den gleichen Ablauf mit ihr durch. Zuerst zog ich sie aus und badete sie, dann trocknete ich sie ab, puderte sie und schmierte etwas Creme auf ihr Arschloch. Dann ging es ins Spielzimmer, wo ich ihr die Windeln anzog und sie an meiner Brust nuckeln ließ, bevor ich sie ins Bett brachte und fütterte. Wenn sie sich nass machte, machte ich sie sauber, gab ihr liebevolle Klapse, und zog ihr eine neue Windel an. Zu diesem Zeitpunkt war sie meistens bereit, zu kommen. Ich befriedigte sie, kuschelte ihren Kopf an meine Brüste, und schob eine Hand an der Vorderseite ihrer Windel nach untern, was dazu führen konnte, dass ich selbst den Wunsch nach einem Orgasmus verspürte. Ich bekam ihn, indem ich auf ihrem Gesicht saß und sie meine Muschi und mein Arschloch leckte, was zwar eine leichte Abwandlung ihrer Fantasie war, aber eine, der sie sich immer glücklich hingab.

Die ganze Woche über hielt ich sie in bester Stimmung; sie nannte mich ihr ‚Bobonne' und behandelte die anspruchsvollsten ihrer Kunden, ohne dass viel mehr als ein Fünkchen an Irritation zurück blieb. Ich hatte mich entschieden, gleich am Freitag morgen mit dem Zug runter zu fahren, weil ich hoffte, Nikki in die Freuden analer Spiele einzuweisen, bevor Stephen dazu kam, ihr seinen Schwanz in den Po zu stecken, und June vielleicht auch.

Ich wusste, dass die Mädchen Donnerstagabend nicht im UK Masters und Slaves – Chatroom sein würden, vielleicht aber Stephen. Ich wollte sehen, wie er sich mir gegenüber verhalten würde, wenn die beiden nicht dabei waren, und auch, was er über das Wochenende sagen würde. Nachdem ich Gabby ins Bett gebracht und etwas gegessen hatte, setzte ich mich also mit meinem Weinglas vor den Computer und loggte mich ein. Tatsächlich war er da und legte sofort eine Flüsterbox für mich an. Ich antwortete, in der Erwartung einiger unanständiger Befehle, aber er tauschte nur Nachrichten aus, in denen er mir mitteilte, dass er Uniformen für mich gekauft hatte und um zu bestätigen, dass ich das ganze Wochenende im Cottage sein sollte. Er sagte dann, dass die Verantwortlichen sich darüber beklagt hätten, dass zu viele Leute im Chat flüsterten und schlug vor, wieder zur Hauptplattform zurückzukehren. Das tat ich und antwortete hastig auf die Begrüßungen.

Poppet: „Hallo zusammen. Ich wurde abgelenkt."

Schwarzer Ritter: „Nicht geflüstert, hoffe ich, Poppet?"

Poppet: „Nein, Meister."

Schwarzer Ritter: „Gut. Mach es nicht."

Poppet: „Ja, Meister."

Sein nächstes Posting war die Antwort an irgendjemand anderen, einen Neuling, der etwas über die Etikette in der Gruppe wissen wollte. Gabby hatte sich in ihr Bett gehockt, mit einem Schnuller im Mund und einem Röhrchen in ihrem Po. Ihre Klistierspritze lief langsam, sodass ich mir keine Gedanken machen musste, und mich weiter mit der Unterhaltung befasste, und mich dann einschaltete. Sie diskutierten über Piercings und Tattoos, wozu ich nicht viel sagen konnte und ausnahmsweise hatte ich einmal mehr Fragen als Antworten. Nach einer Weile flauten die Nachrichten ab, dann kam die, die ich erhofft hatte.

Schwarzer Ritter: „Keine Höschen und Stiefel diese Woche?"

Der Meister: „Sie sind weg."

Eine weitere Pause, irgendwie abwartend.

Mr. Big: „Wie wär's mit etwas Virtuellem?"

Schwarzer Ritter: „Ja, ein virtuelles Piercing."

Der Aufseher: „Wir könnten Poppets Schamlippen nehmen und sie anketten."

Schwarzer Ritter: „Meister, wir sollten abstimmen."

Poppet: „Ich möchte nicht gepierct werden. Wie wär's mit einer netten Tracht Prügel?"

Schwarzer Ritter: „Ruhe."

Der Aufseher: „Das wird für dich eine wichtige Lektion in Unterwerfung sein. Du solltest es lieber kleinlaut akzeptieren."

Ich wollte ihm gerade antworten, was ich von ihm dachte, als ein blaues Nachrichtenkästchen am Ende des Bildschirms erschien und ein Flüstern signalisierte.

Mr. Big: „Hallo Poppet. Kümmere dich nicht um diese Arschlöcher. Rede mit mir."

Ich empfand ein plötzliches Gefühl der Dankbarkeit.

Poppet: „Klar."

Mr. Big: „Du magst also virtuelles Piercing nicht."

Poppet: „Ich steh nicht wirklich drauf."

Mr. Big: „Wie wär's mit etwas anderem?"

Poppet: „Vielleicht."

Mr. Big: „Dann zeig etwas Respekt."

Manchmal machen zwei Anführungszeichen den Unterschied.

Poppet: „Bitte, Mr. Big, tun Sie mir nicht weh, Sir!"

Ich wünschte, es gäbe ein Sarkasmus-Symbol, um zu zeigen, dass ich ihn nur necken wollte, aber er schien es auch so zu verstehen.

Mr. Big: „Achte auf deine Manieren, junge Dame, oder du landest geradewegs über meinen Knien."

Poppet: „Entschuldigung, Sir."

Mr. Big: „Entschuldigung akzeptiert."

Poppet: „Werden Sie mich schlagen, Sir?“

Mr. Big: „Nein, ich habe eine andere Idee für dich.“

Poppet: „Ja, Sir?“

Mr. Big: „Ja. Du bist doch das Mädchen, das sich gerne in die Hosen macht?“

Es hatte keinen Sinn, das zu leugnen.

Poppet: „Ja, woher wissen Sie das?“

Mr. Big: „Stiefel hat es mir erzählt.“

Das würde June mir büßen. Nicht, dass es mir etwas ausmachen würde, und durch die Tatsche, dass er es wusste, wurde mein Wunsch nach Unterwerfung wach gekitzelt, und durch sein Auftreten meine Unanständigkeit.

Poppet: „Was werden Sie dagegen tun, Sir?“

Mr. Big: „Dich zwingen, es zu tun. Was trägst du?“

Poppet: „Eine Kinderschwester-Uniform.“

Mr. Big: „Wirklich?“

Poppet: „Ja, wirklich.“

Mr. Big: „Bist du eine richtige Kinderkrankenschwester?“

Poppet: „So ähnlich.“

Mr. Big: „Nett. Beschreibe deine Uniform.“

Poppet: „OK. Sie ist aus hellblauem Baumwollstoff, mit einem weißen Kragen und einem Gürtel. Es gibt auch einen kleinen, weißen Hut.“

Mr. Big: „Hübsch. Wie kurz ist der Rock?“

Poppet: „Bis kurz über meine Knie.“

Mr. Big: „Was für Schlüpfer trägst du?“

Poppet: „Große weiße. Und Kniestrümpfe.“

Mr. Big: „Ich denke, ich werde dich in Unterhosen schlagen.“

Poppet: „Dann nimm deinen Schwanz raus.“

Mr. Big: „Hab ich jetzt. Bist du bereit, dir in die Hosen zu pinkeln?“

Poppet: „Noch nicht ganz. Sag mir, wer du bist und was du gern magst.“

Mr. Big: „Ich mag hübsche Krankenschwestern, die sich in die Hose pinkeln.“

Poppet: „Sag's mir.“

Es gab eine Pause. Ich nahm einen großen Schluck Wein. Ich hätte pinkeln können, gerade auf der Stelle, aber es gab keine Spritzmatte. Ich war mir nicht sicher, ob mich das wirklich kratzte. Eine Sauerei wäre nicht schlecht. Ich müsste runter auf den Boden gehen und es aufwischen, noch in meinen nassen Hosen.....

Eine Nachricht blinkte auf.

Mr. Big: „Ich wichse jetzt, Poppet. Wenn du hier wärest, würde ich meinen dicken Schwanz geradewegs in deine Möse stecken. Ich würde dich an den Stuhl binden, rücklings, damit dein Arsch herausgestreckt ist. Ich würde deinen Rock hochschieben. Du müsstest Wasser trinken, eine Menge. Ich würde warten, bis du dir in die Hosen gemacht hast. Dann würde ich dich ficken, während dein Urin noch aus deiner Möse kommt und über meine Eier läuft."

Poppet: „Du müsstest mich nicht festbinden!"

Mr. Big: „Ich will dich festbinden. Ich will dich wehrlos. Ich will, dass du es hasst. Ich will, dass du dich wehrst und über mich fluchst und mich einen Mistkerl nennst, während mein Schwanz sich in dein verpinkeltes Loch bohrt."

Ich begann, einen milden Tadel einzutippen, in der Hoffnung, zu meiner eigenen Fantasie zurückzufinden, dann änderte ich meine Meinung.

Poppet: „Aber du kannst es nicht, oder, Mr. Big. Das einzige, was du kannst, ist dazusitzen mit deinem kleinen Billy in der Hand und an mich zu denken, und was du mit mir machen würdest, wenn du hier wärest. Aber das bist Du nicht, also tschüss!"

Ich endete mit einem kleinen, gelben, winkenden Smiley und schloss die Box. Die anderen waren noch immer voll dabei, einschließlich Stephen, aber ich hatte keine Lust mehr. Ich war erregt und übermütig, und nicht die Spur gehorsam, zumindest nicht bei so einem Haufen von arroganten, ignoranten Möchtegern-Doms. Ich lachte, als ich die Verbindung abbrach. Mr. Big würde wahrscheinlich kurz vor dem Explodieren sein, und sein Schwanz so hart, dass er es selbst zu Ende bringen müsste. Ich war sicher, dass er von mir fantasieren würde, aber er würde es tun mit dem sicheren Wissen, dass er mich nie würde haben können.

Es gab Mitgliederprofile, und ich überprüfte seines, einfach nur um zu sehen, wen ich gepeinigt hatte. Er hatte kein Bild eingestellt, aber er klang nach Mr. Durchschnittlich, fünfundvierzig, Leiter eines Großmarkts in

Coventry, eins zweiundsiebzig groß und schlank. Das war alles, mit Ausnahme seiner Eintragung als Dominus.

Ich musste immer noch in mich hineinlachen, als ich ins Schlafzimmer ging, um nach Gabby zu sehen. Sie war immer noch so, wie ich sie verlassen hatte, nackt auf dem Bett zusammengerollt, mit Schnuller und der Klistierspritze im Anus.

„Bist du soweit?“ fragte ich sie.

Sie schüttelte den Kopf. Ich ging zurück, um meinen Wein auszutrinken, und überlegte, was ich tun sollte. Ich wusste, dass Mr Big in seiner Wohnung in Coventry sitzen würde, wahrscheinlich voll mit Sperma, das über seine Hand lief. Es war lustig, und ich war sicher, dass er wütende Gedanken über mich hegte und sich vielleicht einige grässliche, sexuelle Revanchen ausdachte.

Gabby würde bald fertig sein, aber nach all meinem Benehmen hatte mich Mr. Big jetzt doch angemacht, und ich war in einer unanständigen Gemütsverfassung, allerdings nicht in einer dominanten. Drei Nächte lang hatte ich Kindermädchen gespielt und habe meine Rolle nur verlassen, wenn ich auf ihrem Gesicht saß. Es machte mir zwar nichts aus, aber jetzt war ich in der Stimmung für etwas weniger Passives von ihrer Seite.

Ich zog meinen Rock hoch, gerade so weit, dass ich meine Muschi durch den Schlüpfer streicheln konnte, während ich meinen Wein schlürfte. Mein Zwickel war feucht, aber, für den Fall, dass er so richtig nass werden sollte, war der Druck in meiner Blase noch nicht stark genug. So streichelte ich mich und trank und fühlte, wie sich der Druck langsam aufbaute, während ich mir vorstellte, wie ich auf Händen und Knien meinen eigenen Urin mit meinem Schlüpfer aufwischte, der eng und nass über meinem Hintern spannte und zu sehen war, weil irgendein bösartiger, alter Drachen von Oberschwester mich gezwungen hatte, den Rock meiner Schwesterntracht hochzuziehen.....

Alles, was ich brauchte, war die bösartige, alte Oberschwester, und ich konnte nichts dagegen tun, dass mich kurz nach Anna verlangte. Aber ich konnte die Fantasie halten, die so ähnlich war, besser, anders.

Ich stand auf, etwas schwindlig, und ging ins Spielzimmer. Gabby hatte sich auf den Bauch gedreht, das Röhrchen ragte immer noch zwischen ihren kleinen, rosa Pobacken heraus. Sie drehte sich zu mir um, und ich sah, dass ihre Augen verhangen und halb geschlossen waren. Sie war in einem Stadium von verschlafener, ungehemmter Glückseligkeit, ein Stadium, für das sie so lange brauchte, bis sie es erreichte, das aber am Ende zu den besten, schmutzigsten Sexspielen führte. Sie war fertig, und ich drehte den Verschluss der Klistierspritze ab, zog sie auf und drückte sie nach unten, um das restliche Wasser in ihren Po zu spritzen. Sie gab ein kleines Wimmern von sich und vergrub ihr Gesicht im Kopfkissen.

„Bist du dann soweit?" Gut. Entspann dich und streck ihn ein bisschen weiter hoch."

Ich schlug leicht auf ihren Po und sie gehorchte. Ihre Pobacken teilten sich und ließen den schimmernden Ring ihres Arschlochs sehen, mit der weißen Plastikdüse, die aus der Mitte herausragte. Sie seufzte, als ich sie herauszog. Ihr Arschloch schloss sich und bildete einen nassen, rosa Stern.

„Hoch", befahl ich.

Sie erhob sich vom Bett und ich nahm ihre Hand. Den Daumen schob sie in ihren Mund, als sie mir ins Badezimmer hinterher trottete, wo sie stehen blieb und mich mit ihren schönen, hellen Augen ansah.

„Dreh dich um und leg dich über die Badewanne, die Beine breit."

Ihr Mund öffnete sich etwas, als sie den Daumen herauszog. Sie warf mir einen zweifelnden Blick zu, während sie sich nach vorne beugte. In dieser Stellung, vornüber gebeugt, ihren niedlichen, rosa Po herausgestreckt und ihre langen Beine weit gespreizt, konnte ich jedes Detail ihrer entblößten, rosa Muschi sehen, ihre Spalte feucht und bereit. Auch ihr Arschloch war gedehnt, nach außen gedrückt durch das Wasser im Inneren. Ihr Ring zitterte, als sie versuchte, ihr Klistier drin zu behalten, aber sie leckte ein wenig, und ein Rinnsal mit Wasser kam aus ihrem Loch, lief ihre Pobacken hinunter und tropfte von ihrer Muschi

„Lass es los, Gabby", hauchte ich.

Sie stöhnte, aber es gab kein Zögern. Ihr Arschloch dehnte sich, öffnete sich und der Inhalt Schoß heraus, auf den Heizkörper und überall auf den Boden – ein dicker, heller Strahl. Sie keuchte und nuschelte vor sich hin, als es kam, während sie sich an der Badewanne festklammerte.

Es hörte auf, brach abrupt ab. Ihr Arschloch war geschlossen, pulsierend und nass, das glänzende rosa Zentrum entfaltete sich wie eine kleine Blume.

Ein kleines Wimmern kam aus ihrer Kehle, als sich ihr Loch erneut öffnete und der Inhalt auf den Boden floss, immer mehr, ein Strahl nach dem anderen, zum Klang ihrer Keucher und Schluchzer, jeder etwas kleiner als der vorherige. Ich streichelte mich selbst, während ich zuschaute, eine Hand fest auf die Vorderseite meines Rockes gepresst, bis schließlich ihr Arschloch aufhörte zu pulsieren.

„Bist du fertig?"

Ein letztes Rinnsal mit Flüssigkeit quetschte sich aus ihrem Arschloch und tropfte von ihren Schamlippen herunter. Sie nickte keuchend und ihre weichen, braunen Haare schwangen mit der Bewegung hin und her. Als sie aufstand, öffnete sich ihr Anus noch einmal, und ein letzter Rest kam heraus. Ihr ganzer Körper zitterte, ihre Augen strahlten und waren weit geöffnet, ihre Nippel voll erigiert.

„Schau was du gemacht hast, du unanständiges Mädchen!" blaffte ich. „Jetzt muss ich es saubermachen. Stell dich in die Dusche, sofort!"

Sie ging schnell hinein und zog den Vorhang zu ihrem Körper, so dass nur noch ihr Kopf zu sehen war. Ich nahm den Eimer und einen Lappen, ging auf meine Knie, zog meinen Rock hoch, damit er nicht nass wurde, und begann den Boden aufzuwischen.

In meiner Vorstellung stand die Oberschwester über mir, eine riesige Frau mit massigen Brüsten und Hüften, viel größer als ich, größer in jeder Beziehung, und furchtbar kräftig. Ihre muskulösen Armen waren vor der Brust verschränkt, ihr rotes Gesicht voller Missfallen und Ekel, aber auch voller Grausamkeit. Ich bat darum, pinkeln zu dürfen, aber sie verbot es mir, und sagte, dass ich zuerst den Boden blitzblank wischen müsste. Ich wusste, dass ich es nicht halten konnte. Ich wusste, dass es in meine Hosen gehen würde. Ich wusste, das war es, was sie wollte.

Ich arbeitete langsam und meine Gefühle bauten sich zusammen mit dem Druck in meiner Blase auf. Ob ich wollte oder nicht, es war kurz davor zu passieren, bald, in meine Hose, meine Beine hinunter, über den ganzen Boden, auf dem ich mich selbst befriedigte. In meiner Fantasie lachte die dicke Oberschwester über mich, als der nasse Strahl über den Hosenboden meines Schlüpfers spritzte, und gelbe Flüssigkeit durch meinen Zwickel sickerte und an meinen Schenkeln hinunter rann. Als ich fertig war, nahm sie ihre Tracht hoch, zog ihre riesigen, weißen Unterhosen zur Seite und urinierte beiläufig auf meinen Kopf.

Das könnte ich haben, in Wirklichkeit, nicht von einer Oberschwester, sondern von Gabby. Ich schaute hoch und unsere Augen trafen sich.

„Gabby, kannst du pinkeln?"

Sie nickte.

„Ich werde es auch tun, jeden Moment, in meine Hose, und mich reiben. Wenn ich komme, pinkel auf meinen Kopf."

„Mache ich."

Ich lächelte und ging zurück zu meiner Fantasie und wischte den Rest ihrer Sauerei auf, bevor ich es im Klo herunterspülte. Dann zog ich meinen Rock hoch, sodass mein Schlüpfer zu sehen war. Ich hätte es sofort tun können, aber ich müsste nur noch ein bisschen abwarten und mir würde ein wahrhaft großartiges Missgeschick passieren, das so viel intensiver wäre. Ich ging erneut auf die Knie, um die Kacheln abzuwischen. Der Drang verstärkte sich, bis ich keuchte und meine Zehen anzog, meinen Kopf schüttelte und meine Arschbacken zusammenkniff.

Und dann kam es – ein plötzlicher Schmerzensstich brach meinen Willen, es zurückzuhalten, und es Schoß in den Zwickel meines Schlüpfers. Dann lief es in einem stetigen, vollen Strahl durch den gespannten Stoff, über meine Muschi und platschte auf den gerade gereinigten Boden. Ich fühlte, wie es in meinen Schlüpfer sickerte, nach oben bis zu meiner Muschi, nass und heiß auf meiner Haut.

Ich fasste nach unten zu meiner Muschi, fühlte das weiche Fleisch und den uringetränkten Stoff und die Flüssigkeit, die hindurch lief. Mein Mund öffnete sich; ich zerrte an meinem Schlüpfer und zog das nasse Material nach oben in meine Spalte, sodass Urin zwischen meine Arschbacken und gegen meine Klitoris spritzte. Ich spürte, dass ich kommen konnte, gegen meinen Schlüpfer, was Fat Jeff und Monty als ‚Hosenwichser' bezeichneten, die typische Klein-Mädchen-Art.

Gabby kam aus der Dusche, als ich begann, heftig an meinem Schlüp-

fer zu ziehen. Mein Urin versiegte, aber es spritzten immer noch ein paar Tröpfchen herum, als ich mit meinem Po wackelte und an mir herumzerrte. Ich hörte auf, mein Urinloch schloss sich und sofort spürte ich, wie sich das Gefühl in meiner Muschi veränderte. Ich würde gleich kommen, nur noch ein paar feste Züge an meinem durchnässten Schlüpfer.....
..... und dann ergoss sich Gabbys Strahl über meinen Kopf, über mein Gesicht, in meine Haare und meinen Rücken hinunter. Ich musste schreien und kam - in meinem Kopf wirbelten schmutzige Gedanken herum, während mein Schatz über meinem Kopf urinierte. Sie war es – und in meinen Gedanken die massige Oberschwester, und June, und Nikki, alle pinkelten auf mich, während ich mich selbst mit meinem eigenen, feuchten Schlüpfer in blinde Ekstase rieb. Meine Muskeln zitterten, meine Brüste wackelten in meinem BH, mein Arschloch und meine Muschi zuckten, und die ganze Zeit spritzte Gabbys Urin in mein Haar, tropfte von meinem Pony herunter, weiter und weiter, während ich es hielt und hoffte, es würde nie enden.

Als es schließlich abbrach, setzte ich mich auf, direkt hinein, atmete schwer, und der letzte Rest ihres Urins tropfte auf den Boden und in meine Haare. Ich war gekommen, aber es war noch nicht vorbei, und ich zwang mich, mich nicht zu entspannen. Die Oberschwester würde mich an meinen nassen Haaren packen und mein Gesicht in ihre Muschi drücken... nein in ihre Möse. ... ihre riesige, stinkende Möse, und mich zwingen, sie zum Orgasmus zu lecken. Nicht Gabby, aber ich wollte ihr geben, was sie mir gegeben hatte, alles was sie wollte. Ich schaute hoch durch meinen nassen Pony, die Augen halb geschlossen.

„Jetzt du. Was möchtest du? Alles, du musst es nur sagen..."

„Pfleg mich. Bring mich hin, so wie du es möchtest, aber mach langsam."

„Das werde ich. Lass uns duschen."

Sie verschwand hinter dem Duschvorhang und einen Augenblick später rauschte das Wasser. Ich zitterte immer noch etwas, während ich meine nassen Kleider auszog und sie in den Wäschekorb stopfte. Sie wollte, dass ich die Verantwortung trug, und ich wollte, dass es etwas Besonderes wurde, anders, da ich gleich am nächsten Morgen früh nach Dorset aufbrechen würde. Die Idee kam mir gerade als ich in die Dusche stieg. Ich duschte mich also schnell, trocknete mich ab und wickelte ein Handtuch um meinen Kopf. Gabby trocknete sich bereits ab, und ich ging zu ihr und wickelte sie in ein großes, weiches Badetuch.

„Du wirst dich anziehen“, sagte ich ihr, „deine Bürosachen; eine weiße Bluse, schwarzer Spitzenslip, Stay-ups, alles. Und setz deine Brille auf.“

Ihre Antwort war ein Nicken und ein Seufzer, als ich das Handtuch sanft über ihre kleine Brust zog und ihre Nippel berührte. Als ich tiefer ging, streckte sie ihren Po raus und spreizte bereitwillig ihre Pobacken, damit ich dazwischen kam. Ich trocknete ihr Arschloch, umfasste ihre Muschi mit dem Handtuch, und neckte sie einen Moment lang, bevor ich sie los ließ. Ihr Hintern war noch immer hoch gestreckt, und ich holte etwas Talkumpuder aus dem Schrank, schüttete ein bisschen auf meine Hand und tupfte es auf ihren Po. Als ich den kleinen rosa Stern ihres Anus puderte, zitterte sie genüsslich. Dann folgte ihre Spezialvaseline, ein französisches Zeug, das sie per E-Mail bestellt hatte. Ich strich mit meinem Finger nur einen kleinen Klecks auf ihr Arschloch, und ein bisschen hinauf um ihren Ring.

Gepudert und geölt verließ sie das Bad und ging ins Schlafzimmer. Ich ging ins Spielzimmer und überlegte mir, was ich anziehen sollte, jetzt, wo meine Schwesternuniform in der Wäsche war. Ich hatte noch eine andere Uniform, keine ganz anständige, sondern eine ziemlich lächerliche aus Nylon, ein Geburtstagsgeschenk von Monty Hartle. Ich schaffte es kaum, sie über meine Brüste zu ziehen, und der Rock war so kurz, dass der Ansatz meines Pos zu sehen war. Ich zog sie trotzdem an, zusammen mit einem großen Spitzenslip, weichen Strapsen und Strümpfen, alles in weiß. Am Ende sah ich eher aus wie eine Stripperin als eine Krankenschwester, aber es musste so gehen.

Gabby war noch nicht fertig, und so sprang ich ins Bad und wartete. Eine Minute später kam sie heraus, makellos in ihrem Arbeitsanzug, ihr Haar zu einem hübschen Knoten hochgesteckt. Sie trug nur einen Hauch Make-up und hatte die Brille aufgesetzt, was ihr eine Aura von kühler Distanziertheit verlieh, die sie für ihre Arbeit schätzte. Ich trat heraus und sie schaute mich an, wobei sich ihr Mund kurz zu einem Lächeln verzog, als sie sah, wie ich angezogen war.

„Es besteht kein Grund, verlegen zu sein, Miss Salinger“, sagte ich. „Es dauert nicht lange. Wenn Sie nur kurz ihre Hosen runterziehen könnten und sich über meine Knie legen würden.“

Ich setzte mich und klopfte auf meinen Schoß. Ich hätte schwören können, dass sie mir einen nervösen Blick zuwarf, als sie ihren hübschen grauen Wollrock hochzog und den schwarzen Slip auszog, den sie hatte anziehen sollen. Ich nahm das Thermometer aus meiner Tasche und sah ihren bestürzten Gesichtsausdruck, als ich das Etui öffnete.

„In meinen Po?“ fragte sie.

„Nein, wir haben keine Zeit für Klamauk, Miss Salinger. Kommen Sie her.“

Ich klopfe erneut auf meinen Schoß, und dieses Mal legte sie sich darüber, wie für eine Tracht Prügel. Ihr Hintern war leicht angehoben, und ich fasste ihren Rock, schob ihn hoch, und entblößte ihre nackten rosa Pobacken. Die Verlockung sie zu schlagen war groß, aber nicht so groß, wie die, ihr Dinge in den Hintern zu stecken. Mit hochgeschobenem Rock spreizte ich ihre Arschbacken, sodass man ihren festen, fettigen Anus sehen konnte. Sie wackelte, und ihre Öffnung straffte sich.

„Halten Sie jetzt still, Miss Salinger. Das wird etwas weh tun.“

Es war das größte Anal-Thermometer, das ich gefunden hatte. Tatsächlich hatte ich es von einem Tierarzt, und es war eigentlich für Pferde gedacht. Sie wusste das, und ich konnte ihre Gefühle nur erahnen, als ihr Analring sich gegen den sanften Druck des Kopfes spreizte. Ihre Öffnung gab nach, das weiche, rosa Fleisch verschlang den Kopf. Dann war es drin und ihr Ring schloss sich hinter ihm. Ich schob es ein bisschen tiefer hinein, wobei der Schaft aber immer noch aus ihrem offenen Anus herausragte und die rosa Falten ihrer Muschi darunter zu sehen waren. Ich konnte mir vorstellen, was sie – oder jede andere Frau- empfinden musste, wenn sie sich in einer Krankenstation oder einer geschäftigen Notaufnahme, in der das Personal völlig gleichgültig gegenüber ihrer Scham waren, in so einer Stellung zeigen musste.

„Es dauert nur eine Minute, Miss Salinger“, versicherte ich ihr, und ließ meine Hand zu dem weichen, geschwollenen Fleisch ihrer Muschi gleiten. „Ich werde Sie nur etwas streicheln, es besteht also kein Grund zur Aufregung."

Ich begann, ihre Klitoris zu reizen, als die Türklingel läutete.

„Warum jetzt?" fragt sie frustriert.

„Achte nicht drauf."

„Ich muss. Es könnte wichtig sein."

„Ach Quatsch. Jo Warren wird ihren neuen Freund rausgeschmissen haben, oder so was."

„Nein, ich muss –"

„Lass mich gehen. Ich kann sagen, dass du schon schläfst."

„Ja, aber wenn es wichtig ist –"

„Wird es nicht."

Sie war von meinem Schoß heruntergeklettert, das Thermometer noch immer in ihrem Po. Ich stand schnell auf und ging zur Sprechanlage.

„Hallo?"

„Hi, Pops, Platz für einen Dicken?"

Es war Fat Jeff. Ich zögerte und war hin- und hergerissen - ihm zu sagen, dass er verschwinden solle oder Gabby zu befehlen, in ihrer Arbeitskleidung mit dem Thermometer im Po seinen Schwanz zu lutschen. Es gab wirklich keine Wahl.

„Oh, du bist es! Komm rauf."

„Wer ist es?" fragte Gabby.

„Fat Jeff."

„Jeff Bellbird!"

„Kein Blödsinn, Miss Gabby. Sie werden seinen Schwanz lutschen."

„So?"

„Genau."

Sie nickte, jetzt völlig verunsichert. Ich unterdrückte ein Lächeln, als ich die Tür öffnete und Fat Jeff begrüßte, so dick und haarig wie immer. Er trug eine Jacke in Tarnfarben über einer geschnürten Weste und ausgebeulte grüne Hosen. Seine Augen wanderten geradewegs zu meinem Dekolleté, rutschten dann tiefer und verloren sich in meiner unanständigen Uniform.

„Oh süß!" rief er aus. Verdammt hinreißend! Zeig uns deinen Hintern."

Ich drehte mich um und zeigte ihm das Hinterteil meines Schlüpfers. Er stieß den Atem aus.

„Verdammt hinreißend!" wiederholte er. Du auch, Gabs. Sie hat dich geschlagen, oder?"

Sie hatte ihren Rock nicht runtergezogen, und es war offensichtlich, dass sie hinten nackt war. Anstatt ihm zu antworten, steckte sie den Daumen in den Mund. Er kicherte.

„Baby-Spiele, was? Ist dein Arschloch gefettet?"

Sie nickte scheu, ohne den Daumen aus dem Mund zu nehmen.

„Zeig."

Sie drehte sich um, um ihren Hintern rauszustrecken. Das Thermometer steckte noch immer in dem leicht gefetteten Anus. Er stieß erneut seinen Atem aus und ließ sich auf die Couch fallen.

„Gib uns eine Vorstellung, ja?"

„Ich hab noch etwas Besseres", antwortete ich. „Hol deinen Schwanz raus."

Er zögerte nicht und begann an seinem Hosenschlitz zu hantieren, zog die ganze Länge seines Schwanzes und seine Eier heraus und begann sie zu streicheln. Ich setzte mich zu ihm auf die Couch und fühlte mich cool und überlegen. Nicht so Gabby. Sie war merklich nervös, aber als ich auf meinen Schoß klopfte, kam sie zu mir, in derselben Stellung wie zuvor, nur dass sie jetzt ihren Kopf in Jeffs Schoß legte. Er packte sie an den Haaren und steckte ihr ohne Umschweife den Penis in den Mund. Sie begann zu saugen.

„Prügelzeit, Miss Gabby", kündigte ich an. „Ich will nicht, dass Sie kommen, bevor Jeff so weit ist, und Ihr Powärmen geht so lange weiter, bis er fertig ist. Jeff, du musst es in ihr Gesicht machen."

„Mache ich", antwortete er. Gabby gab ein dumpfes Grunzen von sich, mit dem Mund um seinen Schwanz.

Ich begann sie zu schlagen, ganz sanft, so wie sie es mochte. Das Thermometer wackelte, als sie saugte – ein wirklich komischer Anblick. Ich dachte wieder an das Krankenhaus, und an eine angesehene Geschäftsfrau, die gezwungen wurde, in einer Umkleidekabine, die sie mit einem Betrunkenen teilen musste, seinen Schwanz zu lutschen. Es war eine absurde Fantasie, selbst für den staatlichen Gesundheitsdienst, aber es machte Spaß, und ich ließ ihr freien Lauf, während ich auf ihre hübschen Pobacken klatschte und zusah, wie sich ihr Mund auf Jeffs Penisschaft bewegte, dessen Erektion langsam anschwoll.

Sie errötete ganz sachte, ihre Muschi wurde langsam schwülstig, ihre Schamlippen schwollen an und ihre Öffnung war feucht und offen. Ich machte eine Pause, um einen Finger hineinzustecken und ihn abzulutschen, dann fuhr ich mit dem Schlagen fort, etwas fester jetzt, da sie bereits voll erregt war. Jeff hatte sie fest an den Haaren gepackt, die er aus dem adretten Knoten herausgezogen hatte, so dass er ihr Saugen kontrollieren konnte. Seine Atmung wurde schwerer, und ich begann härter und schneller zu schlagen.

Ich wusste, er war kurz davor zu kommen, als sie begann zu würgen. Dann Schoß es aus ihm heraus und zwang ihren Kopf nach hinten. Sie quietschte vor Schmerz kurz auf, keuchte und ihr Mund war voll von weißem Sperma, als sein Schwanz in ihr explodierte. Der nächste Schuss ging in ihre Haare, und sie versuchte, ihren Kopf nach unten zu drehen, wobei ihr das Sperma schon von den Lippen tropfte. Denn melkte er seinen Schwanz langsam über ihre Brille und ihre Nase, bevor er ihn wieder in ihren Mund steckte.

Sie begann erneut zu saugen und hob ihren Hintern an, mit der Aufforderung zum Reiben. Ich dachte wieder an die Geschäftsfrau, wie ihr Gesicht mit dem Sperma des Betrunkenen verschmiert war, ihr kleiner Slip heruntergezogen war, wie das Thermometer in ihrem entblößten Hintern steckte, und wie sie schließlich die Kontrolle verlor und bettelte, zum Orgasmus gebracht zu werden.

Meine Hand wanderte unter Gabbys Muschi; ich rieb sie und neckte ihre Klitoris einen Augenblick lang, bevor mein Daumen in ihre willige Öffnung glitt und ich mich ihr ganz widmete. Ihr Hintern glühte rosarot, aber ich begann trotzdem wieder zu schlagen, mit meiner freien Hand, und sprach während ich schlug und sie rieb.

„Böses Mädchen…. unanständiges Mädchen….. wer lässt denn auch seine Hosen runter? Wer lässt den Schwanz eines Mannes in seinen Mund? Wer wird dafür geschlagen?“

Ihre Scheide begann sich zusammenzuziehen, quetschte meinen Daumen, und ihr Mund auf Jeffs langsam erschlaffendem Penis wurde plötzlich drängend. Sie hielt seine Hoden, umfasste seinen Schwanz zwischen Zeigefinger und Daumen, um das Blut darin zu halten, während sie an ihm saugte und Sperma langsam von ihrem Gesicht tropfte. Ich rieb fester und schlug härter, und versuchte, zu erahnen, was in ihrem Kopf vor sich ging, als sich ihre Scheide noch einmal um meinen Daumen zusammenzog.

„Friss ihn auf, Gabby, saug seinen Saft und schluck ihn runter, während ich dich schlage. Nachher bekommst du Windeln an, Gabby. .... Gabrielle .... raus aus deinen schicken Kleidern und rein in die Windeln ... Du wirst verhauen , weil du so unanständig warst und in Windeln gewickelt, Gabrielle.“

Ihr Körper bäumte sich auf, und ihre Muskeln verkrampften sich im Orgasmus. Ihr Arschloch pulsierte um den Stiel des Thermometers. Genau auf dem Höhepunkt zog ich es heraus, langsam, wobei ich den Kopf in ihrem Loch ließ, so dass sie es spüren konnte, als sie kam.

„So, jetzt“, sagte ich besänftigend, als ich es schließlich herauszog, „ist das besser?“ Jetzt wollen wir mal die Temperatur ablesen, und dann geht's in deine Windeln und ab ins Bett.“

Sie schauderte ein letztes Mal bei meinen Worten und rappelte sich hoch, wobei Jeffs Schwanz endgültig aus ihrem Mund glitt.

„Ein Schatz bist du“, sagte er schnaufend. „Wie wär's wenn du mir jetzt ein Bier holst, dann stecke ich euch beide in Windeln und bring euch ins Bett?“

Neun

Ich fühlte mich ein wenig schuldig, dass ich Gabby am Morgen mit dem schnarchenden Jeff allein ließ, aber ich musste den Zug erreichen. Es gab keine direkte Verbindung, sondern ich musste in Bournemouth umsteigen, und dann mit dem Taxi zum Cottage fahren. Als ich schließlich ankam, war ich erschöpft und nutzte meine Stellung als Obergefreiter aus, um mir ein heißes Bad zu bestellen. Danach sah alles ganz anders aus, ganz besonders als die beiden mich in ihren weißen Schlüpfern einseiften und die Haare wuschen. Anschließend mussten sie mich abtrocknen und mir nach Gabby-Art meinen Hintern und meine Muschi pudern, bevor ich mich anzog und sie auf dem Rasen aufstellen ließ, wobei sie nichts außer Schlüpfern und Stiefeln trugen. Mit dem Gedanken an Mr. Big hatte ich einen Stock mitgenommen, als ich ihnen nach draußen folgte.

Beide hatten Habachtstellung angenommen, Nikki schaute ernst, June versuchte ein Kichern zu unterdrücken. Ich ging zuerst zu Nikki, hob ihr Kinn mit der Stockspitze an und sprach sie an.

„Sehr gut, Miss Höschen. Wenigstens Sie haben etwas Anstand."

Sie zuckte nicht zurück, auch als ich mit der Stockspitze über ihren Busen strich und ihre Nippel berührte. Es war verlockend, sie zu schlagen, aber anders als Stephen wollte ich, dass sie es sich verdiente. June hatte es sich schon verdient. Ich ging zu ihr.

„Gut, Miss Stiefel. Als erstes möchte ich wissen, wie es kommt, dass Sie einem gewissen Mr. Big von UK Masters gesagt haben, dass ich gerne meine Hosen nass mache?"

„Das habe ich nicht!" quiekte sie.

„Oh nein?" Seltsam, er schien aber sehr viel darüber zu wissen."

„Ich war es nicht!"

„Das hat er auch nicht gesagt."

„Ja, aber –"

„Fass an deine Zehenspitzen."

„Was willst du tun?"

„Dich züchtigen. Sechs vom Besten."

„Das darfst du nicht. Der Meister hat gesagt, du darfst hauen aber nicht mit dem Stock schlagen."

Sie lachte, aber mit einem leicht hysterischen Unterton.

„Das hat er gesagt, oder? Was glaubst du also wird er mit mir tun, wenn er deinen Hintern sieht?"

„Dich züchtigen, hart."

„Höchst wahrscheinlich, also, fass an deine Zehenspitzen."

Sie zögerte, aber dann beugte sie sich ganz nach unten, sodass sich ihr Schlüpfer stramm über ihrem vorwitzigen Po spannte. Ich trat neben sie und zog ihn fest herunter, und ihre unanständige, farbenprächtige Rückansicht präsentierte sich mir in voller Pracht – Muschi, Arschloch, alles.

„Sechs", erinnerte ich sie, trat zurück und tippte mit dem Stock auf ihren Po.

Sie warf mir einen wahrhaft grollenden Blick und schloss dann die Augen. Ich hob den Stock hoch, und ließ ihn dann mit voller Wucht auf ihre dicken Pobacken knallen, sodass sie einen Schmerzensschrei von sich gab, und dann einen Schwall voll Beschimpfungen.

„Du Hure, Poppy! Du kleine Hure…. oh mein Hintern. …. das brennt wie Feuer….."

„Es geht doch nichts über einen Stock für die Disziplin", sagte ich, „und ich glaube, wir werden wohl noch einen Extraschlag anhängen müssen für jedes Mal, wo du mich eine Hure nennst, oder?"

„Nein", antwortete sie schmollend.

„Ja", antwortete ich und ließ den Stock erneut nach unten krachen, direkt unter den pummeligen Ansatz ihres Hinterns.

„Du gemeine …… du … du … Schwein, Kuh, kleine…."

„Na, na, Manieren, Miss Stiefel. Und jetzt streck ihn ein bisschen nach oben wie ein gutes Mädchen."

Sie hatte sich gestreckt, aber sie schaute zurück, jetzt mit wild blitzenden Augen und schwankend. Ich ließ den Stock neben ihr nach unten sausen, berührte sie aber nicht, und lachte, als ihre Muskeln vor Furcht zusammenzuckten. Ihr Mund öffnete sich, aber sie schloss ihn wieder ohne ein Wort.

„Könnte es sein, dass Sie Manieren lernen, Miss Stiefel?" fragte ich und brachte den Stock noch einmal nach unten, dieses Mal aufs Ziel, ein Klatschen von Holz auf ihrem molligem Mädchenpo.

„Oh! Oh! Oh scheiße, das tut weh, Poppy, du gemeines, kleines. ….. Schwein."

„Offensichtlich nicht sehr schnell. Hintern hoch, drei kommen noch."

Sie stieß den Atem aus und fasste erneut nach ihren Zehen. Ihre Striemen erblühten wunderschön, und ich hatte sie gut angeordnet, drei tiefrote Quaddeln, schön nebeneinander, und alle mitten auf ihrem Hintern. Ich hatte die beste Lehrerin, und man merkte mir an, dass ich keinen Knacks davongetragen hatte. Ich tippte noch einmal auf ihren Po, zwischen zwei Quaddeln.

„Halt ganz still, Stiefel, ich werde dir ein Gitter verpassen."

Ich schlug mit dem Stock nach unten, er landete vielleicht einen halben Zentimeter zu weit oben, und ich rieb ihn schnell, um die Farbe zu intensivieren, während sie mich beschimpfte.

„Sch!" mahnte ich sie. „Du weißt, du hast es verdient, also hör auf zu jammern."

„Das hab ich nicht!" heulte sie voller Überzeugung.

Ich zuckte mit den Achseln und gab ihr den fünften, direkt zwischen die zwei unteren Quaddeln, ein perfektes Muster, wie ich feststellte, nachdem sie aufgehört hatte auf- und abzuhopsen und mich mit wüsten Namen zu beschimpfen.

„Der letzte, Schatzi."

Sie schaute zurück, ihr Mund etwas geöffnet, ihr Blick voller Gefühl. Ich lächelte zurück und tippte den Stock in einem sorgfältig berechneten Winkel auf ihren Po, hob ihn hoch und schlug zu. Sie heulte auf und sprang augenblicklich auf die Füße, um ihren Po zu reiben, und hopste auf ihren Zehenspitzen auf und nieder, sodass ihre Brüste wackelten. Ich unterdrückte ein Kichern und wartete, bis sie sich beruhigt hatte, um meine Inspektion vorzunehmen.

Es war fast perfekt. Der sechste Striemen lag diagonal über den anderen fünf, exakt am äußersten Rand ihres Pos. Ich bückte mich, um sie zu inspizieren, und ließ meinen Finger über die letzte Linie fahren.

„Hmm … ganz ordentlich, muss ich schon sagen. Dein Hintern ist wirklich ein bisschen dick."

„Vielen Dank!"

„Keine Ursache, und das nächste Mal verpfeif mich nicht wieder."

„Hab ich nicht gemacht!"

„Möchtest du noch einmal sechs oder vielleicht einen Eiskugeleinlauf, so wie ich?"

„Nein! Nicht das, Poppy, stopp, stopp, stopp, und ich meine das so!"
„Im Ernst, du hast es Mr. Big erzählt, oder?"
„Nein. Ich habe es niemand erzählt. Es muss Nikki gewesen sein oder der Meister."
„Ich war es nicht, Miss – Obergefreiter, ganz sicher", sagte Nikki schnell.
„Gut, jemand muss es gewesen sein", antwortete ich
„Auf jeden Fall fühle ich mich schon viel besser, also genug mit der Bestrafung. Ihr beide braucht allerdings noch ein wichtiges Training. Stiefel, lauf rein und hol zwei Kerzen aus dem Schrank beim Abwaschbecken, und auch das Gleitgel, das Stephen für Eure Pony-Girl Schweife gekauft hat, und Streichhölzer.
„Was … wollen Sie machen, Obergefreiter?"
„Euch zeigen, wie Ihr Eure Arschlöcher öffnet. Der Meister wird bestimmt mit euch Analverkehr haben wollen, oder wird euch zumindest den Stil vom Schweif hineinstecken. Es ist wichtig, dass Ihr einige Dinge wisst."
Sie nickte und sah mich mehr als nur etwas beunruhigt an. Doch dann rannte sie hinein, wobei sie ihren halb heruntergerutschten Schlüpfer beim Laufen in eine Hand nahm. Nikki drehte sich zu mir um und ich sah, dass sie noch weit mehr beunruhigt war.
„Du meinst also wirklich, dass er das tut? Ihn in unsere Hintern stecken?"
„Sehr wahrscheinlich. Männer wollen das immer, und es ist schön, wenn man es richtig macht."
„Ich möchte es, aber ich weiß nicht, ob ich das kann."
„Oh, du kannst das. Ein Mädchen kann den Penis eines Mannes immer in ihrem Hintern aufnehmen, wenn sie will. Es braucht nur etwas Achtsamkeit und Vorsicht, und Know-how."
„Und du wirst es uns zeigen, mit Kerzen?" Du wirst sie nicht anzünden, während sie in unserem Po sind, oder?"
„Nein, ich glaube, ihr seid dafür noch nicht bereit. Ich muss nur das Wachs etwas weicher machen. Kerzen eignen sich gut, um zu beginnen, genau die richtige Größe."
Sie nickte, so niedlich, so nervös. Ich lächelte. Ich konnte nicht anders.

June kam mit zwei Kerzen zurück, dem Gleitgel und den Streichhölzern. Ihr Schlüpfer war wieder nach oben gezogen.

„Wofür hast du deinen Hintern verdeckt, du Dummchen?" Ich lachte. Was meinst du, wie anständig du aussehen wirst mit einer Kerze in deinem Loch?"

Sie streckte die Zunge raus, so frech wie immer, aber ihre Hände zitterten, als sie mir die Utensilien reichte.

„Am besten, Ihr streckt ihn raus", wies ich sie an. „Beim Schlagen ist es am besten, wenn man sich nach vorne beugt, aber für anal ist eine gerade Stellung besser."

Beide nickten. Während ich die Enden der Kerzen mit einem Streichholz rundete, zogen beide ihre Schlüpfer aus, sodass sie mit Ausnahme ihrer Stiefel völlig nackt waren. Sie schauten über ihre Schulter zurück.

„Den Po hoch", ordnete ich an, „auf Eure Knie."

Sie gingen langsam nach unten, um ihre Hintern zu heben. Nikki hatte die Knie auseinander und den Rücken eingezogen, so dass ihre Pobacken gespreizt waren und das winzige rosa Grübchen ihres Arschloches zu sehen war. June hatte sich einfach nur hingekniet, aber als unsere Blicke sich trafen, stellte sie sich stolz zur Schau und präsentierte ihre dicken Pobacken weit geöffnet und ihre farbenfrohe Öffnung gut sichtbar. Ich kniete mich hinter sie und versuchte, ruhig und autoritär zu klingen, entgegen meinem drängenden Wunsch, sie geradewegs von hinten zu lecken.

„Die erste Regel lautet, immer genug Gleitgel zu verwenden."

Ich steckte meinen Finger in den Topf und holte einen dicken Klecks heraus. Sie schauten deutlich besorgt zu. Ich verteilte das Gel zwischen meinen Fingern, langte nach vorne und schmierte das dickflüssige Gelee auf ihre jungfräulichen Arschlöcher. June kicherte nervös. Nikki blieb ruhig.

„Regel Nummer zwei", fuhr ich fort, „ist, sich Zeit zu lassen. Überstürzt nichts, sondern lasst Eurem Körper Zeit, natürlich zu reagieren. Es sollte nicht weh tun."

Ich arbeitete mit meinem Finger auf ihrem Ring und rieb das Gel über die kleinen Erhebungen und Falten. June begann bereits zu seufzen und streckte ihren Po hoch, durch und durch erregt und eindeutig bereit für die Penetration. Ich wusste, sie fingerte sich selbst. Nikki nicht.

„Entspannt Eure Öffnungen“, befahl ich, „als wärt Ihr auf dem Klo. Nicht drücken, nur entspannen.“

Nikki nickte, aber es war Junes Arschloch, das sich öffnete – ein glänzend rosa Punkt erschien in dem dunklen Fleisch. Ich stieß mit meinem Finger leicht dagegen und spürte, wie ihr Ring an der Fingerspitze saugte, dann öffnete er sich. Sanft, so würde ich selbst in mir hinaufgehen, probierte ich, sie leicht zu öffnen, bis ich schließlich die ganze Länge meines Fingers in ihren Po gleiten lassen konnte, hinauf in die heiße, weiche Höhle ihres Rektums. Sie stöhnte und legte ihren Kopf auf den Rasen. Nikkis Arschloch war noch immer fest zugeklemmt.

„Komm, Höschen. Ich verspreche dir, es tut nicht weh.“

Sie ließ einen kleinen Seufzer hören, und ich spürte, wie sich ihr Ring ein kleines bisschen lockerte. Ich drückte ein kleines Stück meines Fingers hinein und sie gab nach, ihr Ring öffnete sich dem Druck mit einem nassen, schmatzenden Ton. Ich musste einfach lächeln, als ich sah, wie ihr Loch eingedrückt wurde, das allererste Mal penetriert wurde. Sie war eng, sehr eng, ihr Kanal war fest um meinen Finger gespannt, und ihr Ring quetschte mein Fleisch. Ich begann meinen Finger in ihr zu bewegen, schob ihn sanft hinein und wieder heraus, damit ihr analer Ring sich mit der Bewegung lockerte. Junes Atmung wurde augenblicklich stärker. Nikki ließ ihren Kopf tief nach unten hängen.

Bald waren beide offen und schlüpfrig, ihre Arschlöcher feucht, schleimige Höhleneingänge, vielleicht noch nicht bereit für einen Schwanz, ganz sicher aber für eine Kerze. Ich erinnerte mich an das Barbecue und Nikkis Gesichtsausdruck, als Stephens Schwanz in meinen Mund gesteckt wurde, direkt aus meinem gut gefickten Arschloch.

„Einige Doms“, sagte ich, „lieben es, sich Achtung zu verschaffen, indem sie ein Mädchen an dem Finger saugen lassen, mit dem sie ihren Po geöffnet haben, oder auch an anderen Dingen. Es schmeckt nicht besonders gut, aber das soll es auch nicht. Es soll die Wirkung der Erfahrung verstärken.“

Ich zog meine Finger heraus. Nikkis Arschloch schloss sich geräuschlos, das von June mit einem weichen Furz. Ich krabbelte nach vorne und streckte meine schleimigen Finger aus. Nikki hatte verstanden, hob ihren

Kopf und öffnete den Mund, so sanft und gehorsam wie immer. Ich steckte den Finger, den ich in ihrem Arsch gehabt hatte, in ihren Mund, und sie begann sofort daran zu saugen, so pflichtbewusst und demütig, wie man es sich nur wünschen konnte. June hatte sich umgedreht, sah aber nicht glücklich aus.

„Komm, „drängte ich sie, „wenn du schon nicht demütig sein kannst, dann sei wenigstens schmutzig."

Sie schenkte mir ein kleines, schiefes Lächeln, öffnete ihren Mund, nahm meinen Finger auf und begann zu saugen. Ich fühlte ein bekanntes Aufblitzen von sadistischer Freude, als ich ihnen zusah, und ließ meine Finger drin, bis ich überzeugt war, dass das, was sie taten, sich in ihrem Kopf festgesetzt hatte.

„Gute Mädchen, das ist genug", sagte ich, „und noch eine Lektion, die Ihr lernen müsst. Wenn Ihr zu großes Vergnügen an etwas zeigt, das gedacht war, um euch zu verletzen oder zu erniedrigen, dann wird Euer Meister sehr wahrscheinlich etwas Schlimmeres probieren."

June nickte, während sie meinen Finger freigab. Nikki saugte noch einen Moment weiter, wobei ihre Zunge fest auf meinem Fleisch arbeitete, und ihn dann los ließ. Ich setzte mich wieder zurück und nahm die Kerzen. Beide Arschlöcher waren bereit, feucht und ölig, das Zentrum sichtbar. Ich führte das Ende einer Kerze leicht an das Loch von June und drückte sanft. Sie schnappte nach Luft, aber die Kerze ging hinein, und ich drückte weiter bis nur noch die Hälfte aus ihrem Rektum heraus schaute.

Ich konnte nur ein Auge sehen, als Nikki sich umdrehte und zurückschaute, und ich drohte ihr mit dem Finger, während ich die Kerze nahm. Sie schaute weg. Ihr Arschloch war fest geschlossen, aber ich drückte die Kerze trotzdem dagegen, um sie in die schleimige Vertiefung zu drehen und sah, wie sie langsam verschlungen wurde. Ein Seufzer entrang sich ihr, als der Ring sich öffnete, aber die Kerze war drin und ich hörte nicht auf, sie tiefer hineinzudrücken, während ich weiter sprach.

„Eine andere Regel lautet, verwendet niemals etwas, das brechen kann, insbesondere kein Glas. Auch keine Flaschen, egal wie dick sie sind. Wenn sich ein Vakuumstau bildet, müsst ihr mit der Flasche in Eurem Po herumlaufen, bis ihr sie auf natürlichem Weg gefüllt habt. Nehmt auch niemals etwas, was ihr nicht mehr herausziehen könnt. Kleine Teile sind zwar gar nicht so schlecht, wenn Ihr daran denkt, was Stephen am Strand gemacht hat, aber es wäre wahrscheinlich peinlich, wenn Ihr in die Notaufnahme müsstet, und erklären müsstet, dass sich eine Mohrrübe in Eurem Po verkeilt hat."

June kicherte und die Kerze in ihrem Po wackelte. Ich verpasste ihr einen leichten Klaps.

„Ich meine das Ernst, Miss Stiefel, also hör zu. Ihr könnt keinen Schmerz in Eurem Rektum empfinden, nur Druck. Wenn Ihr einen Finger hineinsteckt, zieht vorher die Ringe ab, und stellt sicher, dass Euer Partner das auch macht. Nikki, egal wie sehr du dich auch unterwerfen möchtest, und wie sehr du dir auch wünschst, dass du deinem Meister vertrauen kannst; vergiss nie, dass das dein Körper ist, und dass letztendlich du für ihn verantwortlich bist."

Sie nickte zaghaft.

„Gut", antwortete ich. „Jetzt entspannt euch und genießt Euren ersten Arschfick. Reibt sie ein bisschen, wenn Ihr wollt…. nein, reibt sie. Das ist ein Befehl."

Ich fasste beide Kerzen, um sie tiefer hineinzudrücken und langsam wieder herauszuziehen, und erntete tiefe Seufzer von den beiden Mädchen. Was ich brauchte, war etwas zum festbinden oder irgendetwas ähnliches, um ihnen ein möglichst umfassendes Gefühl eines analen Verkehrs zu vermitteln. Irgendetwas müsste ich doch finden.

„Berührt euch, aber wagt es nicht, zu kommen", befahl ich. „Geht mit dem Kopf an den Po. Betastet gegenseitig die Kerze im Po. Fickt Eure Hintern. Stiefel, dreh dich um."

June krabbelte herum, jetzt begierig, Nikki fest um die Taille zu packen und die Kerze satt hineinzustecken. Nikki keuchte, als die Kerze erneut in ihren Hintern eindrang, gab aber die Gefälligkeit augenblicklich zurück. Ich ging zur Scheune, in der Gewissheit, dass ich etwas finden würde, was sich perfekt für ein ‚nicht-so-jungfräuliches' Arschloch eignen würde.

Tatsächlich hingen mehrere Gartengeräte an der Wand. Die Griffe waren aus Holz, weich und knollig am Ende, und auch gut lackiert. Sie waren ideal, nicht nur, weil die Griffe fast genau den gleichen Durchmesser wie ein gut gebauter Penis hatten, sondern auch, weil die Mädchen mit den Geräten in ihrem Po extrem lächerlich aussehen würden.

Sie waren noch in der gleichen Stellung, wie ich sie verlassen hatte, allerdings etwas erhitzter, ineinander verflochten, wobei sich jede auf den Anus der anderen konzentrierte. Ich hielt die Kelle und die kleine Gabel, die ich ausgewählt hatte, hoch, und zeigte die Griffe. Beiden war klar, wohin die Griffe kommen würden, und in Junes Gesicht blitzte eine Mischung aus Bestürzung und Vergnügen auf. Nikki ging lediglich zurück in ihre Position, den Kopf am Boden und ihren Hintern angehoben.

Sie war so eine Süße, so eifrig, so willig, so entschlossen, ihr Bestes zu geben. Stephen konnte sich glücklich schätzen, sie zu haben, mit ihrer Entschlossenheit, eine perfekte Sklavin sein zu wollen. Ich war damals genauso und konnte sie daher verstehen, und schätzte sie mehr als Stephen es tat, vielleicht sogar mehr, als es irgendein reiner Dom könnte. June war eine Göre, mehr in der Art, wie ich jetzt war. Sie hatte weniger das Bedürfnis, gezüchtigt zu werden, sondern hatte Freude daran, es sich zu verdienen. Was sie jetzt verdiente, waren fünfzehn Zentimeter Kellengriff in ihrem Hintern.

„Fertig, Mädchen?" neckte ich sie. „Das erfordert etwas mehr, als nur das Loch zu entspannen. Sie sind im Nu oben, und, glaubt mir, sie werden sich gut anfühlen. Du zuerst, Stiefel, Kerze raus."

Während ich sprach, hatte ich die Kerzen gefasst und langsam herausgezogen. Ihr Arschloch blieb offen, gut gedehnt und schlüpfrig, als wäre es das gewohnt. Ich schob einen Finger hinein, um ihre Hitze zu fühlen und steckte ihn dann in meinen Mund, und meine unanständigen Gefühle verdrängten meine dominanten Bemühungen. Sie sah es und kicherte, sodass ich ihr ein paar Mal auf den Po haute, um zu zeigen, wer das Sagen hatte. Sie streckte ihre Zunge raus und ihren Hintern nach oben.

Ich nahm die Kelle und zeigte ihr noch einmal das knubbelige Ende, bevor ich es zwischen ihre Arschbacken und gegen ihr unanständiges, nasses Arschloch drückte. Sie keuchte, als ich sanft drückte, aber es ging hinein, ihr Ring zog ihn hinein, und drückte ihn wieder heraus, dehnte sich, rosa und schlüpfrig, und nahm den Griff auf. Ich hatte einige Zentimeter drin, und ihr Loch klaffte vor dem dicksten Teil. Wieder drückte ich und sah, wie der gesamte, dicke Griff in ihr Arschloch rutschte, bis nur noch ein paar Zentimeter herausschauten. Sie gab ein leichtes Stöhnen von sich und kam auf alle Viere, so als würde sie in Hundestellung gefickt werden.

„Schön, oder?“ fragte ich.

Sie nickte kurz und fasste mit ihrer Hand nach hinten, um den Griff zu berühren, dort, wo er aus ihrem Loch herausragte. Dann rieb sie mit der Handfläche ihre Muschi, während sie mit der anderen ihren Anus untersuchte.

„Mit einem Schwanz ist es besser“, sagte ich zu ihr und klapste auf ihren Po. Mit großen Augen sah sie zu, wie ich die kleine Gabel nahm und auf Nikki zuging, während sie sich weiter streichelte.

„Sieh her, Höschen“, sagte ich und steckte meinen Finger in den Topf mit dem Gleitgel.

Sie schaute ebenfalls nach hinten, die großen, schelmischen Augen weit offen, während ich den Griff der Gabel mit Gel bestrich. Ihr ganzer Körper zitterte, aber sie blieb unten und seufzte nur, als ich die Kerze aus ihrem Anus zog.

„Es geht rein“, sagte ich ihr, „wie bei June. Entspann dich einfach.“

Ihr Arschloch hatte sich geschlossen und sah unglaublich fest aus, ein kleiner Stern von gefettetem, rosa Fleisch, unglaublich klein für das, was ich vorhatte. Ich trat näher und wusste, dass ich mir Zeit lassen musste. Ich tippte mit dem Griff an ihr Loch. Sie drückte dagegen, wie ich es ihr gesagt hatte, und ich sah, wie sich ihr Ring dehnte und ihr schlüpfriges Fleisch den runden Kopf aufnahm, bis vielleicht ein Zentimeter drin war. Ihr Fleisch sah gespannt aus, so gespannt wie das von June, mit dem ganzen Griff in sich drin, und würde noch weiter gedehnt werden müssen. Ich presste ihn hinein, sehr sanft. Sie wimmerte, und ich hörte auf, ihr Anus war jetzt ein glänzender Ring von gespannten, rosa Muskeln.

„Reib dich selbst“, befahl ich.

Sie nickte und ihre Hand ging zu ihrem Geschlecht. Sobald ihre Finger mit ihrer Klitoris beschäftigt waren, drückte ich erneut, sanft, aber bestimmt. Wieder wimmerte sie. Ihr Loch wurde eingedrückt, zog sich zusammen, und ich wartete, bis sie sich wieder unter Kontrolle hatte und spreizte es noch einmal. Zwei Zentimeter waren drin, fast bis zum dicksten Teil. Wieder drückte ich, und dieses Mal spreizte sich ihr Ring und nahm den dicksten Teil auf.

„Gutes Mädchen", beruhigte ich sie, „jetzt reibst du einfach ein bisschen diese kleine Muschi, und dann bist du bald fertig."

Als Antwort kam ein Seufzer. Ich drückte noch einmal, und drin war der Griff, ihren Hintern hinauf, begleitet von kleinen Seufzern und Grunzern, als ihr Rektum von dem dicken, harten Griff gefüllt wurde. Sie war so weit, ganz erfüllt, und kurz davor zu kommen, mit dem Gefühl von etwas Dickem, das in ihrem Hintern steckte, das allererste Mal. Auch ich musste kommen, und zwar schnell.

Ich setzte mich zurück, und schaute zu, wie sie sich gierig selbst befriedigten und ihre kleinen Ringe sich nass und glitschig um die dicken Werkzeuggriffe spannten. Beide Muschis waren feucht, ihre geschwollenen Schamlippen zitterten unter der Bewegung ihrer Finger, und sie atmeten schwer. Ich wünschte, ich könnte wie sie in der Reihe stehen, nackt bis auf die Stiefel, dass etwas Dickes und Hartes gegen meinen Hintern gestoßen wurde, vorzugsweise der Schwanz eines Mannes.

Meine Hände fassten meine Jeans. Ich öffnete den Knopf und zog sie herunter, dann meinen Slip, und entblößte meinen Hintern in der warmen Sommerluft. Meine Hände wanderten nach untern und fanden meine Muschi und mein Arschloch. Ich sehnte mich dringend danach, penetriert zu werden, und nahm einen dicken Klecks Gleitgel aus der Dose. Er landete in meinem Arschloch, wurde tief hineingeschoben, hart genug, dass ich nach Luft schnappen musste. June und Nikki waren bereits soweit, und ich wünschte mir, sie würden zu mir kommen, und mir die gleiche Gunst erweisen, mich mit etwas unglaublich Langem penetrieren und es mich anschließend ablecken zu lassen, nachdem es in meinem dreckigen Loch gesteckt war.

June begann, obszöne Worte zu murmeln, und dann kam sie, ihre Finger an ihrer triefenden Muschi, während die Kelle in ihrem Arschloch zuckte und zitterte. Ich nahm eine Kerze, steckte sie fest in mein eigenes Loch und befriedigte mich selbst, während ich sie auf und ab stieß, schneller und schneller. June war fertig und langte nach unten, um den Griff aus ihrem Po zu ziehen, wobei ihr Anus als klaffendes, rotes Loch zurückblieb. Sie sah, was ich machte und rollte sich auf die Seite. Sie grinste und stammelte.

„Nimm mich, June. ..... Liebling .... nimm mich, in meinen Arsch ..... bitte ..... jetzt."

Sie schwang sich herum und kroch näher. Nikki schrie, als der Orgasmus kam, ihr Hintern krampfte sich um die gewaltige Last in ihrem Kanal, ihre Finger zitterten zwischen ihren Schamlippen. June packte meine Haare und zog meinen Kopf fest nach hinten, und als mein Mund sich öffnete, wurde der Griff, den sie in diesem Moment aus ihrem Arschloch gezogen hatte, in meinen Mund gestopft.

Ich kam augenblicklich. Mein ganzer Körper verkrampfte sich im Orgasmus, eine Hand griff an meine Muschi, die andere rammte die Kerze in mein glitschiges Arschloch rein und raus, während ich mit gieriger, unanständiger Lüsternheit am Kellengriff saugte. Ein ekstatischer Schock nach dem anderen jagte durch meinen Körper, begleitet von Junes Lachen, die mir half, mich höher steigen zu lassen, immer höher, bis zum höchsten Punkt voll zitternder, bebender Verzückung.

Schließlich zog June den Griff aus meinem Mund, und ich begann mich zu beruhigen. Wir brachen zusammen, Arm in Arm, und einen Moment später kam Nikki dazu. Wir lachten, als wir uns auszogen und uns auf dem Rasen mit einem Schlauch abspritzten, mit einem großen, grünen Stück Seife und einer Bürste abrieben, mit der man eigentlich Boote abbürstet. Am Ende war unsere Haut knallrot und prickelte, und wir waren nach einer Runde großer Brandys ziemlich angeheitert und noch alberner.

Ich war sehr zufrieden mit mir. Ich hatte sie beide vorbereitet. Jetzt konnte Stephen sie nach Herzenslust bumsen, aber ich wüsste, dass ich es war, mit der sie ihre erste, richtige anale Erfahrung gemacht hatten. Selbst wenn er sich heute Abend entschließen würde, sie beide zu bumsen – ich war ihm zuvor gekommen und hatte ihnen gezeigt, wie gut es sich anfühlen konnte.

Es gab noch ein bisschen was zu tun, bevor das Cottage für Stephen vorzeigbar war, aber ich sah nicht wirklich ein, warum mich das als Obergefreiter kümmern sollte. Ich machte also eine kurze Liste und schlenderte hinunter zum Pub, um einen Salat zu essen und ein Glas Weißwein zu trinken. Ich ließ mir Zeit und wanderte zum Strand hinunter, mit dem zweiten Glas Wein in der Hand. Ich nippte an meinem Glas

während ich den Wellen zuschaute, die auf den Kies schwappten. Schlaftrunken und ein bisschen beschwipst ließ ich meine Gedanken wandern und überlegte, was ich mit den Mädchen während des Nachmittags tun könnte, vielleicht eine kleine Tracht Prügel oder dass sie mich einfach befriedigen müssten.

Ich war ziemlich sicher, dass sie nicht alle Aufträge erledigt hatten, und als ich zurück ging, kletterte ich extra über das Tor, um sicher zu sein, dass sie mich nicht hörten, und spähte zum Küchenfenster hinein, in der Hoffnung, sie dabei zu erwischen, wie sie faul oder ungehorsam waren. Was ich sah, ließ mich entsetzt wie angewurzelt stehen bleiben. Da saß noch eine andere Person mit ihnen am Tisch, eine Frau, komplett angezogen, und trank Tee. Einen schrecklichen Augenblick lang dachte ich, Kate wäre unerwartet gekommen, doch dann realisierte ich, dass sie wohl kaum mit dem Spielzeug Ihres Mannes Tee trinken würde. Und dann wurde mir klar, wer es wirklich war – Anna Vale.

Es dauerte bestimmt fünf Sekunden, in denen ich sie einfach nur anstarrte, bevor ich mich soweit zusammengerissen hatte, dass ich mich wenigstens ducken konnte, um nicht gesehen zu werden. Wut, Fassungslosigkeit und Verwirrung stürzten auf mich ein. Sie hatte mich schließlich doch eingeholt, und ich würde mich ihr stellen müssen, keine einfache Sache nach Jahren als ihre Dienerin, die ihren Befehlen gehorchte und ihre Bestrafungen ertrug.

Ich musste. Sie konnte nur hierher gekommen sein, um mich zu sehen, vielleicht um mich zurückzuholen. Es war über ein Jahr her, aber ich machte mir keine Illusionen darüber, wie sie mich sah. Ich war ihre Freundin, ihr Dienstmädchen, mit Betonung auf ‚ihr'. In ihrer Vorstellung besaß sie mich, und ihre Handlungen wären nicht viel anders gewesen, wenn ein Möbelstück verlorengegangen wäre. Während der ganzen Zeit, in der ich ihr aus dem Weg gegangen war, hatte ich gehofft, sie würde einfach aufgeben, oder jemand neues finden. Jetzt sah es so aus, als hätte die Konfrontation, die ich so unbedingt vermeiden wollte, mich schließlich eingeholt. Ich könnte verschwinden. Ich könnte in den Pub zurück gehen und warten bis Stephen kam. Doch egal, was ich tat, es würde nur bedeuten, das Unausweichliche hinauszuschieben.

Als ich aufstand, merkte ich, dass ich zitterte, aber ich war entschlossen. Ich musste mich ihr stellen, sie musste sehen, dass die Tatsache, dass ich mich ihr einmal ausgeliefert hatte, nicht bedeutete, dass ich mein Recht zur Selbstbestimmung aufgegeben hatte, das Recht, meine Meinung zu ändern. Ich ging zur Tür und öffnete sie leise, und es überlief mich erneut eiskalt, als ich ihre Stimme hörte.

„... so typisch für einen Mann, seine Dominanz beweisen zu müssen, indem er euch so herumlaufen und Eure Schlüpfer zeigen lässt“, sagte sie. „Nun, eine Alpha-Domina wie ich selbst, würde solche Requisiten nicht nötig haben.“

Ich erinnerte mich, wie ich mich manchmal kleiden musste und schluckte ein bitteres Lachen herunter.

„Ich mag meine Uniform“, protestierte June, „und ich mag es, meinen Po zu zeigen. Es fühlt sich gut an.“

Anna antwortete nicht, aber ich konnte mir vorstellen, wie sie verächtlich die Augenbraue hob. Nach ihrer Vorstellung war der Hintern eines Mädchens nur nackt für eine Bestrafung oder zur Erniedrigung, normalerweise beides. Als sie weiter sprach, war es, als würde mich ein Dolch durchbohren.

„Komm rein, Poppy. Ich weiß, dass du da bist.“

Ich ging hinein, fühlte mich sehr verlegen und setzte mich an den Tisch.

„Entschuldigung.“

Das war alles, was mir einfiel. Plötzlich war ich den Tränen nahe und fühlte mich sehr klein und schwach. Wenn sie mich einfach am Ohr genommen und zum Auto geschleppt hätte, wäre ich mitgegangen. Wenn sie mir befohlen hätte, mich auszuziehen und meine Zehen für den Stock zu berühren, hätte ich es getan. Nur allein schon dadurch, dass sie mich wieder so weit bringen würde, würde die Gewalt über mich, die sie so natürlich auf mich ausübte, wieder aufbrechen. Was sie stattdessen tat, war, mir eine Tasse Tee einzuschenken.

Ich wusste nicht warum, es erschien lächerlich, aber diese winzige Geste änderte alles. Sie zeigte keinerlei Schwäche, aber diese Geste gab mir Stärke, zumindest genug, um zu sprechen.

„Was machst du hier? Wie bist du hierher gekommen?“

„Gesteh mir bitte etwas Intelligenz zu, Poppy. Amber hatte ein großes Paket mit der Adresse von Dorset, das du ganz offensichtlich abholen wolltest, da dein Name darauf stand.“

Ich war still und fühlte mich kleiner und dümmer als je zuvor. Sie beachtete die Anwesenheit der anderen überhaupt nicht und fuhr fort.

„Was das warum betrifft: Ich wollte mit dir reden. Ich habe erkannt, dass du dich ziemlich albern gefühlt haben musst, als du so davongerannt bist, und dass du unter diesen Umständen wohl kaum erwarten konntest, dass ich dich wieder aufnehme. Ja, ich weiß, was du gesagt hast, aber ich weiß auch, was du denkst. Ich bin bereit, dir zu vergeben, Poppy.“

Ich saß einfach nur da mit geöffnetem Mund, unfähig, Worte zu finden. Wenn ich ihr meine Gefühle nicht klar ins Gesicht geschleudert habe, so habe ich sie doch ganz unmissverständlich klargestellt, und doch hatte sie sie ganz und gar nicht akzeptiert. In ihren Augen wusste sie alles über meine Persönlichkeit, und dass ich nicht in der Lage war, meine Unterwerfung ihr gegenüber zu überwinden. Es wäre sinnlos gewesen, zu leugnen, was sie sagte. Es würde weiter nichts sein, als kindisches Getue, ein Trotzanfall, das Verleugnen meiner wahren Bedürfnisse meines dummen Stolzes willen.

„Es ist mir bewusst“, fuhr sie fort, dass es hier einen Mann gibt, und dass er, weil er arbeitet, wahrscheinlich heute Abend ankommen wird. Wenn du dich seinen plumpen Bemühungen hingibst, um deine Bedürfnisse zu befriedigen, denk an mich, und wohin ich dich bringen kann. Ich wohne in einer Frühstückspension im Ort, Bay View. Vom Dorf aus ein kleines Stück den Hügel hinauf. Ich warte auf dich.“

Sie trank ihren Tee aus und stand auf. Sie nickte June und Nikki leicht zu, während sie sich die Handschuhe anzog. Ich fand immer noch keine Worte und sah einfach zu, wie sie das Haus verließ. Selbst als sie schon lange gegangen war, starrte ich immer noch auf die Tür.

Ein Gedanke hatte sich in meinem Kopf festgesetzt. Ich wollte zeigen, wie ich mich Stephen hingab, und ich hoffte, sie würde es sehen.

Er kam spät, die Sonne war bereits hinter dem großen Hügel im Westen untergegangen. Er hatte Lasagne zum Abendessen bestellt, die OK war, als wir sie gegessen hatten, vielleicht ein bisschen zu weich. Sie hatte jedoch durch das Erkalten und anschließende Aufwärmen in der Mikrowelle etwas gelitten. Ich schaute auf die matschige, dampfende Masse und die verbrannten Stückchen, die dazwischen herausragten, als June zur Tür ging, um ihn hereinzulassen. Aber sie landete trotzdem auf dem Tisch.

Alles, was ich anhatte, war meine Schürze, und er gab ein erfreutes Kichern von sich, als er in die Küche kam. June folgte ihm und stellte sich dann neben mir in Habachtstellung auf, während Nikki sich um seine Koffer kümmerte. Er warf mir seine Schlüssel zu, und ich schaffte es, sie aufzufangen.

„Deine Uniformen sind im Auto, Poppet. Hol sie."

Ich machte einen hastigen Abgang, in der Hoffnung, dass June den Tadel für die Lasagne ernten würde. Im Kofferraum des Autos waren die gleichen drei Teile, die die anderen hatten – ein hübsches, grünes Jackett ein braunes Bestrafungshemd und ein Baby-doll. Außerdem war noch ein Dreierpack weißer Baumwollschlüpfer dabei. Ich nahm sie heraus und hielt sie mit einer Mischung aus Stolz und Unterwerfung hoch. Jetzt könnte ich genau so sein wie sie, sein Spielzeug, feingemacht in einer frechen, kleinen Uniform, die mich als Sexspielzeug eines Mannes brandmarkte.

Was ich wirklich wollte, war, dass Anna mich so sehen könnte, wie ich vor einem Mann in meiner nuttenhaften Uniform herumstolzieren musste, zuzuschauen, wie ich geschlagen wurde, einen Schwanz lutschte, in meinen Arsch gefickt wurde, und es genoss. Nicht dass es einfach war, mir vorzustellen, wie sie im Gestrüpp herumschlich, um uns durch die Hecke zu beobachten, aber sie war in der Nähe, und sie war bestimmt neugierig.

Ich ging hinein und wollte mich so schnell wie möglich umziehen.

Ich hörte Schläge und Geheul aus der Küche.

Ich hielt inne, hin und her gerissen zwischen meinem Wunsch, zu sehen, wie June ihre Abreibung erhielt, und der Aussicht auf mein eigenes Schicksal. Es würde ohnehin passieren, also ging ich hinein. Tatsächlich wurde sie geschlagen, mit einem Holzlöffel. Sie lag über dem Tisch, mit dem Gesicht ein Zentimeter über der angebotenen Lasagne. Stephen schaute hoch, als ich rein kam, machte eine Pause, legte den Löffel weg und drückte ganz beiläufig Junes Gesicht in die Lasagne. Es gab ein schmatzendes Geräusch und dann ein Blubbern.

„Iss", befahl er, und packte ihre Haare, um ihren Kopf unten zu halten. „Also, Poppet, gefallen sie dir?"

„Ja, Meister. Danke, Meister", antwortete ich zu dem schmatzenden Geräusch von Junes Gesicht, das im Essen herumgerührt wurde.

„Gut", erwiderte er.

„Ich muss hier noch eine kleine Strafe verhängen, aber ich möchte, dass du in genau zehn Minuten angezogen bist, und vergiss deine Obergefreiten-Abzeichen nicht.."

„Ja, Meister", versprach ich und flitzte hinaus, um mich umzuziehen.

Ich schaffte es, ausnahmsweise, indem ich mich doppelt so schnell wusch und dann die engen, weißen Schlüpfer und meine eigenen Stiefel anzog. Die Abzeichen klebte ich auf, und hoffte, sie würden zumindest so lange halten, bis ich die Jacke würde ausziehen dürfen; ich war in Uniform. Ich fühlte mich gut – unartig und herrlich entblößt. Das luftige Gefühl an meinem Po machte mir bewusst, dass meine Schlüpfer zu sehen waren, wobei der Anblick sich nur durch das festsitzende Jackett von einer bloßen Zurschaustellung eines Bikinis unterschied. Ich war gekennzeichnet als Spielzeug eines Mannes, exakt so, wie ich es in diesem Moment wollte.

Als ich in die Küche zurückkam, hatte June die ganze Lasagne aufessen müssen und leckte jetzt die Form sauber. Sie sah grässlich aus, ihr Gesicht braun und dreckig, Reste von Hackfleisch und Nudeln hingen an ihrer Haut und in ihrem Haar, Sauce lief ihr übers Gesicht und in ihr Dekolleté. Während sie aß, hatte er sie geschlagen. Ihr Schlüpfer war noch immer heruntergezogen, ihr Po war ein glühender, roter Ball, mit roten Flecken, und die schönen Muster, die ich ihr zuvor verpasst hatte, waren immer noch zu sehen. Stephens Schwanz war draußen, und er streichelte ihn. Nikki stand kleinlaut in einer Ecke in Habachtstellung, und ihre Hosen waren nach unten gerollt, so dass die haarlose, rosa Spalte ihrer Muschi zu sehen war.

„Ah, Poppet“, sagte er, als er mich sah. „Ich sehe, du hast Stiefel gezüchtigt?“

„Ja, Meister“, antwortete ich, und spürte plötzlich ein heftiges, kaltes Gefühl in meinem Magen.

„Nimm den Stock“, befahl er. „Höschen, du kannst deine Hosen jetzt wieder hochziehen. Zieh dich ordentlich an und geh runter ins Dorf und hol Pommes Frites.“

Ich holte den Stock, die Schmetterlinge in meinem Bauch tanzten wie verrückt. Ich hatte gewusst, dass das so kommen würde, aber das machte es jetzt auch nicht einfacher. Als ich in die Küche zurückkam, reichte ich ihm mit hängendem Kopf den dünnen, gelben Stock, mit dem er mich schlagen würde.

„Über den Tisch“, befahl er. „Das wird meinen Appetit anregen.“

Er lachte, als ich mich vorbeugte. Nikki war gegangen, aber June stand in der Ecke, die Hände auf ihrem Kopf, der Po noch immer entblößt. Ich schloss die Augen, als der Saum meiner Uniformjacke nach oben geschoben wurde.

„Noch jemand, der abnehmen muss“, bemerkte Stephen, als er in eine meiner Pobacken kniff, was mir die Schamröte ins Gesicht trieb und meine Furcht noch verstärkte.

Große, männliche Hände packten meinen Schlüpfer, zogen ihn grob herunter, und entblößten meinen Hintern. Er trat zurück und nahm den Stock. Ich schloss fest die Augen, ballte die Fäuste und biss die Zähne zusammen. Als der erste Schlag meinen Hintern traf, musste ich nach Luft schnappen.

Wieder schlug er zu, und wieder, und legte jedes Mal eine Linie von Feuer über mein Fleisch, wobei meine Beine zuckten und mein Atem in ruckartigen Stößen kam.

„Harte Schale, oder?“ fragte er.

„Nein“, schaffte ich zu sagen. „Nein, Meister –“

Er gab einen skeptischer Grunzer von sich und schlug wieder zu, härter und tiefer, direkt auf meine Falte. Ich keuchte vor Schmerz und krallte mich am Tisch fest. Wieder grunzte er, und plötzlich wurde ich verdroschen, der Stock peitschte wieder und wieder auf mich nieder, traf Hintern und Schenkel, drehte sich und traf meine Hüfte, dann nach unten gegen meine Muschi.

„Stopp!“ schrie ich. „Stopp. … bitte. ……. Gnade. Oh! Du hast meine Muschi erwischt. …. Meister.“

„Dann lass dir das eine Lehre sein“, antwortete er und legte den Stock weg.

Ich schüttelte den Kopf gegen den Schmerz, aber er ließ mir keine Zeit, um meine Gefühle zu ordnen. Seine Hand fasste in meine Haare; mein Körper wurde zu ihm gezogen, und sein Schwanz landete grob in meinem Mund. Er war schon fast erigiert, und während er ihn in meinem Mund zu meinen Grunzern und unterdrückten Seufzern rein und raus presste, wurde er vollständig hart.

„Die ganze Woche über habe ich an dies hier gedacht“, knirschte er, und kam, direkt in meinen Hals hinein.

Augenblicklich musste ich würgen. Sperma spritzte aus meiner Nase und aus meinem Mund, über seine Hoden und auf seine Hose. Er ließ ihn drin und ignorierte das wilde Schlagen meiner Hände auf der Tischplatte, und entleerte sich in mir mit einem langen, zufriedenen Seufzer. Ich keuchte, als er fertig war, mein Gesicht war voller Rotz, Spucke und Sperma, mein Rachen und mein Magen verkrampften sich und ich kämpfte dagegen an, mich zu übergeben. Er schaute nach unten und sah seine Hosen.

„Werdet Ihr Schlampen es jemals lernen, einfach nur zu schlucken?“ forderte er.

Er ging, um sich umzuziehen, während ich immer noch schnaufend auf dem Stuhl sitzen blieb. Als ich hörte, wie er die Badezimmertür schloss, wagte ich, etwas zu sagen.

„Er ist heute in einer groben Stimmung. Und schnell dazu.“

„Er hat es aufgehoben, die ganze Woche, hat er mir gesagt.“

„Richtig …. ich wünschte nur er hätte sich etwas mehr Zeit gelassen.

Ich war noch nicht bereit!“

„Ich auch nicht. Oh, mein Bauch!“

„Du hast es gegessen, die ganze Lasagne?“

„Ja, er hat mich gezwungen. Ich kann dir sagen, wenn ich ihn hätte saugen müssen, hätte ich mich übergeben.“

„Ich war kurz davor. Warum mögen Männer es, Mädchen an ihrem Penis zum Würgen zu bringen?“

„Ich nehme an, es fühlt sich gut an. Ich habe also Lasagne bekommen und du Sperma-Abendessen. Was denkst du, wird er mit Nikki machen?“

„Nichts, nicht nachdem er jetzt gekommen ist.“

Sie nickte gedankenverloren und sprach dann.

„Hast du Lust zu knuddeln? Er hat meinen Po ganz warm gemacht.“

„Ja, aber ich denke, wir beeilen uns lieber.“

Ich stand auf. Meine Muschi stach und mein Po pochte, aber ich war bereit, erregt durch die Unterwerfung und die grobe, dreckige Art, wie er mich benutzt hatte. June sah grässlich aus, ihr Jackett war vorne völlig verdreckt und ihr Gesicht eine Maske aus braunem Matsch. Ich sah nur geringfügig besser aus, mit Stephens Sperma und meiner eigenen Schweinerei über meinem Kinn, aber ich schüttelte mein neues Jackett ab und nahm sie in meine Arme.

Sie war warm und weich, sehr lebendig und leidenschaftlich. Sie küsste mich sofort und nahm meine Brüste in ihre Hände. Alle schlechten Gefühle schmolzen dahin, als ich ihren heißen Po umfasste. Meine Gedanken drehten sich um die Art, wie wir behandelt wurden, so beiläufig misshandelt, unsere Hintern geschlagen, unsere Gesichter beschmutzt. Sie wurde gezwungen, eine verdorbene Lasagne zu essen. Ich hatte eine Wochenration Sperma im Rachen.

Jetzt vermischte sich die Masse in unseren Mündern, als wir uns küssten, und wurde über unsere Gesichter verschmiert, als wir unsere Nasen und Wangen in wachsendem und immer lüsterner werdenden Vergnügen aneinander rieben.

Ich wollte sie lecken, wollte mein Gesicht zwischen ihre heißen, verhauenen Pobacken pressen, während ich an ihrer Muschi und ihrem Arschloch leckte. Sie wehrte sich nicht, als ich nach unten glitt, sondern knöpfte ihr Jackett auf und entblößte ihre großen Brüste. Ich nuckelte kurz an einer und legte dann eine Spur von Küssen ihren Leib hinunter, bis zu ihrem Bauchnabel. Sie keuchte kurz, als ich ihren Piercing-Ring zwischen meine Lippen saugte und dann das winzige Dreieck mit Schamhaaren über ihrer Muschi küsste.

Sie drehte sich um, als meine Hände zu ihren Hüften wanderten. Ihr Po reckte sich nach oben, direkt in mein Gesicht, und sie kicherte, als meine Zunge die Stelle zwischen ihren Arschbacken erforschte. Ich konnte die Hitze, die durch das Schlagen entstanden war, an meinem Gesicht spüren, und die raue Haut, wo der Löffel sie getroffen hatte. Einen Moment liebkoste ich sie, was mich selbst reizte, doch dann zwängte ich meine Zunge fest ihr Arschloch hinauf, leckte sie und schluckte ihren vollen, erdigen Geschmack herunter. Sie stöhnte und drückte ihren Po noch fester in mein Gesicht. Ich grub mich tiefer in ihr Loch, und spürte den elastischen kleinen Ring ihres Anus auf meiner Zunge.

Ich wollte schon kommen, wollte es mit meiner Zunge in ihrem Po. Sie hätte auf meine Wangen pinkeln können, ja sogar in meinen Mund, und ich hätte sie trotzdem weitergeleckt, hätte mich an ihr gütlich getan, an ihrem Po und an ihrer Muschi, bis sie in meinem Gesicht kam. Meine Hände glitten zwischen meine Schenkel, in den Zwickel meines halb heruntergerutschten Schlüpfers und zu meiner Muschi. Ich wollte spüren, wie sie kam, zur gleichen Zeit wie ich selbst. Ich wälzte mich herum, drückte meinen Mund an ihr Geschlecht und schlängelte meine Nase in die feuchte Höhle ihres Arschlochs. Sie begann augenblicklich zu stöhnen, und ich fühlte, wie sich meine Muschi zusammenzog, als Stephens Stimme uns unterbrach.

„Ihr Schlampen könnt euch nicht einen Moment in Ruhe lassen, oder?"

Er stand in der Türöffnung in einem roten, seidenen Schlafanzug und lächelte amüsiert. Ich zog mich zurück und zitterte, als ich langsam runterkam vom dem was ein glorreicher Orgasmus zu werden versprach.

„Nein, Meister. Dürfen wir fertig machen, bitte, Meister?"

„Ja", antwortete er, „gleich. Du hast noch nichts gegessen, oder, Poppet?"

„Ich .... ich dachte, ich wäre auf Sperma-Abendessen, Meister", antwortete ich.

„Das ist richtig, aber ich habe entschieden, nett zu sein."

Er langte nach oben zu einem der kleineren Fächer über dem Küchenschrank. Ich sah einige große Dosen mit auffälligem Etikett – oranger Text auf rotem Hintergrund mit einer abscheulich aussehenden braunen Substanz, die entfernt nach Fleisch aussah, und einem Bild von einem Labrador.

„Ich … ich wusste nicht, dass du einen Hund hast, Meister?" brachte ich hervor – eine absolut blöde Frage.

„Doch, habe ich." Er kicherte. „Tatsächlich habe ich sogar vier, einen rassereinen Irish Setter und drei Mischlinge, von denen der eine jetzt sein Essen bekommt."

Ich schluckte trocken und mein Magen verkrampfte sich noch mehr.

Wäre ich nicht einen Augenblick zuvor kurz vor dem Orgasmus gewesen, hätte ich mein Stoppwort gestammelt, aber ich war kurz davor gewesen und eine wirklich schreckliche Faszination beschlich mich, als er die Dose nahm und sie auf die Arbeitsplatte stellte.

„Wirst du ein braves Mädchen sein?" fragte er.

„Ja, Meister", sagte ich, obwohl jedes Quäntchen meines gesunden Menschenverstandes und alle Instinkte in mir das Gegenteil schrien.

„Gut", sagte er, „das höre ich gerne. Stiefel, ein bisschen weiter über den Tisch, Hintern hoch, Beine weit auseinander."

Sie ging herüber und hob ihren Hintern, so dass sie mit ihren Pobacken einen runden, doppelten Halbmond bildete, ihre Muschi dazwischen deutlich sichtbar. Es gab einen leichten Knacks, als Stephen den Griff des Dosenöffners zusammendrückte. Sofort erfüllte der Geruch von Hundefutter den Raum. Mein Magen schlingerte erneut.

„Du wirst alles essen", ordnete Stephen an und drehte den Öffner, „und sie zum Orgasmus bringen. Na, Stiefel, bin ich nicht ein großherziger Meister?"

„Ja, Meister", antwortete sie.

Sie kicherte, aber es schwang ein nervöser Unterton mit, und auch Erleichterung. Das überraschte mich nicht. Sie müsste kein Hundefutter essen. Ich schon, und trotz all meinem Ekel, konnte ich mich nicht zurückhalten. Ich würde es tun. Ich wollte es tun, und ich wollte kommen mit dem ekelhaften Zeug in meinem Mund, mein Gesicht damit verschmiert, meine Titten verdreckt, meine Muschi verkleckert.

Ich schüttelte meinen Kopf und versuchte, mich zusammenzureißen, um mich willentlich gegen das zu wehren, was er mit mir vorhatte. Es kamen keine Worte über meine Lippen. Alles was ich tun konnte war, voller Entsetzen zuzuschauen, wie er den Deckel von der Dose schälte, einen Löffel nahm und ihn in die schleimige, braune Masse in der Dose steckte. Der Löffel kam aus der Dose, mit einem großen Klecks Hundefutter, wobei der faulige Geruch augenblicklich strenger wurde.

Junes Hintern war nur ungefähr dreißig Zentimeter von meinem Gesicht entfernt, ihre Muschi und ihr Anus noch klebrig von meinem Speichel. Stephen kam näher, hielt den wohlgefüllten Löffel, und meine letzte Hoffnung verblasste, dass er mich nur schikanieren wollte. Sie schwand völlig, als er das Hundefutter zwischen ihre Pobacken schmierte, direkt auf ihren Anus. Mein Magen überschlug sich, als er die Masse mit dem Löffel hinein strich und in ihren Arsch presste, zwischen ihre Arschbacken und auch über den Eingang ihrer Muschi.

Der Geruch war überwältigend und mein Drang zu würgen genauso. Und trotzdem konnte ich mich nicht wehren, sondern konnte lediglich

zuschauen, wie ein zweiter Löffel voll zwischen Junes dicke Pobacken geklatscht wurde, dieses Mal auf ihre Muschi, wobei die enge Öffnung mit Hundefutter zugekleistert wurde, was mit einem empörten Stöhnen von ihr beantwortet wurde. Stephen lachte und tauchte den Löffel ein drittes Mal in die Dose, um noch mehr herauszuschaufeln und auf ihr Geschlecht zu drücken, wobei jetzt ihr Muschiloch gefüllt wurde.

Ein vierter Löffel wurde auf ihr Geschlecht gedrückt, damit die Schamlippen und die kleinen Falten und Vertiefungen zugeschmiert werden konnten. Der fünfte ging noch einmal mitten drauf, und der sechste und siebte höher, in die Falte zwischen ihre Arschbacken. Die Dose war zur Hälfte leer und ich wünschte mir inbrünstig, er hätte einen Chihuahua gehabt. Ein achter und neunter Löffel wurde hinzugefügt, sodass sich auf Junes Arschfalte das stinkende, klumpige Hundefutter türmte und auf der erröteten Haut Reste von herunter getropftem Gelee zu sehen waren.

„Gutes Mädchen, aufessen!“ lachte Stephen und setzte sich zurück. Ich sah ihn an, und dann das aufgetürmte Hundefutter zwischen Junes Arschbacken. Er deutete lediglich in Junes Richtung. Ich schluckte, zwang die Galle in meinem Rachen nach unten und lehnte mich nach vorne. Meine Vernunft und mein Körper rebellierten verzweifelt gegen das, was ich tun würde, aber nicht mein Demutsgefühl. Dann war meine Zunge draußen. Ich steckte sie in das Hundefutter, probierte es und würgte an dem faulen, hundeähnlichen Geschmack und Geruch, aber ich war willig, mehr als willig.....

Dann aß ich es, mein Gesicht mitten im Matsch, verschlang es und schluckte, meinen letzten Rest Widerstand aufgebend, und mich völlig meinem Bedürfnis hingebend. Stephen lachte, als er mich so sah, aber ich hörte ihn kaum, mein ganzes Sein war auf den völlig erniedrigenden Akt fokussiert, zu dem er mich gezwungen hatte: Hundefutter zwischen den Arschbacken eines anderen Mädchens heraus zu essen, mein Gesicht hineinzustecken, es zu schlucken, sie mit den Lippen zu berühren und sie zu lecken – bis sie kam. Und ich auch.

Ich schob meine Hand zu meiner Muschi und spürte, dass ich nasser war als je zuvor, mein Fleisch geschwollen und empfindlich, meine Klitoris ein heißer, drängender Punkt im Zentrum. June drückte ihren Po hoch, spreizte ihre Arschbacken in mein Gesicht, sodass das Hundefutter darin verschmiert wurde und ich gezwungen war, noch mehr in meinem offenen Mund aufzunehmen. Ich schluckte es und fühlte einen Moment lang die klumpige, schleimige Konsistenz in meinem Rachen, bevor es hinunterglitt. Ich hatte begonnen, zu masturbieren.

„Das nicht!" befahl Stephen in scharfem Ton. „Kannst du deine Möse nicht eine Sekunde in Ruhe lassen?"

Meine Hand kam aus meinem Slip, klebrig von meinem Saft. Ich musste kommen, aber ich musste auch gehorchen, oder die Realität von dem, was ich tat wäre einfach zu viel. Er hatte mir befohlen, Hundefutter zu essen, und ich tat es, als sein Spielzeug, seine Sklavin, seine Hure. Meine Gefühle waren stärker denn je, ich begann wieder zu essen, nahm einen neuen Bissen und schluckte ihn, dann bohrte ich meine Zunge hinein, um das faltige Fleisch in Junes Arschloch zu untersuchen.

Ich hörte das Klacken der Tür, und ein bitterer Stoß von Unterwerfung schoss durch mich, als ich mir vorstellte, dass Nikki mich sehen würde. Die Hälfte des Hundefutters war in meinem Magen, die andere Hälfte zwischen ihren Backen, in ihrer Öffnung und in meinem Gesicht verschmiert. Nikki schnappte nach Luft, als sie uns sah, und bei diesem Laut fühlte ich, wie meine Tränen anfingen zu laufen. Sie rannen heftig aus meinen Augen, während ich mich zwang, noch einen Mundvoll zu schlucken.

„Du kannst sie jetzt zum Orgasmus bringen“, bot Stephen beiläufig an, und eine große Welle von rührender Dankbarkeit überflutete mich.

Alles aus ihrer Spalte war inzwischen in meinem Magen gelandet – oder auf meinen Titten und meinem Bauch, und ich begann jetzt am Fleisch zu lecken. Ich leckte ihre Pobacken, das Tal dazwischen und ihr Arschloch sauber, und stieß mit meiner Zunge hinein, um einen kleinen Rest von Hundefutter herauszupulen, das sich noch darin befand. Sie stöhnte und hob ihren Hintern an, um mich zu ermuntern, und ich fuhr fort, indem ich ihr Geschlecht bearbeitete.

Ihre Muschi war noch voll davon, gut eingepackt in einer ekligen, schleimigen Masse. Ich musste es heraussaugen und zerkauen, bevor ich es schlucken konnte, wodurch ihr Geschlecht lediglich verschmiert wurde. Ich begann es aufzulecken, und noch mehr Stückchen fielen auf meine Titten, und in meinem Drang wurde ich immer unbeholfener. June seufzte und ich bohrte meine Nase wie zuvor in ihren Hintern, nur mit dem Unterschied, dass ihr festes, kleines Loch jetzt glitschig war von dem Hundefutter.

Ich hörte Stephens Kichern und der Geruch von Fisch und Chips stieg mir in die Nase. Ich bohrte mich noch tiefer in Junes Hintern. Und dann kam sie, direkt in mein Gesicht, ihre Muschi zuckte, ihr Arschloch pulsierte auf der Spitze meiner Nase, sie wand sich mit ihrem Hintern und schmierte den Rest des Hundefutters über mein Gesicht und in meine Haare, in meine Nase und in meine Augen. Ich hörte nicht auf, bis ich ihren Schrei voller Ekstase hörte und spürte, wie sich ihre Muskeln verkrampften. Ich leckte weiter, dreckige Spucke lief von meinem Kinn, über ihre Scheidenöffnung und tropfte dann auf meine Titten und in meinen Schlüpfer. Wieder schrie sie auf, lauter als vorher, und nannte mich eine dreckige Hure, und eine Schlampe, und ihre Liebste, und dann war es vorbei und sie fiel schlaff in sich zusammen. Ich schluckte meinen letzten Mundvoll Dreck und Muschisaft herunter, und setzte mich zurück auf meinen Hintern.

Es blieb mir keine Wahl, ich musste einfach kommen. Ich nahm meinc schleimigen Titten in meine Hände, begann das Hundefutter auf ihnen zu verschmieren, rieb es an meine Nippel und schwelgte in der ekligen Konsistenz. Meine Muschi kam als nächste dran, vielleicht mit einer Handvoll Hundefutter, das noch in der Dose war, damit ich etwas zum Einreiben hätte, vielleicht. ….

„Oh, oh, nein, das sollst du nicht“, sagte Stephen mit vollem Mund. „Sei jetzt ein braves Mädchen, Poppet, und du bekommst, was du brauchst. Du bist dran, Höschen.“

„Meister“, keuchte ich, „bitte nein. … ich kann nicht. ….. ich muss mich übergeben. …“

„Nicht du, du dummes Mädchen“, sagte er. „Du wirst jetzt kommen, weil du so eine gehorsame kleine Schlampe warst. Höschen ist diejenige, die noch kein Abendessen gehabt hat.“

Sie hatte sofort verstanden und schaute entsetzt, mit offenem Mund.

„Also?“ fragte er. „Muss ich meine Anordnungen zweimal erteilen?“

„N – nein, Meister“, stammelte sie.

„Dann los“, befahl er. Hinauf auf den Tisch, Poppet. Du kannst sie vorbereiten, Stiefel, und sieh zu, dass genug in ihrer Möse ist.“

Ich musste kommen, und es war nur fair. Wenn Nikki sich nicht drücken würde, dann würde ich es auch nicht ablehnen, das zu bekommen, was ich June gerade gegeben hatte. Ich stand langsam auf, nahm Junes Platz auf dem Tisch ein und hob meinen Hintern in die gleiche unanständige Stellung. June kam hinter mich und zog meine Hosen herunter, gerade weit genug. Sie griff nach der Dose mit Hundefutter. Nikki kam mit jämmerlichem Gesichtsausdruck näher, ihre Nase vor Ekel gerümpft. Ich spreizte meine Beine, mein heruntergezogener Schlüpfer spannte zwischen meinen Schenkeln, und June schmierte den ersten Klecks auf meine Muschi.

Es ging hinein, und sie füllte mein Loch, indem sie es mit dem Löffel hineinquetschte, während ich meinen Kopf in einer Mischung aus schwindelnder Glückseligkeit und Selbstekel schüttelte. Mein Loch war mit Hundefutter gefüllt und ich wollte kommen. Auch mein Bauch war voll damit, mein Abendessen, eine Dose Hundefutter, gemischt mit Junes Muschisaft und Stephens Sperma, und ich wollte kommen.

Es wurde noch mehr zwischen meine Backen geklatscht, auf mein Arschloch und über meine Muschi – vollgekleistert, dick, klebrig und klumpig. Etwas ging in meinen Anus und als sie aufhörte, häufte es sich auf meiner Muschi, sechs gute Löffel voll stapelten sich zwischen meinen gespreizten Backen und in meiner Öffnung. Ich fühlte mich entsetzlich, es erfüllte mich mit dem gleichen hilflosen, atemlosen Gefühl, völlig schmutzig und ganz und gar befreit zu sein, wie bei einer vollen Windel.

Ich streckte meinen Po hoch, gierig nach Nikkis Zunge, während ich mich auf das Gefühl der nassen, schleimigen Masse zwischen meinen Arschbacken und den dreckigen Gedanken in meinem Kopf konzentrierte. Sie war hinter mir, zog sich aus, ihr Oberteil lag bereits am Boden, ihre Hände am Knopf ihrer Jeans. Stephen und June sagten nichts, sondern schauten abgestoßen und fasziniert zu. Nikkis Jeans rutschte nach unten, und dann folgten ihr Schlüpfer, ihre Socken und die Schuhe. Nackt ging sie auf die Knie, und ihr Gesicht war nicht mehr zu sehen.

„Mach es“, befahl Stephen, „alles, Höschen, bis zum letzten Mundvoll, und lass Poppet kommen.“

“Ja, Meister“, hörte ich sie mit schwacher, zitternder Stimme antworten.

Er gab ein zufriedenes Glucksen von sich und steckte einen großen Chip in seinen Mund. Sie fasste sanft meine Beine, ihr Gesicht berührte meinen gespreizten Po und sie tat es, mit ihrem Gesicht im Hundefutter, während sie ihr abscheuliches Abendessen aß. Ich hatte dasselbe getan, hatte mich darin gesuhlt, es geschluckt, hatte mein Gesicht zwischen ihre reifen, vorwitzigen Arschbacken geschmiegt, ihren Anus und ihre Muschi geleckt, gefüttert von ihren schmutzigen Öffnungen, Stephens dreckige kleine Hure….

Ich musste kommen, aber ich zwang mich, mich zurückzuhalten, um es so passieren zu lassen, wie es sein sollte. Nikki gab ein eigenartiges

Schluckgeräusch von sich, und ich wusste, sie hatte ihren ersten Mundvoll geschluckt. Erneut presste sich ihr Gesicht zwischen meine Backen und dieses Mal berührte ihre Zunge Fleisch, zwischen meinem Arschloch und meiner Muschi. Ich fühlte ihre Lippen, als sie einen zweiten Mundvoll nahm, und hörte wieder ihr Schlucken. Sie hatte weniger zu essen, und mit dem dritten Mal fanden ihre Lippen meinen Anus, küssten mein Arschloch und saugten die Stückchen von Hundefutter heraus.

Das war zu viel. Mein Kopf war voll von schmutzigen Gedanken, bis zum Bersten voll, unterwürfige und dominante Gedanken. Da war der eklige Geschmack in meinem Mund und das Gefühl von Nikkis Lippen an meinem Anus. Da war meine unanständige Pose, in nichts als mit Hundefutter verdreckten Hosen, und sie, nackt, ihr Gesicht mit dem gleichen Dreck verschmiert. Da war ich selbst als kriecherische, bestrafte Hure und sie genauso, gezwungen, ihr schmutziges Abendessen aus meiner verschmierten Muschi und meinem schleimigen Arschloch zu essen.

Ich fasste nach hinten, einfach unfähig zu warten und begann zu masturbieren – in der schleimigen Masse aus Hundefutter und Nikkis Spucke. Ihr Mund fand meine Muschiöffnung – mein Mösenloch, und saugte, um die Brocken von Hundefutter darin herauszulutschen. Meine Arschbacken zogen sich zusammen; meine Muschi begann zu zucken. Nikki machte noch einmal das gleiche, seltsame Schluckgeräusche, nur lauter. Ich realisierte, dass sie sich erbrach, als ich begann zu kommen, und als der Orgasmus kam, spritzte heiße, schleimige Spucke über meinen Hintern und füllte den Zwickel meiner halb heruntergezogenen Hosen rund um meine reibenden Finger.

Zehn

Ich wachte mit einem unbestimmten Gefühl von Verlust auf, das ich erst einordnen konnte, als ich merkte, dass Nikki nicht im Bett neben mir lag. Sie hatte Frühstücksdienst, und so drehte ich mich noch einmal um, froh, dass ich nicht daran teilnehmen musste. Ich fühlte mich etwas wund

und schwach, und auch geistig erschöpft. Es war nicht die Zeit für ein Sperma-Frühstück.

Kaffee war eine bessere Alternative, und ich schaffte es schließlich, mich aus den Kissen zu erheben, in der Hoffnung, dass Nikki noch im Frühstücks-Vorbereitungs-Stadium und nicht im Schwanz-Saug-Stadium wäre. Es war nichts von ihr zu sehen, und June schlief noch, in ihre Kissen gekuschelt, mit dem Daumen im Mund.

Etwas fehlte, und ich realisierte, was es war, als ich in die Küche kam. Es roch nicht nach Kaffee, und auch nicht nach Speck oder Würstchen oder irgendetwas in der Art, was Stephen sich zum Frühstück bestellt haben könnte. Nur der Geruch des Antiseptikums, das wir am Abend zum Reinigen verwendet hatten. Wir mussten es in unseren Arbeitsanzügen machen, und er stand über uns mit einer Gerte, bis alles makellos war, aber bis wir fertig waren, waren wir zu erschöpft für noch mehr Sex.

Das bedeutete, dass Stephen wahrscheinlich mit einer Erektion aufgewacht war und hereingekommen war, um Nikki zu holen. Ich begann, Kaffee zu machen, und hoffte, dass ich ihn in Ruhe würde trinken können, als Stephen rief, noch bevor der Wasserkessel kochte.

„Höschen!“

Ich streckte meinen Kopf aus der Tür und sah ihn mit dem Rücken zu mir, in seinem roten Seidenschlafanzug, wie er in unser Schlafzimmer schaute.

„Ist sie nicht bei dir?“ fragte ich, obwohl es mir dämmerte, dass das ganz offensichtlich nicht der Fall war.

„Nein“, antwortete er, und sein dominanter Ton war augenblicklich verschwunden.

„Nun, bei uns ist sie auch nicht“, sagte ich ihm. „Vielleicht ist sie nach draußen gegangen, um einen Spaziergang zu machen.“

Er antwortete nicht, sondern schaute merklich besorgt, und schuldbewusst. Sie war still, nachdem sie sich in meinen Schlüpfer übergeben hatte, aber immer noch gehorsam. Sie hatte mir glücklich einen Gutenachtkuss gegeben, aber wir hatten keinen Sex mehr vor dem Schlafen. Ich war zu müde, und auch zu wund und voll und ganz befriedigt. Ich hatte ihr ein Lecken angeboten, aber sie wollte nur einen Knuddler.

Besorgt ging ich zur Eingangstür. Tatsächlich war das Schloss offen, und ein Stück Papier steckte im Briefkasten. Es stand ein einziges Wort darauf, ‚Entschuldigung.'

Das war das Ende vom Samstag, zumindest in Bezug auf das, was noch Schlimmeres hätte passieren können. Stephen machte sich sofort Vorwürfe, kaute auf seinen Nägeln und rannte im Kreis, bis er sich schließlich soweit zusammengerissen hatte, um nach ihr zu suchen. Ich war nicht allzu besorgt, da ich ziemlich sicher war, wohin sie gegangen war, und das war nicht zu den Klippen – dorthin wo er als erstes ging, um nach ihr zu suchen.

June vermutete dasselbe und stimmte mir zu, dass wir es Stephen nicht sagen sollten. Sie willigte auch ein, mich zu schonen, und ging allein nach Bay View, während Stephen hinunter an den Strand ging. Zwanzig Minuten später war sie zurück. Nikki war bei Anna und war nicht bereit zurückzukommen.

Als Stephen zurückkam, war er am Ende seiner Kräfte, und June hatte Mitleid und erzählte ihm, dass sie gesehen wurde, wie sie am Morgen vor dem Pub in ein Taxi gestiegen war. Stephen war noch immer nicht ganz zufrieden, beruhigte sich aber schließlich, als wir darauf hinwiesen, dass sie die meisten ihrer Sachen – alle, eigentlich – mitgenommen hatte, mit Ausnahme ihrer drei Uniformen und ein paar Kleinigkeiten, die im Cottage herumlagen.

Kaum überraschend, dass es an diesem Tag keine weiteren Spiele mehr gab. Stephen fühlte sich schuldig, weil er sicher war, dass er sie zu weit getrieben hatte. Ich versuchte ihm zu erklären, dass es mehr die Tatsache war, dass er sie bestraft hatte, obwohl sie es nicht verdient hatte, als das, was er tatsächlich getan hatte, aber es traf auf taube Ohren. Ich war auch nicht sehr glücklich, denn June und ich hatten uns gut mit ihr verstanden, und wenn sie Annas Partner werden würde, wäre das das Ende unserer Beziehung, oder zumindest das Ende des besten Teils. Nur June zeigte keinerlei Bedauern und betonte, dass wir drei trotzdem noch Spaß haben könnten. Stephen dachte offensichtlich, dass sie gefühllos war und ging zu meinem Bedauern nicht darauf ein.

Er änderte seine Meinung am Morgen, entweder das oder sein Schwanz hatte wieder die Herrschaft über sein Gehirn übernommen. Wir wachten kurz vor zehn auf, und June wurde zum Schwanz-Saug-Dienst beordert, während ich das Frühstück machte. Sie fügte sich, und ich mich auch, wir bestanden aber darauf, dass wir auch Kaffee mit Speck und Eiern haben durften, anstelle des üblichen Mundvolls Sperma. Er stimmte zu, und es gab eine kurze Diskussion über Rollen und Stoppwörter, während wir unsere zweite und dritte Tasse Kaffee im Innenhof tranken. Schließlich hatte er sich gesammelt.

„OK, genug mit dem Unsinn. Zieht euch aus, alle beide, und zieht Eure Stiefel an. Heute lernt Ihr, wie Ihr ein Pony-Girl werdet."

Es war lange her, seit ich ein Pony-Girl war – zu lange. Ich verdrängte meine schlechten Gefühle wegen Nikki und Anna und trank meinen Kaffee aus.

„Ja, Meister. Ich hole das Geschirr."

June trug bereits nur noch ihre Stiefel, als ich zurück kam, der Rest ihrer Kleider war irgendwo auf dem Boden verstreut. Ich begann, das Geschirr zu sortieren und entwirrte das Zaumzeug, den Körperharness und die Handgelenksmanschetten aus dem Durcheinander von Lederriemen, und legte die Schweife sorgfältig daneben auf den Tisch. Jetzt, wo Nikki nicht da war, hatte ich auch einen Schweif, so hatte dies zumindest etwas Gutes.

Ich zog mich schnell aus und zog meine Stiefel an, und mein Körper begann schon vor Vorfreude zu kribbeln bei dem Gedanken an das nackte ‚Nicht-verantwortlich-sein', eines der besten Gefühle daran, wenn man ein Pony-Girl war. Stephen hatte ganz offensichtlich nicht vor, uns zu helfen, sondern hatte sich zurückgelehnt und schaute uns zu. June war im Nu verwirrt, und ich musste ihr helfen, das Zaumzeug am Kopf festzumachen und die Strippen festzuziehen, ihr die Handgelenksmanschetten anzulegen und den Harness anzupassen, bis alles an der Taille und den Schultern fest saß. Zum Schluss band ich ihre Zügel an den Türgriff und klickte ihre Handgelenkmanschetten auf dem Rücken an ihr Geschirr, sodass sie jetzt hilflos war, ihre Brüste, Po und ihre Muschi entblößt, so wie ein Pony-Girl sein sollte.

Mir den eigenen Harness anzuziehen war einfach, all die kleinen Tricks kamen mir sofort wieder ins Gedächtnis. June konnte nur warten und zuschauen, angebunden und unfähig sich zu befreien, bis auch ich in voller Montur war und unsere Schweife brachte.

„Möchtest du?“ bot ich an, und hielt Stephen meinen zusammen mit dem Topf Gleitgel hin.

„Zeig es mir“, antwortete er. „Ich werde den von Stiefel machen.“

Ich nickte und drehte den Schweif um, sodass der stumpfe Stöpsel nach oben schaute. Nur der Gedanke daran, dass er vor seinen Augen in meinen Arsch gehen würde, reichte aus, dass ich zitterte. Ich fettete ihn ein, und stellte sicher, dass er sah, wie viel Gel ich nahm. Dann nahm ich noch mehr heraus und langte nach hinten, um meinen Finger in mein Loch zu stecken. Ich steckte ihn tief hinein und berührte mich selbst ein bisschen, um es gut nach oben zu verteilen und meinen Ring zu öffnen. Er schaute lächelnd zu.

Als mein Arschloch saftig und offen war, steckte ich meinen Finger schnell in meinen Mund und drückte die Rückseite des Schweifes zwischen meine Backen. Die Spitze des Stöpsels glitt einfach hinein, und ich musste seufzen, als sich mein Ring so weit spreizte, um den Kolben aufzunehmen, und ich spürte, wie ich leicht in meinem Rektum gedehnt wurde. Eine Drehung des Harnessriemens und er war an Ort und Stelle befestigt. Der Stöpsel steckte tief in meinem Po, während der Schaft zwischen meinen Backen herausschaute und es so aussehen ließ, als würde der eigentliche Schweif aus dem Ende meiner Wirbelsäule wachsen.

Ich drehte mich und zeigte ihnen mein Profil und meine Rückansicht, wobei ich mit meinem Po wackelte, sodass der Schweif über meine Pobacken wischte. Stephen nickte anerkennend und drückte seinen Schritt, nahm Junes Schweif und stand auf. Sie antwortete, indem sie ihren Po herausstreckte, sodass sich ihre Backen spreizten, und die farbige, kleine Öffnung dazwischen zu sehen war. Stephen gab ihr einen leichten Klaps, steckte seinen Finger in die Geldose und strich es direkt in ihren Po.

Sie keuchte, als er in ihren Anus eindrang, begann aber augenblicklich zu schnurren und wackelte mit ihrem Po, als er seinen Finger in ihrem

Loch bewegte. Er nahm den Schweif, tunkte das Ende in die Dose und zog es gut geschmiert wieder heraus. Sein Finger kam mit einem klebrigen Geräusch aus ihrem Po und der Stöpsel ging hinein, tief hineingedrückt mit einer einzigen, festen Bewegung. Sie keuchte erneut, aber nahm ihn auf. Ihr Anus schloss sich um den Schweifschaft, und sie stand auf und Stephen band ihn fest.

Ich stand stocksteif, als er meine Handgelenke an meinem Geschirr fest hakte. Es war so lange her, aber ich fühlte, wie ich wieder in die Rolle schlüpfte, nur verantwortlich für die allereinfachsten Befehle, gleichgültig meiner Nacktheit gegenüber oder gegenüber der ganzen, weiten Palette menschlicher Moralvorstellungen. Meine Blase war von all dem Kaffee, den ich getrunken hatte, schon gut gefüllt, und ich ließ es einfach laufen, wobei mein Pipi auf den Betonboden des Innenhofes spritzte und an meinen Schenkeln herunter lief, bis in meine Stiefel. Ich fühlte mich weich und warm, und nur im Hinterkopf dachte ich daran, dass ich gerade ein Paar schicke, schwarze Wildlederstiefel ruiniert hatte. Es kümmerte mich nicht. Ich war ein Pony-Girl.

Stephen gab mir einen Hieb mit der Reitgerte, die ich mit herausgebracht hatte, und ich brachte als Antwort ein schmerzerfülltes Wiehern zustande. Einen Augenblick später hatte er den Wasserschlauch auf mich gerichtet, und ich schnaubte und stampfte, als ich hastig mit einem kalten Wasserstrahl abgewaschen wurde. Triefend und dampfend, mit erigierten Nippeln, stand ich in der Sonne.

Er lachte, als er sich umdrehte, als Pferdebesitzer genauso grausam wie als Meister. Ich überlegte, ob ich rennen sollte, blieb aber in Gedanken an seine Gerte stehen, als es in meiner Leiste ziemlich heftig zu stechen begann. June stand ebenfalls, still und geduldig, und schaute lediglich aus den Augenwinkeln zu, bis er mit dem Wagen zurückkam.

Er war schwer und klobig, und zu nichts anderem als zum Schmuck konstruiert worden. Nach einigen Fehlversuchen schaffte er es, unser Geschirr an der Deichsel zu befestigen und kletterte hinter uns hinein. Seine Gerte klatschte noch einmal auf mein Fleisch und wir setzten uns in Bewegung, und trotteten auf dem Rasen in einem großen Oval, bis er uns schließlich gut unter Kontrolle hatte.

Ich bewegte mich vom Start weg zu dem Ziehen der Leinen und dem Schnalzen seiner Gerte, und auch June hatte schnell den Dreh raus. Bald ließ er uns piaffieren, steuerte uns durch zwei Bambuspfosten, ließ uns galoppieren und schnelle Wendungen ausführen. Er ließ uns auch rennen, sodass wir in der Sonne, die auf unsere schmerzenden Körper schien, schwitzten und schnauften, unsere Nippel steif und unsere Muschis feucht.

Zum Schluss lenkte er uns zurück in den Innenhof, wo wir geparkt und aus dem Geschirr ausgespannt wurden. Ich stand still, während meine Zügel ausgehakt wurden, wobei mir der Schweiß den Körper herunter lief. Ich zitterte leicht und der Stöpsel in meinem Po begann zu jucken. Stephen kicherte, als er den Schlauch nahm.

„Wir sind richtig eifrig, oder? Vielleicht kühlt euch das etwas ab."

Er drehte das Ventil auf, und der Strahl traf mich voll auf dem Brustkasten. Das kalte Wasser spritzte über mich und June. Zuerst war es ein Schock, jetzt eine Wohltat. Wir schwelgten in dem kühlen Nass, ließen das Wasser auf Brust und Bauch platschen, steckten unsere Hintern raus, damit er in unsere verklebten Spalten kam, und öffneten unsere Münder, um so viel wie möglich von dem kühlen, erfrischenden Wasser zu schlucken.

Bis er fertig war, sich zu amüsieren, hatte er seinen Schwanz rausgeholt, und hielt ihn halberigiert in seiner Hand. Es sah ganz so aus, als sollten wir gefickt werden, vielleicht auch anal, unsere saftigen Arschlöcher würden sich ganz sicher nach seinem Schwanz sehnen, sobald unsere Stöpsel draußen waren, und wären bestimmt bereit. Ganz gewiss.

„Über den Tisch, zack, zack", befahl er, und packte noch einmal seinen Schwanz. „Ich denke, es ist an der Zeit, dass du lernst, wie sich der in deinem vorwitzigen Hintern anfühlt, Stiefel."

Keine von uns rührte sich, bis einige gut gezielte Schnalzer mit der Gerte neue Striemen auf unseren armen, misshandelten Körpern hinzufügt hatten. Danach beugten wir uns beide nach vorne und legten unseren Oberkörper auf den Tisch. Mit unseren festgebundenen Händen konnten wir uns weder selbst helfen oder schützen. Ich für meinen Teil wollte das auch nicht. Ich wollte gründlich anal gebumst werden, aber es sah so aus, als wäre es June, die diese Behandlung erfahren würde.

Er stellte sich hinter sie, und ich hörte das schmatzende Geräusch, als der Stöpsel herausgezogen wurde. Sie gab ein kleines Wimmern von sich und ich rückte näher, um sie zu küssen. Unsere Lippen trafen sich und legten sich um unsere Zähne, da sie zum ersten Mal in ihrem Leben spüren würde, wie sich der Schwanz eines Mannes in ihr Arschloch pressen würde. Sie keuchte, und ich wusste, dass er drin war. Er war in ihren Anus eingedrungen und ihr Rektum wurde langsam aber sicher mit seinem Penis gestopft, als sie begann, in meinem Mund zu keuchen und zu grunzen.

Sie nahm es so geräuschvoll hin wie immer, sie murmelte und schrie durch die Zähne, während sie penetriert wurde, versuchte aber, mich weiterhin zu liebkosen. Ich dachte, er würde in ihr ejakulieren, begierig, um der Jungfrau die volle Behandlung zukommen zu lassen, aber nach einer kurzen Zeit zog er ihn heraus, und ihr Arschloch schloss sich mit einem langen, weichen Furz.

Ich war an der Reihe, und ich schloss die Augen, als seine Finger meinen Schweifstöpsel packten. Er zog ihn langsam raus, und mein Arschloch war gähnend und schleimig bereit für seinen Schwanz. Ich bekam ihn, augenblicklich. Seine wulstige Eichel drückte gegen meinen Anus, und hinein, und hoch in mein Rektum. Er war nicht mehr beherrscht und maßvoll wie bei June, und ich musste keuchen und grunzen, als er in mich hineinstieß, wobei meine Brüste im Rhythmus auf die Tischplatte klatschten.

Wieder dachte ich, er würde ejakulieren, aber wieder tat er es nicht, sondern hielt ihn gerade lange genug in mir, bis ich mich verzweifelt nach dem Orgasmus sehnte. Ich konnte mich nicht selbst befriedigen, nicht mit meinen Armen, die auf meinem Rücken festgehakt waren, oder mich an irgendetwas reiben. Ich konnte mich nur auf dem Tisch winden, als er seinen Schwanz erneut in Junes Arschloch einführte. Sie nahm es mit einer Reihe kleiner Grunzer, die Augen die ganze Zeit weit aufgerissen, bis er ganz hineingezwängt war. Erst als er begann, sich in ihrem Rektum zu bewegen, schloss sie die Augen, und ich sah, wir ihr Mund voller Genuss erschlaffte, und ihr die Spucke aus dem Mund lief, wo ihre Zähne über die Unterlippe hervorstanden.

Ich hielt still, mein Körper konzentrierte sich auf meine beiden gierigen Öffnungen, und dem dringenden Bedürfnis, sie gefüllt zu bekommen. June bekam es, und es war unmöglich, nicht eifersüchtig zu sein, als Stephen auf dem Weg zum Orgasmus prustete und stöhnte. Ich hoffte, er würde ihn herausziehen, um es in mir zu beenden, aber als er plötzlich hart zustieß und Junes Geräusche schmerzerfüllt klangen, war mir klar, dass es zu spät war. Einen Augenblick später hörte ich seinen Ekstaseschrei und wusste, dass er in ihrem Rektum gekommen war.

Er zog ihn heraus und ließ sich in einen der Gartenstühle fallen, und kümmerte sich nicht einmal darum, eine von uns zu zwingen, seinen Schwanz sauberzulecken. Ich wand meinen Körper und hoffte, er würde sich unserer erbarmen, aber er schloss die Augen. June schaute sich um, schaute mich direkt an, ihr hübsches Gesicht als Reaktion auf die anale Penetration aufgelöst, ihre Augen halb geschlossen. Ich küsste sie, stand dann mit Schwierigkeiten auf und nickte in Richtung Rasen.

Sie kam mit, leicht watschelnd, und ließ sich auf das Gras fallen. Ich tat es genauso, und wir rollten uns zusammen, wobei uns Stephen jetzt mit einem spöttischen, amüsierten Gesichtsausdruck zuschaute. June schwang einen drallen Schenkel über meinen Kopf, und sein Anblick war verdeckt durch einen nackten Hintern und einer Muschi, bevor alles auf meinem Gesicht abgesenkt wurde.

Es war nicht gerade komfortabel für mich. Mein Körper war seitwärts gedreht, um meine festgehakten Arme zu schonen, und einem großen Teil von Junes Gewicht auf meinen Schultern und meinem Kopf. Trotzdem öffneten sich meine Schenkel und legten sich um ihren Kopf, um ihn fest in Stellung zu halten. Als ihre Zunge meine Muschi fand, fand auch meine die ihre. Wir begannen zu lecken, beide gleich bedürftig, und saugten gierig an unseren Muschis, wobei ich in meinem Fall auch das Sperma schlürfte, das von ihrem Anus herauslief.

Es war herrlich dreckig – festgebunden und gebumst, hilflos festgeschnallt und als Pony-Girl benutzt, und dann gezwungen zu werden, seinen Schwanz in unseren Hintern aufzunehmen. Mein Kopf war voll vom Geruch und dem Geschmack von Muschi und Sperma und Schweiß, dass mir ganz schwindelig wurde vor schmutziger Lust, während sie an meiner

Klitoris saugte und mich höher und höher brachte, auf den Orgasmus hin.

Meine Schenkel verkrampften sich um ihren Kopf, und dann war ich soweit, ich kam mit ihrem Kopf fest an meine Muschi gedrückt. Ich steckte meine Zunge tief in ihr dreckiges Arschloch, und die Ekstase fegte die letzten Reste an Hemmung weg. Ich ließ sie dort, während mein Körper vom Orgasmus geschüttelt wurde. Ich schluckte einen Mundvoll Sperma und Saft kurz bevor ich auf dem Gipfel war, so hoch, dass ich sämtliche Kontrolle verlor und spastisch zuckend unter ihrem Körper lag.

Ich leckte sie weiter, nachdem ich mich einen Augenblick erholt hatte, direkt auf ihrer Klitti. Ihre Schenkel spreizten sich weit, und ihr Geschlecht wurde in mein Gesicht gedrückt. Ich verdoppelte meine Anstrengungen, leckte sie immer schneller und rieb meine Nase in ihr Muschiloch und in ihren Anus, bis sie einen letzten, ekstatischen Schrei von sich gab und ihr Gesicht noch einmal in meinem Geschlecht vergrub. Ich hielt sie fest mit meinen Schenkeln umschlossen, bis sie sich beruhigt hatte, wobei ich sie die ganze Zeit weiterleckte. Als sie sich schließlich von mir herunterrollte, brachen wir auf dem Rasen zusammen und kicherten voller schmutziger Befriedigung und beim Anblick unserer klebrigen, dreckigen Gesichter.

„Schlampen“, bemerkte Stephen. Unter die Dusche, alle beide.“

„Ja, Meister“, antwortete June, und kam auf die Knie.

Er kam, um uns loszubinden und wir rannten zusammen ins Haus, um zu duschen und unser Zaumzeug zu reinigen. Er blieb draußen, so desinteressiert wie immer nach dem Orgasmus, und sprach lediglich, um ein Bier zu bestellen. Ich brachte es ihm hinaus, nackt und nass, und ging dann zurück, um mein ziemlich wundes Arschloch zu trocknen, zu pudern und einzucremen. Wir zogen die Uniformen an, einschließlich sauberer Stiefel, und richteten für Stephen das Mittagessen.

Entsprechend unserer neuen Vereinbarung saß June beim Essen bei ihm, aber ich war nicht so hungrig und zufrieden mit einem Schinkenbrot und einer Flasche köstlich kaltem Bier. Der Tag war brennend heiß, und ich fühlte mich nach dem morgendlichen Pony-Spiel bald etwas schläfrig. Ein kleines Nickerchen auf dem Rasen schien mir eine gute

Idee, und ich ging hinein, um etwas Sonnenlotion zu holen und schlenderte dann über den Rasen.

Wir hatten uns den ganzen Morgen lang dargeboten, in weitaus unanständigerem Zustand als lediglich nackt zu sein, geschweige denn dass wir anal penetriert worden waren und ich mit June in 69er Stellung gelegen war. Mit dem Gedanken daran, betrachtete ich die Hecke etwas genauer, einfach aus Sicherheitsgründen. Es war eine Buchenhecke, die silbernen, kleinen Baumstämme waren ineinander verflochten und die tiefgrünen Blätter bildeten eine recht solide Grenze. Nur an wenigen Stellen hatten Kaninchen oder andere Tiere Gänge zwischen den Stämmen gegraben, sodass kleine Wege im goldgelben Sand entstanden waren. Sie waren schmal, aber wenn ich mich duckte, konnte ich hindurchspäen, bis zu einer kleinen Stelle zwischen den Brombeersträuchern, wo das Gras seltsam flach aussah.

Ich war neugierig und zwängte mich hindurch, und schaffte es gerade so, meinen Körper zwischen den Stämmen hindurchzuquetschen, bis ich schnaufend und zerzaust auf der anderen Seite angekommen war. Das Gras auf der Lichtung war tatsächlich flachgedrückt, und ein enger Weg zwischen den Brombeersträuchern war erst vor kurzem ausgeholzt worden. Wir hatten einen Spanner.

Ich hatte nicht die Absicht, ihn zu stellen, nicht allein. Er hatte mich wahrscheinlich gesehen, wie ich sehr unanständig war, und würde wahrscheinlich kein Nein als Antwort akzeptieren. Allein die Tatsache, dass ich wusste, dass er da war, machte mir mehr als etwas Angst und ich wollte mich gerade durch die Hecke zurückgraben, um Stephen zu holen, als ich ein Rascheln in den Brombeersträuchern hörte. Ich machte mir fast in die Hosen und krabbelte in die Hecke, als eine riesige Gestalt über den Büschen erschien, sein grotesk geschminktes Clownsgesicht grinste mich dreckig und idiotisch an. Urin spritzte in meine Hosen ….. eine Sekunde bevor ich realisierte, dass es Fat Jeff war. Er hatte eine Jacke und eine Hose in Tarnfarben aus hellem Grau und verblichenem Braun an, und trug eine Clownsmaske. Ich zitterte stark und es dauerte einen Moment, bis ich meine Stimme wiederfand.

„Du Mistkerl, Jeff! Du hast mir Angst gemacht … ich hab mir vor

Angst die Hosen nass gemacht!“

„Dufte! Lass mal sehen.“

„Verschwinde, Jeff!“

„Werd nicht wütend, Pops. Ich wollte dir keine Angst einjagen.“

„Wolltest du nicht? Was machst du dann hier und kriechst mit einer Clownsmaske in den Büschen herum?“

„Es war nur ein Spaß.“

„Sehr lustig.“

Wir schwiegen und schauten uns an. Er zuckte mit den Achseln, schaute verlegen, und zog die Maske ab.

„Entschuldigung.“

„OK, aber mach das nicht noch einmal mit mir. Wie auch immer, was machst du hier?“

„Ich musste das einfach sehen. Ich meine, der alte Schmeichler Stanbrook mit drei Sklavinnen? Was für eine Lachnummer!“

„Zwei Sklavinnen. Nikki. .... Höschen ist mit meiner Ex, Anna, abgehauen, die hier auch uneingeladen aufgetaucht ist. Aber woher wusstest du das?“

„Was glaubst du wohl, Pops. Du redest hier mit Mr. Hacker persönlich.“

„Du hast also seine Adresse auf seinem Computer im Büro geknackt?“

„Ja, ganz einfach.“

„Und der Rest?“

„Dazu musste man nicht einmal Sherlock Holmes bemühen, Poppy. Ich habe ein bisschen in UK Masters and Slaves herumgesurft.“

„Was? Unter welchem Namen?“

„Mr. Big.“

„Das warst du? Aber in deinem Profil stand –“

„Und das hast du geglaubt? Bleib realistisch, Mädchen. Egal, war ein toller Spaß, oder? Du bist ein gemeiner kleiner Schwanzplagegeist, weißt du das?“

„Ich hätte es gemacht, wirklich, ich mochte nur deine Fantasie nicht. Und du hattest dein Vergnügen ja später mit uns, oder?“

„Ja, das war gut.“

Er nickte und legte seine Hand auf seinen Schritt und rieb seinen offensichtlich geschwollenen Schwanz.

„Du bist ein richtiger Mistkerl, Jeff."

„Ja, und du magst es. Nette Uniform übrigens, und ich liebe die Schlüpfer. Wie wär's mit einem Blowjob oder einem kurzes Polieren deiner Pospalte?"

„Jeff!"

„Oder etwas Clownereien? Du und die wie eine Indianerin aussehende Nutte mit den Titten könntet ......"

„Jeff, Ich weiß nicht, was du vorhast, aber June und ich sind hier unten als Stephens Sklaven. Das solltest du wissen!"

„Ja, aber er fährt heute Abend zurück. Ich nicht. Ich habe eine Woche Urlaub genommen und campiere oben auf dem Hügel. Ich sag dir was, das hier ist ein Spiel. Ich habe eine große Tafel Schokolade in meinem Zelt. Du kannst sie haben, sofort, wenn ich dich gefangen und dich gefickt habe –"

Nein, Jeff ..."

Dann kam mir eine Idee. Wenn es etwas gab, wo ich mir absolut sicher war, dann war es Annas Einstellung zu Jeff. Er repräsentierte alles, was sie am meisten an Männern verachtete, angefangen von seinem Kleidergeschmack bis zu seiner Angewohnheit, Mädchen sein Sperma ins Gesicht zu spritzen. Sie hatte Nikki, aber das hieß nicht notwendigerweise, dass sie mich aufgegeben hatte.

„... nicht jetzt, zumindest", schloss ich. „Vielleicht morgen."

„Ja, morgen ist gut, Kommt Gabs runter?"

„Ja. OK, ich werde es June sagen, sie ist die Stiefel von UK Masters, falls du das noch nicht herausgefunden haben solltest..."

„Ja, ich weiß."

„ ... und morgen werden wir dein Spiel spielen, wenn sie will. Aber jetzt verschwinde einfach, OK? Geh und wichs in deinem Zelt oder sonstwas."

„Das hab ich schon, gleich nach dem, was ich heute morgen gesehen habe. Du bist eine dreckige Hure – leckst seinen Saft aus ihrem Arschloch...."

„OK, OK“, lenkte ich ein und fühlte, wie mir das Blut ins Gesicht stieg. „Dann komm runter, nachdem Stephen gegangen ist. Ich werde dich June vorstellen.“

„Sicher, aber wie wär's jetzt mit einem kleinen Bisschen? Ich würde wirklich gerne diesen kleinen, weißen Hosenboden reiben.“

„Sei nicht albern, du würdest das Sperma über meinen ganzen Schlüpfer verteilen.“

„Na und? Du hast sie sowieso schon nass gemacht.“

„Und Stephen würde wissen wollen, mit wem ich zusammen gewesen bin. Was sollte ich ihm sagen, dass ich einen Spanner getroffen habe und ihn an meinem Po habe reiben lassen?“

„Ja, das ist die Wahrheit. Zieh sie also runter, ich mach es in deinen Schlitz. Du liebst einen guten Schlitzfick, oder?“

„Jeff!“

„Ach, komm, Pops, bitte. Ich platze hier fast vor Lust nach dir.“

Während er sprach, hatte er den Reißverschluss seiner Hose geöffnet und seinen Schwanz herausgezogen. Die Eichel schaute schon halb aus der Vorhaut heraus. Ich roch den Schwanzgeruch und schluckte. Er begann zu wichsen und rollte die Vorhaut zurück, um die große, feuchte Eichel darin zu zeigen, und der Geruch wurde augenblicklich stärker.

„Komm, Pops“, drängte er. „Schau, wie weit du mich gebracht hast, und es ist mehr so, wie es beim ersten Mal war, oder?“

Ich nickte. So war es nicht mehr. Wir hatten ihn auch ziemlich gut trainiert, gut genug, dass er uns helfen konnte zu kommen, selbst nachdem er gekommen war.

„Wie weit bist du mit diesem dreckigen, deutschen Buch gekommen? Du bist bis dahin gekommen, wo der dicke Bahnwärter in den Arsch des Mädchens pinkelt?“

Ich nickte. Wir hatten es angeschaut, und kamen dabei gemeinsam. Es zeigte eine Szene auf einem Nebengleis, fünf Bilder, mit einem unglaublich dicken Mann in einer grünen Eisenbahneruniform und einem jungen Mädchen in einem Pelzumhang. Die Szene zeigte, wie er sie packte, ihren nackten Po verhaute, anal in sie eindrang, sich in ihrem Hintern erleichterte, und dann lachte, als sie weglief, und eine Mischung aus Sperma und Urin aus ihrem Arschloch lief.

„Meine Lieblingsszene ist das“, sagte Jeff, und fasste nach seinen Hoden, um die inzwischen massive Erektion zu zeigen. „Komm, Puppe, streck diesen kleinen, runden Arsch raus.“

„Nein, Jeff .... wir können es hier trotzdem nicht machen. Was ist wenn Stephen uns hört?“

Er nickte in Richtung Hecke. Ich konnte nicht drüber hinweg sehen, sondern duckte mich. Stephen war nicht da. June auch nicht. Es sah so aus, als würde ich meinen Hintern gerieben bekommen.

„Oh, OK! Ehrlich, Jeff!“

Ich streckte meine Hände in die Hecke und hielt mich an den beiden größten Ästen fest, die ich finden konnte. Meine Beine waren weit auseinander und mein Hintern nach oben gestreckt, sodass der Saum meiner Uniformjacke nach oben rutschte und mein Schlüpfer zu sehen war.

„So?“

„Perfekt“, grunzte er. „Du hast einen prachtvollen Arsch, Pops. Ich möchte es für einen kleinen Augenblick über deinem Schlüpfer machen. Ich werde sie nicht schmutzig machen.“

„OK, in Ordnung, aber mach vorwärts, und du wirst mir helfen, dass ich kommen kann, ja?“

Er lachte nur, aber ich wusste, er würde es tun. Dann war er hinter mir, sein massiger Bauch presste sich reibend an mein Hinterteil und sein Schwanz an den Hosenboden meines Schlüpfers. Ich klammerte mich fest und wünschte mir, er würde etwas weniger Gewicht auf mich legen, und doch schwelgte ich in dem Gefühl, so ungehobelt genommen zu werden. Ich konnte die Klebrigkeit meines Pipis auf meinem Geschlecht spüren, wo ich mich nass gemacht hatte, und war bereit für seinen Schwanz.

„Das ist schön“, seufzte er. „Ich könnte grad abspritzen ...“

„Nein. Zieh meinen Schlüpfer runter, fick mich.“

„Eine Minute noch. Ich mag einen trockenen Schwanz auf einem Baumwollschlüpfer.“

Ich hielt still, ließ ihn reiben und wartete darauf gefickt zu werden, wobei sich in meinem Kopf bereits eine Fantasie aufbaute. Er hatte mir Angst gemacht, und da er ein Fremder war, schrie ich aus Leibeskräften nach Stephen; er hätte meine Schuhspitze in seine Eier bekommen. Es war kein Fremder; es war Jeff, aber ich habe trotzdem meine Hosen vor Angst nassgemacht. Jetzt sollte ich gefickt werden, von einem feisten Mann in Clownsmaske, einem Mann, der mich beobachtet hatte, der mich in meinem Schlüpfer und in meiner Jacke erwischt und mich überredet hatte, dass er sich in meiner Arschfalte reiben konnte.

„Setz deine Maske auf", drängte ich ihn, „und steck ihn rein.... bitte."

Er ging zurück um die Maske über sein Gesicht zu ziehen. Ich schaute mich um und sah, wie das idiotische Clowngesicht mir direkt ins Gesicht grinste, die angemalten Augen offen, in – wie es mir schien – grausamer Lust, die dicken, roten Lippen fröhlich nach oben gezogen. So sah er mich, voller Fröhlichkeit und Lust, erregt durch meinen Körper, aber auch amüsiert über das Outfit, das ich tragen musste, mit seiner Macht über mich.

Ich streckte meinen Hintern weiter nach oben und fühlte seine Eier, die an die Spalte meines Po gepresst wurden. Meine Backen spreizten sich, sein Schwanz drückte meinen Schlüpfer dazwischen, und kitzelte meinen Anus und meine Muschilippen. Ich stöhnte genussvoll, und kümmerte mich nicht mehr darum, ob er meinen Schlüpfer vollspritzen würde oder nicht - ich brauchte meinen Orgasmus dringender als je. Dann hatte er plötzlich meinen Schlüpfer heruntergezogen und sein heißer, felsenharter Schwanz berührte mein nacktes Fleisch, hart reibend, wobei seine großen Eier in meinen heruntergezogenen Hosen hingen.

„Fick mich, Jeff", stöhnte ich. „Mach, steck ihn rein, ganz tief ..."

Er bewegte sich, der Kopf seines Schwanzes stupste zwischen meine Arschbacken, gegen mein Arschloch, auf mein Geschlecht, glitt nach oben, hart hinein, tief, und wieder heraus, rutschte in dem nassen Saft meines Fleisches entlang, nicht in mein Loch, sondern zwischen meine Lippen, direkt hinauf zu meiner Klitoris. Ich schrie auf in einem plötzlichen, herrlichen Schock. Und dann rieb er seinen Schwanz zwischen meinen Schamlippen, während seine Eier in meinem Schlüpfer hingen und meine nasse Muschi als Gleitschiene nutzten.

„Verdammt großartig", grunzte er und kam, spritzte in meine Hosen und über meine Muschi, und auch auf den Boden unter meinem Gesicht.

Ich griff zurück und umarmte mich einhändig, als ich seinen heißen, schleimigen Schwanzschaft nahm und begann ihn an mir zu reiben. Er kam immer noch, pumpte Sperma über mein Handgelenk, und als ich den Druck auf meiner Klitti spürte, wusste ich, dass ich mich ihm in wenigen Sekunden anschließen würde.

Nur in meinem Kopf war er es nicht. Es war irgendein Fremder, ein Perverser, ein Spanner. Ich war aus dem Garten gekommen, in meiner grünen Uniformjacke, meinen engen, weißen Hosen, meinen hübschen, kleinen Stiefeln. Ich hatte die Clownsmaske gesehen, schrie, erstarrte und wurde gepackt. Ich wurde gezwungen, mich zu zeigen. Ich musste meinen Schlüpfer herunterziehen, er wühlte in meiner Arschfalte ... ich wurde aufgeschlitzt, gefickt, und was hatte ich getan? Hatte ich mich gewehrt? Hatte ich geschrieen und geflucht und gebettelt, dass es nicht passieren würde? Nein, ich hatte nach seinem Schwanz gegrabscht und mich selbst in Ekstase gerieben wie die dreckige, geile, kleine Nutte, die ich war.

Ich kam und stieß einen kurzen Lustschrei aus, bevor ich fest auf eine Handvoll Buchenblätter biss, damit mir das nicht noch einmal passierte. Jeff versuchte, sich zurückzuziehen, und beschwerte sich über irgend etwas, aber ich hielt seinen Schwanz fest und achtete nicht darauf. Ich kam mit seinem dicken, schleimigen Schaft auf meiner Klitti, bis ich voll befriedigt war. Erst als ich ihn schließlich los ließ, realisierte ich, was er sagte.

„... auf deine gemeinen Fingernägel aufpassen, Mädchen. Jesus!"

„Sorry, Jeff", brachte ich zustande, während er sich aufrichtete und seinen Schwanz hielt.

Er stand auf, um seine Clownsmaske auszuziehen. Sein Gesicht war rot und verschwitzt, und zuckte leicht, als er sich vorbeugte, um seinen Schwanz zu inspizieren.

„Scheiße, das tut weh!" Du solltest deine Nägel wirklich einziehen, Poppy."

„Sorry, ich bin etwas mitgerissen worden. Trotzdem, es blutet nicht."

Er blies seine dicken Backen auf und nickte mit dem Kopf. Ich zog meine Hosen hoch, wobei mir tausend Gedanken durch den Kopf schossen, als ich die jetzt kühle Nässe im Zwickel spürte. Ich schaute nach unten und sah, dass mein Schlüpfer voller gelber Flecken war, und schleimig vom Sperma.

„Ich war glücklich, es in deiner Möse machen zu dürfen", sagte Jeff.

„Vergiss es", antwortete ich, und zog die Hosen aus. „Ich gehe lieber, bevor Stephen heraus kommt. Wenn er mich so erwischt, sage ich, dass ich mit mir selbst gespielt habe."

Er nickte und langte nach vorne, um meine Pobacken zu kneifen, während ich mich zum Loch in den Büschen duckte. Ich ging rückwärts, sodass mein nackter Po zum Rasen hin herausgestreckt war, was Ärger gegeben hätte, wenn mich irgendjemand so gesehen hätte. Es war niemand da, und nachdem ich hineingeschlichen war und meine dreckigen Schlüpfer im Wäschekorb deponiert hatte, entdeckte ich, warum. Beide lagen auf Stephens Bett, June lediglich in ihrem offenen Jackett und Stiefel, ohne Schlüpfer.

Ich ließ sie, glücklich, nach den Anstrengungen des Tages etwas Zeit für mich zu haben, und selbst ziemlich schläfrig. Ich zog also mein Bikinihöschen an, suchte meine Sonnenlotion, nahm noch ein Bier aus dem Kühlschrank und ein Buch über Geistergeschichten aus der begrenzten Auswahl, die das Cottage zu bieten hatte und ging hinaus, um auf dem Rasen ein Sonnenbad zu nehmen.

Ich fühlte mich sehr viel besser wegen Anna, seit ich wusste, dass Jeff da war. Der Montag sah jetzt eher vielversprechend aus als besorgniserregend. Wenn Anna Jeff sehen würde, würde sie weg bleiben, da war ich sicher. Selbst wenn sie es nicht tat, die fast hypnotische Wirkung, die sie auf devote Mädchen hatte, würde bei ihm absolut keine Wirkung zeigen. Sie könnte genauso gut versuchen, einem Backstein Befehle zu erteilen.

Ich kam bis zu dem Punkt in der Geschichte, wo ein stammelndes ektoplasmisches Etwas die Heldin durch das Haus jagt, als ich einschlief. Zwangsläufig träumte ich, dass ich sie wäre, dass dieses Etwas auf meinen Rücken gesprungen war und mich ficken wollte, als ich aufwachte und mich auf dem Rasen wiederfand, niedergedrückt von etwas weitaus Kräftigerem als einem Ektoplasma. Es war June, die rittlings auf mir saß, und bevor ich regieren konnte, wurde mir ein Lederkäfig über den Kopf gezogen. Ich wollte protestieren, aber bekam nur das Knebelstück in den Mund gedrückt, und einen Augenblick später hatte sie die Schnalle hinten an meinem Genick befestigt. Ich brachte einen unterdrückten Protest zustande, als sie von mir herunterstieg, aber sie lachte nur.

„Mach kein Theater. Stephen wird in ein paar Stunden gehen. Dann gibt es nur dich und mich, eine ganze Woche lang."

Ich torkelte auf meine Füße und argwöhnte augenblicklich, dass sie irgendeine abscheuliche Rache geplant hatte, weil ich sie herumkommandiert und geschlagen hatte. Bevor ich mit meinen Händen an die Schnalle von meinem Kopfharness fassen konnte, hatte sie mich gepackt. Wir begannen zu kämpfen, June lachend, ich noch immer schlaftrunken. Ich hätte vielleicht gewonnen, wenn Stephen nicht gekommen wäre und ihr geholfen hätte.

Er machte kurzen Prozess mit mir. Er half June, mich zu bändigen, meine Handgelenke wurden fest auf dem Rücken zusammengebunden, ein dickes Lederhalsband mit Leine um meinen Hals befestigt, und meine Fußgelenke in schwere Ledermanschetten gelegt. Ich wehrte mich immer noch, und kaum waren meine Fußfesseln befestigt, stolperte ich über sie und fiel kopfüber auf den Rasen. June schüttete sich aus vor Lachen, aber riss sich dann zusammen, um sich zu bücken und mir die Bikinihose auszuziehen. Stephen kam dazu und zog meine Hose noch weiter nach unten, bevor sie mich auf den Bauch rollten. Er griff meine Knöchel, zog, und zwang mich auf die Knie. Meine Leine wurde genommen, einmal um meine Knöchelmanschette gewickelt und festgehakt, sodass ich hilflos und festgebunden auf dem Boden kniete, mein entblößter Po und meine Muschi dargeboten, und verfügbar. Er hatte noch einen Gurt, einen von dem Pony-Girl-Geschirr, den er über meinen Bauch warf und dann auf dem Rücken befestigte, und dann ein langes, dickes, schwarzes Seil durch die Ringe an der Rückseite zog. Er kicherte, als er sich erhob, aber es war June, die dann sprach.

„Da du wahrscheinlich deine Position als Obergefreiter während der Woche missbrauchen würdest, hat unser Meister freundlicherweise zugestimmt, und mir erlaubt, ein paar Dinge auszuleihen. Fühlst du dich wohl und behaglich?"

Ich schüttelte meinen Kopf.

„Ach, das ist aber schade. Egal, ich bin sicher, das kommt schon noch. Wenn Sie so gut wären, bitte, Meister?"

Stephen bückte sich, hob mich problemlos hoch, steckte mich unter seinen Arm und ging mit mir zum Ende des Rasens, wo von mehreren Bäumen dicke Äste in den Garten hineinragten. Ich wurde im Schatten abgelegt. June war gefolgt, und schaute mit über der Brust verschränkten Armen zu, wobei ihr Mund zu einem hässlichen, kleinen Lächeln verzogen war. Sie hatte sich nicht bemüht, ihren Schlüpfer anzuziehen oder die Jacke zu schließen, und der pralle Mund ihrer Muschi und eine rundliche Titte waren zu sehen, ein Anblick, der jetzt eher grausam als verwundbar erschien.

Sie reichte Stephen das Ende meines Seils, und er warf es hoch, über einen Ast. Ein Ruck, und ich war umgedreht, ein zweiter, und nur meine Stirn hatte noch Kontakt mit dem Boden, ein dritter, und ich hing in der Luft und pendelte leicht hin und her. Ein vierter hob mich auf die Ebene seines Hosenschlitzes. Er stoppte und seine Muskeln spannten sich an, als er das Seil an der Hecke festband. June warf mir ein letztes, sadistisches Grinsen zu und ging zum Haus. Stephen überprüfte seinen Knoten, gab dem Seil einen harten Stoß und nickte zufrieden.

„Das wird halten."

Ich baumelte leicht hin und her, mit dem Bauch nach unten. Mein Po berührte seinen Ärmel, als er die Knoten auf meinem Rücken überprüfte und ich fühlte einen neuen, verwundbaren Stich. Ich war sicher, dass er mich ficken würde.

Er ging weg, aber nur bis zum Innenhof. Er hatte einen Stuhl geholt, stellte ihn dicht hinter mich, setzte sich und öffnete langsam seinen Hosenschlitz. Sein Schwanz kam heraus, und er begann ihn zu streicheln, während er meinen gefesselten und hilflosen Körper bewunderte. Ich fragte mich, ob Fat Jeff zuschaute, und ob er auch seinen Schwanz in der Hand hatte.

June kam zurück und mein Gefühl der Verwundbarkeit und Furcht stieg stark an, als ich sah, dass sie die Peitsche in der Hand hatte, zwei dicke Plastikdildos und die Geldose. Ihr Grinsen war sadistisch, als sie zu mir kam, und verschlimmerte sich noch, als sie Gel auf die Spitze der Dildos schmierte. Beide waren schwarz, knubbelig und in Penisform, nur größer als die Erektion eines normal großen Mannes. Ein Zittern lief durch meinen Körper, als ich mir ernsthaft überlegte, ob mein Arschloch das aufnehmen könnte.

Ich schüttelte meinen Kopf, als sie mit einem der gewaltigen Dildos an meine Muschi tippte und ihn drehte, um das Gel zu verschmieren. Meine Öffnung weitete sich, dehnte sich um den großen Plastikpflock und dann war er in mir und füllte mich aus, wie der dickste Schwanz den ich mir nur vorstellen konnte. Sie presste ihn nach oben, wobei die Knubbel an mein empfindliches Fleisch stießen, sodass ich wie aufgebläht war und mein Arschloch sich unsagbar klein anfühlte. Ihr Finger fand meinen Anus, beschmierte den Ring mit Gel und steckte ihn dann rein. Sie begann sich zu bewegen und steckte nach einer Weile einen zweiten Finger hinein, und sprach dabei, wobei ihre Stimme meine eigene nachäffte.

„Ein Mädchen kann immer einen Schwanz in ihrem Hintern aufnehmen, wenn sie das will. Ist das nicht so, Poppet?“

Stephen gab ein Kichern von sich. Sein Schwanz war hart, aber er wusste, dass ich ihn aufnehmen konnte, und sie wusste es auch. Der Dildo war größer, ja, aber da war etwas an ihrem Verhalten und an dem, was sie sagte, das mich ahnen ließ, dass sie eine abscheuliche Überraschung auf Lager hatte. Ihre Finger kamen heraus; der Kopf des Dildos wurde in mein Arschloch gestoßen, und ich hatte alles andere vergessen, und versuchte nur, das monströse Ding in meinem Rektum aufzunehmen.

Ich drückte dagegen und spürte, wie sich mein Ring weit um den dicken, glitschigen Kopf spreizte, weit und immer weiter, bis ich den ersten Schmerzensstich spürte und ich meinen Hintern im verzweifelten Bemühen wand, um zu entkommen. Sie wartete einen Moment, der Kopf des Dildos bereits in meinem Arsch, und drückte dann erneut. Noch einmal drückte ich dagegen, und wieder spürte ich, wie sich mein Ring immer weiter dehnte, bis ich vor Schmerz mit den Zähnen knirschte und wusste, dass ich nicht mehr ertragen konnte.

„Gutes Mädchen!“ sagte June süßlich. „Siehst du Meister, sie kann ihn aufnehmen.“

Ich keuchte, mein Arschloch offen, aber gestopft, den Kopf des Dildos hineingezwängt. June klatschte mehr Gel darauf und arbeitete ihn rein, Stück für Stück, drang in mein Arschloch ein und dehnte mein Rektum, bis sich meine beiden Löcher gebläht fühlten, wie es schien bis zu meinem Hals.

Nachdem ich sicher gestopft war, ging sie zurück und hob die Peitsche auf. Sie nahm meine Schamlippen und ich schüttelte den Kopf und sträubte mich, als sie sich in Position stellte, und versuchte ihr verzweifelt klarzumachen, was sie tun würde. Stephen saß nur zurückgelehnt und schaute zu, während er seinen Schwanz streichelte. Sie würde meine Muschi treffen, sie konnte sie nicht verfehlen, meine Lippen schauten zwischen meinen Schenkel hervor.

Die Peitsche kam mit einem Pfeifen nach unten und klatschte auf mein Fleisch, voll über den dicksten Teil meines Hinterns. Meine Muskeln zuckten und ich wimmerte in meinen Knebel bei dem plötzlichen, heftigen Schmerz, der eintrat, bevor mein Körper die Gelegenheit gehabt hatte, sich darauf einzustellen. Fünf Minuten zuvor war ich fest eingeschlafen, und jetzt hing ich an einem Baum, gefesselt und hilflos ihren Schlägen ausgeliefert.

Wieder schlug sie zu, tiefer, und ich war in nackter Sorge um mein Geschlecht erfüllt, sodass ich zitternd und zuckend in meinen Fesseln hing. Ich drehte mich um mich selbst, langsam, sodass der dritte Schlag meine Hüfte traf, und so hart aufkrachte, dass mein Bein zuckte, und mein Anus, der sich um den riesigen Pflock in meinem Rektum spannte. June brach in Lachen aus bei diesem Anblick.

Es war der achte, vielleicht der neunte Schlag, der meine Muschilippen traf. Es schmerzte wie verrückt und ließ mich in meinen Riemen bocken und krümmen, meine Muschi und mein Arschloch zogen sich vor Schmerz krampfhaft zusammen, und auch die Muskeln meiner Beine und meines Bauches. June trat zurück, die Hand an ihrem Mund.

„Oops, Modenschau! Sorry, Poppet."

Ich drehte mich um und funkelte sie an. Die heiße Welle schoss bereits über meine Schamlippen, eine brennende Linie, weit, weit schlimmer als die, die sie über meine bereits geschlagenen Arschbacken gelegt hatte. Es schmerzte, aber ich hatte es verdient, und trotz der Tränen, die in meine Augen traten, wusste ich, dass ich reif war für Stephens Schwanz.

Er wusste es auch und stand auf, und stellte sich hinter mich. Der Dildo wurde aus meinem Muschiloch gezogen, die ganze Länge seine Schwanzes glitt in meinen Körper und ich wurde gefickt, während seine Hände das Seil hielten und ich auf seiner Erektion vor und zurück schwang. Ich zitterte, war benommen vom Schmerz und nah an meinem Limit, aber noch nicht, noch nicht ganz. Vielleicht könnte ich kommen, wenn er kam. Er würde mich ficken, sein Sperma würde aus mir herauslaufen. Sie würde mich erneut schlagen, die teuflische Peitsche auf mein Geschlecht sausen lassen, nicht hart, aber hart genug.....

Stephens Schwanz explodierte in meinem Körper, als er ihn hineinstieß, plötzlich, hart – als sein Handy klingelte. Er fluchte, blieb noch immer tief in mir, zog ihn dann raus und rannte zum Cottage. June schaute ihm nach und kam dann näher.

„Entschuldigung, Poppy, ich wollte dich nicht verletzen ... gut, ich hab es gemacht, aber ... bitte."

Ihre Hand kam zwischen meine Beine und umfasste meine schmerzende Muschi. Ihr Daumen rutschte in mich hinein, ihr Mittelfinger glitt zu meiner Klitti. Ich wurde gerieben, befriedigt, während mein geschlagener Körper zu den Bewegungen hüpfte und wackelte und ich langsam am Ende meines Seiles hin und her schwang, gefangen und gefesselt, gepeitscht und gefickt, und schließlich unter den Fingern meiner Peinigerin zum Orgasmus gebracht.

Es war gut, aber es wäre weit besser gewesen, wenn ich mir nicht Sorgen darüber gemacht hätte, wer Stephen angerufen hatte.

Elf

Zu meiner Erleichterung – und ganz offensichtlich auch zu seiner, war es nicht Kate Stanbrook, sondern nur ein Arbeitskollege. Er war deutlich nervös, als er zurückkam und das verdarb die Stimmung komplett. Nachdem ich heruntergelassen worden war, aßen wir gemeinsam, und dann verabschiedete er sich lediglich mit einem Abschiedskuss und einem leichten Kniff in unsere Hintern.

Jetzt konnte ich June auch von Jeff erzählen. Typisch für June, fand sie die ganze Sache urkomisch. Ich stellte Jeff als jemand hin, der für Stephen arbeitete, und weniger als jemand, der den Anschein erweckte, an einem leichten Leben interessiert zu sein. Ich war noch bei meinen Erklärungen, als Jeff selbst erschien. Er hatte ein größeres Loch in der Hecke gefunden, in der Nähe des Baumes, an dem ich zum Auspeitschen aufgehängt war, und watschelte nun schwerfällig über den Rasen. June war etwas schockiert, als sie ihn sah, aber ich ermahnte ihn, geduldig zu sein, und wir verbrachten den Rest des Abends im Pub, wo Jeff die Runden zahlte.

Ich überredete ihn auch, ins Zelt zurückzugehen. Er stimmte zwar zu, aber erst, nachdem ich ihm einen geblasen hatte. June schaute zu, abwechselnd kichernd und kleine angewiderte Ausrufe von sich gebend, und dann einen großen, als er meine Haare packte und in meinem Gesicht zum Höhepunkt kam. Ich war nur froh, dass er mich nicht gedobbt hatte, oder mich würgen ließ, und machte ihn pflichtbewusst mit meiner Zunge sauber. Die Nacht wurde im großen Bett mit June verbracht, schmusend und leckend, bis wir beide taumelnd den Orgasmus erreichten.

Am Morgen fühlte ich mich etwas misshandelt, aber nicht zu schlimm und freute mich sehr auf Gabrielles Ankunft. Ich erzählte June während des Frühstücks von ihr, und sie akzeptierte die Anwesenheit eines neuen Mädchens mit einem Schulterzucken und einem Lächeln. Ich erklärte ihr auch, dass sie rein lesbisch wäre, eine Lüge zwar, aber die beste Erklärung dafür, dass sie nichts mit Stephen zu tun haben wollte. Sehr mit mir zufrieden, ging ich hinunter an den Strand um einen Morgenspaziergang zu machen und Ausschau nach ihrem Taxi zu halten.

Sie kam kurz vor Mittag an, begrüßte mich vor dem Pub mit einem reservierten Küsschen und dann noch einmal etwas leidenschaftlicher im Cottage. Es gab immer noch kein Zeichen von Jeff, und ich erzählte ihr von ihm, und von Nikki und Anna beim Mittagessen. Zehn Minuten später rollte er an und nickte glücklich, als seine kleinen Augen uns betrachteten.

„So, wer möchte Schokolade?“ fragte er, und parkte auf einem Stuhl.

„Ich habe ihnen davon erzählt“, antwortete ich.

„Cool. Ihr macht mit, ja?“

„Klar“, antwortete ich.

„Ich spiele mit“, stimmte Gabby zu.

„Wenn es sein muss“, warf June ein und warf ihm einen stark zweifelnden Blick zu.

„Sobald du uns gefangen hast“, ergänzte Gabby, „bringst du uns ins Cottage.“

„Es muss kein Fick sein“, antwortete Jeff. „Blowjobs tun's auch. Ich habe meine Paintball-Pistole dabei, und Masken. Ein Treffer, und Ihr seid abhängig davon.“

„Eine Paintball-Pistole?“ fragte June. „Auf bloße Haut? Davon hast du nichts gesagt, Poppy!“

„Es ist nicht so schlimm“, bemerkte Jeff.

„Nicht schlimmer als ein Peitschenhieb über die Schamlippen“, fügte ich hinzu.

„Das hab ich gesehen, lustig, hä?“ sagte Jeff. „Es gibt eine Vierhundert-Gramm-Tafel Schokolade wenn Ihr es im Zelt macht, Stiefel.“

„Vierhundert?“ fragte sie.

„Vierhundert“, bestätigte er, „und mein Sperma schmeckt nicht viel schlechter als das vom alten Stephen. Isst du das noch, Gabs?“

Er machte eine Pause, als er den Rest von Gabrielles Ciabatta und Pastrami-Sandwich in seinen Mund steckte, und sprach dann weiter.

„Ich sag euch was. Wenn ich euch erwische, bekommt Ihr es so, wie Ihr es am liebsten habt. Pops bekommt ihren Arsch verhauen; Gabs kriegt die Windeln an .... du hast welche dabei, oder?“

„Ja“, gab Gabrielle zu, und errötete leicht bei Junes plötzlichem, erstauntem Lachen.

„Ich bin ziemlich stark verletzt“, räumte ich ein. „Du kannst mich vollpinkeln.“

„Oh krass!“ rief June aus.

„Und wir müssen Kleider tragen", betonte ich, „so ist jedenfalls kein nacktes Fleisch zu sehen. Erstens könnte jemand kommen, und dann gibt es da zu viele dornige Brombeersträucher für nackte Beine."

„Aber wenigstens ein kleines Bisschen von Euren Titten müsst Ihr zeigen!" protestierte Fat Jeff. „OK, OK, Stiefel und Bikiniunterteile."

„Bikinis", sagte ich, „oder Tops."

„Tops, und untenrum nackt, und ich muss Eure Hintern verhauen?" schlug er vor.

Ich nickte und warf den anderen einen Blick zu. Beide machten einen etwas nervösen Eindruck, aber sie nickten.

„Wie steht's mit dir, Stiefel?" fuhr Jeff fort und langte nach hinten, um ein Stück Brot zu nehmen. „Worauf stehst du?"

„Ich bin nicht sicher, du kannst mich vielleicht festbinden, oder …" begann sie skeptisch, hielt dann inne und blickte flüchtig zur Tür, als sie ins Schloss fiel.

„Nikki?" fragte ich.

June zog ein Gesicht und ging zur Tür. Einen Moment später hörte ich Nikkis Stimme, dann Annas. Beide erschienen in der Küchentür, Nikki schaute ein wenig verlegen aus in ihrer bedruckten Kutte, Anna hochmütig und lässig in einem leichten Wollanzug und kleinem Hut.

„Hi, Du musst Höschen sein", sagte Jeff mit dem Mund voller Ciabatta. „Ich bin Jeff. Hi."

Der letzte Gruß war an Anna gerichtet, die ihn voller Abscheu anschaute. Er hatte seine riesige und etwas verschwitzte Hand ausgestreckt. Anna ignorierte ihn. Er fuhr unbeirrt fort.

„Wir wollen dieses wirklich schmutzige Spiel spielen. Ich bin …."

Er verstummte. Anna hatte ihr Kinn gehoben und studierte demonstrativ eine Ansichtskarte von Lyme Regis.

„Ganz wie du willst. Dein Schaden."

Annas Augenbrauen gingen entrüstet nach oben, aber sie antwortete nicht, sondern wandte sich stattdessen an mich.

„Nicola und ich kehren nach London zurück. Wir sind hergekommen, in der Hoffnung, dass du zur Vernunft gekommen bist und uns begleitest."

„Nein, danke", antwortete ich und hatte so ein starkes Selbstvertrauen, dadurch dass Gabby da war, und, um fair zu sein, Jeff.

Sie zögerte und blickte kurz zu Jeff, bevor sie weiter sprach.

„Also gut. Ich werde bis vier Uhr heute Nachmittag hier sein. Nicola, sobald du mit Poppy gesprochen hast, suchst du deine restlichen Sachen zusammen und kommst nach Bay View."

Sie drehte auf dem Absatz um und rausche hinaus, lediglich mit einem knappen Nicken für Gabrielle und June, und nichts zu Jeff. Nikki setzte sich hin, verwirrter denn je. Jeff sprach als erster.

„Was für eine alte Hexe! Wer war das?"

„Meine Ex", antwortete ich.

„Meine Herrin", ergänzte Nikki. „Sorry, June … Poppy."

„Ich verstehe dich", sagte ich ihr.

„Du hast den Meister natürlich beunruhigt", warf June ein.

Nikki lächelte bleich und wandte sich dann zu mir.

„Können wir reden, Poppy, draußen?"

Ich nickte und stand auf, und berührte Gabbys Schulter, als ich hinausging, mehr zu meiner Beruhigung als zu ihrer. Nikki folgte mir hinaus auf den sonnenbeschienenen Rasen. Ich wusste, was sie sagen würde, mehr oder weniger, und ich wusste auch, dass ich eine Antwort für sie hätte.

„Würdest du zurück kommen?" fragte sie, als sie mich eingeholt hatte. „Ich ….. ich hätte das sehr gerne, und …. und es ist, wo du hingehörst."

„Nein", antwortete ich und nahm ihre Hand. „Ich habe einmal dahin gehört, ich habe mich weiterentwickelt."

„Anna sagt –" begann sie.

„Ich weiß, was Anna sagt", unterbrach ich sie, „Kapitel und Strophe, wie Anna immer sagte. Ich würde auch gerne bei dir sein, Nikki, aber ich bin mit Gabrielle zusammen, und ich liebe sie. Man kann nicht alles haben, und ich fürchte, Anna wird mich niemals haben können. Ich habe ihr mein Vertrauen geschenkt, absolut, und sie hat es gebrochen. Mit dir wird sie vielleicht ihre Lektion lernen."

Sie nickte und schürzte die Lippen.

„Du bleibst also bei ihr?" fragte ich.

„Ja", antwortete sie. „Sie ist, was ich will, Poppy, was ich brauche.

Stephen … Stephen war es einfach nicht.“

„Ich verstehe“, sagte ich ihr. „Die Sache mit Stephen ist die, das es nicht seine Dominanz ist, die er genießt, sondern deine Unterwerfung. Anna ist anders, und wer weiß, vielleicht passt Ihr zusammen. Ich wünsche dir auf jeden Fall Glück.“

„Danke.“

Ich zog sie an mich, das Gefühl ihres schlanken Körpers weckte augenblicklich beschützende Gefühle in mir und erinnerte mich an das, was wir zusammen gemacht hatten. Es tat weh, wenn ich daran dachte, dass es wahrscheinlich nie wieder passieren würde, aber da war zumindest noch ein bisschen Zeit.

„Wirst du mit uns das Spiel spielen?“ fragte ich sie.

„Was für ein Spiel?“

„Fat Jeffs Jagdspiel. Er jagt uns und kann mit uns machen, was er will, wenn er uns gefangen hat ….. zumindest wozu wir zugestimmt haben.“

„Der Typ da drinnen? Nein!“

„Nikki, du wirst jetzt bei Anna sein. Das heißt, keine Spiele, mit Ausnahme nach ihren Regeln und, glaub mir, die sind strikt. Dies ist deine letzte Chance … Nein, vergiss es. Spiel für mich, Nikki, bitte.“

„Ich … Ich kann nicht ….. Ich würde gerne, Poppy, aber …“

„Hat Anna es verboten?“

„Nun, nein, aber –“

„OK, also er sieht aus wie ein Bär, ganz klar … aber er hat einen schöneren Schwanz als Stephen.“

„Poppy!“

Sie kicherte, eine Seltenheit bei ihr, und ich wusste, ich hatte gewonnen. Ich blaffte einen Befehl.

„Miss Höschen, Sie werden tun, wie Ihnen befohlen wird und spielen!“

Ein winziges, schockiertes Flimmern huschte über ihr Gesicht und dann setzte sie ihr bleiches, kleines Lächeln auf und nickte. Ich kniff sie und drehte sie herum in Richtung Haus. June kam gerade aus der Tür, und redete erregt auf Jeff ein, der hinter ihr war.

„Wie geht’s deinem Po?“ fragte ich Nikki. „Zerschrammt?“

„Nein“, antwortete sie. „Du kennst mich, ich bin gut.“

„Nikki spielt auch!“ rief ich den anderen zu, als sie den Rasen erreichten. „Schlagen mit der Hand, und keine Spuren, Jeff, merk es dir!“

Er nickte, grinsend.

Ich stand in der Mitte des Rasens, die Landschaft vor mir sah durch meine Schutzbrille wie eine breite und verschwommene Acht aus.

Meine Brüste unter dem Oberteil meines Bestrafungsanzugs, der den Aufprall der Paintbälle absorbieren sollte, waren nackt, aber meine Nippel wurden durch den rauen Stoff ganz wund. Sie waren erigiert, und das nicht nur wegen der Reibung. Unten herum hatte ich nur mein Bikinihöschen an, und das spannte sich straff zwischen meinen Backen, sodass ich mich nackt und verletzlich fühlte. Der Saum meines Hemdes verdeckte die Hälfte meines Pos, und auch wenn ich wusste, dass das ein zusätzlicher Schutz war, fühlte ich mich irgendwie exponierter denn je. Ich hatte mir von June ein Paar kniehohe Stiefel ausgeliehen, was dem ganzen Outfit einen letzten, unanständigen Anstrich verlieh.

Die anderen sahen ähnlich aus, die Pobacken waren zu sehen, die Schenkel nackt, aber sonst bedeckt. June und Nikki trugen ihren Bestrafungsanzug, Gabby lediglich ein Baumwolltop, das ihre vorwitzigen Pobacken nur knapp bedeckte. Sie und Nikki waren beide extrem nervös, June einfach entschlossen.

Irgendwo in den Brombeersträuchern war Fat Jeffs Zelt und mehr Schokolade, als ich normalerweise in einem ganzen Monat essen würde. Und irgendwo anders war Jeff selbst, bewaffnet mit einer Paintball-Pistole. Wenn er mich erwischen würde, würde er mich vollpinkeln. Und eine Leine hatte er auch.

„Es ist Zeit“, bemerkte Gabby, und schaute auf ihre Uhr.

Das Flattern in meinem Bauch wurde plötzlich stärker. Jeff sah uns wahrscheinlich zu, vielleicht sogar hinter der Hecke, an der Stelle, wo er sich an mir gerieben hatte. Ich ging stattdessen die Böschung hinauf. Gabby folgte mir. June ging in die andere Richtung zu dem kleinen Durchgang in der Nähe des Auspeitschbaums. Nikki blieb unentschlossen stehen und sauste dann hinter June her.

Nach dem strahlenden Sonnenschein auf dem Rasen war es im Wald direkt dämmrig, und auch kalt, und ich musste blinzeln und zitterte, während ich versuchte, mich daran zu gewöhnen. Ich hatte auch Angst, dass Jeff zwischen den Bäumen lauerte oder uns den Weg abschneiden würde. Er würde uns ja trotzdem kriegen, nicht aber June oder Nikki, und ich war sicher, dass er es auf die beiden abgesehen hatte. Zumindest als erstes. Tatsächlich war er nicht im Wald und wir erreichten den Hügel ohne Probleme.

Weiter hinten waren die Brombeersträucher und die schmalen, überwucherten Wege. Ich deutete auf einen und nickte – ich war sicher, dass es am besten wäre, wenn wir uns trennen würden. Gabby nickte zurück und entfernte sich schnell, rannte davon mit ihrem kleinen, hüpfenden Po, die Pobacken rosa im Sonnenlicht, die sich plötzlich gelb färbten, als die Farbe auf ihnen explodierte. Sie sprang hopsend und schreiend den Weg hinunter und hielt ihre Pobacken, bis sie sich wieder unter Kontrolle hatte. Fat Jeff tauchte zwischen den Büschen auf, er trug seine Clownsmaske, das groteske Gesicht schien seine obszöne Freude widerzuspiegeln.

„Eine Wahnsinns-Kanone, was?" rief er. „Das müssen dreißig Meter gewesen sein, auf ein bewegliches Ziel! Was bin ich für ein Kerl"

Gabrielle antwortete nicht. Ihr Gesicht war schmerzverzerrt und ihre Augen feucht. Trotzdem blieb sie wie angewurzelt stehen und schaute nur grollend, als Fat Jeff zu ihr ging, sie unter dem Gesäß packte und sie mit Leichtigkeit hochhob, über seine Schulter.

Ich duckte mich, mein Herz klopfte wild, aber sie kamen direkt auf mich zu. Ich musste ausweichen und rannte los. Jeff ließ einen Schuss los, mit links, und gelbe Farbe spritzte auf die Blätter, nur ein paar Zentimeter von meinem Bein entfernt. Dann war ich weg, hinter einem dichten Brombeergebüsch, und ich wusste, dass ich in Sicherheit war.

Ich rannte immer noch, biss mir auf die Lippen und dachte daran, was mit Gabby passieren würde. Er würde sie in ihre Windeln legen, sie zwingen, seinen Schwanz zu lutschen, sie vielleicht vögeln. Ich war erleichtert, keine Frage, aber auch sehr, sehr eifersüchtig. Immerhin, da wir noch die Schokolade und ich könnte gemein sein zu June und Nikki.

Ich musste einfach nur das Zelt finden.

Die Wege durch die Brombeersträucher waren ein Labyrinth und zu hoch, um drüberweg zu sehen. Sie bedeckten die gesamte Rückseite des Hügels bis hinunter zu den Wäldern im Tal und den Feldern landeinwärts. Ich machte eine Pause und versuchte, vernünftig zu denken. Er würde nicht zu nah an der Klippe campiert haben, da war ich sicher, oder zu nah am Dorf. Er würde auf irgendeiner abgeschiedenen Lichtung sein, wo er, ohne Gefahr entdeckt zu werden, seinen schmutzigen Gewohnheiten frönen könnte, nachdem er uns beobachtet hatte. Das hieß, auf dem Hügel, aber nicht zu nah am Gipfel, wo die Leute spazieren gingen, sondern wahrscheinlich mehr in Richtung der Felder.

Ich zog ab, leise, schon leicht schwitzend in der heißen Sonne. Das harte Hemd scheuerte an meinen Nippeln und ich überlegte, ob ich es wagen könnte, es auszuziehen, als ich ein Geräusch hinter mir hörte. Ein überraschter Ausruf, der Knall einer Paintball-Pistole und ein Schrei. Ich duckte mich verblüfft und zog mich etwas zurück.

Jeff stand in der Mitte des Weges und hielt die Paintball-Pistole an die grinsenden Clownslippen, als wollte er den Rauch aus dem Pistolenlauf pusten. Ganz in der Nähe von mir kniete Nikki im Gras, verschwitzt und zerzaust, ihr kleiner, rosa Po war hochgestreckt und voll mit gelber Farbe bespritzt. Ich drehte mich schnell um, da mir klar wurde, dass er plante, uns zuerst zu fangen, uns im Garten lassen, und dann zurückkommen würde, um sich anschließend nach Herzenslust über uns herzumachen.

Er hatte Nikki noch gut dreihundert Meter zu tragen, bevor er mit seiner Jagd auf mich beginnen könnte, und ich war sicher, dass ich schneller war als er, selbst in hochhackigen Stiefeln. Ich lief los, den Hügel hoch, der Schweiß lief mir jetzt zwischen den Brüsten herunter, über meinen Bauch und meine Schenkel und schließlich zwischen meine Pobacken.

Zwanzig Minuten später und ich war verschwitzter und meine Haare klebten mir am Gesicht und im Nacken, obwohl ich zwischenzeitlich mein Hemd ausgezogen hatte, um meine schmerzenden Nippel zu schonen. Ich war auf dem Gipfel des Hügels angelangt, die Brombeerbüsche unter mir sahen aus wie ein großes Meer aus grünen, roten und braunen Flecken, das sich bis zu den Bäumen ausbreitete, die das Cottage verdeckten. Ich hatte das Zelt nicht gefunden, oder June, aber ich wusste, dass Jeff da war, irgendwo an der Böschung.

Ich hatte keine Wahl, ich musste zurückgehen. Wahrscheinlich bin ich auf der falschen Seite am Zelt vorbeigelaufen. Es musste hier irgendwo sein….

Plötzlich gab es einen Knall, und Schmerz explodierte über meiner rechten Pobacke. Ich sprang hoch, quietschte und hielt mich fest umklammert. Ich schnappte nach Luft und drehte mich um. Fat Jeffs idiotisches Clownsgesícht war nur wenige Zentimeter entfernt und grinste mich an.

„Hab dich!" rief er, und schob die Pistole zurück ins Halfter.

Ich zuckte mit den Achseln und lächelte, mein Ärger über den plötzlichen Schmerz war bereits verflogen und machte einem devoten Gefühl Platz. Er kam zu mir, aber anstatt mich hochzuheben, zog er eine Seilrolle von seinem Gürtel. Ich wollte etwas sagen, aber er nahm einfach meine Handgelenke, hielt sie mit seiner massiven Pranke fest und band sie zusammen. Er warf das Seil über seine Schulter und ging los, und ich war gezwungen, hinter ihm herzustolpern.

Die anderen lagen bereits auf dem Rasen, Gabby und Nikki, nicht aber June. Beide waren mit den Armen hinter dem Rücken gefesselt, die Bikinihose hatte er ihnen in den Mund gesteckt und sie damit geknebelt. Ein Teil der farbigen Hosen schaute zwischen ihren Lippen hervor, grün bei Gabrielle, rot bei Nikki.

„Nummer Drei", verkündete Jeff stolz, als er mich durch den Durchgang in der Hecke zog. „Ziehen wir deine Hosen aus, Pops."

Er ließ das Seil fallen und zog meine Bikinihose ohne Aufhebens herunter.

„Weit aufmachen", befahl er.

Ich gehorchte, und mein Bikinihöschen wurde in meinen Mund gestopft und erfüllte mich mit meinem eigenen Geruch von Muschi und Schweiß. Er nahm ein Stück Seil von seinem Gürtel und band mein Höschen in meinem Mund fest. Noch einige knappe Handbewegungen und meine Hände waren hinter meinem Rücken zusammengebunden, sodass ich wie die anderen hilflos war, und entblößt von der Taille bis zu den Stiefeln. Er führte mich zu ihnen und half mir, mich in das warme Gras auf den Rasen zu legen.

„Mordskanonen!“ sprach er gedehnt, und schaute auf uns runter.

„Eine noch –“

Ein Rascheln kam aus der Hecke. Er hielt inne und drehte sich um. June erschien, ihr Gesicht voller Schokolade, ihre Finger auch, und selbst ihre Brüste waren verschmiert. Sie war barbusig, ihr Bestrafungshemd hing lässig über ihrer Schulter. Als sie näher kam, hob sie eine braune, schmutzige Hand.

„Eine große für Miss Schlauberger!“ rief sie. „Die, die Schokki bekommen hat, und der der Hintern nicht versohlt wird!“

Sie steckte einen Finger in den Mund, während sie auf uns zukam, leckte die Schokolade ab und lachte, als sie sah, in welcher Lage wir uns befanden. Dann holte sie den Rest heraus.

„Du hast sie gegessen?“ fragte Jeff. „Die ganze Tafel?“

„Klar“, antwortete sie, „das war der Deal, oder?“

„Ja … ich glaube. Wie hast du mein Zelt gefunden?“

Sie zuckte nur mit den Achseln und steckte noch einen schokoladeverschmierten Finger in den Mund. Sie schlenderte an ihm vorbei zu den Gartenstühlen und setzte sich – mit einem wunderschönen Ausblick auf uns drei auf dem Rasen.

„Also los, fick sie – alle drei.“

Jeff nickte und legte seine Hände an seinen Hosenschlitz. Er zog den Reißverschluss auf und sein Schwanz sprang heraus. Er stand neben mir und mein Herz machte einen Sprung, als ich realisierte, dass ich die erste sein würde.

„Zwei blasen, eine wird gefickt, aber wenn ich auf Poppy pinkle …“

Und schon ließ er es laufen, ein dicker Urinstrahl schoss voll in mein Gesicht. Es ging in meine Nase und sofort musste ich würgen und spucken. Urin tropfte von meinen Nasenlöchern, als er seinen Strahl auf meine Haare richtete und dann auf meine Vorderseite. Er verteilte ihn über meine Titten, und achtete darauf, dass beide gut getränkt wurden. Eine war entblößt, die andere verdeckt, und er stellte sicher, dass er mein Hemd durchnässte, sodass die Umrisse meiner Brust und meine steifen Nippel gut durch den nassen Stoff zu sehen waren. Dann war meine Muschi dran und mein Bauch. Ein Strahl lief auf beiden Seiten meiner

Schamlippen herunter, und dazwischen. Zum Schluss kam mein Hinterteil an die Reihe. Er hob seinen Schwanz hoch, sodass das Pipi auf mich herunterregnete, mein Hemd durchnässte und hinunter zwischen meine Arschbacken lief.

Er lachte, während er auf mich urinierte, und endete mit einem letzten Spritzer in mein Gesicht. Ein einzelner, gelber Tropfen hing an meiner Nasenspitze. Meine Augen waren halb geschlossen, und ich wagte nicht, sie zu öffnen. Ich hockte mich lediglich hinunter auf den Rasen, wobei der Urin von mir heruntertropfte und auf meiner Haut verdampfte.

June hatte die ganze Zeit gelacht und rief, als Jeff die letzten Tropfen in meine Haare schüttelte.

„Super, Jeff! Und jetzt lass sie ihn saugen!“

„Mach ich.“ Er kicherte und bückte sich, um den Knoten von meinem Höschen-Knebel zu lösen.

Ich spuckte ihn aus, und sofort steckte sein Schwanz in meinem Mund. Er schmeckte nach Urin, aber mein Mund war sowieso voll davon, also saugte ich und schloss meine Augen, als der dicke, fleischige Schwanz in meinem Mund anzuschwellen begann.

„Scheiße, aber das fühlt sich gut an“, stöhnte er. Wie fühlt sich das an, Pops, angepinkelt und dann Schwanz lutschen? Du liebst es, hä?“

Darauf gab es keine Antwort. Er hatte Recht. Mein Top klebte mit seinem Pipi an meinen Brüsten, meine Bikinihose war durchnässt, meine Stiefel voll davon, und ich lutschte dankbar seinen Schwanz. Er hatte mich zutiefst gedemütigt, ich fühlte mich dreckig, missbraucht und beschmutzt, und ich wusste, dass diese extremen Gefühle mich zu einem Orgasmus bringen würden, der an Intensität alles übertraf, was ich ohne sie erreichen könnte. Ich war auf jeden Fall voll beschäftigt mit seinem Schwanz, saugte um meiner eigenen, freiwilligen Erniedrigung willen und wünschte mir, er würde mir seine volle Aufmerksamkeit schenken und in meinem Mund kommen, über mein Gesicht, in meiner Muschi, in meinem Hintern.

„He, he, nicht so gierig“, sagte er plötzlich und zog ihn zurück, sein Schwanz jetzt erigiert und glänzend mit meiner Spucke. „Der macht die Runde zwischen euch dreien. Gut, Gabby als nächstes.“

Er löste ihren Knebel und sie sprach, sofort als sie ihn ausgespuckt hatte.

„Meine Windel, Jeff."

„Ganz klar", antwortete er. „Fang an zu saugen, während Pops sie holen geht."

Er steckte seinen Schwanz geradewegs in ihren Mund, und ihre Wangen saugten sich nach innen, als sie begann zu arbeiten. June kam zu mir, befreite mich schnell, und ich lief ins Cottage, um gleich darauf mit einer der großen Windeln für Erwachsene zurückzukommen. Gabby war noch immer auf den Knien, und immer noch gefesselt. Jeff zog seinen Schwanz aus ihrem Mund, als er mich kommen sah und schubste sie um, sodass sie auf dem Rücken lag.

Ich nahm ihre Beine, zog schnell ihre Stiefel aus, und sie war nackt von der Taille an abwärts. Ich hob sie an den Knöcheln hoch und breitete die Windel unter ihrem Po aus. Dann setzte ich sie wieder ab, spreizte ihre Beine, zog sie über ihre Muschi hoch und befestigte die Streifen an der Seite.

„Das hast du schon einmal gemacht", bemerkte June.

„Schon öfter", gab ich zu, während ich Gabby half, wieder in die kniende Position zurückzukommen, wobei die ausgebeulte weiß-rosa Rückseite ihrer Windel hervorstand und ein kleiner Streifen Pobacke an jeder Seite herausschaute.

Jeff war voll erigiert, die Haut seines Schwanzes voller Druck gespannt, seine Eichel ein dicker, roter Pilz, wahrlich obszön, so wie nur der Schwanz eines Mannes sein konnte. Als Gabby ihn hinein nahm, musste ich mich neben ihr zusammenreißen, obwohl ich wusste, dass ich meinen Anteil bereits gehabt hatte. Jeff kicherte und hob seine Eier an in Richtung auf meinen Mund, der dicke, verschwitzte Sack, so groß, dass ich meinen Mund weit aufreißen musste, um ihn aufzunehmen. Dann labten wir uns an seinen Eiern und seinem Schwanz, Wange an Wange, und das bauschige Material ihrer Windel presste sich an die klebrige Haut meiner Schenkel. Ich wollte mehr, Sperma in meinem Gesicht, meine Zunge in ihrem Arschloch, wichsen, ficken, in meinem Arsch, alles und jedes.

Es war Jeff, der uns stoppte, sonst hätten wir ihn dazu gebracht, über unsere Gesichter zu kommen. Er zog ihn zurück, sein Schwanz und seine Hoden, mit Spuren unserer Spucke. Er war noch mit unseren Mündern verbunden, als wir versuchten, ihn wieder hineinzuziehen. Er packte uns an den Haaren und zog uns lachend weg.

„Langsam, Ihr Zwei. Ich muss noch Höschen ficken, und sie schlagen."

Ich zog mich widerstrebend zurück und drehte mich um zu Nikki. Sie kniete immer noch, aber June war bei ihr und küsste sie auf den Mund. Eine Hand hatte sie zwischen ihren Schenkeln und streichelte ihr Geschlecht.

„Ist sie fertig?" fragte Jeff.

Nikki nickte, als June sich zurückzog. Sie schaute ziemlich nervös, aber auch schwindlig vor Erregung, und als Jeff sich ihr näherte, drehte sie sich plötzlich auf den Rücken, spreizte ihre schlanken Beine weit auseinander, ihre Zehen, ihre Schultern und die gefesselten Arme, die einzigen Körperteile, die noch das Gras berührten. Die Pose drückte ihre Muschi heraus, bereit zum Ficken, und ich sah, dass sie mit Schokolade verschmiert war, und zwar nicht nur ihr Geschlecht. Ihr Arschloch war braun und schmutzig – June hatte offensichtlich einen schokoladigen Finger hineingesteckt.

Jeff nickte anerkennend und begann sich auszuziehen, kickte seine Schuhe weg, schälte sich aus seinen Hosen und einem Paar riesige, graue Unterhosen. Mit Ausnahme seine Socken war er nackt von der Hüfte an abwärts. Er watschelte zu ihr und begann sie zu hauen. Seine dicken Finger patschten auf ihren nach oben gereckten Hintern, während er die ganze Zeit an seinem Schwanz zerrte. Bald war sie rot, und ich konnte sehen, wie ihr analer Ring bei den Schlägen zuckte und sich das kleine, rote Loch in der Schokolade mit jedem Mal öffnete. Jeff machte sich aber nicht die Mühe, sie zu verletzen, sondern kletterte nach etwa zwei Dutzend Schlägen auf sie drauf, indem er ein massiges Bein über sie warf, sodass sein Hintern und seine Eier direkt über ihr waren.

Zwischen seinen gewaltigen, fleischigen Pobacken und baumstammähnlichen Schenkeln sah ihr Körper winzig aus, und als er seinen Schwanz nach unten stieß, schien es unmöglich, dass er in ihrer kleinen

Scheide Platz hätte. Er hatte natürlich Platz, glitt hinein mit einem glitschigen Geräusch, als sie ihn aufnahm, so wie jede zierliche Frau zuvor schon jeden riesigen Mann aufgenommen hat, in einem hübschen, nassen Loch. Er begann sie zu ficken, ein wahrhaft schamloser Anblick, hoch und runter, mit seinem großen Hodensack, der gegen ihre Schamlippen klatschte, und seinen Arschbacken, die bei jedem Stoß wackelten. Ich schaute gebannt zu, in Gabbys Arme gekuschelt, und meine Gefühle schaukelten sich hoch, während eine schmutzige Idee nach der anderen in meinem Kopf auftauchte, aber es war June, die eine der dreckigsten aussprach.

„Warum bumst du sie nicht in den Hintern, Jeff? Du wärst ihr erster."

„Du bist wirklich eine Kanone. Höschen, wie wär's mit deinem allerersten Arschfick?"

June griff nach Nikkis Hosenbund und zog ihn herunter.

„OK …"

Ein Wimmern, kaum hörbar, ihr ganzer Körper zitterte und sie hatte ihre Augen geschlossen. Jeff zog seinen Schwanz aus ihrer Muschi und ließ ihr Loch weit geöffnet zurück. Von seiner Eichel tropfte Saft. Er drückte sie direkt an ihr Arschloch und rieb die weiße, glitschige Flüssigkeit zusammen mit der braunen Schokolade hinein. Sie gab ein erneutes Wimmern von sich, als ihr Anus eingeschmiert wurde, aber als er seinen Schwanz anhob, drückte sie dagegen und ihr Ring stülpte sich nach außen, das Zentrum ein winziges, rosa Grübchen in einem Ring von faltigem, schleimigem Fleisch.

„Da spritze ich rein", knurrte Jeff und drückte nach unten.

Nikki keuchte, als ihr Anus vom Stoß seines Schwanzes eingedrückt wurde. Aber sie war schon offen, Junes Finger hatte sie gelockert, und als er ein Stückchen weiter hochschob, sah ich, dass ihr Ring sich um seine Eichel spreizte. Wieder drückte er, und dieses Mal sprang ihr Loch auf und ließ den gesamten, dicken Peniskopf hinein. Sie schrie auf, voller Ekstase und vielleicht auch Verzweiflung, während das erste Mal in ihrem Leben der Penis eines Mannes in ihr Arschloch eindrang. Aber es war zu spät, es zu stoppen. Fat Jeff drückte in sie hinein, um den fleischigen Ring seiner Vorhaut in ihren Körper zu zwängen.

Er machte immer weiter, und schob Zentimeter um Zentimeter hinter den gespannten, rosa Ring ihres Anus und in ihr Rektum hinein.

Ich schaute zu, die ganze Zeit, fasziniert, zu sehen, wie sie das erste Mal anal penetriert wurde, bis schließlich die gesamte Länge seines Schwanzes in ihrem Hintern verkeilt war, und seine dicken Eier sich an ihre leere Muschi schmiegten. Dann rammte er ihn in ihren Hintern, sein Schwanz bewegte sich in ihrem schleimigen, braunen Loch rein und raus, während sie keuchte und hechelte, voller Schmerz und Ekstase schrie, als er in sie hineinstieß, härter und fester, ein verrückter Clown penetrierte ein hübsches, junges Ballettmädchen.

Ich ging näher, in der Absicht, sie zu lecken, während ihr Hintern gefickt wurde, auch wenn das bedeuten würde, dass Fat Jeff mehr oder weniger auf meinem Gesicht sitzen würde. Gabby kam auch dazu, von der anderen Seite, um sie zu unterstützen, wie ich dachte, aber in diesem Augenblick grunzte Jeff, stoppte, griff nach seinem Schwanz und zog ihn heraus. Sperma spritzte über Nikkis Po, in Gabbys Gesicht und ihre Brust hinunter, und dann steckte er die ganze, dreckige Länge in ihren Mund.

Ihre Augen weiteten sich, als ihr Mund gefüllt wurde, aber sie saugte, und schluckte die Masse aus Sperma, Schokolade und Saft, während er sich selbst in ihrem Munde mit drei kurzen Griffen melkte, bevor er ihn herauszog. Nikki hatte still gehalten, bereit und willig, ihre kleinen Pobacken waren mit Sperma beschmiert, ihr klaffender Anus eine Kuhle mit weißer und brauner Flüssigkeit, in die Jeff seinen Schwanz steckte.

Er ging hinein, in einer Bewegung tief nach oben, und füllte ihren Anus mit einem lauten Quatschen, als Sperma aus den Seiten herausquoll und in einem dicken Rinnsal über ihre rasierten Schamlippen lief. Sie wimmerte leise, als ihr Rektum erneut gefüllt wurde, ganz bis nach oben, bis seine Eier gegen ihre weiche Muschi gepresst waren. Ich duckte mich, um ihn fest an den Eiern zu packen und begann, sie an Nikkis Geschlecht zu reiben. Er quiekte vor Schmerzen, sie aber stöhnte voller Ekstase.

„Wag dich nicht zu bewegen, Jeff", befahl ich. „Lass ihn tief in ihrem Po, und versuch, deinen Schwanz in ihrem Loch etwas zu bewegen."

„Was willst du machen?" keuchte er. „Die Möse reiben?"

„Ja, und jetzt sei ein guter, stiller Junge."

Ich drückte seine Eier noch näher an sie heran, indem ich seinen schleimigen, schweißigen Sack heranzog, damit die dicken Kugeln darin auf ihre Klitoris prallten. Er grunzte, begann aber trotzdem seinen Schwanz in ihrem Arschloch zu bewegen, sodass Spermablasen rund um ihren Ring heraus gedrückt wurden. Sie gab ein tiefes Stöhnen von sich, das aber plötzlich abbrach, als ich mein Bein über ihr Gesicht schwang und meinen Hintern absenkte. Ich langte nach unten, zog meine Pobacken weit auseinander und setzte meinen Po auf ihr Gesicht, wobei ich ihn solange hin und her schob, bis ich ihre Nase in meinem Arschloch spürte.

„Leck", befahl ich.

Ihre Zunge schob sich sofort hinauf in mein Muschiloch. Ich wand mich, um sie weiter anzutreiben, und begann wieder, sie mit Jeffs Eiern zu befriedigen. Sie leckte mit stärkerer Dringlichkeit, während ich einen Rhythmus auf ihrer Klitti fand. Jeffs Hoden hüpften in dem Schleim und dem Sperma auf ihrem Geschlecht. Es war nicht sehr komfortabel für mich, mit meinem schräg nach hinten durchgedrückten Körper, seinem riesigen Hinterteil direkt in meinem Gesicht, aber es ging hier nicht um meinen Komfort. Es ging um ihre letzte Gelegenheit, mit einem Mann einen Orgasmus zu haben, und mit mir, und ich wollte, dass es ein guter werden würde.

Gabby kam zu uns, presste ihr Gesicht an Nikkis Po, um an der Verbindung zwischen Anus und Schwanz zu lecken, und June schob ihre Hände dazwischen, eine streichelte Nikkis Titten, die andere schob sie hinten in Gabbys Windel. Auf einmal war Nikkis Zunge in meinem Arschloch, bohrte sich tief hinein, und als ich sah, dass sich die Muskeln ihrer Beine verkrampften, wusste ich, dass sie kommen würde. Ich ließ es sie halten, rieb Jeffs Eier in ihrem steten Rhythmus und versuchte, die exquisiten Dinge, die sie mit ihrer Zunge in meinem Arschloch machte, zu ignorieren. Ich ließ meinen Urin laufen, genau in dem Augenblick, in dem ich glaubte, dass sie ihren Höhepunkt hatte, und er spritzte auf ihr Gesicht, auf ihren Nacken und auf ihre Titten.

Einen Augenblick später war es vorbei, für sie, nicht für mich. Ich pinkelte immer noch - und lutschte an Jeffs Schwanz, den er aus ihrem Arschloch gezogen und direkt in meinen Mund gestopft hatte. Er zog ihn wieder zurück, aber ich hatte den Geschmack gespürt und zog bereits Gabby zu mir, als er auf dem Rasen in sich zusammensackte. Nikkis Beine breiteten sich aus, als ich mich über sie entleerte, und Gabby kletterte schnell auf sie, zog mich an sich, und ein Spermatropfen, der an ihrer Nase hing, landete auf meinen Lippen, als unsere Münder sich in einem offenen Kuss trafen.

Ich pinkelte, Nikki wand sich unter mir, liebkoste meine Pospalte und leckte an meinem Loch. June hielt uns, ihre Hände kneteten und streichelten unsere Hintern, während sie ihr Gesicht zwischen uns drückte. Wir ließen sie dazwischen, für einen dreifachen Kuss, und teilten mit ihr das schokoladige Sperma, das zwischen unserem Kinn hinunterlief und auf Nikkis bereits verdreckten Körper tropfte. Plötzlich riss sich Gabby los, ihr Rücken wölbte sich in Ekstase, und ihre Augen waren fest geschlossen.

„Ja, so“, keuchte sie, und ich sah, dass Junes Hand in ihre Windel gerutscht war.

Sie fickte Gabby, Muschi und Arschloch, da war ich sicher. Ich krabbelte von Nikki herunter, und wollte meiner Freundin helfen, zu kommen. Ihre Beine waren weit auseinander, über Nikkis Körper, und ich bohrte meine Hand an einer Ecke ihrer Windel hinein. Natürlich hatte June ihren Daumen in Gabbys Po, während ihre Hand den Rest machte. Ich fasste eine Pobacke, knetete sie, und schloss meinen Mund durch ihr Top um eine kleine Titte. Sie stöhnte und einen Augenblick später war sie soweit, wand ihren Körper in unseren Händen und murmelte französische Worte. Auch ich musste kommen, aber ich hielt immer noch Gabby, als June ihr Bein über Nikkis Kopf schwang und sich direkt auf ihr Gesicht setzte. Nikki begann umgehend zu lecken, und ich ging zu ihnen, in der Gewissheit, dass das Beste zum Schluss kommt, und nuckelte an einer prallen Titte. Nach einer kurzen Erholung kam auch Gabby zu uns, und saugte an Junes anderer Brust, während sie unsere Köpfe kraulte. Es ging nur Sekunden, und June verkrampfte sich in unseren Armen und kam in Nikkis Gesicht. Kaum hatten sich die drei erholt, wandte sie ihre Aufmerksamkeit mir zu.

Gabby stieg auf mich drauf, die Windel über meinem Gesicht. Meine

Schenkel wurden gepackt, nach oben gezogen und weit gespreizt, und während Gabby meine Titten streichelte, begannen June und Nikki mich zu küssen und zu lecken, an den Innenseiten meiner Schenkel, meiner Muschi, meinen Pobacken, und dazwischen.

„Langsam", sagte Gabby ihnen. „Ich sag euch, wann."

Sie machte es mir, richtig, und augenblicklich floss ich über vor Lust und absolut unanständigen Gefühlen. Ich hätte sie nicht stoppen können, nicht, wenn die beiden mich zwischen den Beinen liebkosten, mit ihrem Gewicht auf meinem Körper, ihr süßer, kleiner Po, fest und aufreizend unter der weichen Windel, ihren langen, schlanken Fingern, die meine Nippel neckten.....

„Jetzt", keuchte sie, „leckt sie ... leckt sie hart."

Sofort bohrte sich Nikkis Zunge tief in mein Arschloch und June begann an meiner Klitoris zu saugen. Ich schrie, wurde überwältigt von einem Gefühl, das zu stark war, um es zu ertragen, aber selbst, als sie langsamer wurden, wusste ich, dass ich jetzt kommen würde. June saugte noch einmal, ganz zart, aber dieses Mal hörte sie nicht auf, und als der Orgasmus sich in mir aufbaute, spürte ich, wie sich Gabbys Windel füllte.

Sie machte es, direkt in mein Gesicht, der Zwickel ihrer Windel drückte sich gegen meinen offenen Mund und füllte sich, während ich mich zuckend unter den Zungen der Mädchen wand. Ich fühlte, wie die Windel sich ausbeulte, schwer und dick gegen mein Gesicht drückte, und fühlte, wie ihr Pipi über mein Kinn und mein Genick lief, als sie an der Vorseite überlief. Sie hob sich bei meinem ersten ekstatischen Schrei an, und ließ mich zusehen, wie die Last aus dem Zwickel ihrer Windel quoll und schwer direkt über meinem Gesicht hing. Ich schrie erneut, und bei meinem dritten Schrei setzte sie sich nieder, drückte ihr gesamtes, dickes Gewicht über meinen Mund und meine Nase, und nur die Windel schützte mich noch. Mein ganzer Körper verspannte sich krampfartig, als es in mein Gesicht spritzte, und dann wurde ich zuckend unter ihr hin und her geworfen, und ich krümmte mich und wand mich in unerträglicher Ekstase. Nikkis Zunge tief in meinem Arschloch, June an meiner Klitti saugend, und Gabby auf meinem Gesicht thronend.

Ich verlor für einen Augenblick das Bewusstsein, es war so überwältigend, und selbst als ich wieder zu mir kam, blieb ich bebend auf dem Boden liegen, zu schwach, um aufzustehen. Sie hielten mich, während ich mich erholte und halfen mir dann hoch. Ich zitterte immer noch, war aber auch rot geworden, war voll und ganz befriedigt, aber doch völlig verwirrt. Sie wussten es und hielten mich beruhigend umarmt, während wir zum Schlauch hinüber gingen, um uns gegenseitig unter Lachanfällen und vielen Klatschern auf Pos und Beine, hauptsächlich auf meine, zu waschen.

Sobald wir sauber und trocken waren, zogen wir uns an und June schaffte es sogar, Jeff zu überzeugen, sich etwas sauber zu machen. Er war dennoch als erster fertig, weil es bei Gabby, Nikki und mir etwas länger dauerte, da wir dringend Puder, Creme und ein gutes Glas Brandy brauchten, bis wir fertig waren. Als wir nach draußen kamen, waren June und Jeff auf dem Rasen, tranken Bier und unterhielten sich. Er hatte sich angezogen, und sie trug ein T-Shirt, war jedoch immer noch ohne Höschen. Sie schauten hoch, als wir heraus kamen.

„Wer hat Lust auf eine zweite Runde?“ rief Jeff.

Ich schüttelte den Kopf.

„Du hast ein ganz schönes Stehvermögen, das muss ich dir lassen“, sagte June.

Jeff zuckte mit den Schultern.

„Jede Menge Essen, jede Menge Sperma.“

„Ich habe genug, danke“, erklärte Gabrielle.

„Ich auch“, ergänzte Nikki. „Ich bin wund.“

„Ach kommt“, drängte er. „Ich mach es einfach. Das Zelt ist hinter dem Gipfel vom Hügel, in einer Senke mit Bäumen. .... rote Beeren haben sie.“

„Wie hast du es gefunden, June?“ fragte Gabby.

„Ich bin einfach weggerannt“, antwortete sie. „Ich hatte mir ausgerechnet, dass ich warten würde, bis er sein Sperma verspritzt hätte, und bin dann auf die Suche gegangen. Die Bäume sahen nach einem guten Versteck aus, und da war das Zelt.“

„Schlaues Weibsstück!“ Er lachte. „Gib uns noch einen Versuch, ja? Ich würde dich gerne ficken, du bist prachtvoll.“

„Sie zuckte mit den Achseln. „Vielleicht … ja, warum nicht. Also kommt, Ihr Bande."

„Ich kann nicht", protestierte Nikki. „Ich muss zu Anna zurück."

„Poppet, Gabby? Kommt, allein macht es keinen Spaß."

Ich saß dicht neben Gabrielle, meinen Arm um sie gelegt. June konnte meine Hand nicht sehen, und ich kniff Gabby dreimal in die Hüfte, unser privates Signal.

„Ich lauf dann also los", sagte sie.

„Ich auch, sobald du weg bist", ergänzte ich.

„Cool!" antwortete Jeff, „dann geh ich runter in den Laden und kauf noch mehr Schokolade."

„Eine große Tafel", forderte June.

„Die größte", versprach er. „Start in einer halben Stunde, ja?"

„Das war's. Tschüss, Nikki."

Er beugte sich zu ihr und gab ihr einen Kuss, den sie ziemlich warm erwiderte. Dann trottete er davon, und machte nur noch einmal eine kurze Pause, um sein T-Shirt anzuziehen und seine Paintball-Pistole zu verstecken. Kaum war er außer Sichtweite, stand Nikki auf.

„Ich sollte auch besser gehen."

June breitete ihre Arme aus und Nikki kam zu ihr, und dann zu mir, knuddelte und küsste uns, und gab Gabby dann ein kleines Küsschen. Ich schaute ihr nach, als sie weg ging, einerseits froh für sie, weil ich hoffte, dass ihre Beziehung mit Anna funktionieren würde, andererseits voller Bedauern, mit einem Gefühl, beide verloren zu haben, und, um ehrlich zu sein, auch, weil ich wusste, dass dies der endgültige Bruch zwischen Anna und mir war.

„Sie wird zurückkommen", bemerkte June, aber ihre Stimme klang nicht sehr zuversichtlich. „Kommt, lasst uns spielen. Wollt ihr zwei euch umziehen?"

„Was soll ich denn anziehen?" antwortete ich. „Es ist alles in der Wäsche."

„Schlüpfer und Stiefel?"

„Nein, ich gehe so. Das sind nur alte Jeans, und diese Paintballs schmerzen wie Hölle auf nackter Haut."

Sie warf mir einen schiefen Blick zu, aber stellte sich aufrecht hin, ihre Brüste und den Po herausstreckt, ihre Hände hinter ihrem Kopf.

„Er glaubt, er ist clever", sagte sie, „ist er aber nicht." „Ich gehe jetzt, ich werde ihm folgen, hole mir die Schokki und komme den Weg an der Klippe zurück, während er in den Brombeersträuchern Soldat spielt."

„So angezogen?"

„Gut, ich sehe vielleicht ein bisschen verrückt aus, was soll's. Es ist nicht verboten. Kommt Ihr?"

„Nein, wir kommen nach. Viel Glück, und heb uns dieses Mal etwas Schokolade auf!"

„Mach ich, tschüss."

Sie rannte los, quetschte sich durch die Hecke und war im Wald verschwunden. Ich lehnte mich zurück, mit meinem Kopf in Gabbys Schoß. Sie begann, meine Haare zu streicheln. Ich fühlte mich zum Spielen aufgelegt, war aber auch etwas schlaftrunken, und wenn Sie nicht „Little Miss Effizient' gewesen wäre und ständig auf ihre Uhr geschaut hätte, wäre ich wahrscheinlich eingeschlafen.

Nach einer Weile hörte ich die Cottagetür knallen. Ich schaute hoch, in der Hoffnung, dass Nikki ihre Meinung geändert hatte und zurückgekommen wäre, aber sicherlich war es nur Fat Jeff, der irgendetwas vergessen hatte. Es war keiner von beiden.

Es war Stephen Stanbrook, und er rannte, als er um die Ecke kam.

„Ihr müsst gehen, jetzt!" schrie er. „Gabrielle?"

„Ich schulde Ihnen wahrscheinlich eine Erklä –" begann sie.

„Vergessen Sie es! Geht einfach, sofort! Wo ist June? Wie sieht das Cottage aus? Oh scheiße!"

Er rannte ins Cottage.

„Kate muss zurück sein", mutmaßte ich.

„Sieht ganz so aus", antwortete Gabby. „Wir sollten besser unsere Sachen packen und verschwinden."

Ich nickte und wir liefen ins Cottage. Stephen war außer sich und steckte verzweifelt alles in einen großen, schwarzen Plastikmüllsack. Wir begannen, unsere Sachen und die von June zusammenzusuchen und sie in irgendwelche Taschen zu stopfen. Stephen sprach nur, um uns Anweisungen zu geben, bis wir alles im Innenhof gestapelt hatten.

„Danke", sagte er völlig aus der Puste. „Das wär's, denke ich. Kate ist zum Laden runtergegangen und muss jeden Moment da sein. Geht jetzt. Durch den Wald und dann an den Klippen nach unten."

Er warf Gabby einen letzten skeptischen Blick zu, als wir begannen, unsere Taschen zu nehmen, und holte Luft, um zu sprechen. Das Tor knallte und er wurde augenblicklich kreidebleich. Einen Moment später rief eine Frauenstimme, herrisch und leicht schneidend.

„Stephen?"

Es gab nichts, was wir tun konnten, nichts, wo wir uns verstecken konnten, kein Ort, wo wir hätten hinrennen können, zumindest nicht schnell genug. Bevor wir noch irgendetwas machen konnten, kam Kate auf uns zu. Sie war eine blonde Frau, vielleicht vierzig, lässig, aber teuer gekleidet. Ihr leicht irritierter Gesichtsausdruck wechselte in Überraschung, als sie uns sah. Stephen versuchte, etwas zu sagen, aber er brachte kein klares Wort heraus. Stattdessen sprach Gabrielle, so ruhig, als würde sie zu einem Klienten sprechen.

„Mrs. Stanbrook? Ich bin Gabrielle Salinger, dies meine Freundin, Poppy."

Einen Moment lang schaute sie immer noch verwirrt und ärgerlich, doch dann erhellte sich ihr Gesicht plötzlich.

„Gabrielle Salinger, die Therapeutin?"

„Ja."

„Ach ja, natürlich. Ich habe einige Ihrer Arbeiten gelesen, mit großem Interesse, aber –"

„Stephen war so freundlich, und sagte, wir könnten das Wochenende in ihrem bezaubernden Cottage verbringen", fuhr Gabrielle fort. „Ich hoffe, das hat Ihnen keine Unannehmlichkeiten bereitet?"

Kate zögerte und warf Stephen einen Blick zu, aber als sie sprach, war keine Feinseligkeit in ihrer Stimme.

„Nein, nein, ganz und gar nicht. Ich komme gerade aus Korea, es hat sich so ergeben, dass ich etwas früher als erwartet zurück bin.

Sie wirkte nicht sehr glücklich, aber sie schien auch keinen Verdacht zu schöpfen. Es gab letzten Endes auch keinen Grund dafür. Erstens waren wir zu Zweit, und Heterosexuelle gehen normalerweise keine ‚Ménage-à-trois' ein, ausserdem ist Stephen zu Hause gewesen.

„Bleiben Sie noch auf eine Tasse Tee?" fuhr sie fort.

„Wir sollten wirklich –" begann Gabby und hielt inne, als Kates Kinnlade plötzlich herunterfiel.

Ich drehte mich um, um zu sehen, was Kate anstarrte. Es war Jeff, der gerade aus der Lücke in der Hecke sprang. Er trug seine Clownsmaske, die jedoch etwas verrutscht war, sodass sein Anblick mit dem Bart, der darunter hervorschaute, noch grotesker war. Aber das war noch nicht das schlimmste.

June hing über seiner Schulter, ihr großer, runder Hintern war in unsere Richtung gestreckt, ihre Handgelenke waren mit Ledergamaschen gefesselt und ihre Knöchel über den Stiefeln mit einem Seil zusammengebunden. Sie trug ihre Bikinihose, aber der rote Riemen ihres Tangas war so dünn, dass die kleinen braun-roten Falten rund um ihren Anus zu sehen waren. Die Pobacken waren nicht nur mit Schokolade und gelber Farbe verschmiert, sondern hatten auch Striemen. Ohne Frage war sie geschlagen worden, hart.

„Ich hab die kleine Hure", rief Jeff und schob seine Maske wieder gerade. „Wer will zusehen, wie ich ihr Arschloch bumse?"